AUF

FINE STURM

SIEBEN

ROMAN

BEINEN

1. Auflage Dezember 2020

c/o Barbaras Autorenservice, Tüttendorfer Weg 3, 24214 Gattdorf
Lektorat: Angelika Meyer, A.M.TRANS
Umschlaggestaltung und Satz:
rauschgold Coverdesign, www.rausch-gold.com
Marketing: Agentur mainwunder, www.mainwunder.de
Vertrieb: Nova MD GmbH

Verwendung von:
shutterstock_1700022400
shutterstock_1827034997
shutterstock_501488272

Printed in Polen

ISBN 9-783-9696-6693-7

Dieses Buch möchte ich vier besonderen Menschen widmen,
die mir unglaublich viel bedeuten:

Meinen Eltern, Kuni und Gunter, sowie meinem Mann Peter
und meiner Tochter Sophie.

Ihr seid immer für mich da, unterstützt mich und helft mir, wo Ihr nur könnt. Ich kann jederzeit auf Euch zählen, und deshalb ist das hier eine wunderbare Gelegenheit, um endlich einmal von ganzem Herzen folgendes zu sagen:

DANKE für alles, Ihr Lieben!

Ihr seid mein großes Glück und der Grund dafür,
dass für mich an 365 Tagen die Sonne scheint.
Ich liebe Euch von ganzem Herzen und bin unendlich dankbar,
dass ich Euch habe.

Und jetzt wünsche ich Euch mit dem Roman ganz viel Freude!
Euer Finchen

☺ PS Und an alle Leser dieses Buches: Auch Euch von Herzen
viel Freude beim Lesen und viele schöne Stunden mit dem Roman:
'Auf sieben Beinen'

Alles Liebe
Fine Sturm

AUF SIEBEN BEINEN

Ich ging damals in die zehnte Klasse des Gymnasiums. An einem ganz normalen Morgen rannte ich, wie immer in letzter Minute, über den Bürgersteig. Mit dem schweren Ranzen auf dem Rücken und Musik in den Ohren flitzte ich unbeschwert vorbei an den unzähligen Familienhäusern unseres Wohngebietes.

Als ich schon fast die Straße erreicht hatte, an der sich gegenüberliegend meine Schule befand, bemerkte ich plötzlich aus dem Augenwinkel, dass mir irgendetwas ziemlich schnell folgte. Die Gestalt war mir so offensichtlich dicht auf den Fersen, dass ich sofort in Panik geriet. Mir war augenblicklich klar, dass dieser dunkle Schatten hinter mir her war. Zum ersten Mal in meinem Leben bekam ich am eigenen Leib zu spüren, wie sich Todesangst anfühlte. Ich lief, so schnell ich nur konnte. Ich stürmte in einem Affenzahn stolpernd weiter, um mich zu retten und unversehrt davon zu kommen. Doch ich bemerkte, dass auch dieses Etwas, das hinter mir her war, sein Tempo rasant beschleunigte. Seine dicken Pfoten flogen regelrecht über den Asphalt und berührten ihn kaum noch. In diesem Moment wurde mir klar, dass ich ihm niemals entkommen konnte. Mein Selbsterhaltungstrieb ließ mich jedoch ungeahnte Kräfte entwickeln. Dass ich trotz sportlicher Figur sonst eher zu den trägen Sportskanonen gehörte, davon war in diesem Moment nichts zu erkennen.

Es waren nur wenige Sekunden, aber sie verliefen wie im Zeitraffer

– und schon hatte das Etwas, das sich als Hund herausstellte, mich erreicht. Ohne jegliche Vorwarnung oder auch nur den Ansatz eines Zögerns packte er zu. Noch im Sprung schnappte der Schäferhund nach mir. Er verbiss sich in meinem linken Unterschenkel und ich stürzte zu Boden, die Zähne des Hundes weiterhin fest in meiner Wade. Wie die Widerhaken eines Angelköders steckten sie in mir fest und rissen an mir herum, als wollte er einen Teil seiner Beute gleich an Ort und Stelle verschlingen. Ich stieß einen gellenden Schrei aus, der garantiert in der kompletten Wohngegend zu hören war. Der Hund war aber so in seinem Zerstörungswahn gefangen, dass ihn das überhaupt nicht beeindruckte, geschweige denn von mir zurückweichen ließ. Ich war ohne Zweifel sein Ziel, schon vom ersten Moment an, als er mich entdeckt hatte. Die Bestie schien komplett auf mich fokussiert. Und je länger die Schreie aus mir herausbrachen, umso wilder wurde der Hund. Sie stachelten ihn geradezu an.

Allmählich drang das, was da gerade mit mir geschah, in mein Bewusstsein vor. Ich hatte schreckliche Angst, und niemand schien mir helfen zu können. Für mich zogen sich die Minuten endlos. Tatsächlich waren es aber nur Sekunden, bis jemand kam und das Tier von mir losriss. Augenblicke später war ich umringt von einer Menschentraube. Alle schrien, einige hockten sich zu mir auf den Boden, und wieder andere redeten beruhigend auf mich ein. Ich brüllte jedoch immer weiter, so laut, wie es meine Stimmbänder nur hergaben. Alles, was ich sah, war Blut. Das linke Hosenbein war im unteren Bereich komplett zerfetzt und lag in einer roten Lache. Dickflüssig sickerte es aus mir heraus, und als mir klar wurde, dass es sich um mein Blut handelte, wurde mir speiübel. Die Welt um mich herum begann sich aufzulösen. Ein wildes Durcheinander von Hintergrundgeräuschen machte mich immer nervöser, ließ meinen Puls rasen und schien ihn immer weiter hochzutreiben. Mein Schädel dröhnte. Ich spürte das Klopfen, das unbarmherzig feste Pulsieren meines eigenen Herzschlages in meinen Schläfen. Doch auch das konnte mich nicht von den Geschehnissen ablenken. Vor lauter Panik war ich wie von Sinnen.

Irgendwann ertönten dann Sirenen. Noch mehr Leute kamen herbei und scheuchten die anderen weg. Meine Blicke irrten in alle Richtungen, ohne eigentlich nach etwas zu suchen. Dieser ganze Tumult war für mich unüberschaubar und schien mich zu erdrücken. Auch das Eigenleben meiner Stimme schien kein Ende zu nehmen. Wie fremdgesteuert schrie ich, schluchzte, stöhnte, weinte aber alles so automatisiert, dass ich keinerlei Einfluss darauf hatte. Urplötzlich kehrte jedoch nach nur wenigen Handgriffen einiger der Umstehenden Ruhe in mir ein. Meine Atemzüge wurden langsamer, durchströmten mich beruhigend und versorgten meinen Brustkorb gleichmäßig mit Sauerstoff. Irgendetwas begann, mich von außen zu kontrollieren. Aber es tat gut, alles abgeben zu dürfen. Geradezu friedlich schienen mich die Medikamente in den Schlaf zu befördern, der mich dann ganz in Ruhe heilen durfte.

Als ich wieder wach wurde, lag ich im Krankenhaus. Mein Bein war unter der Decke lediglich leicht verbunden. Es tat unglaublich weh, nur die Schmerzmittel machten es erträglich.

Meine Eltern kamen jeden Tag, und meine Mutter blieb immer über Stunden neben meinem Bett sitzen. Ich lenkte mich mit Fernsehen ab, blätterte in Zeitschriften und bekam sogar hin und wieder Besuch von meinen Mitschülern. Vor allem meine beste Freundin Kicki ließ es sich nicht nehmen und schaute jeden Tag bei mir vorbei. Sie brachte die Hausaufgaben und die Neuigkeiten aus der Schule mit.

Dann ging es mir aber plötzlich schlechter. Ich bekam hohes Fieber, und mein Bein schmerzte nicht nur, es brannte und war glühend heiß. Die verletzte Stelle pulsierte ganz schrecklich, und die beißenden Schmerzen fühlten sich an, als würde immer noch ein Ungeheuer mit seinen rasiermesserscharfen Reißzähnen in meiner Wunde toben und mich innerlich zerfleischen.

Mein Verstand geriet komplett aus den Fugen. Abstruse Bilder drängten sich mir auf, so durcheinander und sinnlos, dass ich selbst an mir zu zweifeln begann. Ich war dabei verrückt zu werden, konnte nicht mehr einschätzen, was der Wirklichkeit entsprach, und was sich nur in meinem Kopf abspielte. Die Halluzinationen begannen mich zu verändern. Sie vermischten sich mit der Realität. Es war das totale Chaos und ich hatte den Überblick verloren. Die Schmerzen, die meine wenigen klaren Gedanken einschmolzen, wurden immer schlimmer, bis ich mich in einem dichten Nebel komplett verlor. Ich sank in ein Nichts. Keine Schmerzen, keine Bilder mehr. Das schwarze Nichts begrub mich unter sich. Es hatte eine Gewalt, der ich mich nicht widersetzen konnte, so, dass ich noch nicht einmal mehr sagen konnte, ob das etwas Gutes oder Schlechtes war. Irgendwie war ich für eine gewisse Zeit einfach von der Bildfläche verschwunden, als hätte sich meine Seele bereits auf eine lange Reise begeben.

Wie lange ich weg war, dafür hatte ich kein Gefühl. Doch ich kam wieder zurück. Zuerst hatte es etwas von einer Art Zwischenwelt. Meine Augenlider flatterten, und mein Körper war wahnsinnig schwer. Lediglich schemenhaft und trüb konnte ich Gegenstände und Personen erkennen. Ich wollte meine Augen öffnen, merkte aber selber, wie kraftlos und müde ich war. Mit meinen allerletzten winzigen Reserven schaffte ich es schließlich nach mehreren Anläufen, mich in die Gegenwart zurück zu kämpfen.

Ich sah mich um – es gab mich noch.

Ich registrierte, dass auch mein Kopf wieder klar zu sein schien. Aber ich lag immer noch im Krankenhausbett. Wieder saßen meine Eltern neben mir. Ich überlegte damals, ob es sein konnte, dass ich die vorherigen Szenen im Fieberwahn vielleicht einfach nur geträumt hatte. Wäre ja möglich.

Als meine Eltern sahen, dass ich die Augen offen hatte, stürzten sie sofort auf mich zu. Ich versuchte sie anzulächeln, zwar nur matt, aber ich wollte ihnen signalisieren, dass alles okay ist, und dass ich bei Bewusstsein war. Es gab für mich nichts Schlimmeres, als ihre

Sorge zu sehen und zu spüren. Aber ich hatte das Gefühl, dass etwas nicht stimmte. Ich war zwar schwach und meine Glieder fühlten sich an wie Betonklötze, aber mein Kopf und mein Verstand waren wieder voll da. Meine Eltern sahen verzweifelt aus und weinten. Ihre Augen waren glasig, die Gesichter fahl und bleich. Beide schienen fast zu zittern. Keiner von ihnen wollte es zeigen oder sich etwas anmerken lassen, aber ich erkannte ganz genau, wie sie sich heimlich die Tränen wegstrichen und versuchten, sie zu unterdrücken. Sie wollten stark sein – für mich. Das ließ in mir blitzartig eine riesige Angst aufkeimen. Plötzlich durchschoss mich das Adrenalin. Ich fuhr ruckartig in die Höhe. Noch bevor sie etwas sagen konnten, warf ich einen Blick ans Bettende.

Für einige Sekunden war ich wie gelähmt. Ich brauchte einen Moment, um zu realisieren, was es bedeutete, dass die Decke auf der linken Bettseite so abrupt absackte. Rechts war sie angehoben, gewölbt, weil mein Bein darunterlag. Aber links, links da fiel sie einfach ab. Als wäre da gar nichts mehr. Das Herz in meiner Brust machte einige große Sätze, bevor es unkontrolliert wie von Stromstößen erfasst vor sich hin stolperte. Mit jedem Herzschlag wurde mein Puls schneller. Dann folgten zwei, möglicherweise auch drei, tiefe Atemzüge, und ein panischer Schauer überrollte mich wie eine Feuerwalze. Mir wurde heiß und kalt zugleich. Ununterbrochen stierte ich auf die abfallende Bettdecke.

Dann entlud sich meine Verzweiflung. Ich schrie das ganze Krankenhaus zusammen und meine markerschütternden Schreie wollten kein Ende nehmen. Mit aufgerissenen Augen konnte ich den Blick nicht von meinem linken Bettende wenden, als würde sich die Decke aus heiterem Himmel vielleicht plötzlich doch wieder wölben; als würde dort rasant etwas nachwachsen, das nur vorübergehend weg war. Ich rastete so aus, dass auch meine Eltern immer panischer wurden.

Vermutlich dachten die anderen Leute, dass jemand um sein Leben schrie, vor Schmerzen. Aber ich schrie nicht, weil ich Schmerzen hatte. Die waren kaum der Rede wert. Ich schrie, weil mir etwas fehlte. Ein Teil von meinem Körper war plötzlich nicht mehr da, verschwunden, einfach weg!

Der Druck auf meiner Brust war gewaltig. Ich bekam immer schlechter Luft. Gleichzeitig sprengte es mir fast den Schädel.

Für mich brach eine Welt zusammen. Ich war verzweifelt und hatte Angst; Angst davor, mich selbst zu sehen, diesen Teil von mir zu sehen; den Teil, der ja eigentlich gar nicht mehr da war. Ich weinte, schluchzte, und ich schrie. Aber an der Tatsache änderte das alles nichts. Nur meine Kräfte schwanden.

Mein Anfall endete schließlich in einem kläglichen Wimmern. Ich wollte mich verkriechen, wieder einschlafen. Dann wieder aufwachen und feststellen, dass der ganze Spuk nur ein böser Albtraum gewesen war. Doch die Realität holte mich immer wieder aufs Neue ein. Jedes Mal, wenn ich erwachte, fehlte nach wie vor dieser Teil meines Körpers.

Ich weiß nicht, wie oft ich vor dem Öffnen meiner Augen Angst hatte. Wie oft ich stumm gefleht habe, dass es ein grausamer Streich meiner vermutlich noch gestörten Wahrnehmung war. Ich wollte lieber wieder fantasieren als der Tatsache ins Auge zu sehen, dass der fehlende Teil meines Beines Realität war. Ich weigerte mich vehement, diese Tatsache anzunehmen.

Von da an hatte ich einige entsetzliche Wochen vor mir, die ich noch nicht einmal meinem ärgsten Feind wünschen würde.

Ich brauchte lange, um damit klar zu kommen. Und es dauerte genauso lange, bis ich endlich einen neuen, linken Unterschenkel bekam – aus Metall. Es war schrecklich – *ER* war schrecklich! Zwar ermöglichte er mir, wieder auf zwei Beinen – einem echten und einem unechten – zu laufen, aber es war einfach nicht dasselbe. Dieses Gestell sah abscheulich aus! Ich war nun ein halber Roboter! Eine Maschine!

Obwohl mir die Prothese dazu verhalf, mich wie ein normaler Mensch fortzubewegen, war sie gleichzeitig mein größter Feind. Ich hasste das Ding, und noch mehr hasste ich es, so ungelenk und ungeschmeidig durch die Gegend zu hinken. Ich war dabei, erwachsen zu werden. Ich war hübsch, hatte zwei wunderschöne wohlgeformte Beine und – ach verdammt!

Wie sehr habe ich es doch genossen, in einem kurzen Rock die Aufmerksamkeit auf mich zu ziehen! Es fühlte sich gut an, wenn die Blicke der Jungs mir folgten! Sie schmachteten mir hinterher! Ich war zwar keine überirdische Schönheit mit unzähligen Verehrern, aber auch diese zwei, drei Jungs gaben mir ab und zu das Gefühl, etwas ganz Besonderes zu sein. Ein hübsches Mädchen, das begehrt wurde.

Aber die Blicke veränderten sich. Mit diesem bescheuerten Gestell an meinem linken Unterschenkel – ich nahm mir fest vor, es niemals jemanden sehen zu lassen - schauten mir nun wirklich viele hinterher, Mädchen wie Jungs. Jetzt stand ich im Mittelpunkt, aber anders als es sich wohl jeder wünschen würde.

In der Schule glotzten mich nun alle an. Ich wusste es schon vorher, wollte mich in der Reha seelisch und moralisch darauf vorbereiten, aber irgendwie bekam ich das nicht hin. Ich war ein Krüppel, für alle sichtbar. Und damit musste ich jetzt den Rest meines Lebens klarkommen. Es würde mich überallhin verfolgen, *jeden - verdammten - Tag.*

Mein entsetzlicher Unfall war sofort Gesprächsstoff Nummer eins in der Schule. Ich wurde unfreiwillig zu einem Krüppel-Promi. Die anderen Kinder starrten mich an, tuschelten, zeigten auf mich. Es war entsetzlich und das nicht nur für ein paar Tage. Erst nach einigen Monaten ebbte das Interesse allmählich etwas ab. Und ein Interesse an mir als Mädchen, das war nicht einmal mehr ansatzweise vorhanden. Für die Jungs war ich von da an Luft. Auch damit musste ich mich abfinden. Es war nichts mehr wie vorher. Und es würde auch nichts mehr wie vorher sein oder werden.

Meine Eltern machten sich große Sorgen um mich. Sie setzten sich unglaublich dafür ein, dass ich eine der besten Prothesen überhaupt bekam. Das Teil hatte sogar ein richtiges Gelenk am Fuß. Mit der künstlichen Plastikhaut drum herum sah es von Weitem fast aus wie ein normales Bein, aber eben nur fast.

Irgendwann lernte ich jedoch, damit klarzukommen. Es war allerdings eher ein notgedrungenes Arrangement als wirkliche Akzeptanz. Verdrängung wurde unbewusst zu meiner Strategie. Mit dieser selbst auferlegten Verarbeitungsmethode blieb ich taff; taff und selbstbewusst. Ich würde mich nie unterkriegen lassen, murmelte ich oft verbissen vor mich hin. Und nach außen hin gelang mir das, wie ich fand, auch wunderbar. Dass ich mich dabei weiterhin selbst belog, war irrelevant. Ich würde damit klarkommen, mein Leben schon meistern, ohne Wenn und Aber. Punkt.

Mir blieb ja auch nichts anderes übrig.

Ich konzentrierte mich auf die Schule, lernte eifrig und stürzte mich so in die Arbeit, dass ich keine Zeit mehr hatte, mich mit dem fehlenden Körperteil zu befassen. Das tat richtig gut. Niemand hätte erwartet, dass ich den verpassten Schulstoff komplett aufholen und zur gleichen Zeit mit allen anderen mein Abitur machen könnte. Aber ich schaffte es. Kicki und ich waren daher auch weiterhin in derselben Klasse. Anschließend gingen wir sogar gemeinsam an die Uni. Mit meinen Eltern gab es allerdings unzählige Diskussionen, weil ich eine eigene Wohnung wollte. Sie sind ständig in Sorge um mich, und weil ich sie furchtbar liebhabe, gab ich schließlich nach. Daher studierte ich notgedrungen in meiner Heimatstadt und wohnte in meinem Kinderzimmer. Weil auch Kicki aus finanziellen Gründen weiterhin zu Hause lebte, fand ich mich etwas leichter damit ab.

Gegen Ende des Studiums wurde ich jedoch immer unleidiger. Ich brauchte meine Freiheit. Meine Eltern konnten und wollten das lange nicht verstehen. Ihrer Meinung nach sollte ich es doch genießen, stets bekocht zu werden, die Wäsche gewaschen zu bekommen und immer einen vollen Kühlschrank vorzufinden. Aber diese Fürsorge erstickte mich. Sie wurde mir immer unerträglicher, so sehr ich meine Eltern auch liebte.

Als ich dann mein Studium erfolgreich abgeschlossen hatte,

machten mir meine Eltern das größte Geschenk, das sie mir nur hätten machen können. Sie überreichten mir einen Schlüssel; den Schlüssel zu meiner eigenen Wohnung. Sie lag zwar in derselben Stadt und war sicherlich nicht ohne Hintergedanken ausgewählt worden, aber es war eine richtige eigene Wohnung, und sie gehörte mir. Ich fiel aus allen Wolken und wusste vor lauter Freude und Begeisterung gar nicht mehr wohin.

Was mich anfangs etwas verärgert hatte, war der Aufzug. Meine Eltern hatten mir eine Dachgeschosswohnung gekauft, weil sie wussten, wie sehr ich es liebte, unter dem Dach zu wohnen. Aber mir war sofort klar, warum dort ein Aufzug war. Und ich hasste es, daran zu denken, dass ich ihn irgendwann einmal benutzen müsste. Ich wollte laufen, auf zwei Beinen. Auch wenn eines davon nur eine gruselige Attrappe war. Allerdings versuchte ich, das weiterhin erfolgreich zu verdrängen, jeden Morgen, sobald ich das künstliche Gelenk an meinen Stumpf gesteckt hatte. Das Freiheitsgefühl, das sich nach meinem Einzug in die eigene Wohnung einstellte, machte dieses Manko jedoch wieder wett. Ich war einfach nur überglücklich. Ich hatte tatsächlich das Studium der Architektur hervorragend abgeschlossen. Damit konnte ich mir einen super Job suchen und war endlich frei, selbständig und unabhängig – so mein Plan.

Nachdem ich richtig angekommen war und alles komplett eingerichtet hatte, begann ich schließlich, Bewerbungen zu schreiben. Voller Tatendrang und hoch motiviert schrieb ich sämtliche Architekturbüros in der Umgebung an. Aber ich wurde schnell auf den Boden der Tatsachen zurückgeholt. Es trudelte eine Absage nach der anderen ein. Das machte mich wütend und traurig zugleich. Mein Traummodell von der Zukunft schmolz dahin wie eine einsame Schneeflocke im Sommer. Irgendwann verlor ich den Glauben und die Hoffnung daran, jemals wirklich in dem erlernten Beruf zu arbeiten. Das alles ist jetzt bereits zwei Jahre her. Aber meine Geschichte geht weiter …

MONTAG

Jetzt sitze ich gerade alleine in meiner Dachgeschosswohnung vor einer Dosensuppe, als das Telefon klingelt. Ich flitze hastig in den Flur.

„Ja?", nuschle ich in den Hörer und wische mir dabei mit dem Zeigefinger einen Klecks Suppe vom rechten Mundwinkel ab.

„Hi! Hier ist Kicki! Hast du schon deine Post geöffnet, Franzi?"

„Nein", sage ich und versuche, mit der Zunge ein Stück Fleisch zwischen den Zähnen wegzubekommen. „Wieso?"

„Dann schau schnell durch! Ich bleib dran!", meint Kicki eifrig.

„Na gut. Warte mal." Ich nehme den Poststapel mit ins Wohnzimmer zu dem kleinen, runden Esstisch. „Wonach soll ich denn suchen?", frage ich und sehe die Werbung und die wenigen Umschläge durch.

„Ich sag nichts! Aber es ist großartig, Franzi!", sprudelt es enthusiastisch aus ihr heraus.

„Na dann", murmle ich argwöhnisch und halte plötzlich einen Umschlag von unserem alten Gymnasium in den Händen. Ein großer Stempel des Freiberg Gymnasiums ist links oben in der Ecke aufgedrückt. „Meinst du die Post von unserer alten Schule?", frage ich.

„Ja! Mach auf! Schnell!"

Ich runzle die Stirn und rupfe unsanft den Umschlag auf. Dann ziehe ich eine Karte heraus. *Scheiße ...*

„Anlässlich des zehnjährigen Abiturjahrganges laden wir sie und ihren Partner ganz herzlich zum Abiball der kompletten Jahrgangsstufe ein", lese ich erschrocken vor. Mein Gesicht wird kreidebleich.

„Ist das nicht der Wahnsinn?", schnattert Kicki in den Hörer. „Wir werden natürlich zusammen dorthin gehen. Und wir müssen unbedingt bald shoppen! Ich bin so gespannt, wer alles kommt und wer verheiratet ist oder schon Kinder hat, oder einen super Job! Meinst du, wir erkennen überhaupt alle? Das wird so toll! Ich freue mich jetzt schon, die ganzen Nasen wiederzusehen!", sprudelt es aus Kicki heraus.

Dann höre ich im Hintergrund Geschrei. Kickis kleine, acht Monate alte Tochter kräht aus Leibeskräften und brüllt alles zusammen.

„Oh, Mist! Ich rufe dich gleich zurück, Franzi! Ich muss mal nach Lissi sehen!", sagt Kicki abschließend und legt auf.

Da gehe ich nicht hin. Ich bin fast dreißig! Und ich arbeite als Bedienung in einer Eisdiele! Außerdem bin ich immer noch Single – woran ich auch nichts ändern möchte – und ich bin immer noch ein Krüppel! Garantiert fragen sie sich, was aus mir geworden ist und wie es aussieht, wenn eine Frau mit einer Beinprothese ein Abendkleid trägt ...

Bei der Abschlussfeier kam mir Gott sei Dank ein schlimmer Magen-Darm-Infekt zur Hilfe. Aber jetzt bin ich erwachsen und kann *ganz souverän absagen. Einfach nicht dort auftauchen. Gut, ich kann nicht mehr so tun, als hätte ich es nicht gewusst. Vergessen wird wohl als Ausrede auch flachfallen. Kicki wird es sich garantiert nicht nehmen lassen, mich permanent daran zu erinnern. Mann! Was hätte ich zu erzählen?* Mein Mund verzieht sich zu einem sarkastischen Lächeln. *Ich kenne die Eiskarte und ihre Preise auswendig.* Voller Hohn lache ich laut auf.

Grimmig löffle ich meine kalte Suppe aus und mache mich zu Fuß auf den Weg zur Arbeit in die Innenstadt.

Ich stehe in der Eisdiele. Es ist kurz nach Mittag und in diesem Mai einer der ersten warmen Tage. Daher ist es nicht verwunderlich, dass sich viele in der Mittagspause auch ihr erstes Eis in diesem Jahr gönnen.

Wie immer bin ich sehr freundlich und habe mein höflichstes Lächeln auf den Lippen. Dennoch bin ich nicht ganz bei der Sache. Dieser blöde Abiball geht mir einfach nicht aus dem Kopf. Warum will mich Kicki auf Teufel komm raus dahinschleppen! *Damit mich alle anstarren? So wie früher in der Schule? Warum sollte ich mir das antun?*

An der Uni wusste niemand von meiner Beinprothese. Das war auch gut so. Selbst meinem Chef hier in der Eisdiele habe ich es bisher verheimlicht. Garantiert habe ich auch nur wegen meiner Behinderung die ganzen Jobabsagen bekommen. *Ich werde nie wieder so ehrlich sein und das angeben!*

„Ich hätte gerne eine Waffel mit zwei Kugeln Schokoladeneis", sagt ein Mann im schwarzen Anzug nun vermutlich zum dritten Mal.

Ich schrecke aus meinem Tagtraum hoch.

„Gerne", antworte ich schnell und tauche den kalten Eisportionierer in heißes Wasser. Danach rolle ich zwei große Kugeln und türme sie auf der kleinen Waffel auf.

Als der Mann bezahlt hat und ich ihm gerade das Eis über die Theke reichen möchte, spricht mich mein Chef an.

„Franzi, kannst du bitte gleich mal nach hinten kommen?"

„Natürlich", antworte ich, möchte mich beeilen und halte dem Mann im schwarzen Anzug ohne hinzusehen das Eis über die Theke.

Dieser hat jedoch im selben Moment in der Jackettasche nach seinem klingelnden Handy gewühlt. Daher drücke ich ihm aus Versehen die zwei Kugeln Schokoladeneis direkt mitten ins Gesicht.

Oh Shit ...

„Hey! So ein Ärger! Sie Trottel! Grrr!", keift er wütend und schroff.

Einen Moment lang bin ich nicht in der Lage, mich zu bewegen.

„Entschuldigen Sie bitte". „Mensch, Franzi! Kannst du nicht aufpassen!", schimpft mein Chef und reicht dem Kunden einen

Stapel weiße Servietten über die Theke. „Das Eis geht natürlich aufs Haus."

„Ja glauben Sie etwa, ich würde das Eis in meinem Gesicht auch noch bezahlen? Das hilft mir jetzt außerdem auch nicht! Alles klebt! So eine Scheiße! Ich habe gleich einen wichtigen Termin!" Zornig tobt er vor sich hin.

Immer noch gelähmt vor Scham bemerke ich auf einmal, wie andere Gäste amüsiert grinsen und lachen. *Wie peinlich …*

Trotzdem stehe ich weiterhin mit knallrotem Kopf wie erstarrt hinter der Eistheke. *Wie konnte ich nur so schusselig sein!*

Damit ist der Tag für mich gelaufen. Die restlichen Stunden erledige ich kleinlaut meine Arbeit. Obwohl mir mein Chef inzwischen schon längst verziehen hat, kann ich mir diesen dämlichen Zwischenfall selbst nicht so schnell verzeihen.

Am Abend liege ich erschöpft auf dem Sofa. Neben mir klingelt das Telefon.

„Wo warst du denn? Ich hatte doch gesagt, ich melde mich noch einmal", pampt mich Kicki an.

„Hallo? Ich war vielleicht auf der Arbeit?", rechtfertige ich mich trotzig.

„Mist, stimmt ja. Hatte ich vergessen. Sorry, Franzi."

„Bevor du jetzt aber wieder mit dem Ball anfängst, ich gehe da nicht hin!", platzt es aus mir heraus.

„Was? Aber wieso?", fragt Kicki total verdattert.

„Weil, … weil, … weil ich in Urlaub fahre. Tja, leider bin ich dann nicht da", lüge ich.

„Seit wann fährst du denn in Urlaub? Du bist doch noch nie in Urlaub gefahren", hakt meine Freundin misstrauisch nach.

„Deshalb wird es jetzt einmal Zeit dafür! Fakt ist, ich bin nicht da."

„Hm", mault Kicki in den Hörer. „Kannst du den Urlaub nicht verschieben?"

„Nein. Habe ich schon zu lange geplant", seufze ich und spiele ihr wirklich überzeugend vor, dass es mir unendlich leidtut und dass ich untröstlich bin.

„Na ja", murrt meine Freundin. „Vielleicht klappt es ja doch noch. Begleitest du mich denn wenigstens zum Shoppen? Ich brauche ein Kleid. Mit den überschüssigen Schwangerschaftspfunden wird das nicht lustig", bemerkt Kicki und ich meine einen Hauch von Verbitterung in ihrer Stimme herauszuhören.

„Na klar. Du kannst auf mich zählen!"

„Da ist noch etwas, Franzi", beginnt meine Freundin zögerlich.

Meine Alarmglocken klingeln. Wenn sie so verhalten herumdruckst, ist etwas im Busch.

„Ich habe in der Tageszeitung eine Anzeige gesehen. Sie suchen einen Architekten und ich dachte, weil du doch …"

„Vergiss es!", falle ich ihr ins Wort. „Um wieder eine Absage zu kassieren?", fauche ich sie an.

„Mensch, Franzi! Dein Selbstmitleid ist zum Kotzen!", schimpft Kicki.

Ich schnappe nach Luft.

„Weißt du eigentlich, wie viele Leute Dutzende Bewerbungen schreiben? Wie viele schon umsonst an etlichen Vorstellungsgesprächen teilgenommen haben? Glaubst du etwa im Ernst, die Jobs fallen dir vom Himmel direkt in den Schoß? Ich fotografiere dir die Anzeige ab und schicke sie dir. Und du setzt dich sofort auf deinen süßen Hintern und machst deine Bewerbungsunterlagen fertig! Verstanden?" Ihre Stimme duldete keinen Widerspruch.

Ich fühle mich auf unangenehme Weise ertappt und bin immer noch unfähig, etwas zu sagen.

„Ja, von mir aus", brumme ich letztlich in den Hörer.

„Geht doch", säuselt Kicki zufrieden und als sie auflegt, blinkt auf meinem Handy schon ihre Nachricht auf.

Na toll. Kostet nur Zeit und Papier. Die nehmen mich sowieso nicht!

Widerwillig fahre ich meinen Computer hoch und stöhne genervt auf. Ich schaue mir meine alten Bewerbungsunterlagen an. Trotz inneren Protests beginne ich damit, sie an meine aktuelle Lebenssituation anzupassen. Es gibt nicht viel zu ändern außer dem Datum und dem Job in der Eisdiele. Dann lese ich die Anmerkung zur Behinderung. Meine Finger schweben über der Taste, die diese Angabe löschen könnte. Mit einem Anflug von Wut und Verzweiflung entferne ich diesen Hinweis. *Das geht die auch gar nichts an!*

Etwas fester als nötig drücke ich so oft auf die ‚Entfernen'-Taste, bis der komplette Satz verschwunden ist. Natürlich hätte ich auch mit einer Markierung alles auf einmal löschen können, aber das bockige Kleinkind in mir zelebriert regelrecht jeden gelöschten Buchstaben.

Zufrieden begutachte ich anschließend mein Werk und schaue mir mein altes Passfoto an. Darauf gefalle ich mir extrem gut. Daher beschließe ich, es noch einmal zu verwenden. *Ich bin wirklich hervorragend getroffen. Hübsch ... Ja, echt hübsch.*

Damit habe ich alle Bewerbungsunterlagen schnell beisammen. Ich überfliege sie ein weiteres Mal und lehne mich zurück.

Rechtlich gesehen ist es auch vollkommen okay ... fast. Ich kann natürlich nicht auf Gerüste klettern oder unwegsame Baustellen besuchen ...

Mist, ganz okay ist es nicht ... Warum war ich auch so bescheuert und habe mir ausgerechnet dieses Studium ausgesucht? Warum habe ich nicht auf meine Eltern gehört und eine einfache Banklehre gemacht? Ich musste mal wieder meinen Kopf durchsetzen!

„Grrr!", knurre ich laut und verärgert über mich selbst.

Unter Tränen habe ich mich wie so oft schon selbst wiederaufgebaut; mir immer wieder tapfer zugesprochen und mir eingeredet, dass ich alles schaffen kann, wenn ich es nur will. Zugegeben macht es mich fuchsteufelswütend, dass ich ganz offensichtlich Unrecht hatte, was die Auswahl meines Studiengangs betrifft.

Mir kommen die ersten Tränen. Ich wische sie aus meinem Gesicht und atme einige Male tief durch. *Was soll's. Mehr als absagen können sie nicht. Einen Versuch ist es wert. Kicki hat ja recht.*

Ich schalte den Drucker ein und schiebe die Unterlagen danach in einen Umschlag. Dann wühle ich aus einer Schublade eine Briefmarke heraus und drücke sie rechts oben über der Anschrift fest.

„So, weg damit. Jetzt habe ich auch endlich Ruhe vor Kicki! Ich und Selbstmitleid! Pah! Ich bin mit meinem Leben vollkommen zufrieden! Ich liebe Eis! Ich arbeite gerne in der Eisdiele! Ich brauche keinen anderen Job! Finanziell komme ich einwandfrei über die Runden, und im Gegensatz zu ihr bin ich vollkommen frei! Ich muss mich weder nach einem Mann noch nach einem Kind richten! Ich kann tun und lassen, was ich will! Das ist toll!", grummle ich gereizt vor mich hin.

Aber vielleicht bekomme ich ja sogar den Job. Das wäre natürlich der Hammer ...

DONNERSTAG

Tatsächlich trudelt nach gerade mal zwei Tagen die Einladung zu einem Vorstellungsgespräch bei mir ein. Ich bin total aus dem Häuschen. *Vielleicht wird das mein Jahr!* Eigentlich wollte ich Kicki davon gar nichts erzählen, aber kurz bevor ich mich auf den Weg mache, halte ich es dann doch nicht mehr aus. Übermütig und bester Laune erzähle ich ihr, dass ich von dem Architekturbüro zu einem Vorstellungstermin eingeladen wurde.

Kicki flippt komplett aus. Sie konnte sich schon immer riesig für mich freuen und auch diesmal platzt sie fast vor Freude.

„Viel Glück, Franzi! Ruf mich danach sofort an! … Nein! Warte! Ich wollte gleich sowieso auf den Spielplatz! Der ist ganz in der Nähe! Wir holen dich dort ab! Vielleicht können wir direkt die Korken knallen lassen!“

„Stopp, Kicki! Wir wissen doch noch gar nicht, ob ich den Job bekomme! Ich melde mich nachher bei dir, wenn alles gelaufen ist, okay?“

„Okay!“, antwortet Kicki zuversichtlich und legt auf.

Nach einer kurzen Busfahrt stehe ich in der Straße, in der sich das Architekturbüro befinden soll. Ich studiere die Hausnummern, laufe die Straße entlang und sehe schließlich das Schild. Ich atme tief durch. Dann betrete ich das alte Gebäude, das nicht wirklich nach einem Architekturbüro aussieht.

Es ist dringend renovierungsbedürftig. Aber eventuell ist diese Agentur auch neu. Vermutlich wurde sie gerade erst gegründet. Dann stünden auch meine Chancen viel besser!

Ich spreche mir selbst Mut zu. Ich nehme noch einmal einen tiefen Atemzug und steige die alte, steinerne Treppe nach oben. Ich runzle die Stirn. Der Putz blättert von den Wänden und es riecht muffig. Dann stehe ich plötzlich vor einer wahnsinnig breiten, hochmodernen Glastür. Zwei Elemente, die so viel Licht in den Flur lassen, als stünde man im Freien.

„Wow", staune ich und halte einen Moment inne.

Als ich den Griff herunterdrücken möchte, um hineinzugehen, sehe ich bereits von der Empfangstheke aus eine junge Frau lächeln. Sie zwinkert mir zu. Es surrt. *Ich glaube, ich hätte eher Milchglas für die Eingangstür verwendet*, überlege ich.

„Hallo!", begrüßt mich die junge Frau und bleibt hinter ihrer Theke sitzen. „Wir sind noch nicht so lange hier", erklärt sie, als ich mich verwundert umschaue.

Es sieht schon ziemlich perfekt und modern aus. Jedoch ist trotzdem unübersehbar, dass an einigen Stellen renoviert wird – wie zum Beispiel der Boden im Eingangsbereich. Hier wurde erst damit begonnen, Fliesen in Holzoptik zu verlegen. Dadurch ist er uneben und ich muss mich stark konzentrieren, um nicht zu stolpern.

„Sie kommen bestimmt wegen der Bewerbung", meint die Empfangsdame und lächelt mich weiter an.

„Ja", stimme ich zu.

„Nehmen Sie doch bitte noch einen Moment Platz." Sie deutet auf zwei Stühle rechts von ihrer Theke und einen kleinen Beistelltisch. „Wollen Sie einen Kaffee?", fragt sie freundlich.

„Äh … nein, danke", stottere ich verlegen und spüre die aufsteigende Nervosität. *Das darfst du jetzt nicht vermasseln, Franzi!*

„Der Chef kommt bestimmt gleich", meint die Angestellte und

nimmt zwei Minuten später den Telefonhörer ans Ohr, als es klingelt. „Alles klar! Ich schicke sie rein!“, antwortet sie der Person am anderen Ende der Leitung.

Ihre Tonlage lässt mich aufhorchen.

„Das war der Chef. Er erwartet Sie. Sein Büro ist den Gang entlang, letzte Tür rechts.“ Immer noch lächelt sie mich aufmunternd an, was mich zu irritieren beginnt.

Stimmt etwas nicht mit mir? Mir wird etwas mulmig.

Langsam erhebe ich mich und folge ihrer Anweisung. Ich setze achtsam einen Fuß vor den anderen und gehe den Gang entlang. Mein Herz klopft vor Aufregung.

„Du schaffst das! Du schaffst das! Du schaffst das!“, murmle ich leise vor mich hin und ringe darum, ruhig und konzentriert zu bleiben. Ich brauche unbedingt einen souveränen Auftritt!

Höflich klopfe ich an der Tür und hole dabei tief Luft. Mein Brustkorb bläst sich auf wie ein Ballon und sackt mit nachlassender Anspannung wieder in sich zusammen. *Du schaffst das!,* bestärke ich mich noch einmal und trete nach einem männlich tiefen „Herein“ ins Zimmer.

Mir klappt die Kinnlade herunter. Offenbar ist der Umbau in diesem Altbaubereich schon deutlich weiter vorangeschritten. Riesige Fenster schaffen auch hier einen unglaublichen Lichteinfall. Diverse Modellkonstrukte sind in den unterschiedlichsten Ecken des Raumes mit Lampen in Szene gesetzt, als würde ich ein Museum der Zukunft betreten.

„Wow“, entfährt es mir. Dabei wollte ich das nur denken.

„Gefällt Ihnen mein Büro?“, erkundigt sich eine Männerstimme belustigt.

„Jjja, schon“, stottere ich und drehe verlegen den Kopf.

Oh Gott …

In Sekundenschnelle schießt mir das Blut in den Kopf.

„Sssie sind das?“, piepse ich so hoch, dass jede Sopranistin vermutlich vor Neid erblassen würde.

Amüsiert taxiert er mich.

„Und *Sie* sind das“, wiederholt er beinahe lachend meinen Satz, lehnt sich in seinem Sessel nach hinten und verschränkt lässig die Arme vor der Brust.

Seine Mundmuskeln zucken weiter. In meinem Kopf schwirrt es. *Was soll ich jetzt tun? Ich habe ihm das Eis ins Gesicht geschmiert ... Wie peinlich ...*

„Möchten Sie sich vielleicht setzen?“, bietet er an und deutet mit einer Hand kurz zu einem der zwei Stühle gegenüber seinem Schreibtisch, bevor er die Arme wieder verschränkt.

Immer noch stehe ich verloren in dem riesigen, hellen Raum. Auf einmal gibt er mir das Gefühl, als würde mich das Licht wie Scheinwerfer von allen Seiten anstrahlen. Mir wird flau.

„Ich, … äh, … ich …“ Mein Sprachzentrum scheint überfordert – so wie ich.

„Ja, bitte?“, fragt er höflich, aber sein belustigter Gesichtsausdruck lässt mich spüren, dass er zweifellos schon vorher wusste, wer da zum Vorstellungstermin erscheint.

Er hat das Bewerbungsfoto gesehen und mich erkannt! Ich habe ihn gar nicht als Architektin interessiert! Er hat sich einen Spaß daraus gemacht, mich einzuladen! Um sich über mich lustig zu machen!

Wut beginnt in mir aufzulodern, und ich bereite mich auf eine verbale Schlacht vor.

„Sie wussten, dass ich das bin!“, fahre ich ihn an.

„Ja“, erwidert er kurz und knapp und grinst breit, so breit, dass es mich noch mehr verärgert.

„Warum bin ich dann hier?“, patze ich ihn schnippisch an.

„Moment mal, *Sie* haben sich doch bei uns beworben, oder etwa nicht?“

„Ja, aber da wusste ich auch noch nicht, dass … dass …“ Ich stecke in einer Sackgasse.

„Dass *was*? Dass ich der Mann bin, den Sie mit dem Eis beworfen haben?“

„Ich habe Sie nicht mit Eis beworfen!“, protestiere ich. Erbost funkle ich ihn an, werde aber ganz plötzlich von einem lauten Schnarchen abgelenkt.

Irgendetwas in meinem Unterbewusstsein richtet schlagartig seine Aufmerksamkeit auf ein anderes Ziel: das schnarchende unbekannte Etwas. Ich halte inne, während mein Puls beschleunigt. Dann scheint es sich zu strecken. Es schmatzt und im nächsten Augenblick starre ich in große, dunkle, runde Augen. Das schnarchende Etwas steht jetzt auf vier Pfoten – kniehoch, schwarz, kompakt, mit riesigen weißen Zähnen und Sabber. Überall schleimiger Sabber, der in zähen Fäden vom Maul herabhängt.

Für einige Augenblicke bin ich wie gelähmt, als hätte sich mein Körper in eine Marmorstatue verwandelt. Dann löst sich meine Schockstarre im Bruchteil einer Sekunde auf. Gleichzeitig schießt das Adrenalin durch meinen Körper. Ich starre die Bestie an, die mich bereits ins Visier genommen hat. Es ist alles genau wie damals, und daher weiß ich auch, was ich zu tun habe – *RENNEN*!

Und schon setzen sich meine Gliedmaßen in Bewegung. Ich torkle rückwärts zur Tür, langsam, beschwichtigend, noch unsicher, ob sich das Vieh nicht schon in diesem Raum auf mich stürzen wird. Dass der Mann hinter dem Schreibtisch mit mir redet, das bekomme ich bereits gar nicht mehr mit. Seine Stimme trifft auf mein Trommelfell, aber verpufft dort. Rein gar nichts von dem, was er sagt, wird von meinem Gehirn verarbeitet.

Ich kann meine Augen nicht von der Gefahr abwenden, die sich schon gierig und vermutlich ausgehungert darauf vorbereitet, mich gleich zu verschlingen. Dieser Sabber und diese lange, überdimensional große Zunge, die ihm aus dem Maul hängt. So, als würde ich nach drei Monaten radikalem Zuckerentzug vor einem Tortenbuffet stehen. Das Vieh hat Hunger, riesigen Hunger. Und ich werde seine Mahlzeit sein – zumindest ein Teil von mir.

Meine Atmung beschleunigt sich und mein Stresspegel ist bereits weltrekordverdächtig hoch. Panisch greife ich hinter mir nach der Türklinke, aber der Hund macht gleichzeitig einige Schritte auf mich zu.

Oh Gott ... Er wird schneller sein ... Ich muss versuchen, ihm die Tür vor der Nase zuzuhauen ...

Ich wage es nicht, den Vierbeiner auch nur für einen Moment aus den Augen zu lassen. Als ich es sogar tatsächlich schaffe, ihm die Tür vor der Schnauze zuzuschlagen, lache ich noch während ich davonrenne vor Erleichterung auf. Ich stolpere den Gang entlang, den Ausgang wie eine Zielscheibe im Visier.

„Jetzt bleiben Sie doch mal stehen! Warum rennen Sie denn weg? Der tut doch nichts!“, ruft die Männerstimme mir nach, die eben noch hinter dem Schreibtisch gesessen hat.

Doch da ist noch etwas. Nicht nur er hat das Zimmer verlassen. Auch sein Vierbeiner hat die Gelegenheit beim Schopfe gepackt und galoppiert mir nun nach. Mit Schrecken erkenne ich ihn aus dem Augenwinkel, sehe nur noch Zähne, Sabber und wie er auf mich zubrettert.

Ein hässliches Déjà-vu holt mich ein. All die Bilder von damals – ich sehe sie wieder lebhaft vor mir. Mit Tränen in den Augen flüchte ich weiter, und der Ausgang kommt näher. Noch einmal drehe ich mich um, möchte abschätzen, ob der Abstand ausreicht, auch die folgende Tür hinter mir zuzudrücken. Plötzlich jedoch, als ich mich gerade wieder nach vorne wende, ist die Glastür näher als gedacht. Mit voller Wucht donnere ich dagegen. Es klingelt in meinen Ohren. Die Welt um mich herum schwankt bedrohlich. Krampfhaft rudere ich mit den Armen, versuche, nach irgendetwas zu greifen, um mich festzuhalten. Aber stattdessen falle ich unsanft zu Boden. Benommen und mit flimmernden Pünktchen vor den Augen liege ich auf dem dreckigen Estrich, in dem Teil des Raumes, wo noch keine Fliesen verlegt wurden. Alles dreht sich und ich kann immer noch nicht fassen, was da gerade geschehen ist.

„Ahhh ...“ Ich stöhne auf, unbewusst, ohne es selbst zu registrieren. Dabei werden die Umrisse der Umgebung wieder deutlicher.

Im nächsten Moment wird es auf meiner Stirn eklig nass und klebrig. Meine Riechrezeptoren melden auf einmal einen schrecklichen Mundgeruch. Es stinkt wie aus einer Biotonne, die zwei Wochen in der prallen Sonne gestanden hat.

Der noch leicht trübe Nebel vor meinen Augen klart vollends auf und gibt den Blick auf ein riesiges Maul frei, das sich über mich beugt. Der Sabber tropft in mein Gesicht.

„Iiiiihhhh!", schreie ich. Doch dann kehrt die Angst zurück und lähmt meine Stimme ein weiteres Mal.

„Alles gut bei Ihnen?", fragt der Mann, aus dessen Zimmer ich eben geflohen bin.

Ich atme flach, wage es nicht das winzigste Anzeichen zu geben, dass ich noch lebe, aus Angst, der Hund beißt sofort zu.

„Nehmen – Sie – den – Hund – weg!", flehe ich fast lautlos und mir wird schon wieder schwindelig. In meinen Handflächen beginnt es zu kribbeln.

„Jetzt beruhigen Sie sich! Der tut doch gar nichts!", sagt der Mann belustigt.

„Nehmen – Sie – den – Hund – weg!", bitte ich noch einmal mit deutlich mehr Nachdruck.

Mit einem lauten Seufzen zieht er ihn am Halsband zur Seite. Ich schließe kurz die Augen und atme durch. *Oh Gott … Oh Gott …*

„Mein Hund ist zahm wie ein Lämmchen! Das haben Sie doch eben selbst gemerkt! Der hat Sie doch nur abgeleckt! Das macht er mit jedem, den er mag", muntert mich der Mann erheitert auf.

Ich nehme noch einige tiefe Atemzüge, bevor ich antworte.

„Ihr *Hund* hat sich auf mich gestürzt!", knurre ich wütend. „Er hat mich angefallen! Warum sagt eigentlich jeder Hundebesitzer, sein Hund tut nichts!", brülle ich erbost.

„Jetzt machen Sie mal einen Punkt! Sie können ja noch nicht einmal vernünftig geradeaus laufen! Sie haben flache Treter an und jede Frau in Pumps torkelt vermutlich nicht so albern durch die Gegend wie *Sie* mit Ihren zwei linken Beinen – und Händen!", meckert er mich jetzt wütend an. „Außerdem habe ich Ihnen hinterhergerufen, dass Sie stehenbleiben sollen!"

Oahhhh! Die Wut explodiert in mir wie ein gigantischer Atompilz.

„Stehenbleiben? Hätte ich mir vielleicht noch zwei Würstchen zwischen die Zähne klemmen und Petersilie in die Nasenlöcher stecken sollen, damit ich appetitlicher angerichtet bin, bevor Ihr Köter mich vernascht?“

Der Mann kichert und kann sich kaum noch halten. Ich rapple mich auf, was zu meiner Verärgerung äußerst unelegant aussehen muss. Amüsiert beobachtet er mich dabei, wie ich umständlich versuche, mich wieder gerade aufzurichten und in Position zu rücken.

„Kann ich Ihnen behilflich sein, Sie Koordinationsgenie?“

„Nein!“, brülle ich aufgebracht. „Ich brauch Ihre Hilfe nicht! Stecken Sie sich Ihre Hilfe sonst wo hin!“

„Lassen Sie mich raten, auf den Gerüsten schwingen Sie sich geschmeidig wie ein Äffchen von Stange zu Stange, nur auf dem Boden haben Sie Ihre Gleichgewichtsprobleme.“ Er prustet los.

„Sie … Sie … Sie arrogantes, selbstgefälliges Arschloch! Hören Sie auf zu lachen!“ Ich schreie ihm direkt ins Gesicht, zucke jedoch zurück, als der Hund wieder einen Schritt auf mich zumacht.

„Das war es dann wohl! Sie haben den Job *nicht*!“, betont er mit scharfer Stimme und zwingt sich dabei, seine Lautstärke zu mäßigen.

„Ich will den Job auch gar nicht!“, kreische ich außer mir und zitternd vor Zorn. Und beinahe wäre ich ein zweites Mal gegen die Glasscheibe gedonnert.

„Ich habe Ihnen doch gesagt, dass wir da vorübergehend etwas hinhängen sollen“, tuschelt seine Sekretärin ihm leise zu.

Er macht eine abwehrende Handbewegung.

„Glauben Sie etwa, noch jemand ist so dämlich und trottelig wie *die* da?“, höhnt er abfällig und es ist das Letzte, was ich höre, als ich die Büroräume verlasse.

Ich stehe wieder in dem alten Haus auf dem Flur, vor mir die mitgenommene Steintreppe und die von den Jahren gekennzeichneten dreckigen Wände. Die Wut in meinem Bauch ist nicht mehr zu überbieten. Und sie lässt sich auch nicht so schnell wegatmen. Vor Zorn laut schnaubend, steige ich die Stufen hinunter, darauf bedacht, dass ich mich nicht noch einmal auf die Nase lege.

Erst jetzt fällt mir auf, dass mein Schädel klopft. Ich fasse mir an die linke Stirnseite.

„Aua", entfährt es mir. Mit sanftem Druck betaste ich einen Teil der Stirn und die Region um mein linkes Auge. „Verdammt, hoffentlich gibt das keine Beule …"

Als ich wieder auf der Straße stehe, kullern mir plötzlich Tränen das Gesicht herunter. Wütend wische ich sie mit dem Ärmel weg und laufe heimwärts. Allerdings ist es mehr ein Hinken, was mich noch wütender macht. Ich kann nur hoffen, dass die Prothese bei meinem Sturz keinen Schaden genommen hat.

„Mann! Fuck!", fluche ich so laut, dass mich einige Passanten neugierig und interessiert anglotzen.

„Franzi! Warte! Warte auf uns!", höre ich eine abgehetzte Stimme hinter mir.

Ich verdrehe die Augen und stoße einen leisen Seufzer aus.

„Kicki", murmle ich gereizt.

„Hallo!", antwortet sie kurz darauf fast direkt hinter mir. Mit der kleinen Lissi im Buggy kommt sie näher gejoggt.

„Und?", fragt sie. Aber ein kurzer Blick scheint auszureichen. „Was ist passiert? Wie siehst du denn aus?" Entsetzt starrt sie mich an und zupft mich am Ärmel, damit ich langsamer mache.

„Nichts ist passiert! Gar nichts! Außer, dass ich eben wohl dem selbstverliebtesten, arrogantesten, gemeinsten, unsensibelsten, bescheuertsten Mann der ganzen Stadt begegnet bin!"

Kicki fängt an zu kichern.

„Was? Willst du mir jetzt auch noch in den Rücken fallen? Wieso lachst du? Ich habe den Job nicht, okay? Und ich werde mich auch nie mehr irgendwo bewerben!", fauche ich motzig wie ein Kleinkind.

„Sorry, Franzi. Das tut mir echt leid. Aber weißt du, wann du das letzte Mal so über einen Mann geschimpft hast? Damals war es allerdings eher noch ein Junge", grunzt Kicki weiter. „In den warst du mächtig verknallt und ich dachte, wenn du dich so über jemanden aufregst, dann muss er echt ein Traumprinz sein."

„Pah! Da irrst du dich gewaltig! Dieser Typ ist so ein Arschloch!

So ein selbstgefälliger, hirnloser Idiot … Dafür gibt es gar keine passenden Schimpfworte!" Ich hyperventiliere immer noch, so dass Kicki mich zwingen muss, stehen zu bleiben.

„Jetzt komm mal wieder runter, Franzi und erzähl in Ruhe."

„Hmmm", maule ich und will die ganze Geschichte eigentlich so schnell wie möglich vergessen.

„Na los, gib dir einen Ruck. So schlimm kann es doch gar nicht gewesen sein. Deine Bewerbungsunterlagen waren doch einwandfr…"

„Scheiß auf die Bewerbungsunterlagen, Kicki!", falle ich ihr ins Wort. „Die haben den gar nicht interessiert! Der wollte sich nur über mich lustig machen!", zische ich und explodiere ein weiteres Mal.

Als wir am Spielplatz angekommen sind und mit einem Cappuccino auf der Parkbank sitzen, habe ich langsam die Selbstbeherrschung wiedergewonnen. Schließlich beichte ich meiner Freundin alle peinlichen Ereignisse, vom Eis bis zum verpatzten Vorstellungsgespräch.

Gebannt und ungläubig schaut sie mich an.

„Wenn ich das vorher gewusst hätte! Was für ein Idiot! Und das, obwohl er doch aus deinen Bewerbungsunterlagen wusste, dass du … dass dir … naja, dass du eine leichte Behinderung hast. Wie konnte er sich da über dein Gleichgewicht lustig machen? Das ist wirklich daneben!"

Ich laufe rot an und hüstle verlegen. Etwas verschämt schaue ich zu Boden und kratze mit der Spitze meiner Schuhsohle ein Muster in den Sand. Alleine das Wort Behinderung im Zusammenhang mit mir zu hören, versetzt mir einen Stich in der Brust.

„Franzi …? Alles okay?", erkundigt sich Kicki und riecht den Braten bereits.

„Na ja …", nuschle ich verhalten. „Ich habe das mit der … Einschränkung aus den Bewerbungsunterlagen genommen. Ich dachte, wenn die Leute unvoreingenommen sind, möglicherweise bekomme ich dann endlich mal den Job …"

„Puhhh …“ Kicki atmet einmal laut aus. „Aber dann konnte er es doch gar nicht wissen, Franzi! Du kannst seine … nennen wir es mal etwas unsensible Antwort dann nicht persönlich nehmen! Er hätte sich sicher nicht über dich lustig gemacht, wenn er gewusst hätte, dass du … Woher sollte er auch …“ Kicki stockt betreten.

„Ist doch jetzt eh scheißegal! Ich habe den Job nicht und basta!“

Schweigend sitzen wir nebeneinander in der Sonne und nippen an unserem Cappuccino.

„Fährst du denn jetzt wirklich in Urlaub? … Wegen des Abiballs …“, beginnt Kicki wieder zögerlich das Gespräch aufzunehmen.

„Ja. Ich bin nicht da“, lüge ich und spüre die aufsteigende Röte in meinen Wangen, die aber selbst meiner besten Freundin nicht aufzufallen scheint – hoffe ich.

„Hm“, macht Kicki nur und nippt wieder an ihrem Kaffee, während Lissi hochzufrieden an einem Babykeks lutscht.

Den Heimweg fahre ich ein Stück mit dem Bus. Ich bin froh, dass ich heute nicht mehr in der Eisdiele erscheinen muss. Mein Kopf und das Stumpfende meines linken Beines schmerzen. Ich versuche aber, bis ich daheim bin, mir nichts anmerken zu lassen. Erst in meinen eigenen vier Wänden heule ich wieder. Trostlos sinke ich auf dem Sofa nieder, und was ich sonst nie machen würde: Ich ziehe schon meine Prothese aus. Mürrisch betrachte ich das absackende Stoffhosenbein, das auf dem Polster liegt, daneben das ausgefüllte. Ich lasse den Tag Revue passieren und starre vor mich hin in die Luft.

„Ein beschissener Tag“, nörgle ich, und weil mein Kopf und die linke Stirnseite oberhalb meines Auges immer noch klopfen, klatsche ich mir griesgrämig einen kalten Waschlappen darauf.

Angewidert betrachte ich am Abend vor dem Zubettgehen mein Gesicht. Ich habe tatsächlich eine fette Beule bekommen.

„Mist! Auch das noch!“, schimpfe ich und humple auf zwei Krücken ins Bett.

FREITAG

Als ich am nächsten Morgen aufwache, bekomme ich beim Blick in den Spiegel einen Schock. Ich habe ein Veilchen auf dem linken Auge, tiefblau mit einem lila Hauch. Ich lasse einen wütenden, gurgelnden Schrei los.

„Das habe ich nur diesem Typen zu verdanken! – Und seinem beschissenen Köter! Wenn ich den noch einmal in die Finger kriege! … Nein, den will ich nie wiedersehen! Weder ihn noch seine übergewichtige Bestie!“, schnaube ich wütend und könnte heulen, während ich verzweifelt versuche, die Prothese an meinen Stumpf zu montieren.

Das Stumpfende ist stark gerötet. Eigentlich hatte ich schon seit Tagen gespürt, dass es etwas überlastet ist, wollte das aber wie üblich übergehen. Der gestrige Vorfall scheint jedoch das i-Tüpfelchen gewesen zu sein. Ich komme nicht umhin, meinen Hausarzt anzurufen.

Am späten Vormittag stecke ich mir unter höllischen Schmerzen die Prothese an und humple aus dem Haus. Mir stehen die Tränen in den Augen. Ich beiße die Zähne zusammen und hinke zu Fuß los in die Innenstadt, wo sich die Praxis befindet.

„Guten Morgen, Franzi! Wie geht es dir?“, fragt mich mein Hausarzt Dr. Klein, als ich in sein Sprechzimmer trete.

„Wie wohl? Ich wollte eigentlich nicht zum Kaffeekränzchen vorbeischauen", maule ich mit gesenktem Kopf und setze mich. Verstohlen linse ich über den Schreibtisch zu ihm herüber.

Dr. Klein lächelt selig, ohne sich aus der Ruhe bringen zu lassen. Er kennt meine Launen, und wie auch heute, nimmt er es mir nicht übel.

„Dabei hätte ich hervorragende Kekse in der Schublade", antwortet er stattdessen aufmunternd und entlockt mir damit ein winziges Schmunzeln.

„Dann lass mal sehen", sage ich herausfordernd.

Tatsächlich zieht er triumphierend eine Packung Kekse aus seinem Schreibtisch.

„Willst du einen?", fragt er grinsend.

Ich seufze laut.

„Ja, gib schon her." Ich lächle ihn gequält an.

Er hält mir die Packung hin.

„Hast du dich geprügelt?", erkundigt er sich mit einem schelmischen Zucken im Gesicht. Ich kann ihm nicht böse sein, denn ich mag seinen schwarzen Humor.

Wir kennen uns schon seit meiner Kindheit, so dass ich seine lausbubenartigen Sticheleien genau einzuschätzen weiß. Zugegeben, nicht jeder dürfte sich bei mir solche Kommentare erlauben, aber mein weißhaariger Lieblingsarzt darf *fast* alles sagen.

„Ja, und fast hätte ich den Kampf gewonnen", kontere ich und spiele meine Schmerzen etwas herab.

Während ich auf dem Schokoladenkeks kaue, halte ich ihm mein Gesicht hin, damit er es untersuchen kann. Derweil überlege ich eilig, wie ich nur die wichtigsten Details für ihn in eine passende Berichterstattung verpackt bekomme. So sehr ich ihn auch mag, alles muss er trotzdem nicht wissen.

„Ich bin gestern gegen eine Glastür gelaufen und dann nach hinten auf den Boden gefallen. Dabei habe ich mir das Bein etwas verdreht. … Eigentlich tut es schon seit ein paar Tagen am … Ende, da, wo es aufhört, weh."

„Du meinst am Stumpf?“, fragt er nach.

Ich zucke zusammen und schlucke. Ich hasse dieses Wort. Daher nehme ich die Bezeichnung Stumpf, Prothese oder Behinderung grundsätzlich nicht in den Mund.

„Ja“, murmle ich.

„Zeig mal her“, fordert er mich auf, nachdem er mit der Untersuchung meines Gesichtes fertig ist.

Ich ziehe etwas verschämt meine Hose herunter, setze mich auf die Liege und löse die Prothese.

„Hmmm“, brummelt Dr. Klein vor sich hin und drückt leicht darauf herum.

„Aua!“, entfährt es mir, als er zu fest zupackt.

„Arbeitest du immer noch in der Eisdiele, Franzi?“, möchte er wissen.

Ich nicke peinlich berührt, weil ich weiß, warum er diese Frage auf diese ganz spezielle Art betont hat.

„Franzi, den ganzen Tag auf der Prothese zu stehen, das ist zu viel für dich! Du bist doch fast sechs volle Tage da, rund um die Uhr!“

„Nur im Sommer! Und meistens erst ab Mittag!“, korrigiere ich ihn.

„Franzi, das wird dir jetzt nicht gefallen, aber du musst mal zwei Wochen …“

„Nein!“, betone ich sofort energisch. „Ich werde mein … Bein nicht auslassen!“

„Franzi, wie soll sich der Stumpf denn dann erholen? Er braucht eine Pause! Eventuell sollten wir auch über eine Prothesenanpassung nachdenken. Du weißt, mein Kollege ist sehr gut. Ich verstehe nicht, warum du das Angebot nicht annehmen möchtest!“

„Weil, … weil ich mein Bein brauche! Immer! Ich, … ich kann nicht auf Krücken laufen!“, fällt mir im letzten Moment als Ausrede ein.

Und ich werde mich garantiert nicht noch vor einem anderen Arzt ausziehen und so zeigen!

„Das ist überhaupt kein Problem, Franzi! Wir organisieren dir einfach für den Übergang einen Roll…“

„Nein! So schlimm ist es gar nicht! Eine Salbe und vielleicht ein paar

Schmerztabletten würden mir schon reichen!“, versichere ich scharf.

Er legt den Kopf schief und seufzt. Dann setzt er sich neben mich auf die Behandlungsliege.

„Ich kenne dich schon, seit du klein warst. Du hast dich kein bisschen verändert, weißt du das“, sagt er und schüttelt verzweifelt und resignierend den Kopf. „Okay, Franzi, ich schreibe dich für eine Woche krank – vorerst.“

„Das geht nicht! Das Geschäft fängt gerade wieder an! Und das Wetter soll die nächsten Tage super werden! Mein Chef braucht mich in der Eisdiele! Ich kann jetzt nicht ausfallen!“, betone ich vehement.

Mein in die Jahre gekommener Lieblingsarzt knetet sich verzweifelt mit den Fingern an der faltigen Stirn herum.

„Franzi, du hast ein Monokelhämatom, wenn nicht sogar eine leichte Gehirnerschütterung! Abgesehen davon, dass dein Stumpf alles andere als gesund aussieht! Wenn du jetzt nicht auf die Bremse trittst, dann kannst du garantiert in wenigen Tagen überhaupt nicht mehr laufen! Es wird nur schlimmer! Verstehst du das nicht?“

Ich kämpfe gegen die Tränen an. Natürlich weiß ich, dass er wie immer recht hat.

„Aber sag ja nichts meinen Eltern, versprochen? Ich will nicht, dass sie sich Sorgen machen. Du kennst sie! Dann steht jeden Tag meine Mama auf der Matte und mästet mich! Dann werde ich fetter als eine Seekuh mit zehn Embryos kurz vor der Niederkunft!“

Dr. Klein lacht laut auf.

„Okay, dass mit der Seekuh überzeugt mich. Aber deinem Chef in der Eisdiele schenkst du jetzt endlich mal reinen Wein ein!“

„Nein! Das geht niemanden außer mich etwas an!“, sage ich trotzig.

„Das sehe ich in diesem Fall anders, Franzi. Und ich finde es nicht besonders fair von dir.“

„Egal“, maule ich und schlurfe wenig später missmutig aus der Praxis. *Der gestrige Tag war ja schon beschissen, aber der heutige entwickelt sich eindeutig ähnlich!*

Mit hängenden Schultern hinke ich die Einkaufspassage entlang. *Ich könnte die Krankmeldung noch eben in der Eisdiele abgeben …*

Aber wenn er Fragen stellt. Ich sehe nicht gerade nach einer Grippe oder so aus … Ich zögere. *Nein, lieber mit der Post. Oder ich bitte Kicki, sie vorbeizubringen!*

Kurzerhand drehe ich um und wackle zurück in Richtung meiner Wohnung. Das Bein mit der Prothese kann ich inzwischen kaum noch belasten. Bei der winzigsten Gewichtsverlagerung sticht es höllisch. *Ich hasse es, wenn Dr. Klein recht hat!*

Gerade dabei, mich im Selbstmitleid zu suhlen, höre ich plötzlich jemanden meinen Namen rufen.

„Franzi! Hallo!", ruft mein Chef von der Eisdiele.

Verdattert drehe ich mich um.

„Äh … Hhhallo", erwidere ich angespannt seine Begrüßung.

„So ein Zufall!" Roman lächelt mich offenherzig an.

„Ja – so ein Zufall", wiederhole ich und werde rot.

Er wirkt etwas nervös und betrachtet mich verstohlen.

„Hast du dir den Fuß verstaucht?", möchte er wissen.

„Wieso?", frage ich.

„Na, weil du so humpelst", bemerkt er freundlich lächelnd, vermeidet es aber, mir zu lange ins Gesicht zu sehen.

„Ja … so was Ähnliches …", druckse ich herum.

Roman hebt die Brauen. Heimlich mustert er mich, tut aber so, als würde er mir lediglich einen flüchtigen Blick zuwerfen. Verschämt ziehe ich aus der Manteltasche meine Krankmeldung hervor und halte sie ihm geniert hin.

„Krankmeldung? Du warst ja noch nie krank … Was hast du denn?", erkundigt er sich und ernste Sorge schwingt in seiner Stimme mit.

Ich hole tief Luft. Meine Augen irren über die Straße an ihm vorbei.

„Ich, … ich muss mich mal eine Weile etwas ausruhen. Ich soll nicht so viel stehen, meint mein Hausarzt." *Damit habe ich nicht gelogen!*

„Oookay … Hast du was mit dem Rücken?", rätselt er.

„Nein", nuschle ich zögerlich und laufe noch roter an, als ich es sowieso schon bin. Plötzlich kommt mir eine gute Idee. „Ich habe

Probleme mit dem linken Bein, weißt du … Überbelastung. Ich soll nicht so viel stehen. Hast du vielleicht einen Job für mich, bei dem ich sitzen kann?", füge ich rasch hinzu.

„Nicht wirklich, Franzi. Aber dann bleib doch einfach daheim und leg mal die Füße hoch! Wir bekommen das schon hin. Es hilft mir mehr, wenn du wieder richtig fit und voll einsatzfähig bist."

Traurig und enttäuscht zucke ich mit den Schultern. Roman klopft mir aufmunternd auf den Rücken.

„Soll ich dich nach Hause begleiten und stützen?", bietet er an.

„Kommt gar nicht infrage! Geht schon!", beteure ich so impulsiv, dass er zurückschreckt.

„Oookay. … Und dein Auge? Ich meine … Wie kommst du an …"

Reflexartig greife ich mir an den Kopf. *Shit! Das hatte ich ganz vergessen! Deshalb hat er so komisch geguckt …*

„Ja, das ist … beim Kickboxen passiert", scherze ich.

Roman lacht. Er kennt mich zu gut, als dass er davon ausgehen würde, dass an Kickboxen etwas dran sei.

„Sieht aus, als könnte es etwas weh tun", bemerkt er.

Ich mache eine nichtige Handbewegung.

„Halb so wild. Sieht schlimmer aus, als es ist. Mein Gegner war eine Glastür, weißt du. Verdammt stark. War nicht meine Gewichtsklasse."

„Na dann, gute Besserung! Hältst du mich auf dem Laufenden, wann du wieder zur Arbeit kommen kannst?"

„Mach ich", sage ich, hebe für ein schlaffes: „Ciao!", meine Hand und humple davon.

Ich habe nicht gelogen! Ich habe nur nicht die ganze Wahrheit gesagt! Geht ja auch niemanden etwas an!

Daheim rupfe ich mir die Prothese vom Bein. Wütend pfeffere ich sie auf das große Doppelbett. Ich werfe meinem Beinersatz einen missbilligenden Blick zu. Anschließend rufe ich Kicki an, um bei ihr meinen Frust loszuwerden.

„Hallo, Kicki", melde ich mich, als sie abnimmt.

„Hey! Besser heute?", fragt sie vorsichtig.

„Nö!", murre ich. „Ich bin krankgeschrieben. Mein Auge ist total blau geworden! Das sieht echt bescheuert aus! Und ich habe eine Beule an der Stirn. Außerdem ist mein, … mein eines Bein auch noch entzündet."

„Das linke oder das rechte?", hakt sie verhalten nach.

„Das linke", antworte ich gereizt.

„Mist … Kannst du damit laufen?"

„Geht so … Ich soll es ruhig halten und eine Woche nicht belasten. Schöner Mist …"

„Eine Woche bekommst du doch wohl rum. Ich wünschte mir ab und zu auch mal eine Auszeit. Ich glaube, Lissi bekommt Zähne. Sie ist gerade echt anstrengend", seufzt sie.

„Wir können ja gerne tauschen", maule ich.

„Du, Franzi, wenn du jetzt nicht laufen kannst … Ich brauche dich dringend als Beratung für das Abendkleid! Ohne dich finde ich garantiert keines und auf den letzten Drücker … Nachher sind alle tollen Kleider weg!"

„Das bekomme ich noch hin. Dafür müssen wir ja keinen Marathon laufen", scherze ich halbherzig.

Kicki atmet am anderen Ende der Leitung hörbar auf.

„Meinst du, du hättest morgen Vormittag Zeit? Weißt du, ich hatte meine Mama gefragt, ob sie morgen auf Lissi aufpassen könnte, und da du ja immer nur vormittags kannst …", bemerkt sie vorsichtig.

„Na klar. Bestimmt ist morgen ja auch schon alles wieder gut", antworte ich, bekomme die positive Untermalung dieses Satzes aber nicht wirklich überzeugend hin.

„Franzi, wenn es nicht geht, dann verschieb…"

„Nein, wir verschieben gar nichts, Kicki! Morgen früh um neun bei mir, okay? Und klau die Kreditkarte von deinem Mann. Wie ich dich kenne, könnte es teuer werden."

Meine Freundin kichert in den Hörer.

„Mach ich", antwortet sie verheißungsvoll. „Daran habe ich auch schon gedacht. Aber heute Abend werde ich ihn einfach so bezirzen, dass er sie mir sogar freiwillig gibt!“

„Kann ich mir denken, Kicki. Viel Erfolg! Bis morgen! – Und erspar mir dann bitte die Details!“

SAMSTAG

Am nächsten Morgen muss ich feststellen, dass es meinem Bein bzw. dem Teil, der davon übriggeblieben ist, noch keinen Deut besser geht. Vor Wut darüber stehen mir die Tränen in den Augen. Verbissen schlucke ich sie hinunter.

„Ich schaffe das!“, knurre ich mein Mantra.

Tatsächlich scheint mich dieser Satz zu stärken. Auch heute gelingt es mir mit dieser Selbstmotivation, die Prothese zu belasten. Da es sich allerdings schmerzhafter anfühlt als gestern, komme ich nicht umhin, trotzdem die Krücken zur Hilfe zu nehmen. Der Ärger darüber frisst mir fast ein Loch in den Bauch. Doch ich bin nicht bereit aufzugeben. *Ich habe es Kicki versprochen, und deshalb ziehe ich die Sache jetzt auch durch!*

Pünktlich wie verabredet steht meine Freundin jedenfalls bei mir auf der Matte. Sie zieht mich in die Arme.

„Du auf Krücken? … Mann, dann muss es echt schlimm sein …“, kommentiert sie bestürzt. „Sollen wir unsere Shopping-Tour lieber verschieben?“, schlägt sie mitleidig vor und scheint sich für ihr Anliegen etwas zu schämen.

„Kommt gar nicht in die Tüte! Außerdem macht es mir gar nichts aus, die Krücken zur Unterstützung zu nehmen. Ist nur zur Sicherheit. Eigentlich bräuchte ich sie gar nicht …“, flunkere ich so überschwänglich, dass es schon wieder verdächtig klingt.

Kicki verdreht die Augen. Sie hat es aufgegeben, mit mir zu

diskutieren. Und gerade dieser überschwängliche Unterton signalisiert ihr, dass ich ohnehin alles abblocken würde.

„Schon klar", seufzt sie daher nur laut und wir machen uns gemeinsam auf den Weg.

„Sag mal, Franzi, meinst du nicht, es wäre nach all den Jahren wirklich einmal an der Zeit, sich etwas … umzusehen?" Verstohlen linst Kicki aus dem Augenwinkel zu mir herüber.

„Umsehen? Wonach?", antworte ich schnippisch und starre geradeaus auf den Weg.

„Es gibt inzwischen ganz tolle neue … künstliche … Beine. Die sind viel moderner! Sogar mit computergesteuerter App! Vielleicht würde es dir ein paar neue Möglichkeiten bieten …", sagt sie kleinlaut.

„Pfff!" Ich stoße einen verächtlichen Pfiff aus. „Die sind auch nicht viel besser! Außerdem weißt du doch, wie sehr ich das Thema hasse! Ich habe ein Bein! Sogar zwei Beine! Und damit komme ich bestens klar!", betone ich.

„Du bist so stur! Warum beschäftigst du dich damit eigentlich gar nicht? Ich habe das Gefühl, du verdrängst es immer noch! Du willst es immer noch nicht wahrhaben! Hast du mal die Olympischen Spiele gesehen? Wie die Sportler zum Teil umherspringen? Höher als jeder mit zwei … normalen Beinen! Ich finde, du solltest dich so langsam mal der Sache stellen, Franzi! Nenn es endlich beim Namen!", schimpft Kicki jetzt.

„Wie könnte ich diese Tatsache denn verdrängen? Ich stecke mir jeden Tag das Ding ans Bein! Ich sehe es jeden Morgen und jeden Abend! Ich komme wunderbar damit klar! Es macht mir nichts aus! Das … Ding gehört nun einmal zu mir! Das habe ich vom ersten Moment an akzeptiert!", zische ich verärgert.

„Du machst dir selbst etwas vor, Franzi, merkst du das nicht? Wann hast du jemals jemanden – also seit diesem Vorfall – an dich rangelassen? … Ich meine einen Mann! Du führst doch ein total einsames Leben!", bemerkt Kicki leise und zaghaft, weil sie genau spürt, wie gereizt ich schon bin.

„Mir gefällt es aber alleine! Ich brauche keinen Mann! Mein Leben ist super! Ich möchte überhaupt nichts ändern! Klar? Warum hast du mich eigentlich mitgeschleift? Hat mein Hausarzt dich auf mich angesetzt? Oder meine Eltern? Dir ging es gar nicht um das Kleid, oder?", sage ich beleidigt und streitlustig.

„Verdammt, Franzi! Ich bin deine Freundin! – Seit fast zwanzig Jahren! Mir muss niemand sagen, wie es dir geht! Aber ich glaube, in deinem tiefsten Inneren belügst du dich selbst."

„Glaub doch, was du willst! Ich muss es ja wohl besser wissen! So, da ist das Geschäft. Gehen wir jetzt rein, oder hast du weiterhin vor, mich auf die Couch zu zwingen und mir irgendwelche Psychokomplexe einzureden, wo keine sind!"

„Denk doch einfach mal darüber nach, Franzi. Nimm es mir nicht übel, bitte, aber ich musste das einmal loswerden. Es hat mich schon so lange beschäftigt", wispert Kicki.

„Mich nicht! Und damit ist das Thema beendet!", fauche ich. Mit einem heftigen Stoß schubse ich die Tür zu dem Abendmodengeschäft auf, als plötzlich jemand unerwartet von der Seite einen Schritt auf mich zu macht.

„Warten Sie! Großer Gott … War das wegen gestern? Haben Sie sich ernsthaft verletzt? … Ich hätte doch einen Krankenwagen rufen sollen …", meint das Gegenüber meines gestrigen Vorstellungsgesprächs und starrt mich geschockt und entsetzt an.

„Sie? Was machen Sie denn hier? Spionieren Sie mir nach? Wollen Sie noch ein paar blöde Sprüche loswerden?", erwidere ich barsch und blicke den Mann finster an.

„Aber ich … es tut mir wirklich leid wegen gestern. Das ist alles etwas unglücklich gelaufen …"

„Ach, so nennt man das jetzt, wenn man seinen Hund nicht im Griff hat? Unglücklich gelaufen?", schnaube ich trocken und lasse ihn meine Verachtung spüren.

„Na hören Sie mal! Er hat Ihnen doch wirklich nichts getan! Er ist so eine gute Seele! Er mochte Sie einfach! Er schleckt jeden ab, den er mag!"

„Pah! Wissen Sie eigentlich überhaupt etwas über Hunde? Die stammen vom Wolf ab! Haben Sie schon mal einen Hasen und einen Wolf knutschen sehen? Ich jedenfalls nicht! Wenn ein Wolf ein Karnickel ableckt, hat das nichts mit Paarungsverhalten zu tun!"

Der fremde Mann unterdrückt sichtlich ein Kichern.

„Nicht direkt, aber mein Hund ist kein Wolf! Hansi würde sogar eher einen Hasen küssen als ihn angreifen, dafür würde ich meine Hand ins Feuer legen!", versichert er grinsend.

„Dann besorgen Sie sich schon mal eine gute Brandsalbe! Hansi ...", schnaube ich abfällig. „So nennt man doch höchstens seinen Hamster!"

Gekränkt verzieht er den Mund.

„Wenn Sie meinen. Ich wollte mich für den gestrigen Vorfall auch nur entschuldigen. Aber wenn Sie an einer Entschuldigung nicht interessiert sind ..."

„Bin ich nicht!" Ich wende ihm voller Verachtung den Rücken zu und stapfe trotzig in das Geschäft hinein. Für mich ist die Unterhaltung damit beendet.

Hinter mir wirft Kicki dem Mann einen entschuldigenden und ratlosen Blick zu.

„Sorry. Heute ist nicht ihr Tag", höre ich sie ihm leise zuflüstern. Dann kommt sie mir hinterher.

Ich bemühe mich, die Tatsache zu ignorieren, dass sie mir in den Rücken gefallen ist. Allerdings kostet es mich verdammt große Mühe, vor Wut nicht total auszurasten und auf sie loszugehen. Schweigend laufen wir zu den Ständern mit den Ballkleidern. Kicki wird immer langsamer.

„Meinst du, ich komme noch in eine 38 hinein?", fragt sie zerknirscht und hat damit einen perfekten Übergang zu einem anderen Thema gefunden. Mit eingezogenem Bauch betrachtet sie sich seitlich im Spiegel.

„Schon möglich", sage ich, bekomme den beleidigten Unterton aber nicht aus meiner Stimme.

„Hm ...", macht sie geknickt und steuert unsicher und etwas

deprimiert die Kleider in Größe 38 an.

Als ich ihr trauriges Gesicht sehe, erwacht mein Mitgefühl aus seinem Tiefschlaf.

„Das sind noch so viele Wochen, Kicki. Wenn es etwas zu eng sitzt, gehst du einfach ins Fitnessstudio! Zwei, drei Kilo bekommst du bis dahin runter", tröste ich sie.

Auf Kickis Gesicht zuckt ein schiefes Lächeln.

„Na gut", meint sie, holt einmal tief Luft und schiebt einen Kleiderbügel nach dem anderen beiseite.

Kicki begutachtet die unterschiedlichen Modelle, sieht von der Seite aber immer wieder verstohlen zu mir hinüber.

„Wer war denn eigentlich der Mann von eben? Schien doch nett zu sein und er sah echt gut aus", erwähnt sie versucht beiläufig.

„Das war der Idiot von gestern, der sich über mich lustig gemacht hat! Aber wenn der denkt, wegen so einer blöden Aktion von eben, verzeihe ich ihm den Auftritt, dann hat er sich getäuscht!", krakeele ich und bin schon wieder in Fahrt.

Kicki bemerkt es sofort und wendet sich erneut den Kleidern zu.

„Was hältst du von dem hier?", fragt sie und hält ein dunkelblaues Kleid mit Strasssteinen im Dekolleté hoch.

„Nicht übel. Schlüpf mal rein. Mit irgendwas musst du ja anfangen", antworte ich und hoffe, es klingt nicht zu schroff.

Ich setze mich auf einen Stuhl neben der Umkleide und warte. Innerlich bin ich immer noch in Rage. *Was denkt der Typ sich eigentlich? Hundehalter sind alle gleich! Rücksichtslos! Total unverschämt! Und der meint garantiert noch, mit so einer dämlichen Entschuldigung wäre es getan!*

„Pfff!", mache ich giftig und knirsche mit den Zähnen.

Währenddessen flucht Kicki hinter dem Vorhang.

„Mist! Ich bekomme den Reißverschluss nicht zu! Ich bin einfach zu fett!", schimpft sie laut und zerrt nun in Augenhöhe den langen, blickdichten Stoff beiseite.

„Ich helfe dir", biete ich sofort an und hieve mich auf. „Oh, sitzt wirklich etwas eng", muss ich ihr leider beipflichten.

„Grrr!", knurrt sie. „… Okay. Wir beenden das hier. Ich mache jetzt eine Radikaldiät und melde mich sofort im Fitnessstudio an. Die haben in der Nähe eines mit Kinderbetreuung." Sie schnauft laut. Dann wirft sie mir einen flehenden Blick zu.

„Oh nein! Ohne mich! Ich begleite dich garantiert nicht dahin! Das kannst du vergessen! Außerdem soll ich Ruhe halten! Ruhe - das ist das Gegenteil von Bewegung!", wimmle ich sofort deutlich ab.

Kicki legt den Kopf schief und sieht mich mit ihren großen braunen Kulleraugen an. Wortlos fleht sie hilfesuchend und spekuliert eindeutig auf mein Mitleid. Ich fluche lautlos, aber Kicki gibt nicht auf und bleibt hartnäckig.

„Mensch, Kicki! Du weißt, wie sehr ich diesen Blick hasse! Ich will in keine Muckibude! – Und gerade kann ich eh keinen Sport machen!"

„Aber du könntest etwas für die Oberarme tun! Oder Rückenübungen! Bitte, Franzi! Biiitte!" Sie zieht das Wort derart in die Länge, dass ich fast glaube, es endet nie.

Ich presse die Kiefer aufeinander und kneife die Augen zu. Aber meine Freundin zeigt keinerlei Erbarmen oder Anzeichen, so schnell zu resignieren.

„Na gut, meinetwegen", murre ich schließlich.

„Oh danke! Du bist die aller, aller, aller …"

„Hör auf! Ist ja schon gut. Aber ich kann nur vormittags!"

„Weiß ich doch!" Kicki grinst zufrieden und schlüpft wieder aus dem viel zu engen Abendkleid hinaus. „Ich gebe mir zwei Wochen! Dann gehen wir noch einmal shoppen. Wenn ich dann nicht in Größe 38 passe, dann …", sie schnauft laut.

„Dann was?", frage ich jetzt etwas belustigt.

„Dann weiß ich auch nicht … In jedem Fall brauche ich dann einen guten Kopfschmuck, um von dem Rest abzulenken", seufzt sie und lächelt gequält.

Im Anschluss an unseren erfolglosen Einkauf bringt mich Kicki wieder nach Hause. Allerdings verabschiedet sie sich sofort, weil ihre Mutter wegen Lissi angerufen hat, die nicht aufhören will zu weinen. Stöhnend winkt sie mir zu und verschwindet.

Ich humple ins Bad. Inzwischen habe ich solche Schmerzen, dass mir der Schweiß auf der Stirn steht. Daher kommt mir der verfrüht abgebrochene Shoppingausflug mehr als gelegen. Unter Tränen ziehe ich die Prothese aus und entferne zum Schluss den engen Silikonstrumpf mit dem Metalladapter. Meine Haut glüht und hat kleine Blasen gebildet, die etwas nässen. Ich schlucke schwer und versuche, mich zusammenzureißen, drücke mir aber schließlich doch zwei Schmerztabletten aus der Packung. Mit einigen Schlucken Wasser würge ich sie hinunter. Danach spritze ich mir eine kalte Portion Wasser ins Gesicht, um einen klaren Kopf zu bekommen.

„Puh, so ein Mist. Ich muss mich hinlegen", stöhne ich und schleppe mich auf Krücken Richtung Wohnzimmer, als es abermals an der Haustür schellt.

„Kicki hat bestimmt etwas vergessen", murmle ich genervt.

Nebenbei drücke ich auf den Türöffner für die Haupttür und schaue mich im Flur und im Wohnzimmer nach etwas um, was meiner Freundin gehören könnte. Schwerfällig schleppe ich mich zurück und mache die Tür auf, als es zaghaft klopft.

„Hallo, Franzi! Ich woll…" Das Wort bleibt meinem Chef im Hals stecken. Er hält eine Verpackung in der Hand, die ihm entgleitet und auf den Boden klatscht.

„Oh Gott …" Seine dunklen Augen werden riesig.

Kreidebleich starrt er mich an und wagt nicht, mir einen Schritt mehr entgegenzugehen. Mir steigt die Schamesröte ins Gesicht.

„Warum … Wie lange …", stottert er unbeholfen und deutet verstohlen auf das leere Hosenbein, das schlaff herunterbaumelt.

Verlegen knete ich für einen Moment die Griffe meiner Gehstützen und wende den Kopf verschämt zur Seite.

„Magst du kurz reinkommen?", murmle ich schließlich und humple einen Schritt beiseite.

Er nickt betreten und bückt sich, um die Eisverpackung aufzuheben.

„Bitte." Ich deute im Wohnzimmer auf einen Stuhl am Esstisch.

„Danke", nuschelt er und blinzelt peinlich berührt zu mir hinüber. Dann stellt er vorsichtig das verpackte Eis auf dem Tisch ab.

„Warum hast du nie etwas gesagt?", fragt er leise und nestelt mit seinen Händen unsicher im Schoß herum.

Unbeholfen zucke ich mit den Schultern.

„Weiß nicht … hab es nicht für wichtig gehalten", antworte ich flüsternd und hebe meinen Blick, um zu sehen, ob er mich verstanden hat.

Sofort schaue ich wieder weg.

„Hm", macht er und schluckt. „Ich, … ich habe dir ein Eis mitgebracht." Total eingeschüchtert beginnt er damit, das Papier aufzuklappen und schaut hinein. „Hat sogar überlebt. Sind deine Lieblingssorten", sagt er und schiebt mir den Pappbecher über den Tisch entgegen.

„Dankeschön", murmle ich und zögere einige Sekunden. „Ich wollte es eigentlich schon längst einmal … erwähnt haben. Aber irgendwie … naja. Und gestern, auf der Straße, das war einfach nicht der richtige Moment …" Ich atme einmal tief durch.

„Hm", macht er wieder. „Und was ist jetzt mit dem Bein? … Du meintest gestern, du solltest Ruhe halten … Und dein Auge …"

Mein ganzer Kopf glüht auf.

„Ja, ich bin unglücklich gestolpert. Aber das Bein, das ist nur Überbelastung", erkläre ich und räuspere mich verlegen.

„Es tut mir so leid, Franzi. Wenn ich das nur gewusst hätte!", betont er tief betroffen.

„Ich möchte keine Sonderbehandlung. Deshalb wollte ich es auch für mich behalten. Das ist außerdem schon ewig her. Ich habe damit keine Probleme. Für mich ist das ganz normal", bemerke ich abwertend.

„Wirklich?", zweifelt mein Chef und runzelt die Stirn.

„Ja, da ist doch gar nichts dabei!", sage ich. Es soll cool klingen, aber mir fällt noch während ich es ausspreche die unpassende Tonlage auf, und dass meine Stimme leicht zittert.

„Wie ist das denn … passiert?“, fragt mein Chef verhalten.

„War ein Hundebiss“, erzähle ich und will es völlig unbeeindruckt klingen lassen.

Die Stimmung im Raum bleibt allerdings angespannt und irgendwie deutet nichts darauf hin, dass es in einen lockeren Smalltalk umschlagen könnte.

„Nimm dir die Zeit, die du brauchst, Franzi. Wenn du magst, komm uns bei schönem Wetter mal in der Eisdiele besuchen.“ Er lächelt mich voller Verständnis und mit tiefem Mitgefühl an.

„Mach ich. Sorry, dass ich es nicht schon früher gesagt habe“, entschuldige ich mich.

Roman erhebt sich.

„Schon gut, Franzi.“ Für einen Moment sieht es so aus, als wolle er mich drücken. Dann scheint er es sich aber doch anders zu überlegen, als ich ihm auf Krücken gegenüberstehe. Langsam geht er zur Haustür vor.

„Pass auf dich auf, Franzi“, sagt er verabschiedend und drückt mich jetzt doch zaghaft.

Ich versteife mich. Sein Mitleid ist mir extrem unangenehm.

„Geht klar, Chef“, erwidere ich in einem gespielt lockeren und souveränen Tonfall und schließe hinter ihm die Tür.

Wie benommen stehe ich danach im Flur und starre vor mich hin. Ich kann immer noch nicht fassen, dass mein Geheimnis so plötzlich und auf so ungeplante Art und Weise herausgekommen ist. In meinem Kopf schwirrt es. Erst jetzt spüre ich auch diesen dicken Kloß in meiner Kehle, der sich vermutlich schon eine ganze Zeit lang dort eingenistet hat. Den Schock, dass mein Chef es nun weiß, muss ich erst einmal verdauen; und er wohl offensichtlich auch.

Auf den Krücken schwinge ich mich zurück ins Wohnzimmer, wo auf dem Tisch immer noch der Eisbecher steht. Die Sahne beginnt langsam zu schmelzen und ist von dem Sturz etwas eingedrückt. Aus der Entfernung betrachte ich diesen Vorgang. Ich weiß gar nicht warum, aber plötzlich führt alleine der Anblick dazu, dass ich zu heulen anfange. Erst als meine Tränen auf den Boden tropfen und ich ein Taschentuch benötige, humple ich weiter zum Esstisch. Dort zupfe ich mir ein Papiertuch aus einer nahegelegenen Box und lasse mich auf einen der Stühle plumpsen. Unter Tränen fange ich an, das Eis zu löffeln. Schluchzend schiebe ich einen Löffel nach dem anderen in den Mund und schaue trübselig nach draußen, wo inzwischen die Sonne scheint. Auf einmal fühle ich mich wirklich einsam und verlassen.

Nach dem Eis geht es mir aber besser. Ich weine nicht mehr, lehne mich zurück und lasse meinen Blick im Zimmer umherschweifen. Es ist mucksmäuschenstill. Ruhe. Überall Ruhe – und Einsamkeit. Kickis Moralpredigt aus der Stadt geht mir wieder durch den Kopf.

„So viel Ruhe ist toll! Sie selbst redet doch immer davon, wie gerne sie einmal wieder Ruhe hätte!", bestärke ich mich in meiner Einstellung. Mit Überzeugung hat das allerdings wenig zu tun.

Dann drängt sich mir das Bild von der unangenehmen Begegnung vor dem Modegeschäft auf. Ich schüttle sofort den Kopf, um den unausstehlichen Mann mit Gewalt aus meiner Erinnerung zu schleudern. Ich bekomme aber sein grinsendes Gesicht nicht weg, und das ärgert mich. Ich sehe es vor mir, als stünde er mir direkt gegenüber. Und er grinst einfach. Penetrant und aufdringlich präsentiert er seine strahlend weißen Zähne, für die er sicherlich sofort für eine Zahnpastawerbung engagiert werden würde. Verärgert fluche ich laut und weigere mich, mir einzugestehen, dass in seinem Gesicht so viel mehr zu lesen war als ein oberflächliches Grinsen.

Um mich abzulenken, greife ich nach der Tageszeitung. Als ich die zweite Seite aufschlage, gerät mein Blut in Wallung. Hochkonzentriert studiere ich die Werbeannonce des bekanntesten und größten Architektenbüros im ganzen Umkreis. Auch dort hatte ich mich vor zwei Jahren beworben aber sofort eine Absage erhalten. Nicht einmal zum Vorstellungsgespräch wurde ich eingeladen. Jetzt scheint sich eine neue Chance zu bieten, jedoch sind es vorwiegend

Rachegelüste, die mich anstacheln.

„Dem werde ich es zeigen! Da mache ich mit! Und wenn ich gewinne, dann wird er sehen, was er davon hat!“ Mit einem Anflug von Genugtuung, flitsche ich zornig die Augen, obwohl ich keinen blassen Schimmer habe, ob bei dem Wettbewerb für mich überhaupt eine reelle Chance besteht, zu gewinnen. *Aber wenn ich das rocke ... meine Güte ... das wäre der Wahnsinn! ...*

Ich stelle mir für einen Moment vor, wie ich aus einer Masse an Bewerbern einen Pokal überreicht bekomme. Und ich stelle mir vor, wie dieser eingebildete Schnösel von heute Morgen mir dabei zuguckt. *Er wird sich so ärgern, dass er mich nicht eingestellt hat! Aber bei ihm hätte ich sowieso nicht angefangen zu arbeiten!*

Aufmerksam lese ich den Artikel ein zweites Mal durch.

GROSSER ARCHITEKTENWETTBEWERB!

Wir freuen uns auf viele Bewerber und verkünden mit Freude, dass alle Bewerber bis zur endgültigen Entscheidung anonym bleiben. Niemand aus der Jury wird wissen, um wen es sich handelt, und wer sein Modell mit dazugehörigem Konzept eingereicht hat. Das wird sicherlich unglaublich spannend. Der Gewinner erhält als Preis die letzte Penthouse-Wohnung in einem der begehrtesten Wohngebiete unserer Stadt. Sie hat einen Wert von über einer halben Million Euro, was sicherlich für viele Anreiz genug sein dürfte, an dem großen Ausschreiben teilzunehmen. Im Gegenzug möchten wir mit dem Teilnehmer gemeinsam das große Kaufhausprojekt umsetzen, um das es in der Ausschreibung geht. Selbstverständlich werden wir auch eine Festanstellung gewährleisten.

Wir sind sehr gespannt auf Ihre Ideen und freuen uns darauf, in vier Wochen den Sieger bekannt geben zu dürfen! Für die Teilnahme am Wettbewerb müssen Sie lediglich ein abgeschlossenes

Architekturstudium vorweisen und ein detailgetreues Modell mit umfangreicher, schriftlicher Konzeptdarstellung in dem von uns vorgeschriebenen Zeitraum vorlegen.

Anmeldungen werden ab sofort entgegengenommen. Anmeldeschluss ist in zwei Wochen.

Wir wünschen allen Teilnehmern viel Erfolg!

Mein Herz schlägt vor Aufregung Purzelbäume. Bei dem Wort ‚anonym' klatsche ich vor Freude in die Hände.

„Ja!", stoße ich voller Tatendrang laut aus. „Das ist es! Das ist ein Wink des Schicksals!"

Ich bin total aus dem Häuschen. Meine Handflächen kribbeln. Ich fühle mich so, als hätte man mich mit leerem Akku gerade wieder ans Stromnetz angeschlossen. Strom durchfließt meinen Körper, lässt mich wieder zum Leben erwachen und vor allem neuen Mut schöpfen.

Ich verliere keine Zeit. Sofort humple ich auf meinen Krücken ins kleine Arbeitszimmer und setze mich dort an den Schreibtisch. Vor mir liegen ein großer, karierter Block und ein Bleistift. Nachdenklich nehme ich ihn zwischen Zeige und Mittelfinger und wippe ihn nervös hin und her. Dann führe ich ihn zum Mund, bohre damit in meiner Unterlippe und überlege. *Einkaufszentrum ... modern ... riesig ... für viele Menschen und mindestens vierzig Geschäfte ... Lokalitäten ... Wohlfühlatmosphäre ...*

Ich schließe die Augen, um mich in einen tranceähnlichen Zustand zu versetzen. *Ich muss diesen Wettbewerb einfach gewinnen! Dann starte ich richtig durch! Wenn ich das schaffe! Papa und Mama würden gucken ...*

Mein Kopf raucht. Die Zeit verfliegt, aber ich sitze angestachelt in einer kreativen Blase fest. Wie eine Irre kritzle ich auf dem Block, mache diverse Zeichnungen und fuchtle wie ein hyperaktives Kind mit dem Bleistift in der Luft herum. Ich befinde mich in einem unkontrollierbaren Rausch und erst ein Hungergefühl bringt mich wieder zurück in die Realität.

Am späten Abend komme ich dann nicht mehr umhin, mir feste Nahrung zu suchen. Mit einem Anflug von Übelkeit tipple ich nervös mit meinem rechten Fuß auf den Boden. Ich habe gar keine Lust, aus meiner kreativen Schöpferphase auszusteigen. Nahrungsaufnahme ist in diesem Moment geradezu lästig. Daher wühle ich in der Vorratskammer hektisch nach einer Schachtel Kekse und nach Chips. Als diese geöffnet neben mir auf dem Schreibtisch liegen, mache ich mich umgehend wieder an die Arbeit. Nur ganz nebenbei schaufle ich mir die ungesunden Kohlenhydrate in den Mund, nehme aber nicht für einen winzigen Moment dabei den Blick von den unzähligen Papieren, die sich inzwischen chaotisch überall auf meinem Schreibtisch und dem Boden türmen.

Als ich anfange zu gähnen, ist es draußen stockdunkel. Eine kleine Schreibtischleuchte schenkt mir etwas Licht, doch mir fallen fast die Augen zu. Sie brennen, und ich muss mich immer wieder zwingen, sie aufzuhalten. Ich habe solche Panik auch nur einen Teil meiner fantastischen Ideen zu vergessen. Alles muss sofort zu Papier gebracht und festgehalten werden. Ordnung in den ganzen Wirrwarr kann ich noch die nächsten Tage bringen, aber diesen kreativen und schöpferischen Flow muss ich nutzen!

Ich gähne in immer kürzeren Abständen. Gegen ein Uhr nachts stöhne ich gerädert und erschöpft. Ich strecke mich auf dem Stuhl und reiße weit den Mund auf.

Total erledigt beuge ich mich nach vorne und ziehe die Rollläden herunter. Mitgenommen reicht mir die Kraft gerade noch dafür aus, um auch die anderen Räume zu verdunkeln. Dann schrubbe ich mir grob über die Zähne und falle ins Bett.

MONTAG

Den kompletten Sonntag habe ich mich im Büro verkrochen. Auch der heutige Morgen beginnt ähnlich. Bevor ich mich jedoch wieder an den Schreibtisch setze, mache ich mir noch schnell einen Kaffee, schnappe mir eine Scheibe Brot und hinke damit wieder in mein Arbeitszimmer zurück.

Sofort beginne ich damit, die Notizen von letzter Nacht auf den Block zu kritzeln. Im Schlaf sind mir einige weitere Ideen gekommen, die ich unbedingt umsetzen und in mein Konzept einbauen möchte.

Wieder gehe ich so in meiner Arbeit auf, dass die Zeit und mein Schlafanzugoutfit völlig nebensächlich sind. Schließlich bin ich krankgeschrieben und muss noch nicht einmal zur Arbeit. *Und, ich muss mich niemandem gegenüber rechtfertigen!,* denke ich und habe, warum auch immer, plötzlich das grinsende Gesicht des jungen Architekten vor mir.

Allerdings ist es nicht das Grinsen, das meine Aufmerksamkeit erregt. Es ist sein Blick, seine Augen! Obwohl ich versuche, mich dagegen zu sträuben, sendet mir mein Unterbewusstsein klare Signale: Dieser Mann ist durchaus attraktiv. *Vielleicht ist er im Grunde sogar ganz nett.*

„Nein! Ist er nicht! Das denke ich jetzt nur, weil mir Kicki diesen Floh ins Ohr gesetzt hat! Der Typ gehört – wenn überhaupt – zum Durchschnitt!“, brumme ich patzig.

Wie komme ich dazu, auch nur einen Gedanken an diesen Kerl zu verschwenden? Ich brauche meine volle Aufmerksamkeit für das Projekt, wenn ich diesen Wettbewerb gewinnen will! Von dem lasse ich mich nicht aus der Fassung bringen! Das hätte er wohl gerne!

Grimmig schieben sich meine Augenbrauen zusammen.

„Das gibt Falten, mein Schatz!“, habe ich plötzlich die Stimme meiner Oma im Ohr.

Augenblicklich knete und massiere ich meine Stirn. Ich stütze meine Ellenbogen auf der Arbeitsplatte ab und lege meinen Kopf mit dem gesamten Gewicht in die Handflächen. Mit geschlossenen Augen nehme ich ein paar ganz tiefe Atemzüge, aber es nützt nichts. Mein schöpferischer Flow ist im Sparmodus angekommen.

„Ich brauche frische Luft“, seufze ich, und erst jetzt fällt mir auf, dass heute herrlich die Sonne scheint.

Ich gebe mir einen Ruck. Mit meinen Krücken humple ich ins Bad und mache mich fertig. Als ich gerade meine Zähne putze, vibriert auf der Ablage mein Handy.

„Ja?“, nuschle ich mit Schaum im Mund und spucke ihn anschließend ins Waschbecken.

„Hallo, Franzi! Ich bin´s!“, begrüßt mich Kicki und scheint bester Laune. „Ich habe uns eben im Fitnessstudio angemeldet! Morgen früh geht´s los! Ich möchte es auf jeden Fall mindestens viermal in der Woche versuchen!“, betont sie und scheint vor guten Vorsätzen zu strotzen.

„Hm“, grummle ich. „Aber ich muss ja wohl nicht viermal mit, oder? Ich arbeite gerade an … an einem wichtigen Projekt“, merke ich zögerlich an.

Kicki wird hellhörig.

„Wichtiges Projekt? Worum geht es? Hast du ein Jobangebot in Aussicht?“

„Nein … nicht wirklich. Ich möchte … ich mache … erzähle ich dir das nächste Mal, wenn wir uns sehen. Ist jetzt zu kompliziert“, sage ich, um sie abzuwürgen.

„Dann morgen früh! Wir treffen uns um 9:30 Uhr im Fitnessstudio am Fichtelweg! Abgemacht?“

Ich stöhne laut auf. *Och neee …*

„Meinetwegen“, maule ich. *Sie wird mich eh so lange bearbeiten, bis ich zusage.*

„Super! Bis morgen! Ciao, ciao!“, trällert Kicki und legt auf, ohne meine Verabschiedung im Gegenzug abzuwarten.

Gereizt drücke ich die rote Taste auf meinem Handy. Ich betrachte mein schmollendes Gesicht im Spiegel. *Kicki kann sowas von nerven! Wenn sie nicht meine beste und älteste Freundin wäre!*

Ich starre in mein blasses Spiegelbild mit dem leuchtenden Veilchen und den müden Augen. Von dunklen Schatten umrandet sehe ich ausgezehrt und erschöpft aus. *Ob ich so auf die Straße kann? … Wann habe ich mich eigentlich das letzte Mal geschminkt? Schon seit der Schulzeit nicht mehr … Vielleicht wäre es wirklich mal an der Zeit, etwas Farbe in mein Gesicht zu bringen …*

„Farbe“, lache ich höhnisch auf. „Farbe habe ich zumindest auf einem Auge gerade mehr als genug …“

Da dürften meine dunklen Augenränder sowieso niemandem auffallen. Aber etwas Rouge würde sich auf meinen Wangen gerade schon gut machen …

Grübelnd verharre ich vor dem Spiegel und knautsche an meinen Wangen herum. Plötzlich fällt mir dabei ein, dass ich nicht nur die Verschönerung meines Gesichtes seit der Pubertät in den Hintergrund gestellt habe. Auch Sachen wie frauliches Feintuning haben mich nicht mehr wirklich interessiert. Ich riskiere einen flüchtigen Blick auf mein rechtes Bein. Vor allem am Unterschenkel sprießen borstige, dunkle, lange Haare – und das reichlich!

Warum gerade jetzt? Warum sollte mich das nach so vielen Jahren so plötzlich stören? Es war mir doch schon immer total egal! Seit dem Tag …

Nein! Noch nie hat es mich wirklich interessiert! Und daran ist auch mein … Unfall nicht schuld! Der hat überhaupt nichts damit zu tun! Ich habe mich nicht verändert! Auch mit Haaren an den Beinen ist man eine Frau! Das nennt man Emanzipation! Wir können aussehen wie wir wollen! Warum sollte ich einem Schönheitsideal folgen? Wieso? Und wenn es mir wichtig wäre, dann hätte ich auch die letzten Jahre meine Beine rasiert ... Mein eines Bein ...

Ich schlucke trocken und versuche, den Kloß in meiner Kehle wegzuräuspern.

Dabei geht es doch gar nicht um andere! Das macht man doch alles nur für sich! Nur für sich, weil man sich selbst dann besser fühlt! ...

Attraktiver! Für Männer!, schnurrt eine hinterhältige Stimme aus meinem Unterbewusstsein kokett, die ich wütend zum Schweigen bringe.

„Daran ist nur Kicki schuld!", schimpfe ich, denn sie ist die Einzige, die mir gerade einfällt, die damit zu tun haben könnte.

„Bis gestern ging es mir wunderbar! Da hat mich das alles nicht gejuckt! ... Tut es auch jetzt nicht! Mann! Verdammt!" Ich unterdrücke die Tränen, schlucke sie hinunter, wieder und wieder. Ich habe so eine Wut im Bauch und weiß gar nicht, woher sie kommt. Aufgebracht schrubbe ich so fest über meine Zähne, als könne ich damit auch die fiesen und verwirrenden Gedanken wegbürsten. Doch sie erweisen sich hartnäckiger als Zahnbelag.

Gegen Mittag starte ich ohne Krücken einen Versuch und schließe meine Wohnung ab. Noch bevor ich allerdings das Treppenhaus erreicht habe, mache ich wieder kehrt.

„Mann!", knurre ich erbost, dass ich die Schmerzen nicht aushalte.

Steif hinke ich zurück zu meiner Wohnung und greife mir zornig die Krücken. Wütend schließe ich danach ein weiteres Mal ab und nehme sogar den Aufzug, um nach unten zu kommen. *Möglicherweise tut mir der Sport ja doch gut. Etwas mehr Muskeln in den Oberarmen könnten nicht schaden,* denke ich und seufze.

Mühsam hangle ich mich die Einkaufsstraße entlang und muss tatsächlich vor Erschöpfung mehrmals pausieren. Allerdings versuche ich es so aussehen zu lassen, als wäre ich brennend an den Auslagen diverser Schaufenster interessiert. Bei einem Hörgeräte-Geschäft überprüfe ich aus dem Augenwinkel, ob Bekannte in der Nähe sind. Da ich aber lediglich Grüppchen älterer Leute und Jugendlicher ausmachen kann, bleibe ich verstohlen stehen, um mich für einen weiteren Moment zu erholen.

Wie klein diese Knöpfchen inzwischen geworden sind, denke ich, als ich im selben Augenblick im Schatten meines Gesichtsfeldes eine männliche Person erkenne, die erschreckende Ähnlichkeit mit dem Typen aus meinem letzten Vorstellungsgespräch hat. Ich versteife. Hastig packe ich meine Krücken und will möglichst schnell und unauffällig weiterkommen. Dabei beschleunigt mein Puls nicht nur wegen der enormen Kraftanstrengung. Er ist nicht alleine! An seiner Seite wackelt diese übergewichtige, sabbernde Bestie, der ich schleunigst aus dem Weg gehen möchte. Den Blick schnurstracks nach vorn gerichtet, humple ich meinem Ziel entgegen – der Dönerbude. Ich tue so, als hätte ich ihn nicht bemerkt, ertappe mich aber dabei, wie mein Blick immer wieder in seine Richtung huscht. *Scheiße, der kommt hinter mir her. Die nehmen den gleichen Weg …*

Als mir das klar wird, laufe ich schnell an der Dönerbude vorbei. Ich traue mich nicht, dort stehen zu bleiben, aus Angst, er könnte mich ansprechen und sein Hund käme mir zu nah.

Mit klopfendem Herzen hechte ich weiter, und nicht einmal meine schwindenden Kräfte können mich dazu bewegen, stehen zu bleiben. Inzwischen habe ich Seitenstechen. Und als ich dann auch noch jemanden viel zu laut: „Hansi! Steh! Bleib!“, brüllen höre, breche ich endgültig in Panik aus.

Ich nehme meine letzte Kraft zusammen. Wie Tarzan schwinge ich mich auf den Krücken vorwärts. Dass mich inzwischen unzählige Passanten irritiert und belustigt angaffen, bekomme ich gar nicht mehr mit. *Warum immer ich? Warum haben es die Hunde immer auf mich abgesehen? Ich bin keine Fleischereifachverkäuferin, kein Postbote und benutze auch keine Rinderbrühe als Deospray!*

Ich bekomme kaum noch Luft. Aber ich denke gar nicht daran aufzugeben. Niemals!

„Hansi! Hier! Hansi!“, schnaubt eine Männerstimme aufgebracht und ungehalten.

Ich muss mich gar nicht herumdrehen, um zu erkennen, dass seine Rufe zwecklos sind. Mir bricht der Schweiß aus. Als ich spüre, dass ich immer langsamer werde, und dass der Hund dicht hinter mir ist, gebe ich die Flucht auf. Ich schließe für zwei Sekunden die Augen und bereite mich auf einen Kampf vor. Immerhin habe ich die Krücken, mit denen ich dem Köter eins überziehen kann. Trotzdem zittere ich am ganzen Leib, auch, weil ich mich kaum noch auf den Krücken halten kann. Dann drehe ich mich zeitlupenartig um. Der Vierbeiner steht direkt vor mir. Er hechelt, sabbert und dünstet einen strengen Geruch nach nassem Hund aus. Ich taxiere ihn verängstigt, verlagere mein Gewicht auf das rechte Bein, um mit der linken Krücke zuschlagen zu können.

„Hansi! Was machst du denn?", ruft ein Mann verzweifelt und außer Puste.

Für eine Sekunde werde ich abgelenkt. Genau diesen Zeitpunkt nutzt der Hund aus und springt an mir hoch. Ich lasse einen Schrei los. Mit aufgerissenen Augen gerate ich erschrocken ins Straucheln. Ich rudere mit den Krücken in der Luft herum, versuche mein Gleichgewicht zurückzuerlangen und mich auf den Beinen zu halten. Doch ich taumle wie die Zeitlupenaufnahme einer tollpatschigen Zeichentrickfigur. Plötzlich stürzt der fremde Mann auf mich zu und packt mich. Gerade noch rechtzeitig hält er mich, bevor ich plump auf den Boden knalle. Dabei drückt er seinen Hund mit dem Bein zur Seite.

„Hansi! Sitz! … Sitz!", schnaubt er erbost, und der Hund setzt sich doch tatsächlich reumütig neben ihn.

Mit schiefem Kopf schaut er sein Herrchen unschuldig an, als wäre nichts gewesen. Ich weiß immer noch nicht wie mir geschieht. In meinen Ohren pfeift es leise. Mir ist schwindelig und flau. Die Umgebung wankt, als wäre ich sturzbetrunken.

„Oh Gott", entfährt es mir. Ich schnappe nach Luft.

„Nicht ohnmächtig werden!", redet mir eine eindringliche Stimme gut zu, und jemand tätschelt mir fest die Wange.

„Hey! Was soll das? Nehmen Sie Ihre Griffel aus meinem Gesicht!", schimpfe ich und schüttle abwehrend den Kopf, gerate dabei jedoch wieder ins Schwanken.

„Schaffen Sie es bis zu der Bank dort drüben?“, fragt er besorgt und mustert mich. Dabei lässt er meinen linken Oberarm nicht los.

„Ja“, schnaufe ich erschöpft und fuchsteufelswütend zugleich.

„So, da sind wir“, sagt er, als wir bei der Bank angekommen sind.

„Trage ich etwa drei schwarze Punkte auf dem Arm? Ich bin nicht blind, Sie … Idiot! Lassen Sie mich endlich los!“ Sofort erstickt meine Stimme wieder, als der Hund auf mich zutrottet.

Ich sitze auf der Bank und presse meinen Rücken nun aufrecht dagegen, um den Abstand zu dem Vierbeiner zu vergrößern.

Aber schon sind die dicken, dreckigen Pfoten des Hundes auf meinen Knien. Vor Schreck wie erstarrt, wage ich es noch nicht einmal mehr zu atmen. *Hilfe!,* wimmere ich lautlos und traue mich nicht, den kleinsten Laut von mir zu geben.

„Hansi! Jetzt lass doch mal die Frau in Ruhe! Was hast du nur mit ihr?“, brummt sein Herrchen genervt und zieht den Hund am Halsband von mir weg.

Erleichtert strömt die angehaltene Luft aus mir heraus.

„Ich, … ich mag Hunde nicht besonders. Können Sie ihn bitte von mir fernhalten“, befehle ich beharrlich und wage es nur zögerlich, die Spannung meines Körpers zu lösen.

Er lächelt.

„Das hätte ich jetzt gar nicht gedacht, dass Sie keine Hunde mögen“, antwortet er keck; zu keck, wie ich finde.

Ich funkle ihn warnend an.

„Nicht schon wieder! Bitte nicht wieder schimpfen! Ihr Repertoire an Schimpfworten dürfte sowieso langsam aufgebraucht sein! Das wären nur Wiederholungen! Keine Sorge, ich habe mir alles gemerkt, was Sie mir an den Kopf geworfen haben!“, lacht er.

Ich muss schmunzeln. Eigentlich hatte ich gerade dazu ansetzen wollen, den Mann verbal so richtig niederzumetzeln. Aber irgendwie verfliegt mein Ärger plötzlich.

„Ich heiße übrigens Jan. Jan Zeder, und das ist …“

„Hansi", sage ich. „An Alzheimer leide ich auch nicht. Sie haben ihn eben ja oft genug gerufen", kontere ich jetzt doch etwas pampig.

Jan räuspert sich verlegen.

„Ja, stimmt. Ich verstehe das nicht. In der Hundeschule war er immer ein Musterschüler! Er ist mir noch nie weggelaufen und schon gar nicht vor der Dönerbude. Er muss Sie wirklich mögen. Oder sind Sie etwa läufig?"

„Wie bitte?", piepse ich entrüstet drei Oktaven zu hoch.

Jan bricht in Gelächter aus.

„Sollte nur ein Witz sein."

„Also wenn Sie als Architekt so erfolgreich sind wie mit Ihren Witzen, dann kann ich mir nicht vorstellen, dass Sie damit Geld verdienen und sich überhaupt einen Döner leisten können", sage ich trocken.

„Sie werden es mir nicht glauben, aber ich könnte es mir sogar leisten, Sie auf einen Döner einzuladen", schnurrt er charmant und zwinkert mir zu. „Wie wäre es?"

Ich zögere. Allerdings brummelt und rebelliert mein Magen inzwischen vor Hunger.

„Von mir aus. Ich wollte mir eigentlich auch einen Döner holen", murmle ich und stochere dabei mit den Krücken auf dem Kopfsteinpflaster der Straße herum. „Aber ohne Zwiebeln und Peperoni!", verlange ich.

Seine weißen Zähne blitzen auf.

„Prima! Dann begebe ich mich mal auf die Jagd!", grinst er und klopft sich mit beiden Händen auf die Oberschenkel.

„Aber nehmen Sie den damit! Und halten Sie dieses Mal gefälligst die Leine fest!", befehle ich etwas schroffer, als ich eigentlich will und laufe dabei rot an.

Mit einer militärischen Handbewegung verabschiedet sich der Mann Richtung Dönerstand. Obwohl er mich dabei freundlich anlächelt, meine ich herauszuhören, dass er laut seufzt, nachdem er sich von mir weggedreht hat. Außerdem flüstert er seinem Hund jetzt etwas zu, das ich jedoch leider nicht mehr verstehen kann. Diese

Tatsache lässt mich sofort wieder misstrauisch werden. Sämtliche Antennen sind bis zum Anschlag ausgefahren und versuchen, seine Körpersprache zu deuten. Mit reichlich Abstand beobachte ich ihn und betrachte das Bild von hinten. Er und sein Hund sehen sich an. Wieder scheint er mit ihm zu reden, als wäre er sein bester Kumpel. *Bekloppt ... Der quasselt seinen Hund voll und meint vermutlich tatsächlich, dass der irgendetwas davon versteht.*

Ich schüttle fassungslos den Kopf.

Scheint ganz nett zu sein, dieser Jan ... zumindest ab und zu ... Eigentlich war es aber auch nur anständig, sich zu entschuldigen!

Ich lasse den Mann nicht aus den Augen. Bisher hat er sich nicht mehr zu mir umgedreht – im Gegensatz zu seinem Vierbeiner! Der macht mich weiterhin nervös, weshalb ich mich nicht traue, meine Krücken aus der Hand zu legen. Normalerweise würde ich jetzt zum Stressabbau mit den Fingern auf den Oberschenkeln trommeln, aber was, wenn der Hund sich plötzlich wieder umdreht und auf mich zurast! Wenn er mich doch wieder anfällt! Dann muss ich doch vorbereitet sein! Auf keinen Fall möchte ich diesem sabbernden Fettklops hilflos ausgeliefert sein. Und meine Stöcke geben mir durchaus ein wenig Sicherheit. *Ganz schön groß, dieser Jan ...*

Ich scanne seine maskuline Statur. Er hat verdammt breite Schultern. Auch die weiten Ärmel seines weißen Hemdes lassen erahnen, dass die Oberarme darunter mächtig muskulös sind. Dann ertappe ich mich dabei, wie mein Blick weiter nach unten wandert, zu seinem Hosenbund und noch ein Stückchen weiter. *Hmmm ... nicht schlecht, Herr Specht ...*

Auf einmal dreht er sich wieder zu mir um. Augenblicklich straffe ich meinen Rücken. Ich ziehe verlegen die Nase hoch und wende meinen Kopf abrupt entgegengesetzt die Straße herunter. *Der soll sich ja nicht einbilden, dass ich ihn angestarrt habe oder auf ihn warte!*

„Bitte sehr, Ihr Döner, Madame." Er reicht mir die in Alufolie eingewickelte Teigtasche und setzt sich wieder neben mich.

„Dankeschön", nuschle ich, ohne ihn dabei wirklich anzusehen.

Angespannt verfolge ich die Bewegungen seines Vierbeiners.

Dieser hockt sich ihm genau gegenüber und fängt jetzt noch mehr zu sabbern an. Permanent leckt er sich mit seiner viel zu großen Zunge gierig über das Maul. Der Hund schmatzt sogar, obwohl er gar nichts frisst! Unaufhörlich taxiert er sein Herrchen mit einem Blick, der sagt: Los, lass mal ′nen Happen rüberwachsen!

Ich wage es nicht, mein Mittagessen auszupacken. *Was ist, wenn er mich anspringt? Mir den Döner aus der Hand reißen will und dabei auch gleich meine Hand mit im Maul hat?*

Das Herz schlägt mir bis zum Hals. Beunruhigt spähe ich zu dem Hund nach unten, vermeide es aber, diesem genau in die Augen zu sehen. Auf keinen Fall möchte ich ihn provozieren, und inzwischen hat Jan sogar die Leine locker auf dem Schoß liegen. *Er hält sie gar nicht fest!*

Innerlich rege ich mich wieder gewaltig auf. *Wie kann er nur so leichtsinnig sein!?*

„Warum essen Sie nichts?", fragt Jan schließlich amüsiert mit vollem Mund.

„Weil, … weil der mich so anstarrt. Bestimmt schnappt er mir sofort den Döner aus der Hand, wenn ich abbeißen möchte!", antworte ich und umklammere meine Gehstöcke.

Jan lacht.

„Jetzt entspannen Sie sich mal! Hansi ist zwar verfressen, aber er hat mir in den letzten fünf Jahren noch nie was aus dem Mund geklaut!" Wieder grinst er belustigt und beißt erneut ab.

Nervös knete ich die Griffe meiner Gehstöcke. Schließlich gebe ich mir einen Ruck und löse meine Finger, ohne auch nur eine Sekunde unachtsam zu sein. Leicht fahrig zupfe ich an der Alufolie herum, bis der obere Teil zum Abbeißen frei liegt. Als ich den Döner jedoch an meinen Mund setzen möchte, schaut mich Hansi plötzlich auffordernd an. Als er dann noch einen lauten Kläffer loslässt, schmeiße ich ihm aus Angst reflexartig meinen Döner vor die Nase.

„Was soll das denn jetzt?" Sein Herrchen sieht mich entsetzt an. „Das glaub ich einfach nicht!" Kopf schüttelnd holt er einmal tief

Luft. „Na super. Hansi! Aus! Pfui! Lass das liegen!" Verärgert nimmt der Mann seinem Hund den Döner ab. „Hier", sagt er und schmeißt Hansi lediglich ein Stück Brot hin. „Ich hole Ihnen noch einen, wenn Sie mir versprechen, ihn nicht wieder zu verfüttern." Gereizt verzieht er den Mund.

Ich schäme mich plötzlich ganz entsetzlich.

„Entschuldigung. Ich dachte, er würde sonst …"

„Kann ich mir schon denken, was Sie dachten. Vielleicht sollten Sie mal eine Therapie machen! Hunde sind zwar Fleischfresser, aber Menschen stehen eigentlich nicht auf ihrem Speiseplan. Halten Sie mal meinen Döner fest. Ich nehme Hansi mit und hole Ihnen einen Neuen. Ich gehe davon aus, Sie halten lieber meinen Döner als Hansi, oder?"

Ich beiße mir verschämt auf die Unterlippe und laufe wieder knallrot an. Mein Kopf wird heiß. Sogar meine Ohren fangen an zu glühen. *Shit, wie unangenehm …*

Weil ich keine passende und taffe Antwort parat habe, schweige ich betreten. Mit seinem Hund zieht er von dannen. Aus dem Augenwinkel spähe ich ihm wieder hinterher, aber dieses Mal dreht er sich noch einmal um. Sofort schnellt mein Kopf in die andere Richtung.

Ich nehme ein paar tiefe Atemzüge, um mich zu beruhigen. Als er mir wenig später meinen zweiten Döner reicht, zieht er Hansi sofort zu sich.

Gemeinsam sitzen wir auf der Bank und essen unsere Teigtaschen. Schweigend kaue ich. Immer noch fällt mir kein blöder Spruch ein, mit dem ich meine Verlegenheit überspielen könnte.

Von dem Döner, der eben noch auf dem Boden lag, zupft er seinem Hund immer wieder Stückchen ab und füttert ihn damit. Begeistert schmatzt Hansi und ist mit der Aufmerksamkeit nun voll bei seinem Herrchen und der Leckerei. Weiterhin verlegen, mümmle ich vor mich hin.

„Hatten Sie schon immer so eine Angst vor Hunden?", fragt er schließlich, als er seinen Döner verputzt und mit der Serviette seinen Mund abgewischt hat.

Überrumpelt von dieser Frage halte ich kurz inne und vergesse zu kauen. Ganz langsam führe ich meine Kaubewegung zuende, um mir damit etwas Zeit zu verschaffen.

„Ich, … ich bin nicht so der Tiermensch“, antworte ich schließlich und wende mich mit gespieltem Interesse wieder meinem Döner zu.

„Hm … Haben Sie sich als Kind nie ein Haustier gewünscht? Einen Hund? Oder eine Katze?“ Er mustert mich ungläubig von der Seite.

Ich schüttle den Kopf und beiße wieder ab.

„Warum sehen Sie mich eigentlich gar nicht an? Bin ich so hässlich?“, lacht er.

Verunsichert und mit überschwappender Scham werfe ich ihm lediglich einen flüchtigen Blick zu.

„Sie sind es wohl gewohnt, immer die volle Aufmerksamkeit zu bekommen. Garantiert ein Einzelkind!“, nuschle ich mit vollem Mund.

„Warum sind Sie eigentlich so kratzbürstig? Schießen Sie immer mit Kanonen auf Spatzen, die Ihnen gar nichts Böses wollen?“

„Vielleicht sind Sie ja auch einfach nur empfindlich“, kontere ich patzig.

Er seufzt laut.

„Ich wollte einfach nur nett sein, aber ganz ehrlich, so wie Sie hat mich bisher noch nie jemand abgefertigt!“

„Sag ich doch! Verwöhntes Einzelkind!“ Erneut starre ich auf meine Füße.

Er lacht.

„Ich muss Sie enttäuschen. Ich bin kein Einzelkind.“

„Dann halt verwöhntes Geschwisterkind“, schmatze ich mit vollem Mund und meide es, ihn auch nur eines winzigen Blickes zu würdigen.

„Sie haben mir das mit Ihrem Vorstellungsgespräch noch nicht verziehen, oder?“

Ich zucke mit den Schultern, weiterhin darauf bedacht, meine

Abwehrhaltung deutlich zu machen.

„Ich muss gleich wieder los. Vielleicht treffen wir uns ja noch mal in der Stadt – oder in der Eisdiele", schmunzelt er.

Ich schenke ihm ein Lächeln, aber ein Lächeln, das sagt: *Träum weiter!*

Dabei war ich gerade dabei, ihn nett zu finden. Aber ich bringe es nicht fertig, das nach außen hin auch nur ansatzweise zu zeigen. Ich will ja schon, aber irgendetwas in mir sperrt sich – und hat Angst.

„Danke jedenfalls, für den Döner – die zwei Döner", antworte ich verschämt und schaue ihn jetzt doch kurz an, als er vor mir steht.

„Sehr gerne", sagt er höflich, und es klingt überraschend aufrichtig.

Verwirrt von dieser freundlichen Stimme wage ich es, seinen Blick etwas länger zu halten, was mich leicht in Aufruhr versetzt.

„Ähm ... ja dann ... ciao", erwidere ich verlegen.

Er lächelt mich an. Es ist ein offenes, ehrlich gemeintes Lächeln. Dann geht er, den Hund an seiner Seite, der den Kopf beim Davonlaufen immer wieder zu mir umdreht.

Verdattert bleibe ich einige Minuten sitzen. Ich muss das seltsame Zusammentreffen verarbeiten und überdenken. Dann schaue ich auf die Uhr.

„Jetzt aber schnell!", stoße ich aus und humple wieder heim.

Heute kann man sich nämlich ab 15:00 Uhr für die anonyme Ausschreibung des Architektenwettbewerbes eintragen lassen. Zu Hause schnappe ich mir daher sofort meinen Autoschlüssel und bin keine fünf Minuten später auf der Straße. Ich fahre grübelnd durch die Stadt und muss feststellen, dass mir der Mann nicht aus dem Kopf geht. Sogar der Gedanke an Hansi führt nicht gleich zu einer Panikattacke. Wenngleich ich nach wie vor weit davon entfernt bin, mit dem Gedanken zu spielen, jemals freiwillig einen Hund anzufassen.

Nachdenklich lasse ich die Begegnung in der Stadt Revue passieren. Es war eine sehr kühle und schroffe Unterhaltung – zumindest meinerseits. Naja, es war ja auch so von mir gewollt – teilweise. In Gedanken vertieft beiße ich mit den Zähnen an meiner

Unterlippe rum. Aber ich komme zu keinen klaren Schlüssen. *Was soll ich mir darüber den Kopf zermartern? Der Mann kann mir gestohlen bleiben, genauso wie sein Job und sein Hund!* Und damit ist die Geschichte für mich abgehakt.

Vor dem riesigen Bürogebäude suche ich einen Parkplatz – finde aber keinen. Ich drehe eine Runde um den Block, in der Hoffnung, dass zwischenzeitlich jemand wegfährt. Vergebens. Lediglich zwei Behindertenparkplätze sind frei.

„Hmpf", schimpfe ich und denke an den Ausweis in meinem Handschuhfach, den ich bisher noch nie hinter die Windschutzscheibe gelegt habe.

„Nein! Auch heute nicht!" Ich drehe eine weitere Runde um den Block und sehe mich ungeduldig und gereizt um.

Fluchend fahre ich besonders langsam, so dass hinter mir die anderen Autos wütend hupen. Nach einer vierten Runde steuere ich letztlich doch widerwillig auf einen der freien Behindertenparkplätze zu. *Ich werde mich nur schnell anmelden. So lange dauert das ja ohnehin nicht. Dafür brauche ich keinen Ausweis hinter der Scheibe. Lieber kassiere ich ein Knöllchen.*

Als ich mein Auto gerade abgestellt habe, klopft plötzlich jemand an mein Fenster. Ich zucke vor Schreck zusammen und denke sofort an die Polizei, doch die ist es nicht. Für einige Sekunden bin ich unfähig, mich zu bewegen. Dann lasse ich die Scheibe herunter.

„Was machen Sie denn hier?", frage ich und schaue von unten zu meinem Dönerspender hoch.

„Das könnte ich Sie auch fragen? Ist das Ihre Masche? Krücken ins Auto legen und Behindertenparkplätze belegen?"

Ich erröte und plustere mich innerlich schon auf, bis ich registriere, dass er lacht. Er wollte offensichtlich einen Scherz machen.

„Wollten Sie sich für den Wettbewerb anmelden?", erkundigt er sich und scheint aufrichtig interessiert.

„Ja. Einen Versuch ist es wert", erwidere ich schüchtern und wage es zaghaft, zurückzulächeln.

„Hey! Das gibt es ja gar nicht!“, stößt er laut aus.

„Was denn?“ Erschrocken schaue ich prüfend an mir herab.

„Sie können ja lachen! Und Sie haben sogar ein nettes Lachen. Das sollten Sie öfters machen.“ Er schmunzelt charmant und lehnt sich an meinem Auto an.

Mein Herz macht einen aufgeregten Satz und in meiner Magengegend schwirrt es. Eine ungewohnte Wärme durchflutet mich bis zur Kopfhaut und ich verspüre ein angenehmes Kribbeln. Verlegen räuspere ich mich und tipple mit den Fingern auf dem Lenkrad herum. Noch nie hat mir ein Mann geschmeichelt. Ich bin mit dieser ungewohnten Situation komplett überfordert. Ich schaue aus dem Fenster nach unten neben seine Füße.

„Ihr Hund ist ja auch nicht dabei. Das ist für mich etwas entspannter“, überspiele ich meine Unsicherheit.

„Dabei ist Hansi sonst der absolute Herzensbrecher! Ich dachte immer, Frauen fahren total auf Männer mit Hund ab!“

„Wohl nicht alle. Da müssen Sie sich schon anderweitig ins Zeug legen.“ *Verdammt. Was ist mir denn da herausgerutscht. Der muss ja denken, ich flirte mit ihm!*

„So, meinen Sie?“ Wieder schmunzelt er lausbubenhaft. „Was halten Sie davon, ich stehe Schmiere und Sie melden sich schnell an. Bevor Sie hier noch abgeschleppt werden.“

Soll ich auf sein Angebot eingehen? ... Ich sehe mich nach den anderen Parkplätzen um, die alle weiterhin belegt sind.

„Okay“, sage ich. Von meiner Hüfte abwärts breitet sich ein flaues Gefühl aus. Ich bin so nervös und aufgeregt, dass alles kribbelt.

„Soll ich Ihnen aus dem Auto helfen?“, fragt er hilfsbereit.

„Nein, geht schon“, murmle ich kleinlaut und klaube meine Krücken von der Beifahrerseite.

Dann hänge ich mir meine kleine braune Handtasche um. Nacheinander wuchte ich mühsam die Beine aus dem Wagen, bis ich vor ihm stehe, so nah, dass es mir fast die Luft raubt. *Meine Güte ... Was für ein Gefühl ...*

Schnell wende ich den Blick von ihm ab. Ich schlucke schwer.

„Ich lasse mal den Schlüssel stecken. Wenn der Parkplatz benötigt wird, können Sie ja mit meinem Wagen eine Runde um den Block drehen", sage ich mit belegter Stimme und räuspere mich.

Er hebt die Augenbrauen.

„Ich dürfte Ihr Auto fahren? Haben Sie keine Angst, dass ich damit abhaue?", fragt er überrascht.

„Nein", lache ich, werfe noch einen Blick auf meinen pinken Mini mit dem Heckaufkleber: Fahre zum Shoppen.

Und plötzlich lacht auch er.

„Ich sollte besser etwas an die Seite gehen, bevor mich noch jemand mit Ihrem Wagen in Verbindung bringt", grinst er.

„Sehen Sie. Meinen pinken Wagen klaut so schnell garantiert keiner! Das ist ein verlässlicher Diebstahlschutz!", scherze ich und humple auf meinen Krücken Richtung Eingang davon.

Wow, meine Beine sind immer noch ganz wackelig. Mann ist mir plötzlich warm. Sowas habe ich ja noch nie gefühlt!

„Puh …"

Selbst bei der Anmeldung flattern meine Hände, so dass meine Schrift auf dem Formular extrem krakelig aussieht. Aufgeregt nehme ich anschließend die zugeteilte Nummer 22 entgegen, während meine handschriftlich eingetragenen Personendaten unter Aufsicht in einen Tresor eingeworfen werden. Damit ist sichergestellt, dass dieser Wettbewerb anonym bleibt.

Bevor ich das Gebäude wieder verlasse, atme ich einmal tief durch. Gerade einmal zehn Minuten hat es gedauert, und jetzt muss ich ihm ein weiteres Mal gegenübertreten – oder darf …?

In meinem Bauch ist die Hölle los, so als hätten sich zigtausend Schmetterlinge zu einem flatternden Tanz versammelt.

Ein Empfinden, von dem ich nie dachte, dass es das tatsächlich gibt. Allerdings ist das ein so neues Gefühl, dass ich kaum damit umgehen kann. Es führt dazu, dass ich noch unsicherer werde – verletzlich. Und das ist nicht gut. Ich muss stark sein, nicht schwach! Aber es scheint, als ob er genau diese Schwäche in mir hervorlockt.

Mit einem breiten, offenen Lächeln winkt mir der Architekt entgegen. Dann trete ich ihm gegenüber.

„Tja, damit sind wir wohl Konkurrenten", sage ich.

Er schmunzelt und lässt es unkommentiert.

„Dann können wir uns eigentlich auch duzen, oder? – Jan." Er hält mir seine ausgestreckte Hand entgegen.

Zögerlich verlagere ich das Gewicht und lege meine Hand in die seine. Meine Handfläche beginnt zu kribbeln.

„Franzi", erwidere ich befangen. Hastig entziehe ich ihm wieder meine Hand.

Inzwischen ist mir ganz schummerig. Unser Blick hält viel zu lang und irgendwie schaffe ich es gar nicht mehr, mich davon zu lösen. Ich bin völlig hingerissen.

„Tja, … dann. Franzi … Bis bald mal", verabschiedet er sich.

„Ja. Tschüss … Und danke noch einmal – fürs Schmiere stehen."

„Immer wieder gerne." Er zwinkert mir zu, hebt zur Verabschiedung seine Hand und schlendert lässig davon.

Ich starre ihm hinterher. *Heilige Madonna …*

Für Minuten verharre ich wie ein gefrorener Eisklotz neben meinem Wagen. Mir ist allerdings das Gegenteil von kalt. Noch nie hat mich eine derartige Wärme durchflutet, und noch nie hat mich jemand derart aus der Fassung gebracht.

Verwirrt fahre ich heim. Eigentlich hatte ich beschlossen, diesen Mann und sein vierbeiniges Anhängsel zu vergessen, aber jetzt …

Zu Hause lege ich auf dem Sofa erst einmal die Beine hoch. Vor lauter Aufregung sind sogar die Schmerzen in meinem linken Bein in den Hintergrund getreten - Das rächt sich jetzt umso mehr. Ich schließe meine Augen und nehme mir vor, diese Ruhepause zu nutzen, um in Gedanken noch einmal das Konzept für das Einkaufszentrum durchzugehen. So sehr ich aber auch versuche, mich darauf zu konzentrieren, immer wieder habe ich dieses Bild im Kopf. Große, hellblaue Augen, die durch seine dunklen Haare heller strahlen als jeder wolkenfreie Sommerhimmel. Hingerissen von diesem Bild erlaube ich mir für einen Moment, in eine Traumwelt einzutauchen. Ich lebe zusammen mit ihm, gemeinsam in einem Haus, und wir haben kleine Kinder, die begeistert durch den Garten toben – mit Hansi …

„Pfff! Ich und heiraten! Und Kinder! Mit einem Hund! So ein Schwachsinn!“ Plötzlich drängt sich ein gewaltiger Kloß in meine Kehle. Er rutscht immer tiefer, bis es mir die Tränen in die Augen drückt. Ich bemühe mich, den unangenehmen Brocken in meiner Kehle hinunterzuschlucken.

Verärgert und gereizt begebe ich mich ins Arbeitszimmer. *Dort wird es mir leichter fallen, ihn zu vergessen und mich wieder auf die wesentlichen Dinge zu konzentrieren.*

Überall auf dem Boden liegen meine Skizzen und unendlich viele kleine, bunte Zettel verteilt. Von oben herab betrachte ich das Chaos. Ich versuche, wieder in die kreative Blase zu schlüpfen, um komplett mit dem Thema zu verschmelzen. Obwohl es deutlich länger dauert als gestern, gelingt es mir sogar schlussendlich.

Irgendwann bin ich wieder derart in meine Arbeit vertieft, dass die Welt um mich herum nichtig wird. Ich habe das Projekt und meine Zielsetzung ganz klar vor Augen, mache einige weitere Skizzen und fange auf einem großen, dicken Pappkarton an zu basteln. Bis tief in die Nacht halte ich mich mit Kaffee wach, so lange, bis mein ermüdeter Körper dem Arbeitstag ein Ende setzt. Mir ist furchtbar dusselig. Es ist eine halbe Ewigkeit her, dass ich mich derart gepusht habe. Mit leerem Magen und viel zu viel Koffein im Körper wanke ich ins Schlafzimmer, schlüpfe aus meinen Klamotten und lege mich, ohne die Zähne zu putzen, ins Bett.

„Noch ein Grund, warum man lieber alleine leben sollte“, murmle ich benommen und schlafe erschöpft ein.

DIENSTAG

Das Telefon reißt mich aus einem traumlosen Schlaf. Es läutet mehrmals, bis ich auf Krücken benebelt in den Flur torkle. Wieder schwankt die Umgebung. Ich halte mich in letzter Sekunde an der Wand fest, bevor ich das Gleichgewicht verliere.

„Ja", melde ich mich total gerädert.

„Wo bleibst du?", zischt Kicki. „Ich warte schon seit einer halben Stunde!", schimpft sie.

Ich schaue auf meine Uhr am Handgelenk.

„Shit", fluche ich leise. „Ich habe verschlafen, sorry", gähne ich.

„Na toll. Kommst du denn noch?", fragt Kicki genervt.

Ich unterdrücke ein weiteres Gähnen.

„Gib mir eine halbe Stunde, okay?", erwidere ich ebenso gereizt.

„Hm. Na gut. Bis gleich. Ich fange schon einmal an", mault Kicki und drückt mich weg.

Ich seufze laut, mosere vor mich hin und mache mich in Windeseile fertig.

In uralten Sportklamotten sitze ich schließlich im Auto und komme mit meinem pinken Flitzer gegen 10:15 Uhr im Fichtelweg an. Mit einer wüsten Hochsteckfrisur, die meine dunkle, lockige Mähne noch wilder aussehen lässt, betrete ich das Fitnessstudio. In einer Hand eine kleine Sporttasche, hinke ich gequält in den Eingangsbereich.

„Huhu!" Kicki kommt strahlend und leichtfüßig auf mich

zugehopst. Im Schlepptau einen, wie ich finde, eher mäßig attraktiven Sportler.

„Das ist Manni! Er ist für die nächsten Wochen unser Personal Trainer“, erklärt mir Kicki mit samtweicher Stimme und scheint ihn deutlich attraktiver zu finden als ich.

Ich hebe die Brauen.

„Hallo“, sage ich kurz und knapp und ziehe Kicki beiseite. „Ich will keinen Personal Trainer!“, zische ich. „Hättest du mich nicht fragen können?“

„Wenn du früh genug da gewesen wärst, – *ja*“, erwidert Kicki beleidigt. „Er füllt für uns nur einen Aufnahmebogen aus, kontrolliert unseren Fitnessstand und stellt uns dann ein individuelles Trainingsprogramm zusammen. Außerdem erklärt er uns die Geräte“, betont Kicki säuerlich. „Ohne Anweisung darf man nicht an die Gerätschaften dran! Ist ja auch sinnvoll, oder?“

Mein Wutbarometer steigt an. Zum einen wollte ich gar nichts ins Fitnessstudio, und zum anderen habe ich keine Lust, meine Behinderung preiszugeben.

„Ich will aber nicht, dass der weiß, dass ich …“

„Dann lass dir ein Trainingsprogramm für den Oberkörper zusammenstellen. Du musst ja nicht an die Beinpresse“, fällt mir Kicki ins Wort.

Grollend schnaufe ich, gebe mich aber mal wieder Kicki zuliebe geschlagen.

„Ich muss aber erst etwas frühstücken. Fang du schon mal an. Ich hol mir da drüben ein Brötchen und einen Kaffee.“

Kicki verdreht die Augen und zieht mit Manni von dannen.

„Sie ist immer noch nicht darüber hinweg, wusste ich es doch“, knurrt Kicki leise aber gerade laut genug, dass ich es hören kann.

Mit schmalen Lippen lasse ich mich an einer Theke auf einem Hocker nieder und bereue es, die Krücken daheim gelassen zu haben. Verzweifelt atme ich gegen das Klopfen und das Brennen in meinem linken Bein an und beiße schließlich gierig in ein riesiges Roggenkrusti mit Putenwurst und Salat. Mit einem Schluck heißem

Kaffee spüle ich den ersten Bissen hinunter. *Ich weiß gar nicht, wie ich es in meinem verschlafenen Zustand überhaupt geschafft habe, hier anzutanzen ... Verdammt, tut das Bein weh ...*

Ich schlinge mein Brötchen hinunter und bestelle mir gleich noch ein zweites. Aus sicherer Entfernung verfolge ich missmutig Kickis schweißtreibende Gerätearbeiten. Trotzdem lächelt sie unentwegt, und immer neben ihr positioniert sich der Mann mit Oberarmen, die nahezu doppelt so breit sind wie meine Oberschenkel. Obwohl Kicki nach der Schwangerschaft ein paar Pfunde mehr auf den Rippen hat, sieht sie bombig aus. Im Gegensatz zu mir trug sie schon immer einen pfiffigen Kurzhaarschnitt, der sie frech aussehen lässt. Zusammen mit den Sommersprossen sieht sie unglaublich jung aus und ihr Lächeln ist einfach unwiderstehlich. *Hat Kicki eigentlich jemals wirklich schlechte Laune?*

Ich kann mich nicht daran erinnern. Diese positive Ausstrahlung gehört zu Kicki, macht sie einzigartig und unglaublich liebenswürdig. Kein Wunder, dass sie schon immer beliebt war. Ihre gute Laune ist ansteckend, und wäre sie die letzten Jahre nicht gewesen, ich weiß nicht, wo ich heute stehen würde. Sie hat mich ständig aufgemuntert, unermüdlich, wenngleich ich es ihr, zugegeben, nicht immer leicht gemacht habe.

Von meinem stillen Eckchen aus schiele ich weiterhin zu ihr hinüber. *Ob ich auch mal etwas mit meinen Haaren machen sollte? Ab und zu nerven mich die krausigen Locken ja schon ...*

Mit dicken Backen kaue ich an meinem Brötchen herum, bis mich eine Stimme von hinten zusammenzucken lässt. Vor Schreck schmeiße ich dabei die volle Kaffeetasse um, deren brauner Inhalt sich komplett auf meiner hellgrauen Sporthose verteilt.

„Mist!“, fluche ich ungehalten und nehme dankbar einen Stapel Papierservietten entgegen, den mir die Bedienung hinter der Theke herüberreicht.

„Zwei linke Beine, zwei linke Hände und ein Fitnessstudio ... Sicher, dass das der richtige Ort für dich ist?“ Jan grinst mich breit an und greift zu einem weiteren Stapel Papierservietten. Nacheinander reicht er mir die Tücher, die ich verschämt auf meine Hose drücke.

„Ich bin nicht freiwillig hier", murmle ich und zupfe unbeholfen an dem nassen Stoff herum. „Was machen Sie denn hier? Stalken Sie mich?"

Jan grinst noch breiter.

„Na klar. Was sonst?"

Ich brauche einen Moment, bis sein Humor bei mir angekommen ist. Natürlich spioniert er mir nicht hinterher. Wieso sollte er auch. Ich rutsche mit meinem Po nervös auf dem Hocker herum und staple die nassen Tücher auf der Theke.

„Soll ich Ihnen noch einen Kaffee rauslassen?", fragt die Bedienung freundlich.

„Nein, danke. Ich werde mich wohl umziehen müssen. Kann ich bitte bezahlen?", sage ich schüchtern.

„Ja, natürlich", entgegnet sie freundlich lächelnd.

„Sind Sie gerade erst gekommen oder schon fertig?", frage ich und traue mich nicht, ihn dabei anzusehen.

„Waren wir nicht schon beim Du?"

„Ja, stimmt. Also … hast du schon Sport gemacht oder musst du noch?"

„Weder noch. Ich habe gestern Abend meine Jacke hier hängen lassen."

„Ah", mache ich nur.

„Und du? Ehrlich gesagt sieht es mehr nach Kalorienzufuhr als Kalorienabbau aus." Er deutet schmunzelnd auf den Rest meines großen Brötchens.

Ich räuspere mich.

„Ich war etwas spät dran. Eigentlich bin ich nur wegen meiner Freundin hier. Sie hat mich dazu überredet, sie zu begleiten. Um ehrlich zu sein, sind Fitnessstudios nicht so mein Ding", erkläre ich.

„Aha, so wie Hunde …"

„… Genau. Außerdem soll ich gerade sowieso etwas Ruhe halten, wegen der … der Überbelastung im linken Bein."

„Wie wäre es dann mit Schwimmen? Wir könnten uns mal im

Schwimmbad treffen! Hättest du Lust? Das ist super gelenkschonend und für dich bestimmt momentan ideal!", schlägt er begeistert vor.

Ich halte die Luft an. Mir wird flau und übel. Bei dem Wort Schwimmbad macht mein Magen mitsamt seinem Inhalt gefühlt tausend Umdrehungen pro Minute.

„Nnnein", stottere ich unbeholfen. „Schwimmbäder mag ich auch nicht", stammle ich.

„Was magst du denn?", lacht er. „Viel bleibt da ja nicht mehr übrig."

„Ich ... ähm ... ich ...", krampfhaft durchwühle ich das Interessenzentrum meines Gehirns, finde aber auf die Schnelle nichts.

„Du machst es ja ganz schön spannend. Sollen wir uns eventuell am Nachmittag auf ein Eis treffen? Ich wollte bei diesem schönen Wetter heute um fünf Uhr Feierabend machen. Lust?"

„Ich, ... ich weiß nicht. Ich arbeite doch eigentlich in der Eisdiele und bin krankgeschrieben. ... Das kommt glaube ich nicht so gut ...", erwidere ich verhalten.

„Verrätst du mir deine Adresse? Dann hole ich dich daheim ab und wir fahren ins Nachbarstädtchen nach Hüflingen. Dort gibt es auch eine nette Eisdiele", schlägt er vor und lächelt mich so entwaffnend an, dass ich schmachtend dahinschmelze.

„Okay, wieso nicht", nuschle ich mit hastig gesenktem Kopf und weiche seinem Blick verschämt aus. In meinem Bauch kribbelt es, und ich fühle mich, als würde ich unter einem Sternschnuppenregen stehen. *Ist das etwa ein Date?* Ich beiße mir auf die Unterlippe.

„Prima! Wo wohnst du denn?", erkundigt er sich.

„Meisenstraße sieben", antworte ich mit belegter Stimme.

„Dann bis um fünf! Ich hole dich ab!", ruft er mir winkend zu und verlässt mit seiner Jacke, die er sich sportlich über die Schulter schwingt, das Studio.

Total überrumpelt starre ich ihm nach. *Wahnsinn* ...

Meine Unterarmhaare stellen sich auf.

„Sie wollten bezahlen?", fragt die Bedienung freundlich ein weiteres Mal.

„Jjja, natürlich ..." Ich wühle nach meinem Portemonnaie.

Nachdem ich bezahlt habe, winke ich Kicki zu mir herüber. Mit Schweißperlen auf der Stirn steigt sie gerade vom Laufband und kommt grinsend auf mich zugeschlendert.

„Na? Neuigkeiten?“ Auf ihrem Gesicht scheint das breite Grinsen wie eingefroren.

„Ich muss leider heim. Ich habe mir einen Kaffee auf die Hose geschüttet. Ich steige beim nächsten Mal mit ins Training ein, okay?“

Kicki wischt sich mit einem Handtuch den Schweiß von der Stirn und hängt es sich um den Hals. Die Hände in die Hüften gestemmt, schaut sie mich herausfordernd an.

„War das eben nicht der Mann von letztens? Aus der Stadt? Den du verbal so abgefertigt hast?“

„Ja. Und?“, bemerke ich trocken.

„Was wollte er denn?“, bohrt Kicki neugierig nach. „Hast du den Job jetzt doch bekommen? Das ist doch der Architekt von deinem Vorstellungsgespräch, oder?“

„Er war nur zufällig hier. Er hat gestern Abend seine Jacke hier vergessen …“, erkläre ich beiläufig.

„Uuunnnd?“, zieht Kicki das Wort herausfordernd in die Länge.

Ich zucke mit den Schultern und weiche ihrem fordernden Blick peinlich berührt aus.

„Wir treffen uns heute Nachmittag. Nur auf ein Eis“, murmle ich leise, als würde ich es lediglich vor mich hin faseln.

„Was?“, schreit Kicki enthusiastisch mit aufgerissenen Augen. „Du hast ein Date?“, schießt es laut aus ihr heraus.

„Schschsch!“, zische ich und sehe mich errötend um. „Willst du das ganze Studio unterhalten? Das ist kein Date! … Nnnur eine Art Entschuldigung, nehme ich an.“

Kickis Gesicht beginnt zu strahlen. Ihre Augen glühen vor Eifer, alles bis ins kleinste Detail zu erfahren.

„Franzi! Ein Date! Du hast ein richtiges Date! Es geschehen noch Zeichen und Wunder! Oh ich freue mich so für dich!“ presst Kicki aufgedreht hervor und wirkt aufgeregter als ich.

„Dann müssen wir gleich unbedingt noch wohin! Warte, ich muss eben telefonieren! Rühr dich nicht vom Fleck! Bleib ja da!", befiehlt sie streng und hebt ermahnend den Zeigefinger.

„Was ist denn? Was hast du vor, Kicki?", frage ich beunruhigt.

„Lass mich mal machen! Du hast ein Date! Nach so vielen Jahren! Ich krieg mich kaum ein!" Kicki hüpft vor Freude herum, als wäre sie diejenige, die seit Jahren zum ersten Mal wieder eine Verabredung hat.

Aufgeregt fuchtelt sie mit ihren Händen in der Luft herum und gibt Manni ein Zeichen, dass sie kurz telefonieren muss. Dann stürmt sie Richtung Umkleidekabinen davon, während ich stöhnend zurückbleibe. *Was stellt sie jetzt schon wieder an?*

„Möchten Sie vielleicht doch noch einen Kaffee?", fragt die Bedienung grinsend und scheint mehr von der Unterhaltung mitbekommen zu haben als mir lieb ist.

„Nein danke", erwidere ich mit rosa Wangen und warte beunruhigt auf meine Freundin.

Mit einem nicht zu überbietenden Gute-Laune-Gesicht tänzelt Kicki bereits nach kurzer Zeit wieder auf mich zu.

„Und? Was hattest du jetzt so Wichtiges zu regeln?", hake ich argwöhnisch nach.

Kicki ballt vor Begeisterung die Fäuste und kriegt sich vor Tatendrang kaum noch ein.

„Also, ich werde jetzt hier mein Trainingsprogramm zu Ende machen. In der Zeit fährst du heim und ziehst dich um. Für heute bist du für den Sport entschuldigt." Sie zwinkert mir frech zu.

„Wenigstens mal eine gute Nachricht", seufze ich gelangweilt.

„Es kommt noch besser, meine Liebe! Ich dusche hier schnell und danach fahren wir zu *Ferdinand*!", flötet Kicki strahlend.

„Zu wem?"

„Musst du gar nicht wissen. Lass dich überraschen! Ich hole dich daheim ab! In …" Kicki schaut auf ihre Uhr am Handgelenk. „Gib mir eine Stunde!", sprudelt es aus ihr heraus.

Ich rolle mit den Augen und weiß noch nicht, ob ihr Vorhaben ein Anlass zur Freude ist.

„Was hast du vor?"

„Wird nicht verraten! In einer Stunde!"

„Mensch, Kicki! Ich mag es nicht, in der Luft zu hängen! Das weißt du! Jetzt sag schon!", fordere ich gereizt, aber Kicki grinst nur bis über beide Ohren und stolziert davon.

Aus der Entfernung dreht sie sich noch einmal zu mir um, haucht einen Kuss in die Luft und pustet ihn mir augenzwinkernd über ihre Handfläche zu. Ich stöhne genervt auf.

„Na super …" Mit einem tiefen Atemzug lasse ich meine Schultern sinken und fahre heim.

Wie angekündigt steht meine Freundin nur eine gute Stunde später bei mir auf der Matte. Inzwischen habe ich eine saubere Hose mit einem lässigen Sweatshirt an.

„Aber du ziehst dich vor fünf noch einmal um, oder?", begrüßt mich Kicki.

„*Hallo* erst einmal", erwidere ich leicht gekränkt. „Wieso soll ich mich umziehen?" Ich sehe kritisch an mir hinab.

„Die Jeans ist ja okay, aber dieses fade Sweatshirt? Hast du keine Bluse? … Oder irgendeinen schicken Sommerpulli?"

„Warum? Ich gefalle mir so", gebe ich zickig zurück.

„Du bist ein hoffnungsloser Fall, Franzi." Kickis Stirn legt sich in tiefe Falten. „Na ja, vielleicht kann dich Ferdinand überreden." Und schon lacht sie wieder.

„Und wer ist dieser Ferdinand?", möchte ich jetzt endlich wissen.

„Alles zu seiner Zeit! Los, schnapp dir deine Schlagstöcke und auf geht´s!"

„Ha, ha, ha. Sehr lustig", grolle ich beleidigt, greife mir meine Handtasche und schwinge mich auf den Krücken hinter Kicki den Flur entlang.

Kicki hilft mir in ihren Wagen, legt die Krücken auf die Rückbank und düst los. Während der Fahrt schwaddelt sie ununterbrochen. Ihr Mund steht keine Minute still, was mir aber gerade lieber ist, als mit Fragen gelöchert zu werden.

„Greif mal ins Handschuhfach", sagt meine Freundin irgendwann.

Ich öffne die Klappe und sehe darin einen Umschlag liegen.

„Und jetzt nimm den Umschlag raus und mach ihn auf", weist sie mich an.

Schweigend ziehe ich eine geklappte Karte aus dem weißen Kuvert.

„Oh Mann! Aufklappen, Franzi!", stöhnt Kicki.

„Was ist das?", frage ich und beäuge den Gutschein.

„Na was wohl? Bist du mit deinen Gedanken etwa schon bei jemand anderem?", frotzelt Kicki belustigt. „Das ist ein Gutschein! Und den lösen wir gleich für dich ein. Habe ich mal von meinen Schwiegereltern zu Weihnachten bekommen, aber du hast es gerade dringender nötig", bemerkt sie und wirft mir einen Blick zu, den ich nicht so richtig deuten kann.

„Wie meinst du das?"

„Franzi, du bist eine Frau, und du hast nachher ein Date! Hallo? Wir lassen dich jetzt mal ordentlich stylen, was sonst? Wenn ich beim Friseur war, fühle ich mich auch gleich besser, und du musst dich nachher nicht nur besser fühlen, sondern bombig! Dem müssen die Augen aus dem Kopf fallen, wenn er dich sieht! Es muss ihn umhauen!"

Ich fülle meine Lunge bis zum Anschlag mit Sauerstoff, um ruhig zu bleiben. Argwöhnisch riskiere ich einen Seitenblick auf meine Freundin, die scheinbar eine komplett andere Vorstellung von meiner Verabredung hat als ich.

„Aber das ist doch dein Gutschein!", betone ich und habe außerdem ein schlechtes Gewissen.

„Ich hab´ noch einen", grinst Kicki. „Meine Eltern hatten zu Weihnachten die gleiche Idee. Aber den hebe ich mir für den Abiball auf." Sie wirft mir einen verheißungsvollen Blick zu. „Keine Sorge, ich habe auch etwas davon. Du testest für mich praktisch diesen Salon! Und wenn der Typ gut ist, dann löse ich den anderen Gutschein selbst ein. Wenn nicht, dann kannst du auch den zweiten haben", kichert Kicki.

„Na danke auch. Das heißt, wenn ich nachher aussehe wie ein struppiges Huhn oder eine Disco-Barbie, dann kann ich mein einziges Date nach so vielen Jahren gleich wieder absagen!“

„Nein, natürlich nicht! Dann spendiere ich dir sogar noch einen Friseurbesuch – bei *meinem* Friseur. Aber dieser Ferdinand soll klasse sein! Ist ein Star-Friseur!“

„Oh je. Na dann. Testen wir den mal. Ich hatte eh überlegt, mir bei Gelegenheit eine andere Frisur zuzulegen.“

„Na siehst du?“, triumphierend dreht Kicki die Musik aus dem Radio lauter und parkt nur wenig später außerhalb der Stadt vor einem modernen Gebäude.

„Da sind wir!“, flötet Kicki, wirbelt aus dem Wagen und kommt auf meine Seite.

Zusammen gehen wir rein und stehen in einem riesigen Vorraum. Allerdings ist nirgendwo ein Waschbecken oder eine Trockenhaube zu sehen. Ich runzle die Stirn.

„Sicher, dass wir hier richtig sind?“, flüstere ich Kicki zu.

Auch meine Freundin scheint irritiert, geht aber mutig vor zur Theke.

„Ich habe eben bei Ihnen angerufen. Meine Freundin hat gleich einen Termin – bei Herrn Ferdinand persönlich“, erklärt sie und schiebt der Frau hinter dem Tresen den Gutschein hin.

„Ach ja! Schön, dass wir Sie hier begrüßen dürfen. Waren Sie schon einmal hier?“, erkundigt sie sich.

„Nein, noch nicht“, bemüht sich Kicki, die jetzt auch etwas nervös scheint, souverän zu antworten.

„Kein Problem.“ Die Dame lächelt uns freundlich an. „Ihr Zimmer müsste schon frei sein. Ich bringe Sie mal hin“, sagt sie lächelnd und fordert uns auf, ihr zu folgen.

Staunend laufen wir ihr hinterher. *Die Einrichtung ist so extravagant, dass hier eindeutig mindestens ein Schwuler seine Hand im Spiel haben muss.*

Wir kommen an diversen goldenen Dekoaccessoires vorbei. An den Wänden hängen Spiegel und Gemälde wie in einem Schloss. Hier und da stehen goldene und rot gepolsterte Stühle vor verschiedenen Türen, die mit den ebenfalls goldenen Beistelltischchen eher an ein Bordell erinnern. Ich bekomme einen Anflug von Panik. *Meine Güte, hoffentlich ist das auch ein Friseur ...*

Dann fallen mir die ganzen Porträts der Stars mit den persönlichen Dankeswidmungen an Ferdinand Antoni auf. Meine Augen werden riesig. *Wer hier schon alles war ...*

Beeindruckt saust mein Blick über unzählige bekannte Gesichter, die ich aus dem Fernsehen kenne.

„Hier herein, bitte. Setzen Sie sich ruhig. Möchten Sie einen Sekt? Oder lieber Kaffee?"

Überfordert blicke ich zu Kicki.

„Wir nehmen einen Sekt!", sagt meine Freundin prompt und lässt sich auf einem der Loungesessel in einer Ecke nieder.

Das ganze Zimmer erinnert mich an ein glamouröses Frisierzimmer für irgendeinen Opernstar, allerdings mit dem Charme eines gemütlichen Wohnzimmers. Sogar frische Blumen stehen auf dem Tisch und an der Wand hängt ein Flachbildschirm. Außerdem gibt es eine imposante Musikanlage, deren leise Töne aus jeder Ecke des Raumes zu hören sind. Eine Akustik wie im Kino!

„Setz dich endlich! Du machst mich ganz nervös mit deinem Gezappel!", kritisiert mich Kicki.

„Ich bin vielleicht auch nervös? Daran mal gedacht? Das hier ist mir nicht geheuer ...", murmle ich eingeschüchtert und schaue mich ehrfurchtsvoll wieder in dem Raum um. „War deine Mama oder deine Schwiegermutter schon mal hier?" Ich sehe Kicki an.

„Nein, glaube nicht", meint Kicki gelassen.

„Na super. Dann bin ich wirklich das Versuchskaninchen. Danke auch!"

Im selben Moment geht wieder die Tür auf.

„Stell es uns einfach dort auf den Tisch, meine Liebe", flötet ein Mann, vermutlich um die Mitte vierzig. Er trägt eine grasgrüne, enge Jeans und dazu ein weißes Hemd mit bunten Besätzen an Kragen und Manschetten.

Habe ich es mir doch gedacht. Großer Gott. Na das kann ja was werden ...

„Hallo, ich bin Ferdinand. Wer von euch zwei Hübschen hat denn heute das Vergnügen?", säuselt er liebreizend, was keinen Zweifel an seiner sexuellen Neigung zulässt; von seinen Bewegungsabläufen ganz zu schweigen.

Er streckt uns nacheinander seine geschmeidige Hand entgegen. Sie sieht so zart und gepflegt aus, dass ich es gar nicht wage, fest zuzudrücken.

„Sie ist die Glückliche! Kann man aus ihr noch etwas machen oder ist sie ein hoffnungsloser Fall?", scherzt Kicki.

Ich schaue sie böse an.

„Schätzelein, bisher habe ich noch jede Frau in eine Prinzessin verwandelt. Und bei dir, meine Süße, wird das nicht besonders schwierig." Seine elfengleiche Hand umschließt sanft meine Kinnpartie. Prüfend hebt er meinen Kopf etwas an und betrachtet mich von allen Seiten.

„Außergewöhnlich hübsch. Wunderbar. So eine ebenmäßige Hautstruktur, kaum Poren und diese Gesichtsproportionen ...", schwärmt er.

Sämtliches Blut staut sich in meinem Schädel. *Redet der über mich?* ... Ich halte die Luft an.

Total steif stehe ich mitten im Raum, während Ferdinand nun mein Kinn loslässt und um mich herum schwebt wie ein kitschiger Weihnachtsengel.

„Hmmm ...", nachdenklich nimmt er den Daumen seiner rechten Hand unter sein Kinn und tippelt mit dem Zeigefinger auf seinen Lippen herum. Dann klatscht er in die Hände. Ich zucke zusammen.

„Legen wir los! Du darfst dort drüben Platz nehmen! Habe ich freie Hand, oder gibt es etwas, was du gar nicht möchtest? Oder hast du vielleicht heute noch einen wichtigen Termin?", erkundigt er sich und knetet dabei prüfend in meinen Haaren herum.

„Nnnein", stottere ich. „Aber ich möchte schon wissen, was Sie mit mir anstellen werden."

„Für dich bin ich der Ferdinand, Schätzelein."

„Sie hat nachher ein Date! Ein wichtiges Date!", wirft Kicki ein.

Ferdinand lächelt mich an.

„Dann werde ich mir natürlich besondere Mühe geben. Ich dachte daran, deine Haare zu glätten, die Farbe frischen wir nur etwas auf. Das geglättete Haar würde auch nur für ein paar Tage halten. Dann ein paar Stufen, Augenbrauen zupfen, Wimpernverlängerung, Nägel ..." Er greift nach meiner Hand.

Verschämt betrachte ich meine kurzen und mehr gestutzten als gefeilten Fingernägel. Auf einmal ist es mir ganz entsetzlich peinlich, dass sie jemand so genau inspiziert.

„Die feilen wir in Form und lackieren sie rot. Eine sinnliche Farbe. Passend dazu nehmen wir einen Lippenstift. Was ziehst du nachher an? Wir können auch auf Rosa oder Pink gehen, wenn das eher zu deinem Outfit passt", merkt er an.

Mein Rücken versteift sich. Ich linse aus dem Augenwinkel zu Kicki hinüber, die ein selbstzufriedenes Grinsen auf dem Gesicht hat.

„Ich nehme rot", sage ich, damit es endlich losgehen kann und ich schnell wieder hier rauskomme.

„Wir nehmen einen kussechten Lippenstift. Dann kann bei deinem Date nichts schiefgehen." Er zwinkert mir zu.

Ich verschlucke mich an meiner eigenen Spucke. Entsetzt vermeide ich es tunlichst, einen Blick in Kickis Richtung zu werfen. Auch ohne sie anzusehen, weiß ich genau, dass sie kurz davor ist, sich vor Lachen zu krümmen. Sie amüsiert sich köstlich – auf meine Kosten!

Oh Gott ... Küssen ... Wann habe ich zuletzt geküsst? Mit fünfzehn ... So drei – viermal, aber das wars auch schon! Ich weiß gar nicht, wie man überhaupt küsst! Oh Gott ... Ich muss das Treffen absagen ... Mir wird schlecht ...

Vor lauter Panik bekomme ich gar nicht mehr mit, was Ferdinand mit mir anstellt. Ich lasse alles über mich ergehen, bin wie benebelt, weil meine Gedanken mit ganz anderen Dingen beschäftigt sind. Dinge, mit denen ich mich überhaupt nicht auskenne. Worin ich, anders als meine Freunde, gar keine Erfahrungen sammeln konnte … – und das auch nicht zulassen wollte.

Wie in einer Lostrommel beginnt es sich in meinem Bauch zu drehen und ich versuche zu spüren, welches Los die Trommel ausspucken wird: Date ‚ja' oder ‚nein'? Derzeit jedoch wirbeln diese beiden Worte wild durcheinander. Ich habe mich eigentlich wirklich auf dieses Treffen gefreut, aber bin ich schon soweit? Will ich das überhaupt? Möchte ich an meinem jetzigen Leben etwas ändern? *Im Grunde lohnt es sich gar nicht, mich mit ihm zu treffen. Mehr als eine nette Unterhaltung würde ich sowieso niemals zulassen! Niemals!,* betone ich in Gedanken vehement.

Worauf habe ich mich da nur eingelassen? … Ich habe gar keine Nummer …

Doch! Ich könnte ihn im Büro anrufen! Die Nummer weiß ich! Okay, wenn ich hier raus bin, dann sage ich ab. Ich sage ab …

Damit versuche ich, mich selbst zu beruhigen, was sich nur mäßig erfolgreich gestaltet. Hinter mir höre ich, wie Kicki auf ihrem Sitz angespannt herumrutscht. Ich weiß, dass sie Ferdinands Anmerkung mit dem kussechten Lippenstift lustig fand. Aber ich weiß auch, dass sie in solchen Momenten ahnt, was in mir vorgeht. Möglicherweise vermutet sie sogar, dass ich absagen möchte. Und bestimmt überlegt sie schon, wie sie mich davon abbringen kann.

Meine Angst vor der Verabredung nimmt zu, mit jeder Minute, die verstreicht. Aber mit jeder Minute rückt die Verabredung auch näher. *Ich kann das nicht. Ich kann das nicht! Ich muss absagen. Ich werde einfach sagen, mir ist etwas dazwischengekommen …*

„So, meine Süße, und jetzt etwas Farbe!", lenkt Ferdinand die Aufmerksamkeit wieder auf sich.

Er dreht mich mit dem Stuhl zu sich herum und beginnt, an meinen Augenbrauen herumzuzupfen. Es ziept, und sicherlich klingt das jetzt bescheuert, aber irgendwie tun diese winzigen Schmerzen gerade sogar gut. Ich schaue aus dem Augenwinkel hilfesuchend zu Kicki, die mir mit zerknirschtem Gesichtsausdruck dennoch aufmunternd und bestätigend zunickt. Dann schnappt sich Ferdinand diverse Pinsel und Farbtöpfe. Ich schließe wie aufgefordert meine Augen. *Ich sage einfach ab. Gar kein Problem …*

Ferdinand tupft und klopft auf meinem Gesicht herum.

„So, Augen auf!“, sagt er schließlich.

Ich schenke ihm ein Lächeln, um Ferdinand gegenüber nicht unhöflich zu wirken. Ein weiteres Mal atme ich tief durch und nehme einen großen Schluck Sekt.

„Perfekt!“, sagt Ferdinand, tritt einen Schritt zurück und schaut mich zufrieden an.

Zweifelnd ziehe ich die Mundwinkel hoch.

„Fertig?“, frage ich schüchtern.

Ferdinand grinst und wirbelt mich mit einer eleganten und schwungvollen Bewegung des Frisierstuhls zum Spiegel.

„Oh …“ Überrascht starre ich mich an. „Wow, ich sehe …“

„Du siehst fantastisch aus! Wie ein Filmstar, Franzi!“ Ungläubig steht Kicki auf.

Mit offenem Mund bestaunt sie Ferdinands Werk. Selbst ich bin so überwältigt, dass ich keine Worte finde.

„Und? Zufrieden?“, schnurrt Ferdinand und wirkt dabei sehr stolz auf sein eigenes Werk.

„Ich weiß gar nicht, was ich sagen soll …“, fasle ich und kann den Blick nicht von meinem Spiegelbild abwenden.

Eine wunderschöne Frau sehe ich dort, mit langen, glatten braunen Haaren. Eine Strähne ist geflochten und jugendlich an der Seite festgesteckt. Meine Wangen sehen rosig aus, kerngesund und frisch, als wäre ich einem Jungbrunnen entsprungen. Keine Spuren von Übermüdung! Und verführerisch ist für meinen Mund gar kein Ausdruck. Meine Lippen sehen in dem Rot derart sinnlich aus, dass ich selbst total überwältigt von mir bin.

„Also eines steht fest, ich lasse mir gleich einen Termin für den Abiball geben! Franzi, du siehst unglaublich aus! Bombastisch! Der erkennt dich ja gar nicht wieder! Du bist so hübsch“, sagt Kicki mit so ehrlicher Anerkennung, dass mir warm ums Herz wird.

Und würde nicht das Treffen mit Jan kurz bevorstehen, wäre ich vermutlich einfach nur selig und überglücklich. Aber daheim steigt meine Aufregung wieder in schwindelerregende Höhen. Alleine bei dem Gedanken an ihn schmettern meine Gefühle über eine anspruchsvolle Achterbahnstrecke mit unzähligen Loopings. Sie schießen hoch in die Luft und im nächsten Moment sausen sie wieder mit Karacho ungebremst in die Tiefe. Ich bin fix und alle und mit meinen Nerven jetzt schon völlig am Ende.

„Du, Kicki. Ich glaube, ich kann das nicht. Ich muss absagen", murmle ich angsterfüllt.

„Doch, du kannst das, Franzi! Es wird allerhöchste Zeit, dass du mal unter das Volk kommst. Setz dich nicht unter Druck, okay? Du triffst dich mit ihm ja nur auf ein Eis. Niemand erwartet, dass daraus gleich mehr wird."

„Und wenn er etwas bemerkt?" Ich werfe einen Blick auf mein linkes Bein.

„Wird er nicht, Franzi. Außerdem glaube ich, Probleme damit hast nur du ganz alleine. Du solltest anderen Menschen mal etwas mehr Vertrauen schenken. Natürlich gibt es immer wieder irgendwelche blöden Idioten, die meinen, dumme Sprüche loslassen zu müssen, aber das sind die wenigsten, Franzi. Behinderungen sind heute kein Tabuthema mehr! Wann geht das endlich in deinen hübschen Schädel rein?"

Durchtränkt vor Scham starre ich mit gesenktem Kopf in meinen Schoß. Ich kämpfe gegen die Tränen an.

„Ich will aber nicht, dass er es weiß", murmle ich und schlucke schwer.

„Warum? Weil er dich zurückweisen könnte? Dann ist er nicht der Richtige für dich, Franzi! Dann ist es halt ein anderer! Aber wenn du nie jemandem eine Chance gibst, findest du es nie heraus! Du bist nicht für das Alleinleben gemacht, Franzi! Niemand ist das!"

„Woher willst du das wissen", maule ich.

„Weil ich dich besser kenne als du dich selbst. So, und jetzt schauen wir in deinen Kleiderschrank! Das mit dem Sweatshirt geht gar nicht, Franzi."

Ich seufze mutlos.

„Von mir aus." Ich folge Kicki schwermütig in mein Schlafzimmer. Sie öffnet alle Kleiderschranktüren, um sich einen Überblick zu verschaffen. Prüfend schiebt sie die Kleiderbügel auf einer Stange beiseite.

„Die finde ich gut", sagt sie schließlich und zieht eine blau-weiß gestreifte Bluse aus dem Schrank. „Und dazu nimmst du ... die da!" Kicki greift nach einer dunkelblauen Chinohose, die zu den wenigen schickeren Teilen in meinem Kleiderbestand gehört.

„So, jetzt muss ich los. Aber ich rufe dich heute Abend an!", droht sie liebevoll.

Ich schmunzle.

„Okay. Danke, Kicki", sage ich und umarme sie.

„Mehr als gerne. Du hast mir schon so oft mit Lissi unter die Arme gegriffen, da war es Zeit, dass ich meiner Babysitterin mal etwas Gutes tue!" Kicki grient mich auf ihre gewohnt freche Art an.

Bereits ab 16:00 Uhr steigt mein Adrenalinpegel. Nervös sitze ich an meinem Wohnzimmertisch und trommle hektisch mit den Fingern auf der Holzplatte herum. *Ob ich noch schnell absagen soll?* Ich bin so aufgeregt, als wäre es das erste Date meines Lebens; was ja sogar peinlicherweise der Fall ist. Kein Wunder also, dass mein Puls rast, als säße ich bei einem Überholvorgang der Formel 1 in einem Rennwagen auf dem Beifahrersitz.

Ein weiteres Mal stehe ich auf und hinke auf den Krücken in den Flur. Vor dem Spiegel nehme ich drei tiefe Atemzüge und kontrolliere mein Outfit, obwohl ich das inzwischen schon dutzende Male gemacht habe. *Ich sehe echt gut aus ...*

Verdammt, hoffentlich geht nachher nichts schief ... Oh Mann, ich bin so aufgeregt ...

Mein wuseliges Gezappel wird immer schlimmer. Im Badezimmer

bestäube ich mich noch mit einem weiteren Sprühstoß eines alten Parfümrestes und betrachte meine roten Lippen, die seit Ferdinands Einsatz trotz einer Packung Kekse kein bisschen an Farbe verloren haben. *Ich glaube, morgen muss ich mal in die Drogerie ... Noch nicht einmal Parfüm habe ich in den letzten Jahren benutzt. Seit der Schulzeit nicht mehr.*

Betreten schaue ich auf meine wunderschön lackierten Nägel. *Okay, nächstes Projekt, Drogerieshopping! Morgen früh! Himmel, wenn der mein unrasiertes Bein sehen würde. Ich sehe aus wie ein sprödes Naturweib. Peinlich. Ich muss aufpassen, dass die Hose beim Hinsetzen nicht hochrutscht. ...*

Oh Gott ... Ob er seinen Hund mitbringt?

Total konfus humple ich wieder ins Wohnzimmer. Ich habe mich kaum hingesetzt, da schellt es an der Tür.

„Hallo?“, sage ich in die Sprechanlage.

„Hallo! Ich bin es, Jan. Ich konnte mich etwas früher loseisen. Bist du schon fertig? Hast du schon Zeit?“, fragt er.

„Jjja! Iich komme runter!“, stottere ich aufgeregt.

Heilige Mutter Gottes ... Es geht los ...

Ich schließe die Augen, sauge Luft durch die Nase und atme ganz langsam über meinen Mund aus. Meine Beine zittern und es kribbelt mich von Kopf bis Fuß. Aufgewühlt raffe ich Schlüssel, eine leichte Jacke und meine Handtasche zusammen. Dann humple ich zum Aufzug - ohne Krücken. Vor Aufregung würde ich vermutlich die Treppe kopfüber hinunterfallen. Ich bin eh schon kein Koordinationsgenie, aber gerade übertreffe ich mich diesbezüglich sogar selbst.

Ich fahre hinunter. Mein Puls rast und meine Anspannung ist kaum zu ertragen. Als sich die Aufzugtür öffnet, sehe ich ihn bereits am Eingang stehen. Er wartet und schaut lächelnd durch das seitliche Glasfenster. Langsam gehe ich ihm entgegen und versuche, sanft einen Fuß vor den anderen zu setzen. Aber schon das ist in meinem derzeitigen Zustand eine gewaltige Herausforderung. Als ich die Tür leicht aufdrücke, hilft er sofort.

„Wow! … Du siehst toll aus! Ich hätte dich fast nicht wiedererkannt", begrüßt er mich und schaut an mir herunter.

Verlegen hüstle ich, um meine Unsicherheit zu überspielen. Doch nicht nur meine Lippen leuchten nun rot.

„Danke. Dddu siehst auch schick aus", erwidere ich.

Er schmunzelt.

„Keine Krücken mehr? War das doch eine Attrappe?", scherzt Jan und schaut an mir herunter.

„Nein, aber die paar Schritte zur Eisdiele werden auch so gehen", sage ich und lächle zurückhaltend.

„Sicher?", hakt er misstrauisch nach.

„Sicher", betone ich jetzt mit festerer Stimme und schaue beunruhigt an ihm vorbei.

„Suchst du Hansi?", fragt er grinsend. „Den habe ich bei meinen Eltern untergebracht. Ich hatte Angst, du fütterst ihn auch noch mit Eis. Nach dem Döner gestern, sollte er heute etwas fasten."

Ich schmunzle. Vermutlich ist mir die Erleichterung ins Gesicht geschrieben.

„Na komm. Fahren wir los, bevor alle guten Sonnenplätze weg sind." Er schenkt mir ein gewinnendes Lächeln und hält mir seinen Arm zum Unterhaken hin.

„Geht so, danke. Ich brauche keine Hilfe", wimmle ich sofort ab.

„Das war auch nicht als Gehstütze gedacht", kommentiert er meine demonstrative Abwehr und lässt nicht von seiner Aufforderung ab.

Ich zögere. Dann hake ich mich unter. Sein Arm wirkt herrlich männlich. Überhaupt ist er sehr groß. Ich reiche ihm gerade einmal bis zum Hals. Noch nie war ich einem Mann so nah, und ich spüre, dass diese Nähe etwas mit mir macht. Ich fühle, wie warm er ist, die beschützende Aura, die er ausstrahlt. Beflügelt hinke ich neben ihm her. Das Gefühl, von seinem Arm gestützt zu werden, ist unbeschreiblich. Eine wohlige Hitze beginnt sich wieder in mir auszubreiten. Selten war ich von solcher Sicherheit umgeben, wenn überhaupt irgendwann einmal. Ich weiß genau, würde ich stolpern, er würde mich halten. Verstohlen schaue ich zu ihm hoch und muss aufpassen, dass meine Bewunderung für diesen Mann mich nicht komplett die Beherrschung verlieren lässt. Sofort greift er meinen Blick auf. Auch dieser ist so warm und herzlich, dass mein Mund trocken wird.

„Das ist mein Auto", sagt Jan schließlich. Er drückt auf den Knopf einer Fernbedienung und öffnet die Beifahrerseite.

Ich bin immer noch hin und weg. Krampfhaft ringe ich darum, einen kühlen Kopf zu bewahren, um mich nicht zu blamieren. Trotzdem steige ich unbeholfen und etwas tollpatschig ein.

„Oh, ein Cabriolet", bemerke ich erst, als ich sitze.

Er grinst.

„Gefällt es dir?", fragt er.

„Ähhh … ja", antworte ich geniert, und mir fällt auf, dass ich noch nicht einmal weiß, was es für eine Automarke ist.

Ich war so damit beschäftigt, seine Anwesenheit und seine Nähe zu verarbeiten, dass ich für keine weiteren Details mehr Verarbeitungskapazität hatte – und habe. *Himmel ist dieser Mann attraktiv. Ob er eine Freundin hat? ... Nein, dann würde er doch nicht mit mir in die Eisdiele fahren. ... Oder doch?*

„Und, was hast du heute noch so gemacht?", erkundigt er sich höflich, um ein Gespräch in Gang zu bringen.

„Ich, … ich war beim Friseur. War schon lange geplant", füge ich so schnell hinzu, dass es sehr verräterisch und albern klingt.

Er lacht.

„Oookay. … Ist gut geworden. Die glatten Haare stehen dir. Die Locken fand ich aber auch schön." Wieder lächelt er mich kurz an.

Ganz aufgewühlt knete ich an meiner Handtasche herum. Ich weiß nicht, wie ich auf die Komplimente verbal reagieren soll.

„Hm", mache ich nur verlegen.

„Gehst du heute Abend wieder ins Fitnessstudio?", erkundige ich mich hastig.

„Nein." Jan schmunzelt. „Dort lasse ich mich nur dreimal die Woche blicken. Manchmal aber auch seltener. Ich gehe auch gerne schwimmen, fahre gerne mit dem Rad oder jogge mit Hansi.

Allerdings gehört er eher zur trägen Sorte Hund. Hansi ist ein Couch-Potato. Meistens versteckt er sich, wenn er sieht, dass ich meine Laufsachen anziehe." Jan grinst.

„Ehrlich?", frage ich überrascht.

„Ja. Hunde sind sehr intelligent. Wusstest du das nicht? Sie sind auf dem Stand eines zweieinhalbjährigen Kindes."

„Dann bekommt er ja mehr mit als Lissi …", murmle ich erstaunt.

„Was?", möchte er wissen.

„Ach nichts. Sind alle Hunde so intelligent?"

„Keine Ahnung. Bestimmt gibt es auch da wie bei uns Menschen Unterschiede. Ich kann auch nicht behaupten, dass Hansi eine Intelligenzbestie ist. Nur was das Essen angeht, da lässt er sich durchaus so einiges einfallen. Er kann unglaublich charmant sein. Hansi wickelt meine Kollegen ständig um den Finger, wenn sie ihr Frühstück oder ihr Mittagessen vor sich haben."

„Hm. Hast du nicht Angst, dass er mal jemanden beißt?"

Jan lacht kopfschüttelnd.

„Nein, eher, dass er jemanden zu Tode schmust." Er lacht weiter, als würde ihn die von mir ernst gestellt Frage unglaublich amüsieren. „Hattest du schon immer solche Angst vor Hunden? Ich finde, das ist bei dir etwas extrem ausgeprägt", merkt er verhalten an.

Verlegen hüstle ich. Mir muss irgendetwas einfallen, um schleunigst das Thema zu wechseln.

„Vorsicht hat noch niemandem geschadet. Besser ein lebender Angsthase als ein toter Krieger!"

„Aber vor Hansi musst du wirklich keine Angst haben. … Was machst du denn in deiner Freizeit?"

„Momentan bereite ich mich auf den Wettbewerb vor. Aber weil die Konkurrenz mit an Bord ist, werde ich keine Einzelheiten preisgeben!"

„Du bist ganz schön verbissen darauf, zu gewinnen, was?", sagt er gespielt entrüstet.

„Na klar! Oder hättest du etwa nicht gerne diese Penthouse-Wohnung?", erwidere ich kokett.

„Sagen wir mal so – möge der Beste gewinnen."

„Mir kannst du nichts vormachen. Du willst doch genauso gerne gewinnen wie ich! Das würde deine Agentur doch sofort ganz nach oben katapultieren! Eine bessere Werbung gibt es für dich doch nicht!"

„Ich sehe das locker. Wenn du gewinnst, dann stelle ich dich einfach ein, nachdem das Projekt fertig ist. Dann kann ich damit angeben, dass du bei mir arbeitest. Und schon profitiere ich auch wieder davon!"

„Und du meinst, dass ich auf dein Angebot eingehen würde?"

„Du fährst immerhin auch mit mir zur Eisdiele."

Ich schnappe nach Luft.

„Eingebildet bist du wohl gar nicht!"

„Hey, hey, hey! Nicht wieder die Stacheln ausfahren!"

„Pfff!", mache ich abwehrend und drehe den Kopf von ihm weg. Ich schaue aus dem Fenster und streiche mir die fliegenden Haare aus der Stirn. Dann wühle ich in meiner Handtasche nach der Sonnenbrille und setze sie auf.

Demonstrativ greift auch er mit einem breiten Grinsen nach seiner Sonnenbrille und zieht sie ebenfalls auf. Über den oberen Rand der Brille schmunzelt er mir zu, bis er sie filmreif über den Nasenrücken Richtung Augen hochschiebt. Fassungslos angesichts dieser selbstbewussten Geste, wende ich mich ab. Dennoch muss ich zugeben, dass mir sein Humor anfängt zu gefallen. Auch diese selbstbewusste Art ist auf eine magische Weise anziehend. Und ich stelle fest, dass er tatsächlich keineswegs oberflächlich ist. Es ist die Art und Weise, wie er Dinge sagt. Der Klang seiner Stimme, der mir genau verrät, dass er mich nicht kränken möchte.

Jan parkt auf einem Parkplatz und holt ein Ticket. Dann öffnet er mir die Tür und reicht mir seine Hand. Bereitwillig ergreife ich sie und steige aus. Es fühlt sich an, als würde mich ein Stromschlag durchzucken. Seine Hand zu berühren ist wahnsinnig aufregend. Ich schlucke. Wie vorhin hake ich mich bei ihm unter. Da wir über

Kopfsteinpflaster gehen, kommt das meinem ungelenken Gangbild sehr gelegen. Schweigend laufen wir die Einkaufsstraße entlang, als wären wir ein Paar. Diese Tatsache macht mich mächtig stolz. Er ist attraktiv und ich sehe heute bombig aus. Niemand weiß, dass es diesen hässlichen Teil von mir gibt – auch er nicht. Und niemand weiß, dass wir eigentlich gar kein Paar sind. Ich genieße diesen Part des Märchens und schwebe nahezu erhaben neben ihm her.

„Schön hier, oder?", fragt Jan und strahlt mich offen an.

Ich schmelze dahin.

„Ja", hauche ich komplett hingerissen von ihm. Schnell wende ich wieder verlegen meinen Blick ab.

„Schaffst du es noch bis da vorne?", fragt er fürsorglich.

„Aber klar, natürlich!", überspiele ich tough die Schmerzen, die in seiner Gegenwart auch nur halb so schlimm sind. Mit ihm an meiner Seite könnte ich noch viel weiterlaufen!

In der Eisdiele finden wir schnell einen schönen Platz. Wir lassen uns auf niedrigen, gemütlichen Loungesesseln nieder und nehmen jeder eine Karte in die Hand. Ich grinse in mich hinein. *Meine Güte, ist das ein schöner Tag. So fühlt sich also ein Date an … Läuft doch ganz gut,* bestärke ich mich zufrieden.

Nachdem wir bestellt haben, lehnt sich Jan bequem in dem Sessel nach hinten. Lässig legt er ein Bein auf dem anderen ab. Ich sitze ihm gegenüber. Im Gegensatz zu Jan bin ich immer noch mächtig nervös und aufgeregt.

„Beim Thema Hobby sind wir noch nicht so wirklich weitergekommen. Was treibst du denn jetzt noch so, außer dich mit deiner Arbeit zu beschäftigen?", fragt er mich.

„Gegenfrage. Was machst du in deiner Freizeit? Nur Sport oder auch noch etwas anderes?", erkundige ich mich, um Zeit und eventuell Ideen zu gewinnen.

„Außer Sport machen, gehe ich gerne ins Kino. Ich lese Zeitschriften, ab und zu mal ein Buch, meistens Thriller. Hansi und ich gehen gerne im Park spazieren. Für viel mehr bleibt dann bei der ganzen Arbeit auch keine Zeit. So ein Tag wie heute ist eher die Ausnahme."

„Hm. Ins Kino gehe ich auch gerne und Bücher mag ich auch, aber eher Liebesschnulzen." Ich erröte und reibe meine Handflächen auf den Oberschenkeln, um dieses unangenehme Kribbeln loszuwerden.

„Entschuldigen Sie, aber könnten wir eventuell Ihren Sessel haben? Ich weiß, es ist etwas unhöflich, aber die Eisdiele ist so voll und diese Loungesessel sind immer für zwei gedacht …" Eine junge Bedienung schaut zerknirscht zu uns hinunter.

„Aber natürlich", meint Jan sofort, steht auf und hilft der jungen Frau, den Zweisitzer an einen anderen Tisch zu schieben.

Währenddessen rutsche ich etwas zur Seite, um für Jan Platz zu machen. Dabei versetzt mich die bloße Vorstellung, dass er gleich ganz dicht neben mir sitzen wird, gehörig in Aufruhr. Unruhig verlagere ich mein Gewicht und finde keine richtige Position.

„Tja, dann müssen wir uns wohl aneinander kuscheln." Jan lässt sich grinsend neben mir nieder und legt wie selbstverständlich seinen Arm um meine Schultern. Er drückt mich freundschaftlich an sich heran.

Mir stockt der Atem und meine Hände werden kalt. Wir sitzen zwar in der Sonne, aber trotzdem fröstelt es mich auf ungewöhnliche Weise.

„Ist es dir unangenehm?"

Ich habe gar nicht bemerkt, wie Jan mich von der Seite beobachtet hat.

„Nnnein", mache ich mit einer abwehrenden Handbewegung.

Abermals schenkt mir Jan ein gewinnendes, warmes Lächeln.

„Ich finde es richtig schön, hier mit dir zu sitzen. Irgendwie hast du etwas Geheimnisvolles an dir, wusstest du das?"

Erschrocken versteift mein Nacken.

„Ach ja?", erwidere ich mit belegter Stimme, die jetzt leicht kratzig klingt. Meine Kehle ist derart trocken, dass ich dringend etwas zum Trinken benötige.

„Hmm“, macht er bestätigend. „Was hast du für ein Parfüm aufgetragen? Im Auto ist mir das gar nicht aufgefallen, aber jetzt, wo ich so dicht neben dir sitze … Du duftest gut. Riecht lecker. Welches Parfüm ist das?“

Als er sich bestätigend noch etwas näher mit seinem Kopf zu mir beugt und tief einatmet, stellen sich meine Unterarmhaare auf. Ich bin komplett in Alarmbereitschaft versetzt – aber auch von meinen Gefühlen für ihn wie betäubt. Es prickelt bis unter die rechte Fußsohle. Sogar das Ende meines Stumpfes kribbelt. Noch nie habe ich mich so zu einem Mann hingezogen gefühlt. *Meine Güte …*

„Das ist l´amour, glaube ich.“ Ich hüstle angesichts der Bedeutung des Namens, die mir gerade in den Sinn kommt. *Das auch noch!*

„Der Duft passt zu dir“, bemerkt er schmunzelnd und schnuppert jetzt etwas verhaltener aus der Entfernung.

Angesichts der leichten Distanz entspanne ich ein bisschen. Erleichtert sehe ich unser Eis und den Kaffee kommen. Ich weiß nicht, ob ich es nun gut finden soll oder nicht, als er seinen Arm von meinen Schultern nimmt. Einerseits gefällt es mir, aber andererseits ist es kaum zu ertragen, weil ich ihn so toll finde. Dieser Mann kommt mir plötzlich so nah. So nah, wie mir außer meinen Eltern vermutlich noch nie jemand gewesen ist! Nur Kicki.

Wir nippen beide an unserem heißen Kaffee und lehnen uns mit dem Eisbecher in der Hand zurück. Stumm löffeln wir unser Eis und beobachten die vorbeilaufenden Passanten in der Einkaufsstraße.

„Ist lustig, die anderen Leute zu beobachten, oder?“, beginnt er wieder das Gespräch.

„Ja. Finde ich auch. Sonst bediene ich ja immer. Das hier ist mal eine andere Perspektive“, bestätige ich und merke, wie die Anspannung schwerfällig Stück für Stück von mir abbröckelt.

Darauf bedacht nicht zu kleckern, löffle ich mein Eis. Aus dem Augenwinkel registriere ich aber, dass er nicht nur die Passanten beobachtet, sondern auch mich. Augenblicklich werde ich wieder unruhig.

„Ist was?“, frage ich mit klopfendem Herzen.

Er schmunzelt.

„Nein. Darf ich dich nicht ansehen? Ist das verboten?"

„Nicht direkt, aber du machst mich … nervös, wenn du mich so anstarrst", gestehe ich und gehe damit mutig in die Offensive.

„Echt? Ich mache dich nervös?", grinst er selbstzufrieden.

„Nicht du, nur die Art, wie, … wie du mich anstarrst!", murmle ich.

„Ich finde dich echt süß", sagt er und sieht mich weiter ungeniert an.

„Ah", bemerke ich mit vollem Mund. *Oh je, das ... wird mir jetzt glaube ich zu viel ...*

Hastig schiebe ich mir einen weiteren Löffel Eis in den Mund.

„Ich habe schon lange keine Frau getroffen, die so schüchtern ist wie du", lacht er.

Ich halte inne. Der Löffel mit dem Eis steckt einen Moment zu lange in meinem Mund.

„Verstehe mich jetzt bitte nicht falsch. Ich finde das wirklich total nett! Du bist irgendwie … putzig."

„Putzig? Du findest mich *putzig*?", piepse ich, doch aus irgendeinem Grund wirkt er plötzlich total abgelenkt – und das nicht von mir.

„Hallo! Was macht ihr denn hier?", ruft er einem älteren Ehepaar etwas gereizt zu, steht brummend auf und stellt seinen Eisbecher ab.

Mit einem kurzen Blick auf mich errötet er wie ein Vierzehnjähriger, der von seinen Eltern in flagranti erwischt wurde. Eilig schlängelt er sich zu dem Pärchen zwischen den Stühlen hindurch.

Als ich sehe, wen sie an der Leine haben, plumpst mir das Herz in die Magengrube. *Das müssen seine Eltern sein, die auf Hansi aufpassen sollen!*

„Oh scheiße …", murmle ich entsetzt.

In diesem Moment erkennt mich Hansi. Mit einem lauten „Wouffff!" sprintet er wie bei einem Startschuss los.

Dem älteren Mann flutscht die Leine aus der Hand. Der vierbeinige Fettkloß trabt zielstrebig an den Gästen vorbei direkt auf mich zu. Keine Sekunde später habe ich die garantiert vierzig Kilo fast komplett auf dem Schoss und seine Zunge in meinem Gesicht.

Ich presse mich steif in den Sitz.

„Hansi! Runter mit dir!“, schimpft Jan, hetzt zu mir hin und nimmt den Hund von mir weg. Hansi protestiert wimmernd, doch Jan schleift ihn hinter sich her zurück zu seinen Eltern.

Neugierig verrenken sie die Köpfe. Seine Mutter winkt mir wie die Queen liebreizend zu, was Jan zum Anlass nimmt, gebieterisch auf seine Eltern einzureden. Beleidigt verziehen sie das Gesicht und gehen letztlich weiter. Dennoch lässt es sich seine Mutter nicht nehmen, mir hinter Jans Rücken nochmals erfreut zuzuwinken. Zögerlich hebe ich ebenfalls meine Hand und winke zaghaft zurück. Jan wirft seinen Eltern einen strengen, auffordernden Blick zu, weiterzugehen.

„Mann!“, flucht er. „Sind deine Eltern auch so neugierig? Das hätte ich ihnen echt nicht zugetraut! Jetzt spionieren sie mir schon hinterher!“, schimpft er aufgebracht.

„Wussten sie, dass wir hier sind?“, möchte ich wissen.

„Ja“, knurrt er niedlich bockig. „Sorry, geht nicht gegen dich, aber ich werde nicht gerne bespitzelt! Das wäre ja auch noch schöner! Ich bin erwachsen und habe ja wohl das Recht auf etwas Privatsphäre, oder etwa nicht?“

Entsetzt denke ich daran, was meine Eltern wohl machen würden. *Vermutlich hätten sie sich schon Stunden vorher in der Nähe postiert, um nichts zu verpassen. Meine Güte, wenn die wüssten, dass ich hier mit einem Mann in der Eisdiele sitze! Die würden sich nicht mehr einkriegen!*

„Ich glaube, meine Eltern würden ähnlich reagieren“, bemerke ich beschwichtigend.

„Echt? Und ich dachte immer, nur meine wären so. Jetzt bringe ich mal ein Jahr keine Frau mit nach Hause und schon sitzen sie mir mit dem Thema ständig im Nacken! Tzzz!“, schnaubt er grimmig.

Ich schmunzle.

„Ein Jahr, *so, so*“, stichle ich amüsiert.

„*Ja – und*? Ich brauchte mal eine Pause. Ein Jahr ist doch gar nichts!“

Wo er recht hat ...

„Und du? Wie lange ist deine letzte Beziehung her?" Er schiebt sich wieder einen Löffel Eis in den Mund.

Ich bekomme einen Hustenanfall.

„Weiß nicht mehr", lüge ich mit glühendem Gesicht wie bei 40 Grad Fieber.

„Echt?", fragt er ehrlich überrascht. „So lange, dass du gar nicht weißt, *wie* lange? Wieso?"

„Keine Ahnung. Ich komme alleine ganz gut klar. Mir gefällt mein Leben als Single", erwidere ich so überzeugend wie möglich.

„Hm", macht Jan, wendet sich erneut seinem Eisbecher zu und schweigt.

Aus dem Augenwinkel schaue ich ihn verstohlen an und versuche, seinen Gesichtsausdruck zu entschlüsseln, aber irgendwie werde ich nicht aus ihm schlau. Und sein Schweigen stimmt auch mich nachdenklich.

„Übrigens finde ich, du machst echt Fortschritte", erwähnt er plötzlich wie nebenbei.

„Wieso?", nuschle ich und rühre in meinen Eisresten herum.

„Na immerhin hast du meinem Hund nicht dein Eis in den Rachen geschleudert, als er dich geküsst hat", grinst er verschmitzt.

„Sehr witzig. Wenn das Küssen sein soll, dann kann ich gut und gerne darauf verzichten! Aber die Konfrontationstherapie scheint zu wirken. Ich hatte übrigens lediglich Angst um meinen Lippenstift!"

„Lass mal sehen." Zärtlich dreht er meinen Kopf in seine Richtung. Die Berührung seiner Hand geht mir so durch Mark und Bein, dass mir schwindelt. Ich taumle vor Glücksgefühlen. Dann treffen sich unsere Blicke. Die Welt um mich herum löst sich plötzlich auf. Seine Gegenwart ist derart einnehmend, dass ich nicht mehr in der Lage bin, mich ihm zu widersetzen. Atemlos starre ich Jan an, und er starrt zurück. Aber keiner bewegt sich auf den anderen zu. Wie gelähmt lassen wir es bereitwillig zu, dass uns unsichtbare Fäden miteinander vernetzen.

Als nach einer gefühlten Ewigkeit seine Hand wieder sinkt, greife ich an die Stelle, wo sie gelegen hat. Ich spüre nach. Es ist, als wäre ein Teil von ihm an mir haften geblieben.

Von meinen Empfindungen total überrollt, greife ich erst einmal verlegen zum Wasserglas und trinke einen Schluck. Ich muss unbedingt meine trockene Kehle befeuchten. Auch Jan wirkt verlegen und setzt seine Kaffeetasse an.

„Wo waren wir stehen geblieben?“, sagt er schließlich, räuspert sich und durchbricht die peinliche Stille.

„Bei meinem Lippenstift“, wispere ich mit gesenktem Kopf. Unruhig nestle ich mit den Fingern im Schoß herum.

„Sollen wir noch etwas bestellen? Magst du noch etwas trinken?“, fragt er und räuspert sich abermals.

„Ich, … ich glaube, ich muss gleich heim. Es ist bestimmt schon spät, und ich … ich habe noch etwas vor“, erkläre ich stockend, obwohl ich mir eigentlich gerade nichts Schöneres vorstellen könnte, als hier neben ihm in der Eisdiele zu sitzen.

Aber es ist so verdammt ungewohnt und neu! Ich habe einfach keinen blassen Schimmer, wie ich mich verhalten soll! Was ich sagen oder erzählen könnte! Ich habe das Gefühl, dass ich mich mit jedem Wort total zum Deppen mache. Alles, was ich mir vorher so wunderbar zurechtgelegt habe, all das kann ich momentan nicht gebrauchen!

„Schade … dann, … dann bezahle ich mal.“ Er hebt die Hand und deutet der Bedienung an, dass er die Rechnung begleichen möchte.

Nachdem er bezahlt hat, stehen wir beide auf und laufen nebeneinander her. Nebeneinander, aber nicht mehr Arm in Arm wie noch am Anfang. Dabei waren wir uns eben so nah. Ich registriere es und fühle mich auf einmal verletzt. Obwohl ich natürlich weiß, dass ich eigentlich diejenige bin, die ihn auf Abstand hält.

Betreten humple ich an seiner Seite, bemühe mich aber, gelassen zu wirken. Souverän hebe ich fast etwas hochnäsig den Kopf, bis ich plötzlich mit dem linken Fuß an einem überstehenden Stein hängen bleibe. Ich schreie auf und stolpere nach vorne. Doch Jan reagiert blitzartig.

„Hoppla!“ Er packt mich. „Deine zwei linken Füße hatte ich schon fast wieder vergessen.“ Er hält mich lächelnd fest, aber in diesem Lächeln fehlt auf einmal etwas. Das spüre ich. Auffordernd bietet er mir wieder an, mich unterzuhaken. Peinlich berührt gehe ich auf sein Angebot ein und kämpfe gegen den brennenden und heißen Schmerz im linken Bein an. Ich beiße die Zähne zusammen.

Nachdem wir ein Stück gelaufen sind, bleibt er plötzlich stehen. Nachdenklich wendet er sich mir zu. Er sieht so aus, als wollte er etwas sagen, aber er scheint nicht die richtigen Worte zu finden.

„Was ist denn?“, frage ich vorsichtig.

„Ich weiß auch nicht. Du verwirrst mich.“ Eindringlich mustert er mich, als könnte er damit des Rätsels Lösung finden. Dann beugt er sich zu mir herunter.

Ich sehe seine Augen, seine Lippen, kann ihn riechen – und er riecht so gut. Wieder entsteht diese elektrisierende Spannung und ich spüre förmlich den Funkenflug. Ich bekomme weiche Knie und Panik zugleich. Wie ein scheues Reh stehe ich verloren in der Einkaufsstraße. Eingeschüchtert, verängstigt und bis oben hin voll mit Sehnsucht, die nie erfüllt wurde. Meine Lippen öffnen sich leicht. Es fehlen nur noch wenige Zentimeter, bis die seinen auf meine treffen. Wenige Sekunden, in denen ich mich entscheiden muss, ob ich das zulassen kann und will. Mein Herz galoppiert vor Aufregung wie ein Pferd auf der Rennbahn. Als unsere Lippen aufeinandertreffen, weiche ich abrupt zurück. Nur einen winzigen Moment habe ich seine Haut auf der meinen gespürt, aber meine grenzenlose Panik überwiegt. *Küssen, danach kommt anfassen, und das geht nicht!*

Mit einem Schlag dominiert die Angst alles und treibt mir damit fast die Tränen in die Augen. Ich würge sie beharrlich hinunter.

„Mist, mir ist etwas ins Auge geflogen“, flunkere ich, als ich es nicht mehr schaffe, die Tränen aufzuhalten.

„Ja … tut mir leid. Ich fahre dich heim, okay?“

Ich nicke verstohlen, weiterhin krampfhaft dabei, die Contenance zu wahren. Wieder hält er mir seinen Arm hin, aber ich weiß genau, dass es jetzt definitiv nur ist, um mich zu stützen; damit ich nicht noch einmal hinfalle.

Ich kann es kaum erwarten, heimzukommen. *Hätte ich mich nur nicht auf dieses blöde Treffen eingelassen!*

Während der Fahrt sitzen wir stumm nebeneinander. Aus dem Lautsprecher tönt leise Hintergrundmusik, aber bei dem offenen Verdeck ist sie kaum hörbar. Konzentriert schaut Jan unentwegt auf die Straße, als würde er gerade die Fahrprüfung ablegen. Es wird kein weiteres Date geben, so viel ist klar. Ich habe es vermasselt, bewusst vermasselt; bewusst so gesteuert und in diese Richtung gelenkt. Wütend knurre ich in mich hinein. Aber nicht nur wütend, auch verzweifelt. Natürlich weiß ich, dass Kicki mit ihrer Moralpredigt von letztens recht hatte. Hätte ich Jan nicht kennengelernt, dann hätte ich es vermutlich weiterhin wunderbar verdrängen können. Aber mit ihm ist die Tür zu meinem Unterbewusstsein aufgegangen, die für immer hätte verschlossen bleiben sollen.

Ich bin kurz davor, komplett in Tränen aufzugehen. Schon lange habe ich mir meine vier Wände nicht so sehr herbeigesehnt wie jetzt. Ich möchte mich verkriechen, im Selbstmitleid suhlen - heimlich, still und alleine.

„Da sind wir", sagt Jan betreten. Das Auto kommt zum Stehen.

„Danke für das Eis", murmle ich und zwänge den Speichel an dem dicken Kloß in meiner Kehle hinunter.

„Gerne. Vielleicht begegnen wir uns ja mal wieder in der Stadt", erwidert er distanziert.

Ich nicke und möchte lächeln, doch es gelingt mir nicht.

„Ja. Ich muss dann mal", verabschiede ich mich mit schwerem und gebrochenem Herzen. Dann öffne ich selbst die Tür, um auszusteigen. Etwas umständlich quäle ich mich aus dem Auto.

„Tschüss", sage ich und schlage die Tür wieder achtsam zu.

Ich winke verhalten.

Jan wartet einen Moment. Das Auto bewegt sich nicht von der

Stelle, aber der Motor läuft. Ein Funken Hoffnung keimt in mir auf. Ich würde mir so sehr wünschen, dass er aus dem Auto springt und mich stürmisch in seine Arme schließt und hält. Einfach nur hält, mehr verlange ich gar nicht. Aber das ist leider nicht der Fall. Er braust davon.

Geknickt verdrücke ich mich in meine Wohnung. Dort platzt die Verzweiflung in einem Meer aus Tränen aus mir heraus. Schluchzend humple ich ins Wohnzimmer, lasse mich auf einem Stuhl nieder und stütze mit beiden Händen meinen heißen Kopf ab. Meine Augen brennen. Die Tränen laufen in Strömen aus mir heraus. Wie kann ein einziges Date mein Leben mit einem Schlag so durcheinanderbringen? Ich würde am liebsten laut schreien, um Dampf abzulassen, aber ich traue mich nicht. Die Wände sind so hellhörig. Vermutlich würde sofort die Polizei auf der Matte stehen, weil die Nachbarn einen vermeintlichen Überfall oder Mordanschlag melden.

Untröstlich zieht mich die Verzweiflung immer weiter in den Abgrund. Das schwarze Loch von damals, kurz nach meinem Unfall, ist plötzlich wieder da. Es hat seine Pforten weit für mich geöffnet und ich spüre den Sog in die Tiefe. Auch meine kreative Phase scheint wie ausgelöscht. Noch nicht einmal die Arbeit könnte mich jetzt ablenken, geschweige denn könnte ich jetzt gerade etwas Brauchbares zustande bringen.

Als am Abend Kicki anruft, lasse ich es klingeln. Ich sehe ihre Nummer auf dem Display, aber ich könnte nichts sagen, ohne schon wieder in Tränen auszubrechen. Nach einer Stunde probiert sie es erneut. Weil ich mich etwas beruhigt habe, nehme ich ab.

„Ja“, melde ich mich und lasse es ganz bewusst zu, dass diese zwei Buchstaben so klingen, wie ich mich fühle – beschissen.

„Oh je …“, reagiert Kicki wie erwartet. „Seit wann bist du wieder daheim?“, fragt sie vorsichtig.

„Seit zwei Stunden“, murmle ich traurig.

„Ich habe vor einer Stunde schon einmal angerufen! Warum hast du nicht abgenommen?“

„Ich … konnte nicht“, bringe ich stockend heraus.

„Hast du etwa geweint? Weinst du? Soll ich vorbeikommen? Thorsten ist schon da! Er kann auf Lissi aufpassen!“ Kicki spürt sofort, dass bei mir etwas nicht stimmt.

Würde ich jetzt *‚ja‘* sagen, säße sie vermutlich innerhalb einer Minute im Auto und wäre auf dem Weg zu mir.

„Nein, nicht nötig“, wehre ich sie ab. „Geht schon wieder. War einfach nicht so, wie erwartet.“

„Was ist denn schiefgelaufen?“, erkundigt sich Kicki behutsam.

Ich seufze laut.

„Ich weiß auch nicht. Ich habe es vermasselt, Kicki. Ich bin einfach noch nicht so weit.“ Und wieder muss ich aufpassen, nicht in Tränen auszubrechen.

„Ach Süße, ist doch nicht schlimm. Soll ich wirklich nicht vorbeikommen?“, bietet sie abermals einfühlsam an.

„Nein, wirklich nicht, Kicki. Dann fang ich nur wieder an zu heulen. Mir tut sowieso schon der Kopf weh. Ein paar Tage, dann habe ich mich wieder berappelt. Ich soll ja eh Ruhe halten“, erwidere ich gequält und antriebslos.

„Geht es dir denn ansonsten besser? Tut das Bein noch arg weh?“, fragt Kicki besorgt.

„Es ist schrecklich Kicki, und noch kein bisschen besser geworden. Aber ich halte ja auch nicht wirklich Ruhe. Selbst schuld, würde ich sagen. Morgen mache ich mal einen Couch-Tag und ziehe mir ein paar DVDs rein. Das hat schon immer geholfen.“

Im Hintergrund fängt Lissi an zu kreischen. Ich höre die Stimme von Kickis Mann.

„Melde dich Franzi, bitte. Du weißt, ich bin immer für dich da!“, betont Kicki so rührend fürsorglich, dass mir tatsächlich wieder die Tränen über die Wangen rinnen.

„Okay. Kümmere dich um Lissi und Thorsten. Ich komme klar.“

„Ich melde mich morgen bei dir, Franzi. Halte die Ohren steif!“

„Mache ich“, presse ich tapfer heraus und lege schnell auf.

Ich raufe mir durch die Haare. Immer noch wunderbar geglättet, hängen sie wie eine Gardine vor den Augen. *Alles für die Katz! Den Gutschein hätte Kicki besser für sich aufgehoben. Mit einem Glätteisen ist mir auch nicht mehr zu helfen!*

MITTWOCH

Ich werde zeitig wach, weil ich am vorherigen Abend früh im Bett lag. Gerädert schlüpfe ich in einen Bademantel und schwinge mich auf den Krücken in die Küche. Mit einem kargen Frühstück sitze ich wenig später alleine an meinem Tisch. Draußen ist es sogar noch dunkel. Ich lehne mich zurück, wobei mein Blick unter den kurzen Schlafshorts auf das Stumpfende fällt. Ruckartig zerre ich den Stoff meines Bademantels darüber. Ich greife mir meinen Kaffee und nippe daran. Die heiße Tasse behalte ich in den kalten Händen, um sie damit etwas aufzuwärmen.

Mir fallen Kickis Worte wieder ein, dass ich mich angeblich nie wirklich damit abgefunden habe, dass mir ein Unterschenkel amputiert wurde. Zögerlich zupfe ich den Bademantelstoff beiseite und starre auf meinen Stumpf. Es tut mir immer noch weh und macht mich traurig, diesen Teil von mir zu sehen. Das hat sich auch nach all den Jahren nicht geändert. Ich schlucke und ziehe den Stoff so weit auseinander, dass ich jetzt auch mein gesundes Bein sehen kann. Ich war immer so stolz auf meine Beine. Sie waren das Körperteil, das ich an mir besonders toll fand. Aber das gehört der Vergangenheit an.

Mir kullert eine dicke Träne über die Wange – und noch eine. Mit dem Ärmel meines Bademantels trockne ich sie und nippe wieder an meinem Kaffee. Ich weiß ja, dass es bescheuert ist. Aber ich schäme mich so entsetzlich dafür, behindert zu sein. Alleine bei dem Wort bekomme ich Bauchkrämpfe. Es gibt Tage, da könnte ich vor Wut meine Prothese aus dem Fenster schleudern, weil ich mich so sehr dafür hasse! Weil ich dieses Ding hasse! Und natürlich ist das auch der Grund, warum ich Jan gestern zurückgewiesen habe. Ich finde ihn toll, verdammt noch mal! Und ja, ich habe riesige Angst davor, zurückgewiesen zu werden, weil ich behindert bin. Ich fände es unerträglich, wenn er es wüsste und sich dann vor mir ekelte. Mir reicht es, dass ich selbst damit zu kämpfen habe. Da brauche ich nicht noch eine Bestätigung von außen, wie grässlich ich aussehe.

Wieder wische ich die Tränen ab und spüle den Kaffee meine enge Kehle hinunter. Ich nehme einen ordentlich tiefen Atemzug, ziehe die Schultern hoch bis zu den Ohren und lasse sie wieder sinken. Dann dehne ich erschöpft meinen Kopf abwechselnd nach links und rechts. *Am besten, ich vergesse Jan wieder. Ich bin einfach noch nicht so weit. ...*

Werde ich je so weit sein? ... Schade, er ist wirklich nett. Ich konnte ihn gut leiden, und er roch so gut ...

Verträumt schließe ich die Augen und stelle mir vor, wie sich diese wunderbare Nähe zu ihm gestern angefühlt hat. *Wir hätten uns sogar fast geküsst!* Ein Schmunzeln huscht über mein Gesicht, aber nur ganz flüchtig.

Ich sitze in meinem Arbeitszimmer, bringe aber nicht wirklich viel zustande. Meine Gedanken kreisen um Jan, nicht um das Projekt.

„Ich habe ja noch Zeit", seufze ich und strecke mich.

Mein Blick schweift aus dem Fenster. Wieder scheint die Sonne. Eigentlich hatte ich mir fest vorgenommen, heute nicht die Wohnung zu verlassen, aber ich muss raus. Ich habe plötzlich das Gefühl, in meinen vier Wänden zu ersticken, im Gegensatz zu gestern Abend, wo sie wie ein Zufluchtsort gewesen sind.

Tatsächlich sitze ich kurz darauf im Bus und kurve damit ziellos durch die Stadt. Ohne um mich herum wirklich etwas mitzubekommen, sitze ich auf meinem Platz, und die Gegend streift wie in einem Film an meinen Augen vorbei. Es ist, als würde ich träumen, und doch bin ich hellwach. Lustlos verharre ich auf meinem Sitz. Immer wieder hält der Bus an. Leute steigen ein und aus. Dann fährt er weiter zur nächsten Haltestelle.

Als ich eine Stunde mit dem Bus durch die Gegend gefahren bin, höre ich schließlich den Namen einer ganz bestimmten Haltestelle. Die Ansage des Busfahrers klingt so frohlockend, als wäre sie nur für mich bestimmt. Ich habe keine Ahnung warum, aber tatsächlich erhebe ich mich und steige aus. Mit meinen Krücken bewege ich mich langsam vorwärts Richtung Parkanlage. Dort war ich noch nie – und das aus gutem Grund. Es muss schon mit dem Teufel zugehen, dass mich irgendetwas hierherlockt.

Ich kann es selbst kaum fassen, dass ich mich auf direktem Weg zur Hundewiese befinde, einem Ort, den ich sonst all die Jahre ganz bewusst gemieden habe! Alleine die Vorstellung, mich dieser Wiese zu nähern, hat bei mir für Panikattacken gesorgt. Aber jetzt habe ich plötzlich das dringende Bedürfnis, genau dorthin zu gehen. *Weil du hoffst, dort auf Jan zu treffen,* säuselt eine scheinbar streitlustige Stimme in meinem Unterbewusstsein, die ich mir mit einem Gedankenhieb zornig aus dem Kopf schlage.

Ich werde immer langsamer, je näher ich der Wiese komme. Schon von weitem sehe ich die Hunde toben. Mein Puls beschleunigt sich. Ich spüre, wie das Adrenalin mit Macht durch mich hindurch rauscht. Eine wahre Mutprobe beginnt. Ich wage noch einen Schritt – und noch einen.

In circa hundert Metern Entfernung sehe ich eine Bank. Es ist ein wunderschöner Platz unter einem Baum, herrlich schattig bei der Sonne. Die Bank ist frei und niemand scheint sich dort niederlassen zu wollen. Von hinten nähert sich mir eine Frau mit einem großen Dalmatiner. Sie ist nur wenige Schritte an mir vorbeigelaufen, dann leint sie ihren Hund ab und wirft ihm einen Ball zu. Mir stockt der Atem. Zum Glück schießt der Hund aber umgehend seinem Spielzeug nach und scheint keinerlei Interesse an mir zu haben. Krampfhaft krallen sich meine Finger um die Krücken. Ich humple weiter, zittere, spüre wie mir schrecklich flau wird, aber ich will es schaffen! Die Kraft in meinen Armen beginnt jedoch langsam nachzulassen.

Ich versuche, es auszublenden und fokussiere mein Ziel. Wieder kommt mir jemand entgegen, jetzt mit einem kleineren Hund. Der Hund schaut zu mir hinauf. Ich sehe schnell weg und laufe weiter. Dann kommt ein Mann mittleren Alters quer über die Wiese geschlendert. In meiner Nähe bleibt er am Weg stehen und ruft: „Diva! Diva! Komm!“ Er pfeift lautstark.

Aus dem Augenwinkel erkenne ich, wie ein riesiger Rottweiler aus einer Traube von Hunden die Ohren spitzt. Keine Sekunde später schießt der Hund los – in meine Richtung!

Ich breche in Panik aus. Jetzt sehe ich nur noch diesen riesigen, dunklen Hund, der in einer beachtlichen Geschwindigkeit auf mich zurast. *Er wird mich zu Boden reißen und über mich herfallen!,* schreit eine Stimme in mir angsterfüllt, aber ich bin wie gelähmt. Ich kann mich plötzlich nicht mehr bewegen, noch nicht einmal wegrennen und mich in Sicherheit bringen! Mir wird schwindelig. Das Blut wird mit einem solchen Druck durch meinen Schädel katapultiert, dass es in meinen Ohren rauscht. *Oh mein Gott ... Oh mein Gott ...*

Ich zittere am ganzen Leib. Dann beobachte ich aber, wie der Hund an seinem Herrchen hochspringt – nicht an mir. Der Mann knuddelt seinen Hund übermütig, die dicken Pfoten auf seinen Schultern. Er lässt sich von dem Hund sogar freiwillig das Gesicht ablecken! Ein Anflug von Erleichterung aber auch Ekel steigt in mir auf. *Igitt ... Der muss total verrückt sein!* Angewidert schüttle ich mich.

„Nicht mein Schatz! Du machst mich ja ganz schmutzig, Süße!“, schimpft der Mann liebevoll, als würde es sich um seine Ehefrau handeln.

Ich benötige noch unzählige Minuten, bis ich mich wieder richtig gefangen habe und mir wirklich klar ist, dass ich nicht angegriffen wurde und vermutlich auch nicht werde. Trotzdem sind meine

Knie noch ganz weich. Mit vollem Gewicht stütze ich mich auf die Krücken und atme tief durch. Dann wanke ich zu der Bank und setze mich. Ich schaue mir meine Hände an, die ganz flatterig sind, als würde ich unter einem Tremor leiden.

„Meine Güte … Ich muss mich wieder beruhigen", spreche ich mir gut zu.

Die Ruhe ist jedoch noch nicht wirklich eingetreten, als ich erneut in Panik gerate. Ein kräftiger Hund springt neben mir auf die Bank. Mit einem Satz kam er wie aus dem Nichts. Ich lasse einen Schrei los, noch bevor mein Verstand mich warnen kann. Mit klopfendem Herzen und aufgerissenen Augen suche ich die Gegend panisch nach seinem Besitzer ab, der mich vor dem Hund beschützen und befreien könnte. Dann nähert sich der Kopf des Hundes meinem Schoß. Er legt schmatzend sein riesiges Maul auf meinen Oberschenkel ab und hinterlässt dort dunkle Sabberflecken. Ich wage es nicht, mich zu rühren. Mit angehaltenem Atem halte ich die Hände hoch, als würde mir jemand eine Pistole ins Kreuz drücken.

„Hansi! Hansi! Hansi!", brüllt eine Männerstimme mehrmals.

Auf meinem Trommelfell hallen die Rufe wider. *Hansi … Aber die Stimme hört sich nicht an wie die von Jan …*

Ich starre den Hund an. Er sieht tatsächlich aus wie die fettleibige Bulldogge von Jan …

„Wenn ich dich in die Finger kriege! Wo steckst du!? Hansi, verflucht noch mal!" Ein älterer Mann kommt mühsam angehetzt.

Jetzt erkenne ich, dass es Jans Vater ist. Mit kreidebleichem Gesicht und Schweißperlen auf der Stirn, steuert er ächzend auf meine Bank zu.

„Hansi!", schnauft er keuchend außer Puste. „Es tut mir leid. Hat er Sie belästigt?", entschuldigt er sich.

„Nnnein", stottere ich und habe immer noch den Hundekopf auf meinem Schoß liegen.

Nur träge hebt Hansi seinen Blick. Gelangweilt schaut er zu seinem Hundesitter auf, um seinen schweren Schädel dann sofort wieder mit vollem Gewicht bei mir abzulegen.

„Kkkönnten Sie vielleicht trotzdem den Hhhund etwas …" Ich deute ihm vorsichtig an, dass er mich doch von dem Vierbeiner befreien soll.

„Natürlich, entschuldigen Sie bitte." Er mustert mich kurz. Urplötzlich hellt sich sein Gesicht auf.

„Sie sind das! Sie waren doch gestern mit meinem Sohn in der Eisdiele!"

Ich erröte verlegen.

„Jjja, dddas war ich", stottere ich verschämt.

„Schön, Sie kennenzulernen! Ich bin Dieter Zeder, Jans Papa." Er streckt mir freundlich seine Hand entgegen.

Ich ergreife sie schüchtern und erwidere seinen Händedruck.

„Franzi, Franzi Weger", stelle ich mich vor.

„Das ist ja ein Zufall. Schön, dass ich Sie kennenlerne! Mein Sohn erzählt ja nicht viel. Man muss ihm alles aus der Nase ziehen", lacht der ältere Mann. „Und, wie lange kennen Sie sich schon? Sind Sie mit ihm zusammen?", fragt er vorwitzig und seine Augen leuchten neugierig.

Verlegen hüstle ich.

„Ich? … Nein, wir sind nicht zusammen. Ich hatte … Wir hatten eher einige etwas … komplizierte Aufeinandertreffen …", erkläre ich stockend.

Der Mann seufzt.

„Nehmen Sie es Jan nicht übel. Nach seiner letzten Freundin ist er etwas komisch. Sie hat ihn mit einem seiner besten Freunde betrogen. Das hat ihm ganz schön zugesetzt und ihn aus der Bahn geworfen – obwohl er das niemals zugeben würde! Wissen Sie, unser Jan tut nach außen hin immer so wahnsinnig cool, als könnte ihm nichts und niemand etwas anhaben! Aber wenn Sie mich fragen, ist das nur eine Art Schutzschild. Er ist ein herzensguter Mensch und sehr sensibel. Meint man gar nicht, aber ist wirklich so." Er schaut in die Ferne, als hätte er das gerade gar nicht zu mir gesagt.

Schweigend schaue ich ihn an. Ich hätte mit allem gerechnet, aber nicht damit, so intime Details von Jan zu erfahren. Baff und sprachlos kann ich meinen Blick nicht von dem älteren Mann abwenden, der immer noch abwesend in die Weite guckt. Nebenbei tätschelt er Hansis Kopf, der jetzt zwischen uns hockt, was mir gerade erst so richtig bewusst wird.

Der Hund hechelt. Seine Zunge hängt lang aus dem Maul. Dann schaut er zu mir hoch, hechelt weiter und schleckt sich mit dem riesigen Lappen über die Schnauze. Er glotzt mich treudoof an.

„Hansi ist ein guter Menschenkenner. Er mag Sie", bemerkt Jans Vater lächelnd.

„Meinen Sie?"

„Ja." Sein Lächeln wird breiter. „Ich glaube, mein Sohn mag Sie auch", fügt er hinzu und grinst schelmisch.

Ich kann mir ein Schmunzeln nicht verkneifen. Das hat Jan eindeutig von seinem Vater geerbt.

„Ich finde Ihren Sohn auch sehr nett", erwidere ich höflich aber zurückhaltend.

„Wollen Sie sich denn wieder mit ihm treffen?", möchte Jans Vater wissen, woraufhin ich noch mehr schmunzeln muss. „Entschuldigen Sie. Geht mich natürlich nichts an", fügt er rasch hinzu, als er merkt, dass mir die Frage unangenehm ist. „Als Eltern macht man sich halt immer Sorgen um seine Kinder. Das hört nie auf. Wenn Sie mal Kinder haben, werden Sie wissen, was ich meine", seufzt er mit einem väterlichen Unterton. „Na komm, Hansi. Dann wollen wir mal noch ein bisschen spazieren gehen. Sonst setzen sie uns beide noch länger auf Diät. Nachher klauen sie uns auch noch den letzten Wienerlebrocken aus der Erbsensuppe!"

Ich kichere und Jans Vater schenkt mir ein so warmherziges Lächeln, dass man ihn unweigerlich ins Herz schließen muss – wie seinen Sohn.

„Auf Wiedersehen, Herr Zeder." Ich mache Anstalten, mich zu erheben, um ihm die Hand zu reichen.

„Bleiben Sie ruhig sitzen. Haben Sie sich eigentlich den Knöchel verstaucht? … Wegen der Krücken."

„So ähnlich", erwidere ich. Das Blut schießt mir in den Kopf.

„Gute Besserung jedenfalls. Auf Wiedersehen! Würde mich sehr freuen!“, sagt er und muss Hansi mit etwas Gewalt dazu bringen, von der Bank zu hüpfen und ihm zu folgen.

„Verrückt …“, murmle ich kopfschüttelnd und halte mein Gesicht gen Himmel.

Direkt gegenüber auf der Wiese tollen die Hunde, kläffen, rennen, springen wild umher, aber all das passiert wie in einer anderen Welt. Es ist ein Schauspiel, das ich nüchtern aus der Entfernung registriere. Lediglich bewegte Bilder, die mit mir und dem Ort, an dem ich mich befinde, gar nichts zu tun haben. In Gedanken bin ich ganz weit weg.

Am frühen Abend rufe ich Kicki an. Ich habe einigermaßen Klarheit in meinen Kopf bekommen. Verhältnismäßig nüchtern schaffe ich es nun, ihr mein Treffen mit Jan und das mit seinem Vater zu schildern. Kicki brennt darauf, alles zu erfahren, das höre ich raus. Schon gestern kroch ihre Neugierde geradezu durch das Telefon. Allerdings ist meine Freundin sensibel genug, um zu erkennen, wann der falsche Zeitpunkt ist, mich zu löchern. Und gestern wäre es definitiv der falsche Zeitpunkt gewesen.

„Ihr habt euch geküsst?“, platzt es euphorisch aus Kicki heraus. „Und? Wie war es?“

„Nicht richtig geküsst. Nur … ganz leicht berührt“, rudere ich zurück.

„Papperlapapp! So wie du dich gestern angehört hast, habe ich mit etwas ganz anderem gerechnet! Unfassbar, dass ihr euch gleich beim ersten Date geküsst habt“, schnattert Kicki.

„Deshalb … habe ich ja auch einen Rückzieher gemacht!“

„Aber, wenn es doch Liebe auf den ersten Blick ist? Ich finde, ihr solltet euch auf jeden Fall noch einmal treffen. Du kannst doch sagen, dass es dir zu schnell geht. Dass du es langsamer angehen lassen möchtest“, schlägt Kicki vor.

Ich zögere.

„Ich weiß nicht, Kicki. Es liegt auch nicht an ihm …“

„Natürlich liegt es nicht an ihm! Das habe ich dir letztens schon versucht zu erklären! Du hast ständig Angst davor, enttäuscht zu werden! Franzi, irgendwann musst du einmal über deinen Schatten springen! Enttäuscht werden kann man immer!“

„Aber ich finde ihn so toll, Kicki …“, gestehe ich.

„Worauf wartest du dann? Mensch, Franzi! Wer nicht wagt, der nicht gewinnt! Gib ihm doch wenigstens die Chance, dich besser kennenzulernen! Möglicherweise sagst *du* ja auch plötzlich, er passt doch nicht zu dir.“

„Hm … Aber ich glaube, nach der Aktion gestern möchte er sich gar nicht mehr mit mir treffen …“, überlege ich traurig.

„Du darfst nicht gleich aufgeben, Franzi! Hätte er dich etwa sonst zu küssen versucht, wenn er dich nicht toll fände?“, schimpft Kicki jetzt.

Ich grummle mürrisch.

„Aber er weiß doch auch gar nicht, dass ich … dass ich das mit dem Bein habe“, erkläre ich.

Kicki atmet am anderen Ende so laut ein und aus, dass ich sogar meine, den Windzug durch das Telefon zu spüren.

„Du machst mich echt fertig, Franzi, weißt du das? Es wird Zeit, dass du deine Komplexe schleunigst in den Griff bekommst! Sonst versaust du dir noch den Rest deines Lebens! Willst du deine Prothese verstecken, bis du neunzig bist? Damit du dann mit der Gewissheit ins Gras beißen kannst, dass du es fast der ganzen Welt verheimlichen konntest? Verdammt, Franzi! Wach auf! So etwas Außergewöhnliches ist eine Prothese heute nicht mehr! Und dich als Menschen macht doch nicht ein halbes Bein aus! Aber deine Komplexe übertragen sich auf dein Umfeld, Franzi! Selbst ich fühle mich immer unwohl dabei, es anzusprechen, weil ich weiß, wie komisch du darauf reagierst! Versuche doch endlich mal, etwas lockerer zu werden! Ich bin mir sicher, dann klappt es auch mit Jan – oder halt mit jemand anderem. Du verkriechst dich jetzt schon seit Jahren in deiner Wohnung und vegetierst einsam vor dich hin.“

Ich beiße mir auf die Unterlippe.

„Ich verkrieche mich nicht in meiner Wohnung", murmle ich beleidigt.

„Du weißt, dass das nicht stimmt, Franzi! Ab und zu mal ins Kino gehen, abends, wenn es dunkel ist, das gehört nicht zu Freizeitspaß ohne Ende. Das Leben könnte so schön sein, wenn du es endlich schafftest, dich zu überwinden und nicht mehr zu verstecken! Und das darfst du ruhig wörtlich nehmen!", setzt sie kleinlaut noch eins drauf.

Mir kommen die Tränen. Es ist schrecklich, wenn man erkennen muss, dass der andere vollkommen richtig liegt. In diesem Fall ist es für mich besonders schrecklich und unangenehm. So gnadenlos den Finger in die Wunde gelegt zu bekommen, das ist nicht schön. Und wenn dann auch noch großflächig in der schon offenen Stelle herumgestochert wird, tut es verdammt weh. Ich schlucke und fühle mich verzweifelt. Mir fällt auf Kickis Moralpredigt keine Antwort ein. Es gibt nichts, was ich dem entgegenzusetzen hätte. Tief in meinem Inneren wusste ich schon immer, dass mein Leben seit dem Unfall eine Lüge ist. Aber wenn man sie nicht ausspricht und konsequent ignoriert, dann lässt sich damit eigentlich gut leben. Verdrängen kann wunderbar leicht sein, wenn einem niemand den Spiegel vorhält und einen permanent darauf aufmerksam macht.

„Ich komme jetzt vorbei!", stellt Kicki klar. Und bevor ich sie abhalten kann, legt sie auf.

Den ganzen Abend heule ich meiner Freundin die Ohren voll. Eigentlich hatte ich erwartet, dass sie weiter mit mir schimpft und penetrant darauf besteht, dass ich sofort mein komplettes Leben umkrempele. Aber zu meiner Verwunderung macht sie das gar nicht.

„Es gibt Dinge, die müssen erst einmal raus. Wütend und traurig zu sein, und diese Gefühle zuzulassen, ist besser, als sie immer hinunterzuschlucken", tröstet mich Kicki und wiegt mich im Arm wie ihre Tochter.

Und genauso klein fühle ich mich in diesem Moment plötzlich auch. Alles von damals kommt wieder hoch, nach so langer Zeit. Seit dem Krankenhaus und der Reha weine ich eigentlich zum ersten Mal wirklich aus vollem Herzen und lasse meine entsetzliche Verzweiflung damit raus. Kaum habe ich mich einigermaßen beruhigt, explodiert wieder Kickis Übermut und Tatendrang.

„Und jetzt schnappen wir uns deinen Computer und surfen im Netz nach einer neuen Prothese!", schießt es wie ein Befehl aus ihr heraus, ohne auch nur den Ansatz eines Einspruchs zu dulden.

„Okay", murmle ich seufzend.

Als mir Kicki eine Seite zeigt, die sie sich vor Kurzem angeschaut hat, staune ich. In den letzten zehn Jahren hat sich wirklich viel getan. Es gibt sogar Prothesen, mit denen man High-Heels tragen kann, und welche, die sogar für das Wasser geeignet sind.

„Und mit der da könntest du Jan so richtig in den Allerwertesten treten, wenn er sich nicht benimmt! Der würde bis zum Mond fliegen!" Kicki und ich explodieren in einem Lachanfall.

Noch nie habe ich so frei und locker über meine Behinderung gesprochen, gar gelacht und mit Kicki Witze darüber gemacht.

„Jetzt wird alles anders, Kicki!", sage ich.

Meine Freundin schließt mich in die Arme.

„Ich helfe dir, Franzi. Und ich erwarte auch nicht, dass du nackt in der nächsten Playboy-Ausgabe erscheinst." Kicki grinst frech. Wieder brechen wir in Gelächter aus.

„Vielen Dank für dein Entgegenkommen! Du bist ein verrücktes Huhn!", schimpfe ich liebevoll und knuffe sie zärtlich in die Seite.

Sie seufzt.

„Momentan eher ein fettes Suppenhuhn!", spottet sie über sich selbst. „Aber weißt du was? Ich werde mich auch zusammenreißen. Klar will ich ein paar Pfunde loswerden, aber ich werde nicht nur schlaue Sprüche klopfen. Wenn das mit den zehn Kilo bis zum Abiball nichts wird, dann halt nicht. Dann schmeiße ich mich trotzdem in ein enges Kleid, und wenn es Größe vierzig ist! Ich habe immerhin eine wunderbare Tochter auf die Welt gebracht. Das darf ruhig jeder sehen. Darauf sollte ich stolz sein!", sagt Kicki. Ich sehe Tränen in ihren Augen.

„Ja, darauf kannst du mächtig stolz sein", stimme ich ihr anerkennend zu, und jetzt drücke ich meine Freundin herzlich an mich.

„Kicki?", wispere ich.

„Ja, Franzi."

„Ich muss dir etwas beichten", murmle ich. „Ich habe gar keinen Urlaub gebucht. Ich wollte nur nicht auf den Ball, weil …"

„Ich weiß, Franzi."

Überrascht hebe ich die Brauen und schaue sie an.

„Aber warum hast du nichts gesagt?", möchte ich wissen.

„Weil ich wollte, dass du es mir sagst. Bei dir rennt man gegen verschlossene Türen. Wenn du etwas nicht willst, machst du dicht. Das war schon immer so."

Ich schlucke trocken und blicke in meinen Schoß.

„Letztens in der Stadt, mit deiner Moralpredigt … Es stimmt alles. Du hast recht, Kicki, mit allem", flüstere ich.

Kicki schweigt. Sie streicht mir über den Kopf und drückt mich wieder an sich, eine Geste, die mehr sagt als tausend Worte.

DONNERSTAG

Den nächsten Tag beginne ich anders als sonst. Ich bleibe länger an der Bettkante sitzen und schaue mir meinen nackten Stumpf an. Er ist immer noch gerötet und heiß. Vorsichtig massiere ich ihn – eine Art Friedensangebot. Vielleicht sogar eine Art freundschaftliche Geste, die ich ihm noch nie entgegengebracht habe. Ich musste zwar schon häufig eine Creme darauf verteilen, aber heute Morgen ist das anders. Das behutsame Darüberfahren ist so, als würde ich einen Partner sanft wecken; ihm sagen, schön, dass du da bist. Trotzdem ist dieses neue Gefühl komisch und befremdlich. Mir fällt es selbst auf.

„Großer Gott … Ich weiß nicht, was schlimmer aussieht: mein Stumpf oder dieser wilde Haarbewuchs an meinem rechten Bein." Angewidert starre ich die langen, dunklen Borsten auf meinem rechten Unterschenkel an.

„Die müssen weg!"

Beim Frühstück schreibe ich mir einen Einkaufszettel für die Drogerie. Überraschenderweise ruft mich auch Kicki zeitig an, aber dieses Mal geht es nicht um mich.

„Franzi, ich brauche deine Hilfe. Meine Schwiegermutter sollte heute Morgen für eine Stunde Lissi nehmen, aber sie liegt mit Grippe im Bett. Ich habe einen Arzttermin und da will ich Lissi nicht mitnehmen. Kannst du mir aushelfen? Es geht wirklich nur um eine Stunde!"

„Na klar. Ich habe gerade doch mehr Zeit als mir lieb ist. Wo musst du denn hin?", frage ich.

„In die Hohe Straße. Ich habe einen Termin bei meinem Frauenarzt."

„Kein Problem. Ich wollte eh in die Stadt. Das ist doch die Parallelstraße, oder?"

„Ja", bestätigt meine Freundin und klingt erleichtert.

„Dann treffen wir uns an dem großen Brunnen. Ist gar nicht so schlecht. An dem Kinderwagen kann ich mich prima abstützen."

Kicki kichert.

„Ja, ist ein Rollator für Mütter", scherzt sie. „Wenn du übermüdet bist, kannst du dich abstützen und dir gleichzeitig einen Koffeinshake oben in den Halter stecken. Der ist nicht nur für Milchfläschchen ideal."

Ich lache.

„Schaffst du es bis zehn Uhr, Franzi?"

„Klar!", erwidere ich und bin tatsächlich pünktlich zum verabredeten Zeitpunkt in der Stadt.

„Brauchst du etwas aus der Drogerie?", frage ich Kicki und lasse mir nach einer Begrüßung den Kinderwagen übergeben.

„Oh ja! Bring mir bitte ein Paket Windeln mit! Größe fünf! Du kannst sie unten in den Wagen legen." Kicki drückt Lissi einen fetten Kuss auf die Backe. Dann flitzt sie von dannen und ich bleibe mit dem Kinderwagen zurück.

Ich beuge mich zu ihrer Tochter hinunter.

„So, Lissi, wir zwei gehen jetzt in die Drogerie shoppen!", sage ich zu der kleinen Maus und strahle sie an.

Lissi zieht ein Schüppchen. *Oh je …*

Mit schmollend vorgeschobener Unterlippe und einem herzzerreißenden Ausdruck verfinstert sich ihr kleines Gesicht. Sie schaut ihrer Mama nach, die bereits verschwunden ist. Dann guckt sie hoch zu mir. Wie zu erwarten, setzt sie keinen Moment später zum ersten Schrei an. Die Tränen schießen aus ihr heraus. *Oh, oh …*

Sofort gehe ich vor der Tochter meiner Freundin in die Knie und versuche sie aufzumuntern. Ich mache mich komplett zum Affen und rede tröstend auf sie ein. Dann schnappe ich mir das Bärchen aus dem Netz und spiele Kasperle, aber selbst das zeigt keinerlei Wirkung.

„Mama", kreischt Lissi mit knallrotem Kopf. „Mama! Mama!"

Mir wird heiß. Die Leute schauen schon, was mir extrem peinlich ist. Teils kopfschüttelnd laufen sie weiter. Ich bemühe mich, es zu ignorieren, und mich wieder auf Lissi zu konzentrieren, aber es fällt mir furchtbar schwer, die strafenden Blicke auszublenden.

„Diese jungen Mütter von heute. Haben alle ihre Kinder nicht mehr im Griff! Früher, früher war das anders! Da wusste man noch, was sein Kind hat", schimpft eine ältere Dame entrüstet und deutet gemeinsam mit ihrer Freundin fast angewidert auf mich und Lissi. Nicht nur meine Nervosität nimmt zu. Auch die Anzahl der Leute, die sich nach uns umdrehen und uns anstarren wird immer größer.

Gott, wie peinlich ...

„Lissi, mein Schatz, die Mama ist doch gleich wieder da! Schau mal, der Bär kann einen Purzelbaum machen! Huiiii!", juchze ich aufmunternd und gebe als Laien-Komiker mein Bestes, was Lissi nicht die Bohne zu interessieren scheint.

Sie lässt mich filmreif auflaufen.

Verstohlen sehe ich mich um. Zu meinem großen Entsetzen erkenne ich in nicht allzu weiter Entfernung Jan. Er läuft direkt auf uns zu. Im Arm hat er eine junge Frau, groß, gertenschlank mit wunderschönen, langen Beinen, die aus einem kurzen Jeansrock hervorscheinen. Mit einer sportlichen Kurzhaarfrisur und blonden Haaren der absolute Gegensatz zu mir.

Wie versteinert halte ich die Luft an. Einem frisch verliebten Paar gleich flüstert er ihr grinsend etwas ins Ohr. Sie kommen näher, aber noch hat er mich nicht bemerkt. Allerdings dürfte das nicht lange dauern. Lissi brüllt unaufhörlich und zieht damit unweigerlich die Aufmerksamkeit sämtlicher Passanten auf uns. Abrupt bleibt jetzt auch er stehen und scheint seinen Augen nicht zu trauen.

„Franzi ...?", spricht er mich entgeistert an. Sein Blick geht zwischen Lissi und mir hin und her.

„Ach, du bist das!“, meint seine Begleitung und streckt mir freundlich die Hand entgegen.

Vollkommen überrumpelt bin ich nicht in der Lage, sie zu ergreifen. Verdattert glotze ich die Frau an, dann wieder ihn. Sogar Lissi ist plötzlich ruhig geworden und beobachtet uns interessiert.

„In deinen Bewerbungsunterlagen stand aber nichts von einem Kind. Kein Wunder … Das war es also. Tsss“, stößt er abfällig aus, als wäre ihm ein Licht aufgegangen.

Verwirrt schaut seine Begleitung ihn an.

„Komm, wir gehen weiter“, knurrt er barsch zu der hübschen blonden Frau an seiner Seite und schiebt sie mit der Hand an ihrer Hüfte langsam vorwärts.

So ein Volltrottel! Setzt mir einfach den Stempel einer alleinerziehenden Mama auf und unterstellt mir, ich hätte ihn angelogen! Wut keimt in mir auf.

„Wenn du deine Bewerbungen mit einer Partnervermittlung verknüpfst, dann hättest du besser noch die Körbchengröße oder den Body-Mass-Index in deine Profilanforderung schreiben sollen!“, brülle ich ihm jetzt laut und erbost hinterher. Zu spät merke ich, wie albern mein verbaler Aussetzer war. Leider kann ich es jedoch nicht mehr rückgängig machen. Mit glühendem Gesicht wende ich mich hastig ab und schaue weg.

„Ich fasse es nicht! Alle gleich!“, schimpft er, aber seine Begleitung dreht sich kichernd nach mir um.

Grollend und beschämt hocke ich vor Lissi auf dem Boden.

„Die Männer sind wirklich alle gleich, Lissi! Steck sie in einen Sack und hau drauf! Du erwischst immer den Richtigen!“, fauche ich.

Die großen feuchten Kulleraugen meines Patenkindes ruhen interessiert auf mir. Ich schnaube fest die Luft aus meinen Nasenlöchern.

„Komm, Lissi. Wir gehen einkaufen! So eine testosterongesteuerte Pfeife! Soll er doch mit seiner sportlichen Tussi glücklich werden!“, schnaube ich verächtlich in die Richtung, in der sie davongelaufen sind.

Nur sehr zögerlich verraucht meine Wut. Ich zwinge mich, langsam und einigermaßen relaxt mit Lissi durch die Drogerie zu schlendern. Die bunte Glitzerwelt und die vielen Düfte scheinen die Kleine prima abzulenken. Sie ist damit beschäftigt, sich umzusehen.

Zuerst schnappen wir uns ein Paket Windeln, damit ich diesen Auftrag nicht vergesse. Danach geht es sofort zur Duftabteilung. Ich schnuppere an diversen Düften und lege schließlich gleich zwei Parfums in den Korb. Dazu packe ich drei verschiedene Lippenstifte, passenden Nagellack, Rouge, Concealer für meine dunklen Augenringe, eine getönte Tagescreme und eine Palette mit diversen Lidschatten. Zufrieden mit der Auswahl steuere ich die Abteilung mit den Rasierern an. Planlos schaue ich mich um und lese mir diverse Anleitungen von Rasiercremes, Wachs und Epilierern durch. Derweil knautscht Lissi hochzufrieden ihr Stoffbuch und sabbert den Babylesestoff nass.

„Da bin ich wieder, ihr zwei!“ Kicki packt mich so überrascht von hinten, dass ich erschrocken herumwirbele.

„Mensch, Kicki! Musst du mich so erschrecken!“, schimpfe ich, und mir ist fast das Herz stehen geblieben.

Meine Freundin lacht.

„Na, ihr zwei? Was habt ihr so getrieben?“ Kicki küsst ihre kleine Tochter, holt sie aus dem Kinderwagen und knuddelt sie liebevoll.

Sie wirbelt das kleine Mädchen durch die Luft. Lissi strahlt ihre Mama überglücklich an und gluckst voller Freude. Etwas neidisch beobachte ich ihr Glück und beschließe, von der Begegnung mit Jan nichts zu erwähnen.

„Wir waren die ganze Zeit hier in der Drogerie. Ich überlege gerade, welchen Rasierer ich mir zulegen soll“, antworte ich.

„Was hast du denn bisher genommen?“, fragt Kicki und ist immer noch mit ihrer kleinen Tochter beschäftigt.

Ich erröte. Als ich ‚nichts‘ sage, hält Kicki nach einem Moment abrupt inne.

„Nein, oder?“

„Guck nicht so!“, maule ich angefressen und sehe mich verstohlen um, ob jemand die Konversation beobachtet.

„Du rasierst dich nicht?“ Sie stockt für einen Moment und setzt Lissi wieder in den Wagen zurück. „Na ja, wenn du nicht so viele Haare hast, ist das ja vielleicht auch nicht nötig …“, stammelt sie halb entschuldigend. „Dann könntest du auch einen Epilierer oder Wachs nehmen. Zieh mal das Hosenbein hoch“, fordert sie mich auf.

„Nein!“, zische ich aufgebracht.

„Jetzt stell dich nicht so an! Wie soll ich dir denn sonst sagen, was du nehmen kannst.“ Kicki schüttelt genervt den Kopf.

Ein weiteres Mal linse ich verstohlen umher. Als ich mich unbeobachtet fühle, kremple ich das rechte Hosenbein nach oben und streife den Strumpf im Gegenzug etwas nach unten. Ich schaue hoch zu meiner Freundin. Erst sieht sie entsetzt aus. Dann prustet sie lautstark los.

„Das hast du ausgehalten? Du läufst mit so einem Fellpuschel durch die Gegend? Jahrelang?“, kichert sie.

Meine Augenbrauen schieben sich verärgert zusammen.

„Das ist nicht nett!“, schimpfe ich beleidigt und zerre das Hosenbein erzürnt wieder herunter.

Aber Kicki lacht weiter.

„In der Wolle kannst du ja einen Scheitel ziehen!“, johlt sie. Ihr kommen die Tränen vor Lachen.

Verärgert und peinlich berührt behalte ich die Umgebung im Blick.

„Bist du bald fertig? Macht es dir Spaß, dich über mich lustig zu machen?“, herrsche ich sie an und fühle mich von der ganzen Welt missverstanden. Der Druck in meinen Augen nimmt zu. Meine Mundwinkel beben.

„Was bist du denn heute so empfindlich?“, meint Kicki besänftigend und knufft mich aufmunternd in die Magengrube.

„Lass das“, maule ich.

„Also gut. Heute keine Späße mehr. … Nimm den Rasierer. Sonst müsstest du vorher zu Ferdinand, dir einen Kurzhaarschnitt verpassen lassen“, kichert sie und kann sich diese Bemerkung einfach nicht verkneifen.

Ich schaue sie zornig an.

„Ist schon gut. Ich hör auf. … Gibt es eigentlich einen speziellen Grund für deinen plötzlichen Sinneswandel und die ganzen Farbtöpfchen?“, stichelt sie und deutet mit dem Blick in meinen Einkaufskorb.

Verlegen räuspere ich mich.

„Nein. War einfach alles auf einmal leer.“

„Oder deutlich über dem Verfallsdatum“, murmelt Kicki vor sich hin.

„Das habe ich gehört!“

„Sorry.“ Meine Freundin errötet. „Weißt du, Franzi, jetzt aber ohne Quatsch. Ich finde es toll, dass du wieder etwas aus dir machst. Du bist auf dem richtigen Weg.“

Verlegen starre ich zu Boden.

„War an der Zeit, oder?“, murmle ich.

Kicki seufzt laut.

„Ja. Ich hatte die Hoffnung schon fast aufgegeben.“ Sie grinst mich an. Ich muss unweigerlich zurückschmunzeln.

Als wir bezahlt haben, macht sich Kicki mit Lissi auf den Heimweg. Ich hingegen statte meinem Chef noch einen Besuch ab. Er freut sich, mich zu sehen. Aber mir fällt auf, wie er immer wieder auf mein linkes Bein starrt. Es ist zwar in dem Hosenbein gut versteckt, weil ich mich wieder einmal nicht dazu durchringen konnte, die Prothese auszulassen, aber trotzdem schaut er ständig hin. Es ist ihm offensichtlich sehr unangenehm, von diesem Geheimnis zu wissen. Und mir geht es nicht anders. Ich habe immer noch keine Ahnung, wie man offen mit so etwas umgehen soll. Ich kann meine Komplexe einfach nicht abschütteln.

Nach einem kleinen Eis humple ich wieder heim. Seufzend mache ich mich an die Arbeit. Mein Projekt steht immer noch im Anfangsstadium. Daher stürze ich mich konzentriert auf den detaillierten Modellbau und mache mir weitere Notizen für die schriftliche Vorstellung meines Kaufhausprojektes.

Nach einigen Startschwierigkeiten tauche ich wieder in meine kreative Welt ein und für heute kann mir definitiv nichts Besseres passieren.

FREITAG

Auch am nächsten Tag gehe ich wieder voll in meiner Arbeit auf. Kicki besucht sogar alleine das Fitnessstudio. Am Nachmittag brennen mir aber dann regelrecht die Augen. Ich brauche etwas Bewegung und vor allem Sonnenlicht. Daher beschließe ich, wieder mit dem Bus zu fahren, und mein Mittagessen an einem nahegelegenen See einzunehmen. Mit einem Pizzastück möchte ich mich auf eine Parkbank in die Sonne setzen.

Es wären im Grunde nur noch zwei weitere Haltestellen bis zu dem See, aber kurz bevor die Türen sich wieder schließen, schreie ich: „Halt! Ich steige hier auch aus!"

Verblüfft über mich selbst, verlasse ich den Bus und finde mich erneut in der Nähe der Hundewiese wieder.

Mit meinen Krücken stehe ich nun ratlos und zweifelnd auf dem Bürgersteig. *Na super! Was habe ich mir dabei gedacht? Ich bin doch sonst nicht so ein Adrenalinjunkie!*

Verunsichert sehe ich mich um und humple zu dem Schild mit den Busfahrzeiten. *Ich warte einfach auf den nächsten Bus und fahre dann weiter*, denke ich.

Gereizt muss ich allerdings erkennen, dass ich hier dann fast eine ganze Stunde tatenlos herumsitzen müsste.

„Mann!", fluche ich verärgert und kicke mit dem Endstück der Krücke ein Papierknäuel über den Weg.

Minuten vergehen. Ich merke, wie mein Magen vor Hunger zu

rebellieren beginnt. Als dann auch noch der Duft von frischen Waffeln in meine Nase steigt, gibt es für mich kein Halten mehr. Immer der Nase lang schwinge ich mich auf den Krücken in die Richtung, aus der es so wundervoll süß duftet. Mir läuft das Wasser im Mund zusammen und mein Geruchssinn täuscht mich nicht. Kaum biege ich um eine Straßenecke, stehe ich auch schon vor einer Waffelbude. Ich zögere keine Sekunde und stelle mich hinter einem älteren Mann an.

„Kann man sich hier irgendwo nett hinsetzen? In die Sonne?", frage ich die junge Dame im Waffelwagen, weil ich mich in dieser Gegend nicht besonders gut auskenne.

Sie lächelt hilfsbereit.

„Ja, da drüben im Hundepark. Dann können Sie den Hunden auch beim Spielen zusehen. Ich finde es sehr nett dort", sagt sie.

Ich rümpfe die Nase. Diesen Ort verbinde ich nicht gerade mit Gemütlichkeit und einem entspannten Sonnenbad.

„Okay. Danke", erwidere ich höflich und ziehe mit meiner Waffel in der Tasche von dannen.

Ich humple den Weg wieder zurück und hadere mit mir. *Immerhin ist letztens ja auch nichts passiert. Außerdem wäre es ja möglich, dass ich jemandem begegne ... Es wäre reiner Zufall!*

Schließlich ringe ich mich dazu durch, ihrem Rat zu folgen. *Noch ist die Waffel schön warm, und bevor sie ganz matschig wird ... nur deshalb gehe ich dorthin! Was hätte ich auch sonst für einen Grund? ...*

Mit großen Schwüngen steuere ich die Bank an. Erleichtert erkenne ich, dass sich nur wenige Hunde auf der Wiese befinden. Und diese sind mit ihren Besitzern in weiter Ferne. Höchst zufrieden setze ich mich in die Sonne und greife ohne hinzusehen in meine Tasche.

Irritiert ertaste ich mit meinen Fingern diverse Gegenstände. Mit einem Mal fällt mir ein, dass ich meinen gestrigen Kosmetikeinkauf gar nicht ausgeräumt habe. Daher ziehe ich vorsichtig die eingepackte Waffel heraus, damit der Rest nicht auf dem Boden landet. Gierig und hungrig packe ich sie aus und beiße hinein. *Hmmm ... Göttlich ...*

Ich halte mein Gesicht in die Sonne und lasse die warmen Strahlen auf meinem Gesicht ruhen, während ich ohne hinzusehen wieder abbeiße. *Ein herrlicher Tag ... Wenn der restliche Sommer genauso schön wird, dann hat mein Chef bestimmt ein gutes Jahr in der Eisdiele ...*

Nachdenklich habe ich schnell die erste Waffel vertilgt und wickle auch die zweite aus dem Papier. *Hmmm ...*

Ich betrachte für einen Moment die Hunde auf der Wiese. Mir fällt auf, dass ich gar nicht mehr so angespannt bin wie beim letzten Besuch. Das stimmt mich höchst zufrieden. Gelassen beobachte ich das Schauspiel und mache mir so meine Gedanken. *Es ist schon auffällig, wie sehr Hunde ihren Besitzern ähneln.* Ein großer Mann, der wie ein Mitglied einer Motorradgang aussieht und kaum Haare auf dem Kopf hat, ist das Herrchen von einem ebenso großen und durchaus furchteinflößenden Rottweiler. Außerdem scheinen beide einen großen Appetit zu haben, denn nicht nur der Mann schiebt einen Wohlstandsranzen vor sich her. Vermutlich wäre der Rottweiler um einiges schneller und wendiger, wenn er nicht auch übergewichtig wäre. In scheinbar absichtlich gehaltenem Abstand ist eine Frau mit ihrem Pudel auf der Wiese. Er ist schneeweiß und trägt die üblich alberne Frisur dieser Rasse. Sicherlich verbringt nicht nur die Frau im Monat mehrere Stunden beim Friseur. Über die passenden Accessoires von Frauchen und Hund muss ich schmunzeln. Der Partnerlook mit seinem Haustier scheint ein neuer Trend zu sein, dem sie sich offensichtlich gerne und stolz anschließt. Ich grinse in mich hinein, als ich an die schrumpelige Bulldogge von Jan denke. *Irgendwie haben aber sogar die zwei etwas gemeinsam. Ich weiß nur noch nicht was ...*

Angenommen, ich würde mir einen Hund zulegen, was für eine Rasse würde zu mir passen?

Ich spähe hinüber zur Hundewiese und lasse die unterschiedlichsten Fellknäuel auf mich wirken. *Auf keinen Fall würde ich einen großen Hund nehmen. Wenn die erst mal ihr Maul öffnen, dann rette sich, wer kann! Das ist mir zu gefährlich ...*

„Ah!“ Ich stoße einen spitzen Schrei aus.

Ruckartig versteife ich mich. Neben mir sind plötzlich zwei schwere Pranken auf der Bank aufgetaucht. Ein großer Hund hechelt mich an. Er hat goldenes Fell und sein Schwanz fächert ruhig und gleichmäßig hin und her. Erst einen Augenblick später bemerke ich, dass er etwas im Maul hat. Ich weiche vorsichtig ein Stück zurück und halte die Luft an.

„Sissi! Das hast du toll gemacht!“, lobt sie ein Mann und kommt mit dem Rollstuhl zu mir herübergerollt.

Irritiert schaue ich ihn an. *Was zum Teufel soll der Hund gut gemacht haben? Dass er mich gestellt hat? Richtet er ihn ab?*

„Gehört das Ihnen?“, fragt der Mann lächelnd und deutet auf das Maul seines Hundes.

Ich stutze.

„Oh … Äh, ja. Ich glaube schon“, stammle ich verblüfft und erkenne, dass der Hund einen Stift im Maul hat. Es ist aber nicht irgendein Stift, sondern vermutlich einer der Lippenstifte, die ich mir gestern gekauft habe. Er muss mir unbemerkt aus der Tasche gefallen sein.

Der Besitzer lächelt mich an.

„Halten Sie ihr die Hand hin. Sie möchte es Ihnen geben“, fordert er mich auf und strotzt vor Stolz, dass er einen so wohlerzogenen und tollen Hund hat.

„Beißt er mich nicht?“, zögere ich und wage es nicht, meine Starre aufzugeben.

Der Mann grinst breiter und wirkt amüsiert.

„Das ist ein ausgebildeter Behindertenhund! Er zieht mir sogar die Socken aus!“

„Echt?“, frage ich und zweifle an der Echtheit seiner Aussage.

„Ja, *echt*! Sie kennen sich nicht gut aus mit Hunden, oder?“

„Geht so“, erwidere ich verhalten und spähe immer noch verstohlen zu dem Hund. Zögerlich strecke ich meine zitternde Hand aus und schließe vor Angst die Augen.

Als etwas in meine Handfläche fällt, zucke ich kurz zusammen.

Tatsächlich hat der Hund ganz vorsichtig den Gegenstand in meine Handfläche plumpsen lassen.

„Streicheln Sie sie zur Belohnung, dann freut sie sich", erklärt der Mann und beobachtet mich schmunzelnd.

Mir schlägt das Herz bis zum Hals, aber aus Höflichkeit hebe ich ganz langsam abermals meine Hand. Sie zittert immer noch und der Druck auf meiner Brust ist immens. Ganz, ganz vorsichtig beginne ich schließlich damit, den fremden Hund zu streicheln. Erst fahre ich ihm so sachte über das Fell, dass er vermutlich überhaupt nichts davon spürt. Dann traue ich mich etwas fester über den Rücken des Hundes zu fahren. Dem Hund scheint es zu gefallen. Plötzlich jedoch hopst er mit einem Satz von der Bank und tapst schwanzwedelnd zu seinem Herrchen, der seinen Hund übermütig lobt.

„Wir gehen dann mal weiter. Schönen Tag noch", ruft mir der Mann zu und rollt davon. Neben ihm, ohne Leine wohlbemerkt, trottet souverän seine Hündin Sissi.

Verblüfft starre ich ihnen nach. Ich habe schon einmal gehört, dass es Hunde gibt, die speziell ausgebildet werden. Blindenhunde, zum Beispiel. Aber so etwas aus der Nähe zu sehen. *Beeindruckend …*

Wenn du so einen Hund gehabt hättest, dann wäre ich auch nicht aus deinem Büro geflüchtet!, schimpfe ich in Gedanken das imaginäre Bild von Jan an.

Ich stelle mir vor, wie er reagiert hätte, wenn er mich eben gesehen hätte. Stolz strecke ich den Rücken durch. *Außerdem hätte er sich dann mal ansehen können, wie sich ein ordentlich erzogener Hund benimmt! Nicht so wild und trampelig und penetrant aufdringlich!*

Ich lehne mich wieder an der Bank an und betrachte meine Waffel. Erst jetzt bemerke ich, dass ich sie noch in der Hand habe und der Hund sogar nicht in meine Waffel gebissen hat! Ich beiße selbstzufrieden hinein. *Meine Eltern und Kicki würden gucken, wenn ich plötzlich mit einem Hund ankommen würde …*

Mit einem Grinsen auf dem Gesicht schlinge ich hungrig die Waffel hinunter. Doch der letzte Bissen bleibt mir fast im Hals stecken. Mir weicht die Farbe aus den Wangen. Langsam kaue ich auf dem Rest Waffel herum. *Das eben war ein Behindertenhund. Ich bin auch behindert, so wie der Mann im Rollstuhl ... Aber nicht so schlimm! ... Trotzdem, ich bin behindert ...*

Ich starre auf das linke Bein, an dem die Prothese befestigt ist. *Wenn ich das Gestell nicht hätte, dann würde es jeder sehen. Das wäre so offensichtlich wie ein Rollstuhl ... Dann könnte ich es nicht verheimlichen ... Dann bräuchte ich für weite Strecken auch einen Rollstuhl ...*

Ich stelle mir vor, wie ich in diesem Rollstuhl sitzen würde. Das Bild ist nicht schön und zieht die Schlinge um meinen Hals enger. *Welcher Mann würde sich dann noch für mich interessieren? Für einen Krüppel?*

Der Tränenpegel in meinen Augen steigt. *Was wohl dem Mann im Rollstuhl passiert ist? Irgendwie war ich so abgelenkt von dem Hund, dass ich ihn gar nicht wirklich beachtet habe. Ich war so gefesselt von seinem Begleiter, dass der Mann total nebensächlich war – und seine Behinderung auch ...*

„Ich sollte mir lieber Gedanken um mein Projekt machen", sage ich und räuspere mich befangen. Dann schiebe ich die Erinnerungen an das Zusammentreffen mit dem großen Hund energisch beiseite.

Achtsam richte ich meine Gehstützen aus und stehe auf, um mich auf den Heimweg zu machen. Als von vorne ein großer, schlanker und schwarzer Hund mit Stachelhalsband auf mich zuläuft, atme ich einmal tief durch.

„Schau ihn nicht an und lauf einfach vorbei. Einfach vorbeilaufen, einfach vorbeilaufen … Die Hunde tun dir nichts …", wispere ich, aber mein Puls wird rasant schneller.

Der Hund sieht gefährlich aus. Außerdem läuft er frei, wenngleich er aufmerksam neben seinem Herrchen hertrottet. Folgsam schaut er zu ihm hoch und tänzelt bei Fuß an seiner Seite.

Sein Herrchen ist ein ziemlich junger Kerl. Den Kopf bis auf einen Irokesenschnitt kahlgeschoren, und die paar Haare, die er hat, die sind bunt wie bei einem schillernden Papagei. Dazu trägt er Lederstiefel, Lederhose und auch eine schwarze Lederjacke mit silbernen Ketten. Sein Gang ist lässig, cool, wie der seines Hundes. Würde er das typische Klischee restlos erfüllen, dann wäre der Hund mit Sicherheit gefährlich; darauf trainiert, auf ein Zeichen anzugreifen. Mit einem flauen Gefühl in der Magengegend nähere ich mich den beiden. *Schau ihn nicht an und lauf einfach vorbei. Einfach vorbeilaufen, einfach vorbeilaufen, einfach vorbeilaufen ...*

Mein Herz donnert in einem Affenzahn ungleichmäßig vor sich hin. Ich gerate ins Schwitzen. Inzwischen klebt mir das Shirt bereits am Rücken fest. Verzweifelt kralle ich meine Finger um die Griffe der Gehstützen, als meine Handflächen rutschig werden. Auch dort hat sich ein Schweißfilm gebildet, als wolle er die Angst aus meinem Körper hinausschwemmen.

Mit zunehmender Anspannung rede ich beharrlich auf mich selbst ein. *Einfach vorbeilaufen, einfach vorbeilaufen, einfach vorbeilaufen ...*

Ich bemühe mich, mich zu beruhigen, und einen kühlen Kopf zu bewahren. Aber ich bleibe verkrampft. Die Panik in mir beginnt sich rasant auszubreiten. Ich möchte nur noch von hier weg – muss von hier weg!

Daher lege ich einen Gang zu, um schleunigst diesen Teil der Stadt verlassen zu können. Plötzlich erwische ich mit meiner Krücke jedoch ein Schlagloch und knicke weg. Sofort verliere ich den Halt und kreische auf. Eine Krücke schleudert durch die Luft. Ich rudere mit den Armen. Und obwohl ich mit mir selbst beschäftigt bin, sehe ich, dass der große, schwarze Hund, der eben noch bei seinem Herrchen war, nun auf mich zubrettert. Er ist wahnsinnig schnell, und seine weißen Zähne blitzen auf. Die dunklen Augen sind stechend scharf auf mich gerichtet. Es ist, als hätte jemand bei diesem Hund den Schalter umgelegt. Ich spüre die lähmende Angst, genau wie damals. Und das Schrecklichste, was ich je erlebt habe, ist gerade dabei, sich zu wiederholen. *Der Hund wird mich in Stücke reißen! Mich zerfleischen!* Vor meinem inneren Auge sehe ich Blut und klaffende Wunden.

Aber ich habe keine Zeit mehr, darüber nachzudenken, was passieren wird. Der schwarze Hund hebt auf einmal vom Boden ab. Er setzt zum Sprung an – zum Sprung auf mich! Wie erstarrt liege ich auf der Erde und merke noch nicht einmal, dass ich mich bei dem Sturz verletzt habe. Mein kompletter Brustkorb scheint von einem riesigen Herzmuskel belagert, der wie ein gigantischer Gong mit jedem Schlag widerhallt. Die Schallwellen beben durch meinen Rumpf und sämtliche Gliedmaßen. Meine Fußsohle und meine Handflächen kribbeln, und der Druck in meinem Kopf nimmt weiter zu. Ich bekomme kaum noch Luft. Das alles spielt sich innerhalb des Bruchteils einer Sekunde in mir ab - alles auf einmal.

Der Hund fliegt wie in Zeitlupe auf mich zu, sein Maul weit aufgerissen. Die Umgebung verschwimmt. Ich sehe nur noch die scharfen Umrisse dieses riesigen Tieres, das sich ausgehungert auf seine Beute stürzt – mich!

Dann fliegt aus dem Nichts ein weiteres Geschöpf in meine Richtung. Es kommt wie ein dicker Pfeil durch die Luft geschossen. Es ist kleiner und kompakter. Mehrere Leute schreien und rufen, aber diese Schreie dringen kaum bis zu mir durch. Das Rauschen in meinen Ohren übertönt alles und meine Wahrnehmung ist in Anbetracht meiner Todesangst auf ein Minimum eingeschränkt. Plötzlich prallen die zwei Ungetüme ein kleines Stück neben mir auf den Boden. Keiner der beiden Hunde hat mich erreicht. Knurrend, jaulend, fiepend und Zähne fletschend beißen sie aufeinander ein. Es ist ein Kampf um Leben und Tod. Ganz langsam beginne ich, die Situation zu realisieren. Die Umgebung klart auf, und der dichte Nebel schwindet. Die Hunde sind wie von Sinnen. Mein Herz klopft weiter. Angespannt und panisch starre ich auf die beiden Hunde, die sich gegenseitig beißen, über den Boden rollen und aufeinander springen. Ich zucke unweigerlich zurück, als sie mir dabei näherkommen, und schreie gellend auf. Nicht in der Lage, meinen Blick von ihnen abzuwenden, bekomme ich aus dem Augenwinkel nur verschwommen mit, wie zwei Personen panisch hinzustürmen.

Jeder von ihnen versucht, einen der Hunde zu packen, um sie voneinander loszureißen. Meine Augen irren hin und her. Der Druck auf meiner Brust ist immer noch so gewaltig, dass ich kurz vor einer Ohnmacht stehe. Dann endlich schaffen es die beiden Männer, die Kampfhähne voneinander zu trennen. Mir steigen Tränen in die Augen. Ich liege immer noch am Boden, neben mir eine Krücke, die andere etwas entfernt von mir im Dreck. Stoßweise ringe ich nach Luft. Die Tränen strömen aus mir heraus. Schluchzend verfolge ich die Szene weiter. Jeder der Männer untersucht seinen Hund und hält ihn am Halsband fest. Sie diskutieren wild und schauen immer wieder zu mir herüber, aber die Worte können von meinem Gehirn noch nicht verarbeitet werden. Ich kann es immer noch nicht fassen, dass ich hier liege und überlebt habe – unversehrt. Dann sehe ich Blut. Die Hunde sind beide verletzt.

„Ist bei dir alles gut?", fragt mich einer der Männer jetzt panisch und sorgenvoll.

Ich möchte antworten, aber ich kann es nicht. Meine Stimmbänder sind wie betäubt. Ich nicke leicht, zittere am ganzen Leib und fröstele. Der Schock sitzt mir immer noch in den Gliedern.

„Bist du verletzt? Hat dich einer erwischt?", verlangt er nun eindringlicher eine deutliche Antwort von mir, bleibt aber in der Hocke ein gutes Stück mit seinem Hund von mir weg.

Ich schüttle den Kopf.

„Nnein! … Nnnein!", wiederhole ich zweimal. Mit einem Tränenschleier vor Augen klart sich das Bild des Mannes, der mich angesprochen hat, auf.

Mein Blick geht zwischen dem Mann und dem Hund hin und her. Jan war es, der mich angesprochen hat. Der Hund, der mir vermutlich das Leben gerettet hat, das war seiner. Hansi! Winselnd liegt er am Boden und blutet. Doch auch der andere Hund ist verletzt und jault.

„Es tut mir so leid!", sagt der junge Mann mit dem Irokesenschnitt. „Ich habe ihn aus dem Tierheim. Er ist lammfromm! In den letzten drei Jahren hat er keiner Fliege etwas zuleide getan! Er wurde von seinem früheren Besitzer geschlagen. Ihre Stöcke … Er hat vermutlich gedacht, Sie würden ihn damit schlagen …" Er stockt und ringt nach Luft. Auch ihm steht der Schock ins Gesicht geschrieben.

Ich muss zugeben, damit hätte ich nicht gerechnet. Ich hätte eher gedacht, er würde wegrennen, fliehen. Vielleicht hätte ich auch erwartet, dass er irgendeinen blöden Spruch macht. Verstört schweige ich und bleibe reglos am Boden hocken.

„Ich gebe Ihnen meine Daten. Bitte, zeigen Sie uns nicht an. Ich werde meinen Hund zukünftig an die Leine nehmen." Seine Lippen beben. Beruhigend streichelt er seinem Hund über den Kopf, und ich sehe, dass er sich eine Träne von der Wange wischt.

Dann kritzelt er etwas auf einen alten Zettel, reißt ihn in zwei Teile und reicht einen davon Jan und einen mir. Sprachlos nehme ich den Fetzen entgegen.

„Ich muss zum Tierarzt. Die Wunde muss bestimmt genäht werden", sagt der junge Punker.

„Ja, ich auch", bestätigt Jan und schluckt schwer. „Kannst du aufstehen? Soll ich dich mitnehmen?", wendet er sich mir zu.

Mein Herz befindet sich weiterhin im Fluchtmodus. Auch das Zittern ist kein Stück besser geworden.

„Ganz ruhig, Hansi. Bleib brav liegen. Ich bin gleich wieder bei dir", beschwichtigt Jan liebevoll seinen Hund und kommt zu mir.

Mir kullern immer noch die Tränen über die Wangen. Schluchzend sitze ich im Dreck auf dem Boden, rapple mich allerdings jetzt etwas aufrechter hoch.

„Komm, ich helfe dir", bietet Jan an und greift mir unter die Achseln.

Jemand anderes reicht mir die Krücken. Erst, als ich gerade auf den Beinen stehe, erkenne ich, dass sich noch viel mehr Menschen dazugesellt haben. Sogar bei mir standen zwei Männer und eine Frau, aber ich habe sie gar nicht wahrgenommen. Ich bin weiterhin etwas benommen. In meinem Kopf dreht sich alles.

„Dort drüben steht mein Auto. Auf dem Parkplatz. Schaffst du es bis dorthin?", fragt Jan besorgt.

Ich nicke stumm, habe aber noch nicht die nötige Stabilität in meinen unteren Extremitäten zurückergattert. Daher hilft mir ein fremder Mann bis zu Jans Auto, während Jan Hansi auf dem Arm trägt. Der kleine Hund jammert kläglich. Als ich sehe, dass er ordentlich Blut verliert, wird mir ganz anders. *Dieser Hund hat sich für mich geopfert ...*

Ich schlucke schwer. Ein mächtige Welle Mitgefühl schlägt über mir zusammen; Mitgefühl für den kleinen Hund, der sein Leben für mich riskiert hat. Plötzlich habe ich ein wahnsinnig schlechtes Gewissen. Ich bin schuld, wenn er stirbt.

Als ich auf dem Beifahrersitz in Jans Auto sitze, drehe ich mich immer wieder zu Hansi um. Er liegt auf der Rückbank auf einer Decke und wimmert. Seine großen dunklen Augen sehen traurig aus. Er hat Schmerzen, und ich hätte nie gedacht, dass mir die Verletzungen eines Hundes so nahegehen könnten. Ich breche erneut in Tränen aus.

„Soll ich dich ins Krankenhaus fahren?", fragt Jan ernst. In seinen Augen liegt nur noch Kummer.

„Nein. Mir geht es gut. Wir müssen Hansi zum Tierarzt bringen! Er muss sofort versorgt werden!", schluchze ich.

„Was ist mit dir? Hast du dich bei dem Sturz nicht verletzt?" Jan wirft mir einen flüchtigen Blick zu und kontrolliert im Rückspielgel, was sein Hund auf der Rückbank macht.

„Nein! Jetzt kümmere dich nicht um mich! Mir geht es gut! Zum Tierarzt! Los! Jetzt fahr schon!", befehle ich auf einmal unter Tränen und bekomme Panik, dass mein kleiner Lebensretter wegen mir sterben muss.

Abermals drehe ich mich zu ihm um. Seine glasigen Augen ruhen auf mir. Hansi hat jetzt noch tiefere Falten auf der Stirn, als er ohnehin schon hatte. Er hebt nicht den Kopf, aber er schaut mich von unten herauf wehleidig an. Ich drehe mich etwas auf dem Sitz und kraule ihn hinter den Ohren. Der Hund schließt seine Augen und schnauft. Ganz behutsam streichle ich ihm über den Schädel, und mein schlechtes Gewissen lässt die Tränen nur so fließen.

„Alles wird gut, Hansi", rede ich dem Hund gut zu und nehme

meine Hand nicht mehr weg.

Als sich das Handtuch unter ihm immer mehr mit Blut tränkt, steigt meine Angst. Ich hebe kurz die Hand, um zu sehen, ob er noch die Augen öffnen kann. Tatsächlich reagiert Hansi sofort und schaut mich bedröppelt an. Sofort streichle ich ihn weiter. Er brummt zufrieden und besänftigt.

„Schschsch", mache ich, genau wie bei Lissi.

Jan schaut besorgt in den Rückspiegel. An einer roten Ampel bleibt er stehen und trommelt ungeduldig mit den Fingern auf das Lenkrad. Er weiß, dass uns die Zeit davonrennt, bemüht sich aber, sich zu beherrschen und ruhig zu bleiben. Trotzdem merke ich an seiner angespannten Haltung wie schwer ihm das fällt. Seine Mundwinkel beben, und sein Gesicht zuckt nervös. Wäre er alleine, dann würde auch er jetzt vermutlich weinen. Dann endlich wird die Ampel grün. Er gibt Vollgas.

„Was hast du eigentlich in dem Park gemacht?", fragt er plötzlich so scharf, dass ich zusammenfahre.

Ob er mir Vorwürfe macht? Natürlich macht er das. ... Zu Recht!

„Iiich bbbin spazieren gegangen", erkläre ich und fühle mich dazu genötigt, mich zu verteidigen.

„Im Hundepark? … Wieso? Du hast Angst vor Hunden, und du besitzt selbst noch nicht einmal einen!"

Verstohlen wende ich den Blick von ihm ab. Ich fühle mich total mies. *Reichen meine eigenen Gewissensbisse nicht? Muss er mir jetzt auch noch ein schlechtes Gewissen machen? ... Aber verdient habe ich es.*

„Ich weiß auch nicht, warum ich dorthin gegangen bin", nuschle ich verschämt und wage es dabei nicht, ihn anzusehen.

„Tsss!" Verächtlich schüttelt er den Kopf.

Unaufhörlich streichle ich den verletzten Hund auf der Rückbank, bis wir vor der Tierarztpraxis einparken. Jan hat sie bereits über unser Kommen informiert.

„Kümmere dich um Hansi. Ich komm alleine klar", sage ich und nehme ihm hastig die Krücken ab.

Jan wickelt Hansi wieder in die Decke und trägt ihn zur Praxis, während ich mit meinen Krücken betreten hinterherstakse.

„Du kannst auch im Auto sitzen bleiben“, sagt Jan und hält kurz inne. Wieder etwas einfühlsamer mustert er mich von oben bis unten.

„Nein, ich komme mit. Es ist schließlich meine Schuld. Ich weiß, dass das ohne mich nicht passiert wäre“, murmle ich.

„Hm.“

In der Praxis dürfen wir sofort in ein Behandlungszimmer durchgehen. Jan hievt den wohlgenährten Hund, der wehleidig dreinschaut, auf den Untersuchungstisch. Jetzt erkenne ich auch, wo Hansi verletzt ist. Er hat am Hals und an einem Bein jeweils eine klaffende, blutige Wunde. Winselnd liegt er mit seiner rot durchtränkten Decke auf dem Edelstahltisch und hebt noch nicht einmal mehr den Kopf. Ich bleibe erschrocken neben der Tür stehen und beobachte Hansi und Jan. Er geht unglaublich liebevoll und fürsorglich mit seinem Hund um. Ohne Zweifel hängt er sehr an ihm, was mein schlechtes Gewissen nicht schwinden lässt. Als der Arzt ins Zimmer tritt, reicht er mir die Hand, danach Jan. Dann wendet er sich Hansi zu.

„Können Sie mir erzählen, was genau vorgefallen ist?“, bittet der Arzt und untersucht dabei mit einer Arzthelferin Hansis Verletzungen.

„Ich war mit ihm im Hundepark“, berichtet Jan. „Hansi war nicht an der Leine, weil er eigentlich sehr gut hört. Nur bei … nur bei … bei meiner Bekannten, dreht er vollkommen durch.“ Er wirft mir einen strafenden Seitenblick zu. „Und dann kam ein anderer Hund von gegenüber. Er war auch ohne Leine unterwegs – ein Dobermann, glaube ich. Als meine … Bekannte dann gestürzt ist, ist der andere Hund auf sie losgegangen. Hansi war wie von Sinnen! Er ist ohne eine Sekunde zu zögern dazwischen gesprungen und hat den anderen Hund weggedrängt.“

„Er hat mich beschützt“, bestätige ich mit Tränen in den Augen, und die imaginäre Schlinge um meine Kehle zurrt sich enger.

Hansi jault vor Schmerzen auf, als der Tierarzt seine Wunden genauer inspiziert.

„Dann wollen wir dich mal wieder gesundmachen, du kleiner Sheriff." Der Tierarzt krault Hansi hinter den Ohren und lässt sich eine Spritze reichen. „Ich gebe ihm etwas gegen die Schmerzen und zur Beruhigung. Die Wunden müssen genäht werden. Außerdem machen wir ein Röntgenbild von seinem Bein. Ich bin mir nicht sicher, ob es gebrochen ist. Am besten, Sie warten draußen. Ich hole Sie dann wieder rein, wenn wir fertig sind. Es kann sein, dass Hansi zur Beobachtung bei uns bleiben muss, aber das kann ich erst nach den Bildern sagen. Ich brauche circa eine Stunde. Warten Sie hier, oder wollen Sie heimfahren? Sie sollten vielleicht auch besser zum Arzt. Haben Sie noch Tetanus? Gebissen hat Sie aber keiner der Hunde, oder?", wendet sich der Tierarzt mir zu.

In Sekundenschnelle erröte ich.

„Nein. Bei mir ist alles okay. Ich wurde nicht gebissen. Ist nur eine Schürfwunde von dem Sturz", beteure ich verlegen.

„Soll ich dich heimbringen?", bietet mir Jan an. „Ich möchte gerne hier bei Hansi bleiben und warten. Er wird doch wieder gesund, oder?", fragt Jan besorgt und schaut den Arzt ängstlich an.

Der Tierarzt lächelt freundlich.

„Machen Sie sich keine Sorgen. Er muss bestimmt die nächsten Wochen etwas Ruhe halten, aber es ist nicht lebensgefährlich. In einer Stunde wissen wir mehr. Dann kann ich Ihnen genaueres sagen."

Jan atmet hörbar erleichtert aus.

„Danke", sagt er.

„Ich bleibe mit dir hier. Ich habe nichts vor, … und ich möchte auch gerne wissen, wie es Hansi geht", nuschle ich und verlasse mit Jan das Behandlungszimmer.

„Na gut. Komm, wir setzen und da vorne hin."

Jan und ich nehmen nebeneinander im Wartebereich Platz. Es ist nicht besonders viel los. Daher bekommen wir zwei der bequemeren Stühle direkt am Fenster.

„Soll ich uns einen Kaffee organisieren?“ Er schaut zu dem Automaten.

Ich verneine und starre deprimiert zu Boden. Meine Schuldgefühle sind ganz schrecklich.

„Ich hole mir einen“, sagt er und steht wieder auf.

Derweil ziehe ich mir den langen Henkel der Handtasche über den Kopf. Ich möchte sie auf meinem Schoß festhalten, doch sie rutscht mir herunter und landet auf dem Boden. Dabei fällt eine durchsichtige Plastikverpackung mit dem Rasierer heraus. Mir schießt die Röte in die Wangen. In diesem Moment ist Jan bereits wieder zurück, hebt die Schachtel mit dem Rasierer auf und reicht sie mir. Ein dezentes Schmunzeln huscht über sein Gesicht.

„Na, hast du endlich mal vor, dir die Haare von den Zähnen zu rasieren?“, fragt er schroff, aber seine Mundwinkel umspielt ein lausbubenhaftes Zucken.

Ich weiß, dass ihm trotzdem nicht zum Spaßen zumute ist.

„Ich könnte es ja mal versuchen“, erwidere ich daher.

Jan lächelt gequält. Wir schweigen wieder.

Er pustet in seinen dampfenden Kaffeebecher und nippt vorsichtig daran.

„Gut, dass du deine Tochter nicht dabeigehabt hast“, sagt er nach zwei Minuten, ohne aufzublicken. „Nicht auszudenken, wenn der Dobermann sie gebissen hätte.“

Ich zucke erschrocken zusammen. Mir läuft bei dem Gedanken an Lissi und den riesigen Hund ein eiskalter Schauer den Rücken hinunter.

„Meinst du das Mädchen von gestern im Buggy?“, frage ich, obwohl ich genau weiß, dass es um Lissi geht.

Er dreht den Kopf zu mir herum und runzelt die Stirn.

„Das ist mein Patenkind. Lissi ist die Tochter meiner Freundin. Ich habe nur auf sie aufgepasst“, erkläre ich und weiche schnell seinem Blick aus.

„Oh … Ich dachte …“

„Ich weiß. Was du dachtest, war ziemlich offensichtlich“, murmle ich und denke beschämt daran, was ich ihm gestern hinterhergebrüllt habe. Meine Ohren werden heiß bis in die Spitzen.

„Meinst du, deine Freundin macht dir eine Szene, wenn sie erfährt, dass ich hier mit dir beim Tierarzt sitze?“, frage ich und durchwühle verlegen meine Handtasche, obwohl ich gar nichts suche.

„Meine Freundin? Wer soll das sein?“, erwidert er glaubhaft überrascht.

„Na die Frau, mit der du gestern in der Stadt gewesen bist.“

Jan grinst breit und dreht belustigt den Kopf hin und her.

„Meine Freundin …“, wiederholt er.

„Etwa nicht?“

„Doch, irgendwie ist sie auch so etwas wie meine Freundin. Aber eigentlich ist sie meine Schwester.“ Für einen Moment wirkt er befreit von seinen Sorgen.

„Ach so …“, peinlich berührt kaue ich auf meiner Oberlippe herum.

Aus dem Augenwinkel erkenne ich, dass Jan grinsend in seinen Kaffeebecher guckt. Das Grinsen hält aber nicht lange an. Dann verhärten sich seine Gesichtszüge wieder und die Furchen auf seiner Stirn vertiefen sich. Er holt tief Luft und lässt sie anschließend langsam zwischen seinen leicht geöffneten Lippen entweichen. Weiterhin stiert er dabei in die dunkle Flüssigkeit im Becher.

„Du machst dir Sorgen wegen Hansi“, bemerke ich traurig.

Wieder holt er tief Luft. Von der Seite meine ich zu erkennen, dass er gegen die Tränen ankämpft.

„Ja“, erwidert er und schluckt. „Ich hoffe, er wird wieder ganz gesund und, dass er nicht hierbleiben muss. Hansi und ich waren noch nie getrennt. Höchstens mal für ein paar Stunden, wenn er bei meinen Eltern war und ich ihn irgendwo nicht mitnehmen konnte.“

„Du hängst sehr an ihm, oder?“

Jan zuckt mit den Schultern.

„Er ist das Beste, das mir je passiert ist. Hansi ist mein allerbester

Freund. Er ist immer da und er bringt mich oft zum Lachen. Es tut einfach gut, ihn in der Nähe zu haben. Ich wüsste nicht, was ich ohne ihn machen würde", gesteht er.

„Es tut mir leid, Jan. Es ist alles meine Schuld …", mir kommen die Tränen.

Jan fährt sich mit beiden Händen durch die Haare.

„Hrrr! Es war nicht deine Schuld! Du kannst ja nichts dafür, dass du stolperst. Und dafür, dass der andere Hund ein Trauma hat, dafür kannst du auch nichts." Er seufzt laut. „Es war eine Verkettung unglücklicher Zufälle … Hansi ist so vernarrt in dich …" Er schmunzelt wieder und sieht mich tröstend von der Seite an, als hätte er mir vergeben. „Es ist wirklich unglaublich. Seit ich ihn habe, ist er mir noch nie weggelaufen. Er war immer total fixiert auf mich. Aber seit dem Moment, als du aus dem Büro gestolpert bist, ist es um ihn geschehen. Man könnte fast glauben, es war Liebe auf den ersten Blick."

Ich fühle mich etwas geschmeichelt, aber auch gleichzeitig verhohnepipelt.

„Machst du dich über mich lustig?" Ich streiche meine Tränen weg.

Jans Mundwinkel biegen sich nach oben. Er schüttelt den Kopf.

„Nein. Na gut, verliebt ist eventuell das falsche Wort dafür. Aber er hat eindeutig einen Narren an dir gefressen."

„Fressen ist ein gutes Stichwort!", werfe ich sofort ein.

„Du glaubst doch etwa nicht immer noch, dass Hansi dir etwas antun würde, oder?"

Ich zögere kurz und überlege. Dann antworte ich aber schnell.

„Nein. Er würde mir, glaube ich, nichts tun."

„Natürlich nicht!", betont Jan lautstark. „Er hat dir das Leben gerettet! Wer weiß, was der Dobermann mit dir angestellt hätte! Wenn so ein großer Hund auf einen losgeht und …" Er schluckt. „Ich bin stolz auf Hansi, dass er dich beschützt hat!"

Wir schweigen wieder. Bedrückt schaue ich aus dem Fenster.

„Hoffentlich kann ich Hansi gleich wirklich mitnehmen. Ohne ihn bekomme ich heute Nacht garantiert kein Auge zu", murmelt Jan.

„Er darf bestimmt mit nach Hause“, versuche ich ihn aufzubauen. „Ansonsten … Du darfst auf meiner Couch schlafen …“, biete ich schüchtern an.

„Danke für das Angebot. Aber eine Nacht werde ich wohl überleben“, erwidert Jan lächelnd.

„Natürlich“, platzt es sofort aus mir heraus und ich schäme mich für das Übernachtungsangebot.

„Allerdings sollte Hansi zwei Nächte hierbleiben müssen, komme ich gerne auf deinen Vorschlag zurück.“ Er grinst mich frech an.

Errötend drehe ich verlegen den Kopf weg.

„Zeig mal deinen linken Arm. Bist du wirklich nicht verletzt?“ Er steht auf und kniet sich vor mich hin. Vorsichtig nimmt er meine linke Hand. Ich halte die Luft an und strecke den Arm aus. Ich weiß nicht, wie mir geschieht. Behutsam schaut er sich meinen leicht blutenden Ellenbogen und den Unterarm an.

„Sollen wir das nicht verbinden lassen? Tut es arg weh?“, erkundigt er sich besorgt.

Meine Endorphine werden in schwindelerregender Geschwindigkeit freigesetzt. Ich kann den Blick gar nicht von ihm abwenden. Zum Glück scheint er das bisher nicht bemerkt zu haben.

„Nnnein, nicht nötig“, stammele ich und entziehe ihm meine Hand. Mein ganzer Körper kribbelt und glüht allein wegen dieser winzigen Geste der Fürsorge. Dieser Mann bringt mich komplett um den Verstand.

„Ich organisiere etwas, wenn du schon nicht zum Arzt möchtest. Nachher entzündet sich die Wunde, weil Dreck hineinkommt.“ Ohne meine Antwort abzuwarten, geht er zu der Theke und spricht mit der jungen Frau am Computer.

Lächelnd steht sie auf und kommt mit einer Handvoll weißem Zeug zurück. Jan nimmt die Sachen dankend entgegen und läuft wieder auf mich zu. Er schenkt mir einen zärtlichen Blick, genau den, den er sonst Hansi zukommen lässt. Ein mächtiges Glücksgefühl durchströmt mich. Da ist jemand, der sich um mich kümmert, und es sind nicht meine Eltern oder Kicki. Es fühlt sich unglaublich toll an und übertrifft alles, was ich je erwartet hätte. Verblüfft und von meinen Empfindungen mächtig aufgewühlt beobachte ich Jan dabei, wie er mir geschickt den Arm umwickelt. Mein Mund wird ganz trocken und meine Atemzüge werden tiefer und tiefer vor Sehnsucht nach ihm und seiner Nähe.

„Ich war als Teenager mal beim Roten Kreuz", erklärt er, als er mein Staunen bemerkt, und fixiert die erste Mullbinde am Ellenbogen mit einem Pflaster.

„Dann bist du ja noch gut im Training. Ist ja auch erst zwei Tage her …", sage ich.

Jan und ich lachen beide.

„Und? Wann machst *du* Abitur?", scherzt er.

„In ein paar Jahren", kichere ich.

Lächelnd schaut er zu mir auf. Unsere Blicke begegnen sich wie vor ein paar Tagen in der Stadt, wo wir uns flüchtig geküsst haben. Allerdings sind wir uns jetzt nicht so nah. Er verharrt immer noch vor mir auf dem Boden in der Hocke. Seine wasserblauen Augen ziehen mich magisch an. Wie die magnetische Kraft zweier Pole, der ich mich nicht widersetzen kann.

Sekunden verharren wir so und Jan verweilt in seiner Haltung. Plötzlich aber spüre ich seine Hände. Er ergreift meine linke Hand, deren Finger ich vor Kälte inzwischen kaum noch bewegen kann, oder bin ich allein durch seine Nähe erstarrt?

„Du hast ganz kalte Hände", stellt er laut fest, ohne den Blick von mir abzuwenden. Und die Wärme, die von ihm ausgeht, geht mir durch und durch.

Über meine Hand, die von seinen Händen umschlossen wird, verteilt sie sich rasend schnell. Eine unkontrollierbare Hitze durchflutet mich von Kopf bis Fuß.

„Hansi ist jetzt wieder im Behandlungszimmer. Wir sind in fünf Minuten so weit." Eine Assistentin des Tierarztes steht auf einmal neben uns. „Soll ich Ihnen beim Verbinden helfen?", bietet sie freundlich an.

Jan räuspert sich.

„Wir bekommen das alleine hin. Vielen Dank für das Angebot.“ Er lächelt die junge Frau höflich an und sie geht wieder.

Erneut wendet sich Jan meinem linken Arm zu. Wohl darauf bedacht, mich nicht ein weiteres Mal so eindringlich anzuschauen, verbindet er nun auch meinen Unterarm. Seine großen Hände sind so sanft, dass es sich für mich eher wie Streicheln anfühlt als das Versorgen einer Wunde. Dementsprechend reagiert auch mein Körper auf seine Berührungen. Unmissverständlich sendet er Signale, die klar zeigen, wie gnadenlos anziehend dieser Mann auf mich wirkt. Es ist eindeutig mehr als nur Sympathie.

„So, fertig“, sagt Jan verlegen und steht auf.

Er bringt die restlichen Verbandsmaterialien zurück.

Keine Minute später können wir bereits zu Hansi in das Behandlungszimmer gehen. Der wohlgenährte, faltige Vierbeiner liegt etwas benommen auf dem Untersuchungstisch, hebt aber gerädert seine Augenlider und schaut uns entgegen.

„Hansi!“ Jan stürmt auf seinen Hund zu, der vor Freude wild mit dem Stummelschwänzchen wackelt. „Hey, mein Guter.“ Er krault dem Rüden liebevoll den Kopf, bevor er innehält und sich die Verbände anschaut.

„Es geht ihm den Umständen entsprechend gut“, erklärt der Tierarzt und lächelt uns beide beruhigend an. „Hansi ist zwar etwas wehleidig“, meint er schmunzelnd, „aber in ein paar Wochen dürfte er wieder herumspringen als wäre nichts gewesen. Gönnen Sie ihm jetzt etwas Ruhe. Sie dürfen Hansi aber gerne mit nach Hause nehmen. Allerdings sollten Sie ihn noch beobachten. Wir mussten ihm eine leichte Narkose geben. Das Bein ist nicht gebrochen, aber die zwei größten Wunden mussten wir mit einigen Stichen nähen. Achten Sie darauf, dass er sich nicht die Verbände herunterreißt. Sonst ziehen Sie ihm etwas drüber. Eine Halskrause ginge auch, aber viele greifen lieber zu einem kleinen Kinderpullover oder Ähnlichem. Das schränkt die Hunde nicht so sehr ein.“

Der Arzt erklärt Jan alles ausführlich. Aus dem Hintergrund höre ich aufmerksam zu. Dann bekommt Jan einige Medikamente gereicht und darf Hansi schließlich wieder zum Auto tragen. Überglücklich hebt er ihn auf die Rückbank, wo Hansi leidend schnauft. Ich schmunzle, als mir die Worte des Tierarztes durch den Kopf gehen, dass Hansi etwas wehleidig ist.

„Wir fahren dich erst heim, okay?", sagt Jan und schaut mich an. „Oder sollen wir dich nicht lieber auch zum Röntgen fahren? Nicht, dass doch etwas gebrochen ist? Du hast den Aufprall immerhin komplett mit deinem Arm abgefangen!"

„Nein, wirklich. Es sind nur Schürfwunden. Die heilen von alleine."

„Wenn du meinst ... Hast du eigentlich jemanden, der dir daheim etwas zur Hand gehen kann? Ich meine auch wegen deines Beins ... und der Entzündung ..."

Ich fahre bei dem Wort ‚Bein' erschrocken zusammen.

„Iiich habe keinen Freund, wenn du das meinst. Ich komme schon klar", erwidere ich schnell.

„Ja ... dann ... bringe ich dich mal nach Hause."

„Okay", nuschle ich und linse nur ganz kurz verstohlen zu ihm hinüber.

Während der Fahrt winselt Hansi kläglich. Ich drehe mich immer wieder zu dem Hund herum.

„Wie der Arzt schon sagt, Hansi ist etwas wehleidig", kommentiert Jan schmunzelnd.

„Woher willst du denn wissen, dass er nicht wirklich Schmerzen hat? Was ist, wenn du ihm unrecht tust, und er leidet?"

„Der Tierarzt meinte doch, dass die Medikamente, die Hansi bekommen hat, sogar für ein Pferd ausgereicht hätten. Ich kenne Hansi. Er versucht nur, deine Aufmerksamkeit zu bekommen ... und etwas Mitleid. Er genießt es, von dir gestreichelt zu werden."

Abermals drehe ich mich zu Hansi um und tätschle seinen dicken, faltigen Kopf. Hansi schnurrt wie eine Katze und schließt so kläglich langsam die Augenlider, dass ich regelrecht zerfließe vor Mitgefühl.

Ich hätte auch nie gedacht, dass ein Hund seufzen kann, aber Hansi ist der eindeutige Beweis dafür. Jans Mundwinkel zucken belustigt.

„Siehst du?“, sagt er mit triumphierendem Blick. „Wir sind übrigens gleich da. … Ich würde dir meine private Telefonnummer geben – nur, falls doch etwas sein sollte.“

„Es wird schon nichts sein“, antworte ich und ärgere mich etwas über meine vorschnelle Antwort.

„Ja, natürlich“, reagiert er dementsprechend.

„Aber ich würde mich trotzdem über deine Telefonnummer freuen“, murmle ich schüchtern.

Jan strahlt, obwohl er versucht, seine Begeisterung nicht zu offensichtlich zu zeigen.

„Okay“, erwidert er daher nur kurz und knapp.

Ich wende mich von Hansi ab und schaue wieder auf die Straße. Fast zeitgleich heult Hansi vor Schmerzen auf – jedenfalls interpretiere ich es so. Augenblicklich drehe ich mich besorgt zu ihm herum.

„Hansi hat dich voll im Griff“, grient Jan.

„Wie meinst du das?“, frage ich und tätschle Hansi wieder den Schädel. Sofort beruhigt er sich und schnauft zufrieden.

„Er weiß halt, wie er das bekommt, was er will. Hansi fiept, und du reagierst sofort darauf“, erklärt Jan.

„Ja was denn sonst? Er hat Schmerzen! Irgendeiner muss ihn doch beruhigen, wenn du fährst …“, verteidige ich mich beleidigt.

Jan seufzt laut.

„Wenn mir Hansi nachher eine Szene macht, weil du nicht mehr da bist und ihn permanent tätschelst, dann werde ich dich zum Dauerstreicheln antanzen lassen.“

Ich schürze gespielt die Lippen.

„Ich werde den armen Kerl jedenfalls nicht hängen lassen!“

„Da sind wir. Hier, das ist meine Festnetz- und das ist meine Handynummer.“ Jan kritzelt diverse Ziffern auf einen kleinen Block aus der Mittelkonsole. „Ich meinte das ernst. Ruf mich bitte an, wenn etwas ist …“, sagt er mit belegter Stimme und einem seltsamen Blick, den ich nicht deuten kann.

Dann reißt er den Zettel ab und reicht ihn mir. Ich strecke meine Hand aus und möchte ihn nehmen, da zieht er ihn mit einem frechen Grinsen wieder schnell weg.

„Nur im Austausch“, erklärt er.

Ich nehme Block und Stift entgegen und kritzle im Gegenzug ebenfalls meine Telefonnummern darauf.

„Bleib sitzen“, sage ich und steige aus. „Und danke.“ Ich wedle mit dem Zettel.

„Ciao.“ Jan lächelt mich herzerwärmend an. Dann setzt er das Auto langsam zurück und fährt mit dem verletzten Hansi auf der Rückbank davon.

Ich bleibe noch einen Moment regungslos stehen. Ich schaue dem Auto nach, selbst dann noch, als es bereits um die Ecke verschwunden ist. Mein Herz klopft aufgeregt und ich muss mir ein Jubeln verkneifen.

In meiner Wohnung lege ich meine Tasche auf die Anrichte. Ich hole mein Handy heraus, um es aufzuladen. Dabei fällt mein Blick auf den Rasierer. Ich lege das Handy wieder beiseite und wühle meine kompletten Einkäufe hervor. Die Krücken an der Wand abgestellt humple ich mit meiner Kosmetikausbeute ins Badezimmer. Dort steige ich aus meiner Hose und betrachte verschämt mein rechtes Bein. Als ich auch die Socke ausgezogen habe, verziehe ich das Gesicht. Sogar meine Zehennägel haben seit der Schulzeit keinen Nagellack mehr gesehen. Ich mache mich umgehend ans Werk. Sorgsam rasiere ich mir die Haare am Unterschenkel weg und fahre zufrieden über die anschließend glatte Haut. Dann kommt mein rechter Fuß dran. Es ist schon ein merkwürdiges Gefühl, nur eine Seite pflegen zu müssen. Aber dafür bin ich ziemlich schnell fertig. Mit einem tiefen Atemzug betrachte ich mein Werk.

„Wenn ich doch nur zwei hätte", sage ich traurig und schaue auf meinen rechten Fuß. Die Nägel sind jetzt in einem leuchtenden Rot lackiert. *Mein Fuß sieht wirklich hübsch aus. Ich habe schöne Füße – EINEN schönen Fuß ...*

Vor dem Spiegel knete ich meine Haarmähne. Sie ist inzwischen wieder etwas lockiger. Mit beiden Händen nehme ich sie aus dem Gesicht und binde sie zu einem Pferdeschwanz. Ich drehe meinen Kopf abwechselnd von links nach rechts und teste schließlich meine Schminke. Der Nagellack auf den Fingernägeln, den Ferdinand mir aufgetragen hat, sieht noch gut aus. Daran muss ich nichts machen. Zum Schluss lächle ich verhalten aber zufrieden mein Spiegelbild an. Jetzt bin ich herausgeputzt, als wollte ich fein ausgehen – bis auf meine Klamotten.

„Keine Zeit, Franzi! An die Arbeit!" *Eigentlich wollte ich nur eine kleine Pause einlegen, aber daraus ist fast der ganze Nachmittag geworden!*

Ich seufze und begebe mich ins Arbeitszimmer. Aber vorher werfe ich noch einen Blick in den großen Flurspiegel und bewundere mein Werk. In einer kurzen Hose, die ich bisher nur selten daheim anhatte, verharre ich vor meinem Spiegelbild. Bis zu dem linken Knieansatz sehe ich aus wie eine ganz normale Frau. *Hübsch, bis zum linken Knie halt ...*

Bedrückt wende ich mich ab und sperre das Gefühl sofort weg. *Ich muss an die Arbeit. Sonst verliere ich fast einen ganzen Tag!* Nichts hasse ich mehr als Zeitdruck und ich will diesen Wettbewerb gewinnen!

Nach zwei Stunden in meiner Arbeitshöhle klingelt das Telefon. Ich drücke schnell ein winziges Pappteilchen fest, damit es an dem Modell hält. Dann stehe ich hastig auf und humple in den Flur. Ich halte mir das Telefon ans Ohr.

„Ja, hallo?"

„Hallo, hier ist Jan", meldet er sich schüchtern.

„Hallo", erwidere ich überrascht und im nächsten Moment fährt mir ein Schrecken in die Glieder. „Ist mit Hansi alles okay?", will ich panisch wissen und habe wirklich Angst, dem kleinen Kerl geht es schlechter.

Jan zögert am anderen Ende und brummelt etwas vor sich hin.

„Jan?", hake ich daher dringlicher nach und warte auf seine Antwort.

„Er jault! Permanent! Ich war mit ihm schon wieder in der Praxis. Seit wir von dir weggefahren sind, heult er … Er hört gar nicht mehr auf! … Der Tierarzt meinte, das seien keine Schmerzen. Er hat ihm noch einmal etwas gegeben, aber Hansi lässt sich nicht beruhigen …"

„Warum?", frage ich besorgt.

„Der Tierarzt meinte, er leidet …"

„Er leidet?", wiederhole ich ratlos.

„Ja … Er leidet, weil er … weil er …" Jan stockt.

„Weil was?", drängle ich und habe den winselnden Hansi ganz deutlich vor Augen.

„Er leidet, weil er … weil er eventuell … vielleicht … Es könnte sein, dass er dich vermisst …", erklärt Jan herumdrucksend.

„Was?", stoße ich verdattert aus.

In der Leitung entsteht Funkstille.

„Bist du noch dran?", frage ich irgendwann vorsichtig.

„Ja", murmelt Jan leise. „Könnte ich vielleicht ausprobieren, ob … ob es Hansi besser geht, wenn du da bist?"

„Soll ich kommen?", biete ich sofort an, ohne nachzudenken.

„Wir könnten auch zu dir kommen, wenn es dich nicht stört. Du bist ja gerade nicht so … mobil – oder sind Hunde bei euch im Haus verboten?", fügt er schnell hinzu.

„Nein. Hier im Haus sind, glaube ich, auch zwei Hunde. … Okay, dann kommt vorbei. Gebt mir eine halbe Stunde, okay?"

„Gut. … Vielen Dank, Franzi. Ich weiß das wirklich zu schätzen, ganz ehrlich."

„Bis gleich. Ist schon gut." Wir legen auf.

Plötzlich bricht Panik in mir aus. *Ich muss mich sofort umziehen!*

In Windeseile stolpere ich ins Schlafzimmer und reiße den Kleiderschrank auf. Planlos sausen meine Augen über diverse Hosen und die wenig schicken Blusen und Oberteile.

Eine Viertelstunde später bin ich endlich mit einem Outfit zufrieden. Mit einer langen beigen Hose und einer mit Spitze verzierten weißen Bluse drehe ich mich vor dem Spiegel hin und her. Im Badezimmer fahre ich noch einmal meine Lippen mit einem farbigen Stift nach und kontrolliere, ob der Mascara auch nicht verschmiert ist. Tatsächlich bin ich etwas schwarz unter den Augen. Schnell tupfe ich es mit einem Papiertuch vorsichtig weg und straffe mit einem betont langen und tiefen Einatmen meinen Rücken. Schon klingelt es an meiner Haustür. Nervös greife ich zum Hörer und bitte die beiden hoch. Ich bin höllisch aufgeregt. Ganz zappelig verharre ich direkt vor der Tür und linse durch den Spion.

„Ob ich schon aufmachen soll oder soll ich lieber warten, bis er hier oben noch einmal klingelt?", fasle ich im Selbstgespräch. Mein Puls rast.

Schließlich entscheide ich mich dafür, die Tür schon zu öffnen. Vermutlich trägt er ja den verletzten Hansi im Arm.

Verstohlen spähe ich um die Ecke. Dann höre ich den Aufzug. Es macht Ping und schon sehe ich einen besorgten Jan im Flur. Auf dem Arm trägt er Hansi, dessen Stummelschwänzchen auf einmal in die Höhe geht und aufgeregt hin- und herwedelt.

„Ich fasse es nicht …", brummt Jan verärgert.

„Hallo", sage ich schüchtern und bitte sie herein. „Sollen wir ins Wohnzimmer gehen?"

Keine Minute später liegt Hansi bei mir auf dem Fußboden. Jan und ich sitzen nebeneinander auf dem Sofa. Etwas unbeholfen und unsicher tätschle ich Hansis Kopf, der friedlich die Augen schließt und genüsslich vor sich hingrunzt. Jan schüttelt fassungslos den Kopf.

„Dieser Kerl … Bestimmt glaubst du mir jetzt nicht …"

Ich schmunzle.

„Zugegeben, wenn ich ihn so daliegen sehe, kommen mir schon Zweifel an deiner Schilderung …“, necke ich ihn absichtlich.

„Du kannst den Tierarzt anrufen! Er ist mein Zeuge!“, versichert er mir ernst und errötet.

Vermutlich denkt er tatsächlich, ich würde ihm nicht glauben. Betretenes Schweigen entsteht.

„Und, was machen wir jetzt?“, frage ich und kraule Hansi unaufhörlich.

„Ich stelle dich einfach als Hundestreichlerin ein. Allerdings ist das ein Fulltime-Job“, grinst er. „Könntest du dir das vorstellen?“

„Dein Ernst?“, lache ich. „Das könnte aber ganz schön teuer werden, so mit Nacht- und Wochenendzuschlag.“

„Okay. Wie viel?“, stöhnt er gespielt auf.

„Das kannst du dir nicht leisten“, kichere ich. „Alternativ könntest du ja mit Hansi hier auf dem Sofa schlafen. Mein Angebot gilt noch – aber in meinem Bett möchte ich Hansi nicht haben!“

„Das ist wirklich lieb von dir, aber jetzt weiß ich ja, woran es liegt. Ich möchte dich nicht stören.“

„Du störst nicht – und Hansi auch nicht. Inzwischen … mag ich ihn.“

„Wirklich?“, fragt er erstaunt.

Ich lächle bestätigend.

„Und mich? … Ich meine … Magst du mich auch?“, flüstert er so leise, dass ich ihn fast nicht verstanden hätte.

„Du bist nicht übel“, sage ich unbeeindruckt.

„Du auch nicht“, erwidert er. „Außerdem finde ich dich echt witzig. Ist das mit der einen Socke eigentlich ein neuer Modetrend?“, erkundigt er sich amüsiert.

Ruckartig versteife ich mich und halte in Hansis Streicheleinheiten inne. Ich schaue auf meine Füße. *Oh Gott … Ich habe vergessen, die rechte Socke anzuziehen. Ich habe mich so über den Nagellack gefreut, dass ich die Socke ganz vergessen habe!* Meine Nervosität steigt. Mir bricht der Schweiß aus.

„Ich hhhabe … Das ist …“ Krampfhaft überlege ich, wie ich

ihm die fehlende Socke erklären könnte. „Iiich hhhatte mir den Nagellack auf dem großen Zeh ruiniert und ihn eben frisch lackiert. Er wwwar noch nicht ganz trocken“, stottere ich und spüre Panik in mir aufkommen.

Jan lacht.

„Jetzt bist du so schüchtern wie in der Stadt. Es geht doch nur um deine Socken! Ich wollte nur einen Witz machen!“, lacht er und amüsiert sich über meine nervösen Erklärungsversuche.

„Aaach so“, murmle ich mit hochrotem Kopf und schäme mich gewaltig.

„Warum hast du dich in der Stadt eigentlich bei dem Kuss zurückgezogen? … War ich dir zu aufdringlich?“, fragt er vorsichtig aber ernst.

Mein Herzschlag beschleunigt. Verlegen starre ich auf Hansi.

„Es … ging mir nur etwas zu schnell. Gleich beim ersten Treffen … Ich bin nicht so eine …“, murmle ich peinlich berührt und eingeschüchtert.

Jan räuspert sich. Ihm ist es offensichtlich nicht weniger peinlich als mir.

„Ich wollte dich damit nicht überfallen. Tut mir leid, wenn ich dich überrumpelt oder bedrängt habe. Ich mache so etwas sonst auch nicht. Dieser Moment, er war einfach so … Als wir uns angesehen haben, das war … Ich weiß auch nicht, was da in mich gefahren ist. Entschuldige bitte“, sagt er aufrichtig.

„Schon vergessen“, murmle ich kleinlaut und kümmere mich wieder um Hansi.

„Ich fand es aber schön“, wispert Jan.

Meine Anspannung hält an. In den Handflächen und in meinem Magen beginnt es zu kribbeln. Ich verkrampfe vor Aufregung. Ganz vorsichtig lasse ich leicht die Schultern kreisen.

„Hast du Nackenschmerzen?“, fragt Jan, dem die winzigen Bewegungen nicht entgangen sind.

Ich höre sofort auf und schüttle den Kopf.

„Nein“, erwidere ich verschämt. „Ich fand den Kuss auch … schön“, hauche ich. Mein Gesicht beginnt vor Verlegenheit zu glühen.

„Sollen wir es noch mal versuchen mit dem Küssen?“, fragt Jan fast nüchtern aber so charmant, dass ich mir ein Schmunzeln nicht verkneifen kann.

Ich hebe meinen Kopf. Was in mir vorgeht, ist nicht zu beschreiben. Zuerst drehe ich nur meine Augen in seine Richtung, ganz langsam. Dann drehe ich auch meinen Kopf. Mein Blutdruck steigt. In meiner linken Brust pulsiert es heftig, wohl wissend, was gleich passieren wird. Jan lächelt mich sanft an, zurückhaltend und verständnisvoll. Ich schlucke, aber mein Mund ist so trocken, als hätte ich den ganzen Tag noch nichts getrunken.

Behutsam nähern wir uns. Kurz bevor sich unsere Lippen berühren, hebt Jan dann seine rechte Hand und legt sie in meinen Nacken. Mein Herz könnte zerspringen vor Freude. Es kribbelt von Kopf bis Fuß. Dann finden seine Lippen die meinen und ich schließe meine Augen. Mir wird fast schwindelig, derart überwältigend ist dieses Gefühl. Unsere Lippen treffen so sanft aufeinander, als würde jeder von uns aufpassen, den anderen nicht zu verletzen. Er übt zuerst kaum Druck aus. Zaghaft nehmen die Bewegungen und der Druck seiner Lippen zu. Ich passe mich an. Das hier, das ist tatsächlich mein erster richtiger Kuss! Natürlich habe ich auch zu Teenagerzeiten mal jemanden geküsst, aber für mich zählt das nicht. Mein ganzer Körper wird von Endorphinen überschwemmt und ich vergesse sogar, zwischendurch Luft zu holen. Dann wandert seine Hand von meinem Nacken aus weiter zu meinem Rücken, bis ich plötzlich seine linke Hand an meiner Hüfte spüre. Abrupt halte ich inne und ziehe mich zurück.

„Was ist?“, fragt er verunsichert.

„Ich möchte, … ich möchte es langsam angehen lassen“, stammele ich erschrocken und habe gigantische Angst, dass er meine Prothese bemerken könnte.

„Okay … Ist dir Küssen zu … intim?“

Ich verneine lächelnd. Das Wort ‚intim‘ klingt aus seinem Mund irgendwie niedlich und in diesem Zusammenhang fast etwas befremdlich. Aufgeregt und nervös reibe ich meine Hände an den Oberschenkeln. Meine Hände sind vor Anspannung so kalt geworden, dass ich hoffe, sie damit etwas wärmen zu können. Außerdem verschafft es mir die Möglichkeit, irgendetwas zu tun, denn seine bloße Anwesenheit raubt mir schier die Fassung.

Zärtlich ergreift er meine Hände und versucht vorsichtig, meinen Blick einzufangen. Ich lasse den Kopf hängen. Jan beugt sich daraufhin leicht vor, duckt sich etwas und neigt seinen Kopf zur Seite, so dass ich sein Gesicht sehen kann. Seine Augen leuchten, warm und liebevoll.

„Hey, das ist kein Problem", sagt er aufmunternd. „Ich wollte gar nicht mehr. … Hast du gedacht, ich würde gleich über dich herfallen und dir die Kleider vom Leib reißen?" Jetzt grinst er.

Ich erröte und schüttle verschämt den Kopf, den Blick weiterhin gesenkt.

„Darf ich ehrlich sein?", fragt er zurückhaltend und hebt mein Kinn an, damit ich ihn ansehe. Einige Sekunden schweigt er und taucht mit seinem zärtlichen Blick in die Tiefe meiner Pupillen ein, die diesen Blick sehnsüchtig einfangen.

„So jemanden wie dich habe ich noch nie getroffen. In deiner Nähe habe ich immer das Gefühl, ich müsste dich beschützen … Du wirkst so … verletzlich. … So unglaublich schüchtern und ängstlich." Seine Augen taxieren mich als würden sie versuchen, geheimnisvolle Hieroglyphen zu entschlüsseln.

Mein Herz pocht. Eigentlich möchte ich ihm gerne die Wahrheit sagen, das Mysterium um meine Zurückhaltung erklären. Aber ich bringe es nicht über die Lippen. Ich weiß gar nicht, wie, mit welchen Worten, ich ihm das erklären kann! Außerdem möchte der egoistische Teil von mir diesen momentanen Zustand so gerne noch eine Weile aufrechterhalten. *Wenn ich ihm jetzt die Wahrheit sage, mit wem er es zu tun hat, dass ich behindert bin, dann geht er! Dann ist er bestimmt sofort weg! Und dieses wundervolle Gefühl, von jemandem begehrt zu werden, verschwindet damit dann auch! Er will mich danach garantiert nie wiedersehen und ekelt sich vor mir!*

Er wird mich abstoßend finden! Er würde mich nie wieder anfassen! Er könnte sich doch nie mit mir in der Öffentlichkeit zeigen!

Ich spüre, wie meine Augen feucht werden, kämpfe aber erfolgreich gegen einen Tränenausbruch an. *Ich darf jetzt auf keinen Fall weinen!*

Er lässt auch weiterhin meinen Blick nicht los. Meine Hände sind immer noch kalt. Er verstärkt seinen Druck um meine Hände. Jetzt merke ich auf einmal, wie wohlig warm er ist. Sein Lächeln wird breiter und offener.

„Du hast ganz schön kalte Hände."

Ich zucke entschuldigend mit den Schultern.

„Ich bin etwas nervös", gestehe ich.

Er lächelt weiter.

„Das merke ich. Vielleicht hast du nach deiner letzten Partnerschaft doch etwas zu viel Zeit verstreichen lassen", stichelt er liebevoll.

Sanft entziehe ich ihm meine Hände.

„Ja, vielleicht …", weiche ich aus. Meine Anspannung steigt.

Abermals ergreift er meine Hände, die nun auf meinen Oberschenkeln liegen, ganz nah an der Prothese. *Was, wenn er gleich weiter meine Beine entlangfährt? Was, wenn er es dadurch herausfindet?*

Plötzlich nimmt er meine Hände und führt sie zu seinen Wangen. Ich atme erleichtert auf, als der sanfte Druck von meinen Oberschenkeln verschwindet. Zufrieden lege ich meine flachen Handflächen auf seine Wangen und hoffe, dass auch seine Hände weiterhin dortbleiben.

„Du wirst gar nicht warm", meint er.

Wie auch! Wenn du wüsstest, was gerade in mir vorgeht!

Ich erwidere seinen scheuen Blick, wage es aber nicht, ihn noch einmal zu küssen. Da stöhnt Hansi herzzerreißend auf. Wir schauen zu ihm herunter. Hansi hebt kläglich den Kopf. Seine Augenlider bewegen sich derart träge, dass ich schmunzeln muss. Vorsichtig löse ich meine Hände von Jans Wangen und beginne wieder, dem Hund zu meinen Füßen meine Aufmerksamkeit zu schenken und ihn zu streicheln. Hansi schnauft überglücklich. Jan zieht ein gespielt grimmiges Gesicht.

„Ich wusste gleich, dass er mir irgendwann mal eine Frau ausspannt“, scherzt er.

Ich lache.

„Tja, bei dem Charme. Da kommst du einfach nicht mit“, stichle ich.

„Hansi und ich haben scheinbar den gleichen Geschmack“, sagt er und schaut mich jetzt wieder ernst und prüfend an.

„Ihr habt viel gemeinsam, oder?“, schmunzle ich und kann mir einen frechen Unterton nicht verkneifen.

Jan hebt die Brauen.

„So, findest du? Jetzt sag nicht, wir haben die gleiche Figur!“

„Nein“, lache ich. „Noch jedenfalls nicht. Du küsst auch besser als Hansi“, gestehe ich kleinlaut.

„Ja? … Bist du dir sicher oder möchtest du es noch einmal testen?“

„Besser nicht“, provoziere ich.

Jan stutzt wie erwartet.

„Hansi küsst doch etwas arg … nass“, füge ich hinzu.

Er grinst breit.

„Ich meinte auch eher *mich* und nicht *ihn*.“ Wieder sucht er meinen Blick und fängt ihn erbarmungslos ein.

Vollkommen hingerissen von seinen Augen ergebe ich mich bereitwillig. Seine Lippen kommen erneut näher und lösen damit ein weiteres Feuerwerk in meinem Magen aus.

Dieses Mal ist sein Kuss forscher. Ich spüre aber trotzdem seine Zurückhaltung und seine Angst, etwas falsch zu machen. Er traut sich auch nicht mehr, seine Hände an meinen Körper zu legen, wodurch ich mich etwas mehr auf seinen Kuss einlassen und konzentrieren kann. Es ist unglaublich intensiv. Seine Lippen sind weich und warm. Geschmeidig vereinen sie sich mit den meinen, verschmelzen zu einer sinnlichen Einheit. Ich gebe mich diesem Hochgefühl voll und ganz hin und versuche, es tief in mir drinnen einzuschließen, um es nie wieder zu vergessen. Wer weiß, wie lange ich von diesem unbeschreiblichen Gefühl zehren muss? Irgendwann wird es vorbei sein. Spätestens dann, wenn er um mein Geheimnis weiß. Ganz bestimmt.

Der wundervolle Kuss dauert ewig und ich sehe keinen Anlass, ihn zu beenden oder zu unterbrechen. Erst als seine Hände wieder meinen Rücken umschließen, bekomme ich Angst. Er scheint es zu spüren, denn er zieht sich sofort zurück.

„Oookay. Ich glaube, jetzt habe ich verstanden …"

Erschrocken reiße ich die Augen auf und werde kreidebleich. *Was hat er verstanden?* Der Druck auf meiner Brust nimmt zu. Ein mächtig beklemmendes Gefühl schürt meine Panik. *Woher konnte er das wissen?*

Ich bekomme das Entsetzen und die Angst nicht aus meinem Gesicht. Dann biegen sich seine Mundwinkel nach oben.

„Küssen erlaubt, aber meine Hände sind tabu, oder?" Er grinst schelmisch. Ganz offensichtlich ist er sich über seinen Volltreffer gar nicht bewusst.

„Rätsel gelöst", erwidere ich bemüht lässig und lasse allzu erleichtert die angehaltene Luft aus mir herausströmen. *Oh Gott, und ich dachte schon, er hätte etwas bemerkt …*

„Du glaubst gar nicht, *wo* ich mit meinen Lippen überall sein kann", grinst er, faltet die Hände scherzend hinter dem Rücken und beugt sich vor zu meinem Hals.

Ich weiche zurück und drücke ihm lachend meine rechte Handfläche gegen den Brustkorb.

„So war das nicht gemeint!", betone ich liebevoll aber ernst und halte ihn auf Abstand.

„Schade", seufzt er laut auf. „Jammerschade. Und ich habe mir gerade vorgestellt, wie ich mit meinen Lippen …"

„Hör auf!", schimpfe ich scherzend. „Ist ja gut! … Erst einmal nur küssen – auf den Mund, okay?"

„Und für wie lange?", säuselt er lockend.

„Ich weiß noch nicht. Mal sehen …", erwidere ich jetzt wieder befangen.

„Hast du schlechte Erfahrungen gemacht?“, fragt er vorsichtig und schaut mich schlagartig ernst an.

Pfff, Erfahrungen. Wenn du wüsstest. Ich hatte noch nie einen richtigen Freund! Ich bin eine fast dreißigjährige Jungfrau! Sogar beim Küssen – obwohl, diesbezüglich dürfte er mich gerade entjungfert haben.

„Oh Gott – echt?“, meint er erschüttert, weil ich ihm nicht sofort antworte.

„Nein! Nein!“, verneine ich energisch. „Ich habe keine schlechten Erfahrungen gemacht. Das nicht. … Ich möchte mir nur Zeit lassen und nichts überstürzen … Wäre das für dich okay oder ist dir das zu wenig?“ Ich hüstle verlegen. Erneut beginne ich damit, Hansi zu streicheln, der mit lautem Winseln wieder um Aufmerksamkeit und Mitleid buhlt.

Jans Gesicht wirkt auf einmal sehr nachdenklich. Er mustert mich forschend.

„Wirst du mir irgendwann erzählen, warum du nicht in den Arm genommen werden möchtest?“

Ich erstarre und halte im Streicheln von Hansi inne. Jan berührt mich ganz vorsichtig an der linken Schulter, damit ich ihn ansehe. Dann zieht er seine Hand sofort zurück.

„Mir ist von Anfang an aufgefallen, wie empfindlich du auf Berührungen … reagierst“, beginnt er ganz behutsam. „Du zuckst jedes Mal zusammen und versteifst dich, als würden meine Hände auf deiner Haut brennen wie Feuer. Tue ich dir weh, wenn ich dich anfasse? Bin ich zu grob?“

Für so sensibel und aufmerksam hätte ich ihn nicht gehalten. Wir kennen uns doch kaum und er hat es trotzdem gespürt. Ich schaffe es nur schwer, die Tränen zurückzuhalten. Als die erste über meine Wange rinnt, wische ich sie schnell weg und hoffe, er hat es nicht bemerkt.

„Weinst du etwa?“, fragt er augenblicklich mit belegter Stimme.

Ich schüttle den Kopf. Aber plötzlich schießen die Tränen aus mir heraus. Ich kann sie nicht mehr stoppen.

„Was hast du denn? Habe ich etwas Falsches gesagt?" Jan klingt total verzweifelt. Er streckt beide Arme nach mir aus, zieht sie aber ängstlich wieder zurück und taxiert mich unbeholfen.

„Alles gut!", beteure ich und zupfe mir ein Taschentuch aus einer Spenderbox.

„Du bist eine schlechte Lügnerin, weißt du das?"

Ich lache schniefend auf.

„Und du bist ein beschissener Psychologe", maule ich und weiß nicht, ob ich lachen oder weinen soll. Es ist eine ganz komische Mischung, ein vollkommen bizarres Gefühlschaos. Im Sekundentakt geht es rauf und runter wie auf einer Achterbahn mit zehn Loopings.

„Ich würde dich gerne in den Arm nehmen", flüstert Jan leise und schaut mich traurig an.

„Nur in den Arm nehmen ist okay", erlaube ich und lasse mich von ihm zärtlich umarmen.

Seine Zuneigung berührt mich zutiefst. Schluchzend lehne ich mich an seine Brust an, während er über meinen Kopf streichelt und mir beruhigend über den Rücken kreist. Geradezu ehrfürchtig und zurückhaltend versucht er, mich zu trösten. Irgendwann vergräbt er seinen Kopf in meinem zerzausten Haarschopf und holt einmal tief Luft.

Ich weiß nicht, wie lange er mich sanft hin und her wiegt. Es tut so gut, dass ich Angst bekomme, dass es bald vorbei ist.

Draußen wird es langsam dunkel. Hansi schläft inzwischen. Er schnauft tief und langsam – und er schnarcht. Jan und ich sitzen nebeneinander auf dem Sofa. Immer noch liegt mein Kopf an seiner Brust und seine Arme haben meinen Oberkörper umschlungen. Ich höre seinen Herzschlag. Langsam entspanne ich mich und werde ruhiger, auch weil ich die Gewissheit habe, dass genügend Abstand zwischen seinen großen Händen und meinem linken Bein herrscht. Langsam findet mein Puls in einen gleichmäßigen Rhythmus zurück.

„Geht es wieder?“, fragt Jan irgendwann in die Stille.

„Ja, geht wieder“, antworte ich zaghaft und schäme mich für meinen Gefühlsausbruch.

Aber als dann das Telefon läutet, bin ich wieder voll da und mein Reaktionszentrum arbeitet auf Hochtouren.

„Ich gehe mal kurz dran“, sage ich entschuldigend und stehe auf. „Hallo?“

„Halloho! Ich bins!“, flötet Kicki. „Lissi schläft schon. Da habe ich auf dem Sofa die Füße hochgelegt und gedacht, ich rufe mal meine beste Freundin an und erkundige mich nach dem Stand der Dinge“, plappert sie wie ein Wasserfall munter drauf los.

„Gerade passt es nicht so gut …“, erkläre ich höflich und schaue lächelnd zu Jan, dessen warmer Blick mir kribbelnd unter die Haut kriecht.

„Wieso?“, fragt Kicki überrascht, denn vermutlich ist es das erste Mal, dass ich daheim bin und keine Zeit habe zu telefonieren.

„Ich bin nicht alleine“, flüstere ich und wende mich dabei von Jan ab.

„Was?“, kreischt Kicki in den Hörer.

Ich kann mir lebhaft vorstellen, was jetzt in ihr vorgeht.

Vermutlich ist sie sofort vom Sofa aufgesprungen und schwirrt nun vor Aufregung und Neugierde umher wie eine wildgewordene Hornisse.

„Ist er da? Der Typ von letztens?“, hyperventiliert sie fast.

„Kicki!“, schimpfe ich. „Können wir morgen telefonieren?“ Vorsichtig will ich sie abwimmeln.

„Ahhh! Er ist es! Ich krieg‘ zu viel!“, quiekt Kicki begeistert.

„Gut jetzt, Kicki! Morgen, okay?“

„Franzi, verhütest du? Hast du was da oder soll ich …“

„Kicki!“, fauche ich grimmig. „Alles gut, okay? Es ist nicht das, was du denkst, und jetzt lege ich auf. Wir telefonieren morgen. Mach dir einen schönen Abend und genieß die Ruhe! Ich lege jetzt auf!“, sage ich noch einmal vorwarnend und drücke auf den roten Knopf am Telefon.

Bestimmt springt Kicki jetzt wild durch die Gegend. Sie ist fast noch neugieriger als meine Mama, und das will schon was heißen. Garantiert ruiniert sie gerade ihre Nägel. Sie kaut immer darauf herum, wenn sie angespannt und nervös ist. Ich kenne meine Freundin gut. Ich weiß genau, was sich jetzt in ihr abspielt und wie gerne sie einen Grund hätte, um nur einmal ganz kurz bei mir vorbeizukommen.

„Deine Freundin?", erkundigt sich Jan schmunzelnd.

„Ja", seufze ich und stehe nun etwas hilflos mitten im Raum. „Soll ich uns eine Pizza bestellen?", frage ich, als mein Blick auf eine Speisekarte der Pizzeria fällt.

„Keine schlechte Idee." Jan strahlt.

Bereits wenig später sitzen wir am Esstisch vor einem großen Pizza-Karton. Jan schaut nebenbei auf seine Uhr.

„Oh, schon fast zehn", bemerkt er stirnrunzelnd und schaut zu Hansi, der sich tief und fest im Land der Träume befindet.

Einen Moment hadere ich mit mir. Dann wage ich es aber doch.

„Mein Angebot gilt noch. Wenn du magst, kannst du auf dem Sofa schlafen", biete ich schüchtern an. „Es würde Hansi bestimmt helfen, wenn er die Nacht gut schläft, meinst du nicht? Wenn du ihn jetzt weckst … Und ich ganz alleine mit einem Hund … Ich könnte ihn momentan ja noch nicht einmal raustragen, wenn er mal muss …", murmle ich verhalten und linse zu Jan.

Er holt tief Luft und zögert ebenfalls.

„Vermutlich hast du recht. Ich wollte dir aber wirklich keine Arbeit machen oder dich stören. Es ist mir etwas unangenehm, weißt du."

„Muss es nicht sein. Alles gut. Würde dir die Sofadecke reichen? Ein Kissen hätte ich noch, aber leider keine zweite Bettdecke", sage ich zerknirscht.

„Damit komme ich klar. Aber ich bleibe nur, wenn es wirklich für dich okay ist. Ich möchte dir keine Umstände machen. Ich wäre dir wirklich absolut nicht böse, wenn du uns rausschmeißt! Ehrlich!", betont er ernst.

„Nein, bleibt bitte. Dann kann ich wenigstens auch etwas für Hansi tun. Außerdem fängt er sonst bestimmt wieder an zu jammern, wenn ich nicht da bin." Ich schmunzle.

„Ja, das könnte gut sein. … Du hast uns ganz schön den Kopf verdreht …"

Ich erröte augenblicklich. Natürlich ist mir das *‚uns'* nicht entgangen. Verlegen beiße ich mir auf die Unterlippe.

Als ich um elf in meinem Bett liege, bekomme ich das breite Grinsen nicht aus meinem Gesicht. Nebenan liegt ein Mann – auf meinem Sofa! Zum ersten Mal schläft ein Mann in meiner Wohnung! Ich könnte ausflippen, vor Freude herumtoben, zumal es nicht irgendein Mann ist. Es ist Jan, und ja verdammt, ich finde ihn sooo toll!

Ich mache lange kein Auge zu. Vor lauter Angst, er könnte etwas bemerken, bin ich sogar mit Prothese, langer Schlafanzughose und Socken ins Bett gestiegen. Das ist absolut bescheuert und ungesund. Und ausgerechnet morgen Vormittag habe ich auch noch einen Termin bei meinem Hausarzt. *Der würde schimpfen, wenn er davon wüsste. Na ja, er wird es schon nicht merken …*

FREITAG

Damit ich vor Jan aufstehe, um mich etwas hübsch zu machen, habe ich mir den Wecker gestellt. Bereits um fünf Uhr stehe ich im Flur und sehe, dass die Tür zum Wohnzimmer noch verschlossen ist. Da drinnen scheint alles ruhig zu sein. Ich höre weder Jan noch Hansi schnarchen. Es ist so still, dass ich für einen Moment befürchte, dass sie sich möglicherweise heimlich aus dem Haus geschlichen haben könnten.

Auf leisen Sohlen humple ich dichter an die Tür und lausche. Ich meine, Hansi zu hören, der gleichmäßig vor sich hinbrummelt. Aber scheinbar schläft auch er noch. *Sie sind doch noch da ...* Mein Herz macht einen Freudensprung.

Schnell husche ich ins Bad. Ich bemühe mich, besonders leise zu sein und keine allzu lauten Geräusche zu machen. Auch das Föhnen meiner Haare spare ich mir, obwohl sie sich nun stark kräuseln werden. Nachdem sie etwas getrocknet sind, stehen sie wild zu allen Seiten ab.

Das Schlimmste aber ist mein Stumpf. Dadurch, dass ich die komplette Nacht meine Prothese anhatte, glüht er jetzt. Er ist so wund, dass ich sogar winzige, offene Stellen habe, die leicht nässen. Ich verdrücke mir die Tränen, was mich vor Schmerzen wahrlich große Mühe kostet. Tapfer stecke ich mir die Prothese wieder ans Bein. Ich schwöre mir, dass ich mich zusammenreißen werde und er nichts davon bemerken wird.

Um halb sieben öffne ich ganz zaghaft die Tür zum Wohnzimmer und luge vorsichtig in die Dunkelheit. Hansi röchelt laut, befindet sich aber scheinbar weiterhin im Tiefschlaf. Jan allerdings dreht sich in diesem Moment verschlafen zu mir herum und blinzelt in meine Richtung.

„Guten Morgen", gähnt er. „Wie spät haben wir?", erkundigt er sich und gähnt gleich noch einmal.

„Halb sieben", flüstere ich und schiebe mich vorsichtig ins Wohnzimmer. „Wann musst du auf der Arbeit sein?", frage ich leise, um Hansi nicht zu wecken.

„Zum Glück heute erst um zehn." Er schenkt mir ein strahlendes Lächeln, das ich sofort erwidere.

„Möchtest du dann noch etwas schlafen?"

„Nein. Gut, dass du mich geweckt hast", sagt er, schlägt abermals gähnend die Decke beiseite und steht auf. Nur mit Boxershorts und weißem Shirt streckt er sich in die Länge.

„Oh", entfährt es mir. Schnell schaue ich verlegen weg.

„Was? Noch nie einen Mann im Schlafoutfit gesehen?", scherzt Jan. „Aber halt dir die Augen bei Hansi zu. Er schläft immer nackt."

Ich muss kichern. Derweil schlüpft Jan in seine Jeans. Verstohlen spähe ich aus dem Augenwinkel zu ihm herüber und beobachte ihn dabei. *Verdammt hat der einen tollen Körper ...* Mir läuft es heiß und kalt den Rücken herunter. Dabei kribbelt es bis hoch zur Kopfhaut.

„Ich mache dann mal die Rollläden hoch oder stört das Hansi?" Eilig versuche ich, mich etwas abzulenken. Jans Nähe macht mich total nervös.

„Nein. Wenn er schläft, bringt ihn so leicht nichts aus der Ruhe. Als die Eigenschaften eines Wachhundes verteilt wurden, hat er wohl auch geschlafen", schmunzelt Jan. „Soll ich uns frische Brötchen organisieren?", schlägt er vor und schließt seine Gürtelschnalle.

„Ja, wieso nicht. Hast du Zeit für ein gemeinsames Frühstück?" Abermals schiele ich verschämt zu ihm herüber.

„Die Zeit nehme ich mir. Wie gesagt, ich habe erst um zehn den ersten Termin."

Passt super. Und ich muss erst um zehn beim Hausarzt sein. Meine Glückshormone krabbeln wie eine Horde Kopfläuse durch mich hindurch. Vor Begeisterung könnte ich Luftsprünge machen!

Nachdem Jan das Haus verlassen hat, werde ich hektisch.

„Okay, keine Zeit verlieren!“, murmle ich und gehe nicht auf das schreckliche Ziepen in meinem Unterschenkel ein. Ich wirble in Küche und Wohnzimmer umher, als hätte ich mir zehn Dosen eines Energiedrinks einverleibt. Eilig decke ich den Frühstückstisch, koche Eier, schnippele Gemüse und Obst, bereite die Kaffeemaschine vor und koche heißes Wasser auf, falls er lieber einen Tee möchte. Gleich muss alles perfekt sein.

Aufgeregt krame ich aus dem Wohnzimmerschrank eine Kerze hervor, stelle sie auf den Tisch und zünde sie an. Aus zwei Meter Distanz betrachte ich das Deko-Spektakel.

„Nein, das ist zu viel.“ Ich puste die Kerze wieder aus und fächle den Qualm davon. „Ob die Servietten auch zu übertrieben sind?“, überlege ich laut, nehme sie weg und lege sie dann doch wieder hin.

Ich bin wahnsinnig aufgekratzt. *Dieses Frühstück soll ihn umhauen, und zwar so sehr, dass er nie wieder von meiner Seite weichen möchte. Sogar dann nicht, wenn er irgendwann erfährt, dass ein Teil meines Körpers lediglich eine Metallattrappe ist,* denke ich mit einem Anflug von Beklemmung.

„Okay, klaren Kopf bewahren, Franzi!“ Ich schließe meine Augen und ziehe tief Luft durch meine Nase. Dann atme ich ganz, ganz langsam wieder aus. Ich muss unbedingt meine Aufregung in den Griff bekommen. Es fällt mir jedoch schwer, die Nervosität abzuschütteln. Schnell husche ich noch einmal in die Küche und wühle nach einer Butterdose.

„Ich kann auf keinen Fall die Butter nur im Papier auf den Tisch legen. Wie sieht das denn aus…“

Total in meinem Element betrachte ich schließlich zufrieden das Ergebnis meiner Vorbereitungen. Ich bin kaum fertig, als es unten an der Haustür klingelt und Jan mit den Brötchen zurück ist.

„Wow“, sagt er und bleibt im Wohnzimmer stehen.

Vorsichtig tritt er näher an den Frühstückstisch.

„Frühstückst du auch alleine immer so opulent oder ist das nur meinetwegen?"

Ich mache eine abwehrende Handbewegung.

„Nein", betone ich lässig. „Ich mache es mir auch selbst oft beim Frühstück gemütlich", lüge ich und drehe mich schnell zur Küche um, damit die Flunkerei nicht durch meine rötliche Gesichtsfarbe entlarvt wird. *Mann bin ich aufgeregt ...*

Ich schaue auf meine Hände, die schon wieder verräterisch rote Flecken bekommen haben.

„Setz dich schon mal. Magst du Kaffee oder lieber Tee?", frage ich und versuche krampfhaft, meine Stimme klar und gefasst klingen zu lassen.

„Gerne Kaffee, wenn du welchen hast. Schwarz."

Wir sitzen gemeinsam am Frühstückstisch. Hansi war zwischenzeitlich einmal kurz mit Jan draußen und hat es sich nun an einem Sonnenplatz am Fenster gemütlich gemacht. Als Jan seinen Kaffee ausgetrunken hat, stehe ich sofort auf, um ihm einen neuen zu holen. Ich kann eh kaum ruhig auf dem Stuhl sitzen bleiben und rutsche hin und her.

„Ahhh", entfährt es mir im Stand schmerzhaft. Reflexartig greife ich an mein linkes Bein. „Scheiße", fluche ich leise.

„Bleib sitzen. Ich hole mir den Kaffee selbst, wenn es dich nicht stört."

„Nein! Kommt gar nicht infrage! So schlimm ist es nicht!", beteure ich, straffe die Schultern und versuche mich an einem überzeugenden Lächeln.

Jan kräuselt die Stirn, als ich zurückkomme. Mir ist auch hinter meinem Rücken nicht entgangen, wie er mich die ganze Zeit beobachtet hat.

„Ist ja ganz schön hartnäckig diese Entzündung. Wie lange dauert das denn? Hast du nicht schon seit einer Woche damit Probleme?

Du könntest doch mal eine zweite Meinung einholen. Eventuell bekommst du die falschen Medikamente …“, rätselt er unwissend und beißt in sein Brötchen.

„Ach, das wird schon wieder. War gerade nur eine falsche Bewegung.“

„Was machst du denn am Wochenende?“, erkundigt sich Jan und erwischt meinen Blick.

„Weiß noch nicht“, antworte ich ehrlich und meine Unterarmhaare stellen sich auf. Schnell lasse ich meine Arme unter dem Tisch verschwinden, damit er meine Aufregung nicht bemerkt.

„Sollen wir etwas gemeinsam unternehmen?“

Nervös werfe ich einen Blick auf mein linkes Bein und überlege hektisch.

„Muss ja keine Fahrradtour oder Bergsteigen sein“, meint er grinsend.

„Was hattest du denn vor?“, frage ich und schaue ihm versehentlich dabei tief in die Augen.

Sofort halten sie mich fest und betäuben meine Sinne. Jan scheint die unglaubliche Gabe zu haben, mich kontrollieren zu können. Es kostet mich viel Selbstbeherrschung, mich ihm nicht ungestüm an den Hals zu werfen. Aber die Angst vor einer Zurückweisung und die Scham sind dann doch viel zu groß.

„Mir ist egal, was wir machen. Wir können auch nur auf dem Sofa liegen und uns Filme reinziehen, damit du dich ausruhen und erholen kannst“, erwidert er, ohne den erregenden Blickkontakt zu unterbrechen. Dann kommt sein Gesicht näher. Auch ich beuge mich jetzt zaghaft vor. Wir sind kurz davor, uns zu küssen. Meine Augen sind bereits geschlossen, als der wundervolle magische Moment von einem ohrenbetäubenden Klingeln aus heiterem Himmel abrupt beendet wird.

Ich schnappe nach Luft, ziehe mich zurück und höre gleichzeitig einen Schlüssel in meiner Haustür. Binnen Sekunden werde ich panisch. *Ein Schlüssel, in meiner Haustür … Es hat geklingelt …* Aber da ist die Tür meiner Wohnung schon geöffnet und ich höre die Stimme meiner Mutter.

„Hallo, Liebes! Ich bin es!“, trällert sie komplett ahnungslos. Das gleichzeitige Rascheln verrät mir, dass sie gerade dabei ist, ihre Schuhe abzustreifen und irgendetwas auf den Boden zu stellen.

Wie erstarrt bleibe ich regungslos auf meinem Stuhl sitzen. *Was zum Teufel macht meine Mutter hier? Wie kommt sie dazu, einfach in meine Wohnung hereinzuplatzen! Mit dem Schlüssel! Sie hat zwar vorher geklingelt, aber trotzdem! Das geht doch gar nicht! Hat sie noch nie etwas von Privatsphäre gehört?!*

Wut schäumt in mir hoch. Wut, Scham und Verlegenheit. Hektisch überlege ich, wie ich die Situation am besten erkläre und rette. Mein Adrenalinpegel steigt.

Auch Jan hockt überrascht auf seinem Platz und bewegt sich nicht vom Fleck. Gemeinsam erwarten wir die Reaktion meiner Mutter. Und dann ist der Moment da. Sie zupft an ihrer Frisur herum, schaut in einen Korb und kommt um die Ecke.

„Ich wollte dich überraschen! Ich habe Brö…“ Das Wort bleibt ihr im Hals stecken. Wie festgefroren macht sie kurz vor dem Frühstückstisch, an dem Jan und ich immer noch verlegen sitzen, keinen Schritt mehr weiter.

„Wau, wau, wau“, macht Hansi aus dem Hintergrund.

Meine Mutter stößt einen spitzen Schrei aus und fährt im Stehen wie nach einem Elektroschock heftig zusammen. Sie sieht aus als würde sie gleich wie ein Kegel umfallen. Kreidebleich starrt sie uns mit weit aufgerissenen Augen an.

Jan sammelt sich als erster. Höflich steht er auf und geht lächelnd auf meine Mutter zu.

„Ich bin Jan Zeder. Guten Morgen, Frau … Weger.“ Er streckt ihr die Hand entgegen.

Meiner Mutter klappt die Kinnlade herunter. Total neben sich stehend hebt sie wie ferngesteuert ihren rechten Arm und erwidert seinen Händedruck. Ich erkenne aber, wie schwach er ist, und ich sehe auch, dass sie kurz vor einem Kreislaufkollaps steht.

„Setz dich doch einen Moment, Mama“, sage ich daher und

räuspere den rauen Belag in meiner Kehle weg.

Jan führt meine immer noch sprachlose Mama zum Tisch an den freien Stuhl. Sie setzt sich und schaut ohne ein Wort zu sagen zu ihm auf. Als sie den verständnislosen Blick wieder mir zuwendet, grinst mich Jan an und zwinkert mir über den Kopf meiner Mutter keck zu.

Schweigend hocken wir für einige Minuten am Tisch, bis Jan abermals verlegen hüstelt.

„Bestimmt sind Sie überrascht, dass ich hier bei Ihrer Tochter am Frühstückstisch sitze, aber dafür gibt es eine ganz vernünftige Erklärung", beginnt Jan und versucht, die Spannung aus der Situation zu nehmen.

Dankbar schaue ich zu ihm herüber. Gleichzeitig bin ich mir aber auch nicht sicher, ob es wirklich gut ist, wenn er weiterredet. Vielleicht wäre es besser, ich würde das auf meine Art aufklären. Dann könnte ich das sagen, was sie hören soll, und den Teil, den ich verschweigen möchte, einfach weglassen.

„Das ist so, Mama", beginne ich vorsichtig. „Ich … Jan hat hier übernachtet – auf dem Sofa, weil, … weil sein Hund krank ist. Hansi ist hier eingeschlafen und er wollte … Wir wollten ihn nicht wecken. Sein Hund hat mich gestern im Park gerettet. Ein anderer Hund wollte mich angreifen und Hansi, Jans Hund, ist dazwischen gesprungen. Er hat mich beschützt. Dabei wurde er verletzt", erkläre ich und deute auf den schnaufenden, adipösen Fellhaufen vor dem Fenster.

Das schon kreidebleiche Gesicht meiner Mutter wird noch blasser.

„Wir kannten uns aber schon vorher", wirft Jan plötzlich lächelnd ein.

Ich wende ihm entsetzt den Kopf zu. *Was denkt er sich nur?*

Mein Blick mahnt ihn eindringlich zu schweigen, aber mein Blick erreicht ihn nicht. Er schaut nur zu meiner Mutter, die ihn verständnislos anstarrt.

„Ihre Tochter hatte bei mir ein Vorstellungsgespräch und wir haben uns einmal zum Eis verabredet", plappert er munter weiter und lächelt meine Mutter an, deren gespenstisch bleiche Haut ganz, ganz langsam wieder Farbe bekommt.

Ich knurre unterschwellig. *Genau den Teil sollte meine Mutter eigentlich nicht wissen! Ich muss sie ganz schnell wieder loswerden, bevor sie gleich noch etwas über mich verrät, was derzeit noch nicht für Jans Ohren bestimmt ist!*

„Tja, Mama. Jan muss auch gleich zur Arbeit", sage ich unruhig und tipple nervös mit dem rechten Fuß auf den Boden, während meine Finger unrhythmisch und zappelig auf die Tischplatte klopfen.

Jetzt schaut meine Mutter zwischen uns hin und her. Ein zaghaftes Lächeln breitet sich auf ihrem Gesicht aus.

„Ich … ich gehe dann mal wieder. Ich wollte auch nur … Ich lasse euch den Kuchen da. Brötchen habt ihr ja noch", erklärt sie verlegen und errötet. Ihre Mundwinkel ziehen sich leicht nach oben. „Ich wollte nicht stören." Vorsichtig hebt sie einen kleinen Marmorkuchen aus ihrem Korb und stellt ihn auf den Tisch.

„Es hat mich sehr gefreut, Herr …"

Jan springt auf.

„Zeder, Jan Zeder. Nennen Sie mich ruhig Jan", sagt er.

Ich beiße mir auf die Unterlippe. *Na toll. Nennen Sie mich ruhig Jan*!, äffe ich ihn im Stillen wütend nach.

Jetzt muss sie ja denken, dass er mein Freund ist! Garantiert saust sie gleich sofort zu Papa! Dann werde ich die beiden die nächste Zeit nicht mehr los! Es werden unzählige Telefonate auf mich einprasseln und sie werden Jan und mich zum Essen einladen … Mann!, fluche ich zornig.

Ich begleite meine Mutter zur Tür, die sich auf dem Weg zum Flur noch einmal umdreht und Jan begeistert anstrahlt.

„Tschühüss!", ruft sie, während ich sie mit leichtem Druck aus der Wohnung schiebe.

„Ich melde mich die Tage mal bei euch", sage ich schnell, um ihr durch die Blume mitzuteilen, dass ich jetzt nicht ständig genervt werden möchte.

„Heute Abend? Oder rufst du später mal an?", drängt meine

Mutter aufgeregt.

„Die Tage, Mama! Ich melde mich, versprochen!“, betone ich mit etwas mehr Nachdruck und schließe mit einem besänftigenden Lächeln hinter ihr die Tür. Nach einem tiefen Atemzug gehe ich wieder zurück zu Jan.

„Sympathisch, deine Mutter. Echt nett“, meint er grinsend und beißt erneut in sein Brötchen.

Gereizt ziehe ich einen Mundwinkel hoch und lasse ihn meinen Missmut spüren.

„Was?“, fragt er. „Habe ich etwas Falsches gesagt?“

„Nein“, maule ich. „Aber jetzt war es das vorerst mit meiner Privatsphäre. … Kuchen?“, motze ich überspitzt.

Jan lacht.

„Warum soll es dir besser gehen als mir“, sagt er schmunzelnd und beobachtet mich amüsiert, während er kaut.

Ich stoße einen tiefen Seufzer aus.

„Na komm. So eine schlechte Partie bin ich auch nicht. Aber lustig, wie deine Mama reagiert hat. Als hätte sie bei dir noch nie einen Mann in der Wohnung angetroffen“, kichert er und wendet sich unbekümmert seiner nächsten Brötchenhälfte zu.

Angespannt rutsche ich auf dem Stuhl herum. Mir ist der Appetit vergangen. Als es abermals an der Haustür schellt, wächst mein Groll. *Bestimmt noch einmal meine Mama!*

Genervt stehe ich laut schnaufend auf. Jan schaut mir grinsend hinterher und scheint sich prächtig über mich zu amüsieren. Mir hingegen ist nicht zum Lachen zumute. Unter deutlich größeren Schmerzen als eben humple ich zum Eingang und mache auf.

„Und?“ Kicki kommt im Flur mit leuchtenden Augen strahlend auf mich zu. Vor sich her schiebt sie den Kinderwagen mit einer brabbelnden und munteren Lissi.

Ich verdrehe die Augen und bleibe im Türrahmen stehen. Mit verschränkten Armen möchte ich Kicki wieder wegschicken, aber sie stößt einfach die Tür weiter auf und fährt mit Lissi an mir vorbei ins Wohnzimmer.

„Kicki!", zische ich wütend. *Haben die sich abgesprochen?* Fassungslos muss ich mit ansehen, wie Kicki einfach in meine Wohnung hereinplatzt.

Ich gebe der Tür einen festen Schubs, so dass sie etwas lauter als sonst ins Schloss fällt. Dann greife ich mir meine Krücken und humple aufgebracht hinter Kicki und ihrer Tochter her.

„Hallo! Sie sind ja noch da! Ich bin Franzis beste Freundin, Kicki", stellt sich Kicki vor und steht bereits bei Jan.

Er erhebt sich.

„Sehr angenehm, Jan", erwidert er und muss sich sichtbar beherrschen, nicht laut loszulachen, als er mich anschaut.

„Was machst du hier?", flüstere ich Kicki knurrend ins Ohr und lächle Jan dabei an.

„Ich wusste ja nicht, dass er noch hier ist", säuselt Kicki entschuldigend.

„Schade, dass du einen Termin hast, Kicki. Sonst hättet ihr noch mit uns frühstücken können", betone ich scharf und klinge nicht so enttäuscht, wie ich es eigentlich vorhatte.

Jan schmunzelt und beobachtet das Schauspiel belustigt.

„Ja, sehr schade. Wir müssen leider wieder los. Hat mich sehr gefreut, dich kennenzulernen!", verabschiedet sich Kicki und ich dirigiere die nächsten unangekündigten Besucher aus meiner Wohnung.

Wieder am Tisch raufe ich mir gereizt die Haare. Mit beiden Händen stütze ich meinen Kopf.

„Bei dir ist ja ganz schön was los, so unter der Woche", sagt Jan erheitert.

„Ja, super Timing!", blaffe ich vor mich auf die Tischplatte.

„Wo waren wir denn eben stehen geblieben?", raunt er und schiebt von gegenüber eine Haarsträhne aus meinem Gesicht.

Ich schaue auf. Nur eine winzige Berührung, aber augenblicklich rast mein Puls wieder. Fast in Zeitlupe treffen sich unsere Blicke und das Knistern ist zurück. Zärtlich klemmt er mir die Haarsträhne hinter das Ohr, streicht ganz sanft auch die anderen, störenden

Haare aus meinem Gesicht und kommt mir dabei näher. Noch bevor er mich erreicht hat, spüre ich seinen tiefen und gleichmäßigen Atem. Ich vergesse alles, was grade geschehen ist. Mein Ärger über die unangekündigten Besucher verfliegt. Wir machen dort weiter, wo wir aufgehört haben. Es ist ein zärtliches Umgarnen, erst zurückhaltend, dann etwas forscher. Ich bin kurz davor, mich total zu vergessen, vom Stuhl aufzuspringen und mich auf ihn zu stürzen. Ich will mehr von ihm, und dieses Küssen ist wie der Lockruf einer Sirene, der man einfach folgen muss. Ich schmelze dahin. Beinahe hätte ich sogar den Teller und meine Tasse vom Tisch gefegt, weil ich so tief in den Moment mit diesem atemberaubend anziehenden Mann versunken bin.

Unwillkürlich hebe ich meine rechte Hand und packe ihn im Nacken, um seinen Kopf etwas fester an mich heranzuziehen. Jan reagiert entsprechend und greift nun auch mit seiner warmen Hand in meinen Nacken. Ohne voneinander abzulassen, stehen wir auf und küssen uns. Ich fahre mit meinen Händen durch seine Haare und berühre seine Wange. Unter den Augen ist seine Haut unglaublich weich, aber darunter ist sie kratzig, weil er sich nicht rasiert hat. Doch das stört mich überhaupt nicht. Selbst dieser kratzige Teil von ihm fühlt sich toll an.

Dann wandern meine Hände seinen Hals entlang bis zu seinen Schultern. Als er seine Hände von meinem Nacken nimmt, ergreift er meine Hand und unsere Finger schlingen sich ineinander. Er ist wunderbar warm, aber vermutlich fühlt es sich nur so an, weil meine Hände vor Erregung eisig sind.

„Es ist schön, dich zu küssen“, wispert er. Seine Lippen sind nur zwei Zentimeter von meinen entfernt.

Langsam heben sich meine Augenlider. Ich bin immer noch wie benommen. Er löst seine Finger und nimmt wieder sanft meinen Kopf in beide Hände. Eindringlich schaut er mich an und ich weiß nicht, wie tief er damit in meine Sehnsüchte vordringen kann.

„Wau, Wau“, bellt Hansi und fordert Aufmerksamkeit ein.

Wir schauen beide nach unten zu dem Häufchen Elend.

„Sehen wir uns morgen?", fragt Jan.

„Ja …", hauche ich vollkommen hingerissen von seiner Aura und spüre noch die tiefen Schläge meines Herzens, die meinen gesamten Brustraum pulsieren lassen.

„Ich muss jetzt fahren."

„Wie spät haben wir?", frage ich halb abwesend, denn ich bin noch nicht wirklich in der Gegenwart angekommen.

„Halb zehn", antwortet Jan mit einem sanften Lächeln.

Ich erschrecke.

„Oh je … Ich habe um zehn auch einen Termin. Das hätte ich fast vergessen", sage ich hektisch.

„Soll ich dich mitnehmen? Kann ich dich irgendwo absetzen?", bietet Jan an.

Ich zögere. Meine Augen sausen umher.

„Ja, gar keine schlechte Idee. Würdest du das machen? Ich putze mir nur schnell über die Zähne", sage ich und verschwinde im Bad. *Verrückt. Als würden wir schon ewig hier zusammenwohnen.*

Ich schüttle lächelnd den Kopf, als ich wieder ins Wohnzimmer komme. Jan hat heimlich den Frühstückstisch abgeräumt. Verschämt und mit schlechtem Gewissen bedanke ich mich, aber Jan strahlt mich an.

„Vielleicht werden wir dann öfters zum Frühstück eingeladen", grinst er.

„Mögt ihr morgen früh wieder vorbeikommen?", frage ich überhitzt, denn er sieht einfach überirdisch gut aus.

„Gerne. Hansi freut sich bestimmt … Und ich sowieso. Wir bringen wieder Brötchen mit."

Im Auto gebe ich Jan die Adresse meines Hausarztes durch. Als er vor dem Praxisschild anhält, schaut er etwas verdutzt.

„Du hast gar nichts von einem Arzttermin gesagt. Ist es wegen des Beins?", rätselt er.

„Ja. Nur Kontrolle", erwidere ich verlegen. „Wir sehen uns morgen früh. Bleib sitzen“, schmunzle ich, tätschle noch einmal kurz Hansis Kopf und steige hastig aus.

„Ich freue mich“, sagt Jan mit leuchtenden Augen, die ehrlicher und aufrichtiger nicht sein könnten.

„Ich mich auch“, antworte ich. Wieder krabbelt eine imaginäre Ameisenarmee meinen Körper rauf und runter. Ich fühle mich wie ein Teenager, der sich zum ersten Mal bis über beide Ohren verknallt hat. Schüchtern winkend bleibe ich zurück.

„Hallo, Franzi. Wie geht es dir? Ist es besser geworden?“, fragt Dr. Klein.

An seinem Gesichtsausdruck sehe ich, dass er eine ehrliche Antwort verlangt. Ich seufze und mache einen verbitterten Schmollmund. Mein Arzt ahnt sofort, was los ist.

„Zeig mal her. Hast du dich denn ausgeruht? … Bestimmt nicht, oder? So wie ich dich kenne, müsste das Fieberthermometer fünfundvierzig anzeigen, damit du still im Bett liegen bleibst.“ Resignierend schnauft er laut.

Entschuldigend zucke ich mit den Schultern.

„Wie soll das denn dann heilen? Du hast deine Prothese ja auch schon wieder an! Am besten, ich behalte dein Bein in der Praxis.“

„Nein!“, erwidere ich entsetzt. „Vergiss es!“, schimpfe ich erbost mit mehr Nachdruck.

Mein Hausarzt taxiert mich säuerlich und strafend.

„Was soll ich machen, wenn du dich nicht an die Regeln hältst? Die Entzündung wird immer schlimmer! Du musst die Prothese mal ein paar Tage weglassen!“, betont er jetzt nahezu schroff. „Es sieht wirklich schlimm aus. Man könnte fast meinen, du hättest sie sogar nachts getragen!“, wettert er verärgert.

Shit.

„Und wenn ich sie anziehe, aber weniger damit herumlaufe als letzte Woche?“, murmle ich kleinlaut.

„Arbeiten kannst du sowieso erst einmal vergessen, Franzi!“, schnauft er gereizt wegen meiner Unvernunft.

„Ich muss sie aber anziehen! Ich kann ja auch das ganze Wochenende liegen bleiben, aber ich muss sie anziehen!“, beteure ich fast hysterisch.

„Wieso um Himmels Willen, Franzi? Erklär mir das bitte! Ich verstehe nicht, warum du so unvernünftig und stur bist! Du bist doch eh alleine in deiner Wohnung. Eine Woche sollte wirklich drin sein!“

Peinlich berührt druckse ich herum und beiße dabei meine Unterlippe fast blutig.

„Ich habe aber ein Date“, erkläre ich schließlich leise. Verstohlen spähe ich in seine Richtung, um zu sehen, ob er mich auslacht.

Allerdings lacht er nicht, sondern er seufzt wieder laut.

„Ein Date … Franzi. Ich freue mich für dich, dass du ein Date hast. Lass mich raten. Der Glückliche weiß nichts von deiner Behinderung, oder?“

Ich schüttle den Kopf und beiße nun auf meine Wangentasche. Schmollend hocke ich auf der Untersuchungsliege und schwinge das rechte Bein hin und her.

„Warum, Franzi? Warum spielst du nicht mit offenen Karten? Glaubst du wirklich, mit der Zeit wird es einfacher?“

„Er soll mich halt erst einmal kennenlernen … als normale Frau“, nuschle ich trotzig.

„Franzi! Verdammt! Du *bist* eine normale Frau! Nur deine Komplexe, die du seit über zehn Jahren mit dir herumschleppst, die sind nicht normal! Du hättest die Therapieangebote wirklich annehmen sollen! Dann hätten wir dieses Dilemma jetzt nicht!“, schimpft mein Hausarzt.

Ich laufe hochrot an.

„Warum will mir eigentlich jeder einreden, dass ich ein Problem habe? Ich habe kein Problem! Und nur mal so nebenbei, dieser Köter hat mir ins Bein gebissen und nicht ins Gehirn! Ich muss zu keiner Psychotante, die mir sagt, dass ich verrückt bin! Was ist so schlimm daran, dass ich es einfach für mich behalten will? Es geht schließlich niemanden außer mich etwas an!“, fauche ich bockig.

„Ach ja? Und wenn du einen Freund hättest, würde ihn das auch nichts angehen?“

Meine Mundmuskeln beben. Ich schlucke die Tränen hinunter. Mein Hausarzt steht von der Behandlungsbank auf. Jetzt stellt er sich vor mich und nimmt mich in den Arm. Peinlich berührt kauere ich wie ein kleines Schulmädchen vor ihm.

„Bitte, hör auf damit. Sonst fange ich noch an zu heulen und mein Mascara verläuft“, sage ich und schlucke. Gleichzeitig merke ich, dass es schon zu spät ist.

„Franzi, wenn du jemanden kennenlernst und ihm ewig etwas vormachst, dann nimmt er dir das bestimmt irgendwann übel.“

„Wenn er keine Probleme damit hat, dann sollte er sie weder jetzt noch später haben! Sonst ist er ohnehin der Falsche!“, motze ich.

„Darum geht es aber nicht. *Du* hast Probleme damit und das überträgt sich auf andere. Keiner kann offen über das Thema sprechen, wenn du es selbst nicht kannst. Arbeite daran und nutze die nächsten Tage, um dir darüber einmal Gedanken zu machen. Glaube mir, es lohnt sich.“

„Blablabla“, maule ich und greife nach meiner Prothese, die mir mein Hausarzt im gleichen Moment wieder wegzieht.

„Gib sie her!“, befehle ich ungehalten.

„Wenn du mir versprichst, dich ab sofort an die Regeln zu halten! Deine Eltern werden mir Feuer unterm Hintern machen, schon alleine, weil ich ihnen nichts sagen darf. Da muss ich nicht noch zusätzlich einen schlechten Ruf bekommen, weil ich offensichtlich nicht in der Lage bin, dir zu helfen. … Wir sehen uns in einer Woche wieder, okay?“

„Ja“, murre ich gereizt. „Aber jetzt gib mir mein Bein wieder!“ Ich angele mit ausgestreckter Hand nach dem Metallgestell.

„Auslassen?“

„Daheim“, lenke ich leise und vorsichtig ein.

Er verdreht die Augen.

„Ich setze auf deine Vernunft und deinen Verstand, Franzi!“, verabschiedet er mich und drückt mich liebevoll.

„Ich werde mich bessern, versprochen“, wispere ich entschuldigend.

Wieder daheim wird meine Laune allerdings nicht besser. Ganz im Gegenteil. Mein Anrufbeantworter blinkt. Natürlich haben meine Eltern schon unzählige Male versucht, mich zu erreichen. Ein Anruf kommt von Kicki.

„Okay, wen tue ich mir als Erstes an?“, seufze ich und gehe ins Bad, um brav die Prothese abzunehmen. Dabei entscheide ich mich, zuerst Kicki anzurufen. Sie ist das kleinere Übel. Als ich sie erreiche, überschlägt sie sich vor Neugierde.

„Und? Habt ihr?“, überfällt sie mich sofort.

„Nein, du kannst dich wieder abregen. Wir haben uns … nur geküsst.“

„Aber er war die ganze Nacht bei dir?“

„Ja, aber er hat auf dem Sofa geschlafen. Er ist auch nur geblieben, weil sein Hund eingeschlafen ist. Es gab gestern einen unschönen Zwischenfall, im Park“, erkläre ich und erzähle Kicki von dem Vorfall mit den zwei Hunden.

„Ach du Schreck … Und das passiert ausgerechnet dir! Mir wäre das Herz stehen geblieben!“

„Glaubst du etwa mir nicht? Ich habe noch zwei Stunden danach gezittert! Und du kannst dir vorstellen, was ich für ein schlechtes Gewissen habe wegen Hansi!“

„Der Arme. Er sah wirklich ganz schön gebeutelt aus. Du solltest ihm einen Knochen kaufen oder Hundekekse.“

„Gute Idee, aber ich bin an die Wohnung gefesselt. Ich war gerade bei meinem Hausarzt. Mein Bein ist keinen Deut besser geworden“, jammere ich traurig.

„Oh je … Das mit dem Fitnessstudio lassen wir dann lieber. Soll ich für dich einkaufen gehen?“

„Nein. Geht schon. Ich habe noch alles daheim – bis auf die Hundekekse.“

„Sag mal, hast du Jan eigentlich erzählt … Weiß er, dass du …"

„Nicht du auch noch!", zische ich verärgert. „Nein, er weiß es noch nicht! Und ich entscheide selbst, *wann* und *wie* ich es ihm beibringe, okay? Wehe, du sagst ihm etwas!"

„Das ist deine Sache, Franzi", betont Kicki schroff. „Es ist überflüssig, mich darauf hinzuweisen."

„Sorry", murmle ich kleinlaut.

„Du wirst schon wissen, was du tust, aber ich …"

„Stopp!", falle ich ihr ins Wort. „Ich mache es auf meine Weise. Ich entscheide, wann, wo und wie!"

„Hast du dir denn inzwischen das Bein rasiert? Nicht, dass er dich irgendwann nachts mit seinem Hund verwechselt!", kichert Kicki am anderen Ende der Leitung.

„Ich habe nicht vor, so schnell mit ihm ins Bett zu steigen, nur mal so nebenbei."

„Glaub mir, Franzi. Es gibt einen Zeitpunkt oder einen Moment, da verliert man total die Kontrolle. Dieses Gefühl ist so stark, dass du nicht mehr du selbst bist."

Das bin ich in seiner Gegenwart von Anfang an nicht gewesen.

„Du solltest nicht immer von dir auf andere schließen", stöhne ich genervt.

„Du wirst dich noch an meine Worte erinnern, mein Schatz! Sieh jedenfalls zu, dass du für den Fall der Fälle gerüstet bist, oder nimmst du die Pille?"

„Nein!", stoße ich entsetzt aus. „Wieso sollte ich? … Bisher habe ich doch nie …"

„Ja, aber das ist jetzt vorbei, Süße! Hast du nun Kondome daheim oder soll ich dir welche von uns vorbeibringen?"

„Kicki! Das Gespräch wird eklig! Ich will nichts von euch!"

„Mann, Franzi! Sei nicht so prüde! Sie sind ja nicht benutzt!"

„Kicki!", schimpfe ich angeekelt. „Bah, hör auf damit!"

Kicki lacht überschwänglich.

„Dass du so verklemmt bist – mit fast dreißig!"

Zum Glück sieht sie meinen roten Kopf nicht.

„Können wir bitte das Thema wechseln? Sonst lege ich auf", lamentiere ich.

„Nur einen Satz noch! Es ist das Normalste der Welt, Franzi. Und wenn es Sex nicht gäbe, hätte ich heute Lissi nicht."

„Das waren zwei Sätze! Was macht ihr heute noch so?"

„Wie immer. Bei dem schönen Wetter Spielplatz. Magst du mitkommen?"

„Nein. Heute nicht. Ich soll die Prothese auslassen und mich hinlegen. Anweisung vom Hausarzt."

„Ja, stimmt. Sollen wir dir Mittagessen aus der Stadt mitbringen? Thorsten kommt heute nicht zum Essen und ich habe keine Lust zu kochen. Pizza oder Döner? Oder willst du nur einen Salat."

„Okay. Döner", antworte ich zögerlich.

„Gebongt!"

Als das Telefonat mit Kicki beendet ist, hadere ich mit mir. *Soll ich meinen Eltern erzählen, dass ich eine Woche daheim abhängen muss? Dass ich sogar schon seit einer Woche krankgeschrieben bin?*

Mein Entschluss steht fest, noch bevor ich den Gedanken zu Ende geführt habe. *Nein! Auf gar keinen Fall! Dann steht meine Mama jeden Tag auf der Matte. Sie werden mir gar nicht mehr von der Pelle rücken! Und mein Treffen mit Jan kann ich dann auch vergessen! Vollkommen ausgeschlossen! Kein Sterbenswörtchen werde ich verraten! Selbst, wenn ich deshalb lügen muss. Am besten, ich komme ihnen mit einem eigenen Vorschlag entgegen ...*

Ich könnte mich ja nächste Woche am Sonntag selbst zum Essen einladen. Meine Mama freut sich immer, wenn sie für mich kochen kann ... Könnte ich nur irgendwie um dieses doofe Telefonat herumkommen.

Ich wähle die Festnetznummer meiner Eltern. Es klingelt nur zweimal und schon hebt meine Mama den Hörer ab. Als hätte sie direkt neben dem Telefon gesessen und auf meinen Anruf gewartet. *Bestimmt hat sie das Ding stundenlang mit sich herumgeschleppt.*

„Hi, Mama."

„Franzi! Schön, dass du anrufst", tut sie überrascht, als hätte sie meinen Anruf nicht sowieso schon seit Ewigkeiten erwartet.

Ich nehme einen tiefen Atemzug, um die Fassung zu wahren.

„Das ist ja ein netter Mann, dieser Jan", schwärmt meine Mutter. „Papa ist auch schon ganz neugierig und freut sich darauf, ihn kennenzulernen. Seit wann seid ihr denn zusammen?"

Zusammen? Bin ich jetzt mit Jan zusammen, weil wir uns geküsst haben?

„Wir sind gar nicht so richtig zusammen. … Wir lernen uns eigentlich gerade erst kennen", erkläre ich.

„Ach so", sagt meine Mutter. Die Enttäuschung in ihrer Stimme schwappt aus dem Telefon zu mir herüber. „Weiß er eigentlich, dass du …"

„Mann! Du bist genau wie Kicki! Ihr seid alle gleich! Ich sage es ihm ja bald!", schnaube ich und hasse es, dass mich alle auf dieses Thema ansprechen.

„Meinst du, er kommt damit klar?", fragt meine Mutter leise und verhalten.

Meine Kehle verengt sich.

„Ich weiß es nicht, Mama", presse ich hervor und schlucke.

Genau das ist es ja, was mir so große Angst macht. Dass er nämlich möglicherweise nicht damit klarkommt!

„Schatz, du bist eine wunderhübsche junge Frau. Jeder Mann, der dich deshalb zurückweist, hat dich nicht verdient!"

Mir steigen die Tränen in die Augen.

„Danke, Mama", schniefe ich.

„Möchtet ihr nicht am Wochenende mal vorbeikommen? Ich könnte uns was Leckeres kochen!", bietet meine Mama euphorisch an. „Papa würde sich bestimmt riesig freuen, Jan kennenzulernen."

„Dieses Wochenende geht leider nicht. Ich bin schon mit … Kicki verabredet. Ich passe auf Lissi auf, und … Wie wäre es mit nächster Woche? Ich kann Jan ja ganz unverbindlich fragen, ob er Zeit hat und mitkommen möchte", schlage ich im Gegenzug vor und schäme mich dafür, dass ich meine Eltern anlüge.

„Schade, Schatz. Na gut, nächste Woche."

„Ja, Mama, versprochen. Ich muss noch arbeiten und habe nicht viel Zeit.“ *Immerhin war das nicht gelogen. In meinem Arbeitszimmer wartet wirklich viel Arbeit auf mich.*

„Schon gut. Telefonieren wir die Tage noch einmal? Sagst du mir, ob Jan mitkommt? Nur damit ich mich vorbereiten kann“, sagt meine Mutter eifrig und plant in Gedanken vermutlich bereits ein Zehn-Gänge-Menü und die komplette Restaurierung von Haus und Garten.

Ich rolle mit den Augen.

„Mache ich, Mama. Ich melde mich wieder bei euch, okay?“

Nachdem meine Mutter nun erst mal leicht besänftigt ist, lege ich auf.

Das Telefonat hat sich als nicht so schlimm herausgestellt, wie ich es anfangs vermutet habe. Anschließend begebe ich mich dann endlich ins Arbeitszimmer. Allerdings bin ich weitaus weniger konzentriert als an den ersten Tagen. *Wie bringe ich es Jan nur bei?*

„Jan, es ist so, ich muss dir etwas sagen. Ich bin behindert“, übe ich den ersten Satz, der einfach nur albern klingt.

Zweiter Versuch.

„Jan, es gibt etwas an mir, das ist anders. Würde es dich stören, wenn ich nur ein Bein hätte?“ – *Saublöd. Der nimmt sofort Reißaus.*

„Jan, ich hatte mal einen Unfall. Dabei habe ich ein Bein verloren …“ – *Ich kann ihn doch nicht so vor den Kopf stoßen! Womöglich morgen beim Frühstück, wenn er gerade in ein Brötchen beißt. Okay, anders …*

„Jan, wir müssen etwas besprechen. Mir fehlt ein Bein … Hrrr! Mann! Wie sagt man jemandem so etwas?“ *Ich könnte ihm auch einfach auf einem Bein stehend die Tür öffnen. Mein Chef hat es schließlich auch auf diese Weise erfahren …*

Fleißig klebe ich nebenher an meinem Modell herum, das so langsam Gestalt annimmt. Gedankenverloren bastle ich vor mich hin.

Wenn er mich so sieht … Oh Gott, ich weiß noch, wie ich reagiert habe, als ich es das erste Mal gesehen habe … Sogar meinem Chef ist das Eis aus der Hand gefallen. Ob Jan zusammenklappt? Er müsste auf jeden Fall sitzen. Er könnte sich auf das Sofa setzen und ich ziehe einfach mein linkes Hosenbein etwas hoch ...

Es ist zum aus der Haut fahren. Ich bin tierisch frustriert, dass ich nicht die geringste Ahnung habe, wie ich ihn aufklären soll, ohne dass er sofort wegläuft. *Aber ich muss es ihm sagen, bevor er es selbst herausfindet. Das wäre noch schlimmer ...*

Als es an der Tür klingelt, schrecke ich hoch. *Das muss Kicki mit meinem Döner sein.* Ich bin froh über die Ablenkung.

Ich rapple mich auf, schnappe mir meine Krücken und humple mit einem Bein zur Tür. Tatsächlich meldet sich über die Sprechanlage Kicki und ich höre Lissi quieken. Lächelnd drücke ich ihnen auf.

„Hallo, meine Süße", sage ich und begrüße zuerst Lissi.

Sie freut sich, mich zu sehen. Ihr scheint gar nicht aufzufallen, dass mir ein Bein fehlt – im Gegensatz zu ihrer Mama. Trotzdem lässt es Kicki unkommentiert. Allerdings hat auch sie mich noch nicht oft ohne die Prothese gesehen. Aber in ihrer Gegenwart ist es für mich okay.

Gemeinsam sitzen wir zwei Minuten später am Wohnzimmertisch, dort, wo am Morgen noch Jan und ich gesessen haben. Gemeinsam essen wir unseren Döner. Lissi knabbert derweil zufrieden und sabbernd an einer Brotkruste herum. Als ich die Papierreste versorge, kramt Kicki aus der Kinderwagentasche einige Sachen hervor und legt sie mir auf den Tisch.

„Ich nehme einen Espresso!", ruft sie zu mir in die Küche, als sie die Kaffeemaschine hört.

„Kannst du die Tassen tragen?", frage ich laut, um die Geräusche der Kaffeemaschine zu übertönen.

Schon steht sie neben mir und schnappt sich unsere Espressi.

„Ich bin bisher noch gar nicht dazu gekommen, aber Jan, meine Liebe, der ist echt heiß! So viel Geschmack hätte ich dir gar nicht zugetraut. Wirklich sympathisch."

„Ja, findest du?", sage ich verlegen, humple mit ihr zurück an den Tisch – und erstarre.

„Was ist das, Kicki?" Vollkommen entsetzt starre ich auf den Tisch. Vor mir liegen garantiert zwanzig Kondompäckchen, ein alberner String, der mehr Faden als Stoff hat, und diverse Hundeleckerlies. Kicki setzt sich grinsend hin und nippt unschuldig an ihrer kleinen Tasse.

„Dein Gesicht solltest du mal sehen", grinst sie selbstzufrieden.

„Kicki, was soll das?", fahre ich sie an und stehe immer noch fassungslos im Raum.

„Jetzt setz dich erst einmal hin, Franzi. Ich finde, du solltest zumindest etwas für den Notfall daheim haben! Und der arme Hansi muss auch verwöhnt werden. Liebe geht durch den Magen."

„Tsss, ist bei ihm ja wohl unübersehbar", bemerke ich mit verächtlichem Unterton, den ich am liebsten sofort zurücknehmen möchte. „Und was soll ich mit diesem Fetzen hier?"

„Ist mir eben rein zufällig in die Finger geraten", säuselt Kicki über zwei Tonlagen zu hoch.

„Zufällig. Und das soll ich dir jetzt abkaufen?"

Kicki zuckt unschuldig mit den Schultern.

„Kannst ihn ja erst einmal weglegen. Aber die Männer stehen drauf!", flüstert sie verschwörerisch. „Und ich dachte mir, so etwas hast du garantiert nicht im Schrank."

„Pfff, natürlich nicht! An so einem Ding bist du doch nur am Herumzupfen! Ich kann mir schwer vorstellen, dass es erotisch ist, wenn man sich permanent an den Hintern greift, um den Faden wieder hervorzuholen. So ein Teil zwickt doch!"

Kicki grunzt vor Lachen.

„Oh Mann, Kicki", sage ich und verdrehe seufzend die Augen. „Was haben deine Eltern Thorsten gezahlt, dass er dich heiratet?", scherze ich.

„Keine Ahnung, aber offensichtlich hat er das Angebot ja angenommen", antwortet sie schlagfertig.

Wir albern eine kurze Weile herum. Dann wird Lissi ungeduldig und Kicki bricht mit ihr zum Spielplatz auf. Als die beiden draußen sind, versorge ich schnell die Kondompäckchen im Schlafzimmer und prüfe anschließend, ob mir auch keines auf den Boden gefallen ist. Das wäre vielleicht peinlich, wenn Jan morgen so ein Ding in die Hände bekommt. Den String hänge ich im Bad über die Badewanne. Ich werde ihn morgen zusammen mit der schwarzen Wäsche waschen. Kicki hat mich so unnachgiebig dazu überredet, ihn zu behalten, dass ich ein schlechtes Gewissen ihr gegenüber hätte, wenn ich ihn nun wegwerfen würde. Und sie hat ja auch recht. So etwas besitze ich wirklich nicht. Und viel Platz nimmt das Ding ja wahrlich nicht weg. Erschöpft und lustlos begebe ich mich im Anschluss daran wieder ins Arbeitszimmer und stürze mich in mein Projekt.

Am frühen Abend klingelt das Telefon auf meinem Schreibtisch, allerdings ist mir die angezeigte Nummer völlig unbekannt.

„Franziska Weger", melde ich mich.

„Hallo, Franzi! Hier ist Jan."

„Hi", hauche ich völlig hingerissen. „Schön, dass du anrufst. Wie geht es Hansi?", erkundige ich mich.

„Er leidet. Im Büro hat er heute eine Nummer abgezogen, das glaubt mir kein Mensch. Er hat sich demonstrativ schwerfällig umher geschleppt, ist immer wie ein übergewichtiger sterbender Schwan von einer Person zur anderen gekrochen und hat sich schnaufend seine Streicheleinheiten abgeholt. Ich glaube, er hat dich vermisst …"

„Ja? Meinst du? Ich habe heute auch oft an dich … äh ihn gedacht." *Oh Shit …*

„Du bist mir den ganzen Tag nicht aus dem Kopf gegangen", erwidert Jan.

Ich gerate augenblicklich in Wallung und räuspere mich verlegen.

„Wann wollt ihr zwei denn morgen zum Frühstück kommen?", möchte ich wissen.

„Gegen neun? Oder ist dir das samstags zu früh?"

„Nein. Passt. Dann bis morgen."

„Bis morgen. Schlaf gut."

„Ihr auch", sage ich und lege verträumt auf. Dann seufze ich schmachtend.

Seine Stimme klingt am Telefon genauso wundervoll. Am liebsten hätte ich ihm vorgeschlagen, wieder bei mir auf dem Sofa zu schlafen. Aber in Anbetracht meines schmerzenden linken Beins, verkneife ich mir diesen verlockenden Vorschlag. Wehmütig seufze ich noch einmal und gehe wieder an die Arbeit. Am Wochenende dürfte ich wenig Zeit haben, mich darum zu kümmern. Was ich insgeheim sogar hoffe. Denn es würde bedeuten, dass ich die Zeit mit anderen Dingen verbringe - mit Jan - und Hansi. Der Hund beginnt, mir wie sein Herrchen ans Herz zu wachsen und ich freue mich, dass mir Kicki Leckerlies für ihn mitgebracht hat.

SAMSTAG

Diese Nacht schlafe ich sehr unruhig und habe Albträume. Der schlimmste war der, dass ich im Rollstuhl saß und mir plötzlich zwei Beine fehlten. Jan stand mir direkt gegenüber. Dann hat er angewidert auf dem Absatz kehrtgemacht und ist weggelaufen. Davon bin ich schweißgebadet aufgeschreckt. Ich bin total verzweifelt.

Alleine bei dem Gedanken daran, es ihm zu sagen, packt mich Panik. Und ich kann an fast nichts anderes mehr denken! Er bedeutet mir so viel! Und habe ich es nicht auch mal verdient, glücklich zu sein? Verliebt zu sein? Und auch etwas Zuneigung und Liebe geschenkt zu bekommen?

Um acht Uhr beginne ich mit den Frühstücksvorbereitungen. Ich bin bereits höllisch aufgeregt und nervös. Mein ganzer Körper kribbelt, obwohl Jan noch gar nicht da ist. Die Vorfreude ist so immens, dass ich es kaum noch aushalte.

Als um kurz nach acht das Telefon klingelt, überkommt mich die Angst, es sei Jan und er würde absagen. Überraschenderweise ist es aber mein Hausarzt, mit dem ich überhaupt nicht gerechnet habe.

„Was gibt es?“, frage ich überrumpelt von der frühen Störung am Wochenende. *Will er nachfragen, ob ich die Prothese auch wirklich abgelegt habe? Bestimmt will er sich erkundigen, ob ich mich auch brav an seine Anweisungen halte.*

„Hallo, Franzi. Kontrollanruf", scherzt mein Hausarzt, wird nach einer kurzen Pause aber wieder ernst. „Du wunderst dich bestimmt, warum ich dich anrufe. Ich habe etwas wirklich Wichtiges mit dir zu besprechen."

„Um was geht es denn?"

„Ich habe mich gestern Abend mit meinen Stammtisch-Kollegen getroffen. Dort sind viele Freunde von mir dabei, alles Ärzte. Ab und zu sprechen wir auch über unsere Patienten, aber natürlich immer anonym", betont er und kommt für einen Moment erneut ins Stocken. „Ich habe deinen Fall angesprochen …", beginnt er nun vorsichtig, etwas genauer mit dem Grund seines Anrufes herauszurücken.

„Meinen *Fall*?", antworte ich entsetzt.

„Ja", gesteht er zögerlich.

„Und? Was ist bei den Gesprächen über *meinen Fall* so herausgekommen?", erkundige ich mich pampig und verärgert.

„Franzi, niemand weiß, dass es um dich geht. Versprochen. Ich habe auch noch gar nicht zugestimmt. Ich wollte es natürlich erst mit dir besprechen."

„Jetzt spann mich nicht so auf die Folter! Ich habe es eilig und bekomme gleich Besuch! Komm auf den Punkt!", drängle ich und sehe auf die Uhr, denn mir läuft für meine Vorbereitungen die Zeit davon.

„Ich habe einen Kollegen, der in einer Reha-Klinik arbeitet. Sie haben für eine Patientin eine Prothese fertiggestellt, aber jetzt braucht sie sie nicht mehr. Sie hat sie noch nie getragen und sie müsste natürlich an dich angepasst werden. Du könntest spontan für zwei Wochen in diese Klinik. Von der Krankenkasse aus wäre das kein Problem. Es würden für dich auch keine zusätzlichen Kosten entstehen … In den zwei Wochen werden sie die Prothese an dein Bein anpassen und mit dir üben, damit umzugehen."

„Ich soll für zwei Wochen weg? Wie stellst du dir das vor? Warum braucht die Patientin diese Prothese denn nicht mehr?", antworte ich irritiert.

Mein Hausarzt zögert. In der Leitung bleibt es still. Für einen Moment frage ich mich, ob die Verbindung abgebrochen ist.

„Hallo?"

„Ich bin noch dran, Franzi. ... Die Patientin ist gestorben", nuschelt er leise.

„Was? Ich soll das Ding einer *Toten* anziehen? Eine Prothese erben?", kreische ich außer mir vor Entsetzen. „Das kann doch nicht dein Ernst sein!", wettere ich erzürnt.

„Franzi, bitte. Beruhige dich. Die Frau hat gar nicht die Gelegenheit dazu bekommen, die Prothese anzuziehen. Sie ist aber fertiggestellt. Es ist die aktuellste Technik! Ein wirklichkeitsgetreues Modell mit Silikon-Bein und -Fuß! Damit könntest du sogar offene Schuhe tragen! Sie würden den Fuß und das Bein sogar noch einmal ummodellieren und deinem rechten Bein anpassen. Außerdem könntest du diverse Aufsätze anstecken – für Sport, Schuhe mit Absatz und so weiter ..."

„Das brauche ich aber alles nicht! Ich habe eine Prothese! Mit der bin ich mehr als zufrieden!"

„Franzi, diese Prothese passt nicht mehr! Dein Körper hat sich in den letzten Jahren verändert! Es ist längst überfällig, dass du etwas Neues bekommst! Du merkst doch selbst, dass dein Stumpf inzwischen in immer kürzeren Abständen rebelliert! Außerdem hat sich die Technik verändert! Und die Ästhetik! Das dürfte dir doch nun wirklich entgegenkommen!"

„Ich will aber nicht!", schimpfe ich schnippisch.

„Schlaf einmal eine Nacht drüber. Ich habe mir schon gedacht, dass du so reagieren wirst. Mein Kollege meinte, es reicht, wenn ich ihm bis Sonntag Bescheid gebe. Er würde, vorausgesetzt du sagst zu, dann alles Weitere in die Wege leiten. Ein Einzelzimmer hättest du sogar auch."

„Na toll. Scheint ja bereits alles geplant!", blaffe ich und fühle mich bevormundet und übergangen.

„Es ist ein Glücksfall. Weißt du, wie oft so etwas vorkommt? Das ist wie ein Lottogewinn! Wir telefonieren morgen noch einmal.

Besprich es mit deinen Eltern. Sie sind bestimmt auch dafür."

„Pfff! Natürlich sind sie dafür! Entscheidend ist aber, was ich will! Ich bin erwachsen und brauche keinen Vormund! Ich kann selbst entscheiden!"

„Deshalb rede ich ja auch mit dir, Franzi", sagt er mit sanfter und butterweicher Stimme, die wegen meines unfreundlichen Verhaltens etwas Reue in mir hervorruft.

„Ich überlege es mir", grummle ich.

„Gut. Ich rufe dich morgen früh noch einmal an. Dann muss ich meinem Kollegen aber sagen, ob wir – *du* – das Angebot annimmst. Montag würdest du dann dort starten."

„Wo soll diese Reha-Klinik denn sein?", erkundige ich mich argwöhnisch.

„Eine Stunde Autofahrt entfernt, Franzi. So weit weg ist das nicht."

„Na gut. Ich denke darüber nach. Bis morgen."

Wir legen auf. Ich werfe einen nervösen Blick auf die Uhr.

„Mist!", fluche ich und gebe Gas bei den Vorbereitungen für das Frühstück. Dabei schimpfe ich unentwegt laut vor mich hin.

Erst als gegen neun Jan mit seinem Vierbeiner eintrifft, verfliegt meine schlechte Laune. Es sieht sogar tatsächlich danach aus, als würde sich der kleine Fettklops wieder freuen, mich zu sehen. Zugegeben schmeichelt es mir, dass er mich mit seinem Stummelschwänzchen wedelnd begrüßt und seinen dicken Kopf an mein Bein schmiegt.

„Hi", sage ich verlegen und bitte Jan mit Hansi herein.

„Guten Morgen", sagt er, zögert kurz und drückt mir dann einen flüchtigen Kuss auf die Wange. Hinter seinem Rücken zieht er einen kleinen Blumenstrauß hervor.

„Oh. – Danke", murmle ich und erröte.

„Sehr gerne. Sind wir eigentlich heute Morgen alleine oder bekommst du noch mehr Besuch?"

„Nein. Heute werden wir nicht gestört", lache ich und wir setzen uns.

Ein lockeres Gespräch beginnt und ich bin mächtig stolz, als ich für Hansi die Hundekekse präsentieren kann. Jan wirkt überrascht und freut sich. Vermutlich ist das für ihn der ultimative Beweis, dass ich Hansi mag.

„Darf ich mal deine Toilette benutzen?", fragt Jan irgendwann höflich.

„Ja, natürlich. Im Flur, die zweite Tür rechts", sage ich, und erst, als er um die Ecke ist, fährt mir der Schrecken in die Glieder.

Das Bad ... Scheiße ... Ich war heute Morgen, nachdem ich mich fertiggemacht hatte, gar nicht mehr drin ... Hoffentlich liegt keine Wäsche mehr auf dem Boden, und hoffentlich habe ich die Zahnpasta aus dem Waschbecken gespült ...

Angespannt sitze ich auf meinem Platz und durchsuche in meinem Hirn das letzte Bild von meinem Bad nach irgendetwas, das mir peinlich werden könnte.

Den Klodeckel klappe ich immer herunter ... Die Zahnpastatube schraube ich auch immer zu ... Die Slipeinlagen liegen immer im Schrank ...

Verkrampft lausche ich auf ein Geräusch der Badezimmertür. *Ich muss das nächste Mal unbedingt daran denken, auch das Bad in Ordnung zu bringen ...*

Als Jan wieder zurückkommt, ist mein Kopf schon hitzig vor Nervosität. Allerdings ist das gar nichts im Vergleich zu dem, was passiert, als ich in Jans Gesicht sehe. Wie eine grüne Ampel schaltet meine Gesichtsfarbe auf leuchtend rot. Jan bemüht sich, ernst zu bleiben – leider viel zu offensichtlich. Er sagt kein Sterbenswörtchen und setzt sich einfach wieder auf seinen Stuhl. Dabei verkneift er sich ein Lachen.

Mit glühenden Wangen traue ich mich nicht zu fragen, warum beziehungsweise worüber er sich so amüsiert. Ganz hibbelig spielen meine Finger nervös auf der Tischplatte Klavier. Jan beißt von seinem Brötchen ab und ich ahne, dass er das nur zur Ablenkung tut, um nicht loszukichern.

Schließlich halte ich es nicht mehr aus. Ich muss sofort ins Bad, um zu sehen, was ihn so amüsiert.

„Entschuldige mich bitte einen Moment", sage ich verhalten und humple ins Bad. In meinem Rücken spüre ich immer noch Jans Blick, der sich kaum beherrschen kann.

Ich schubse die Tür auf und trete ein. Sofort weiß ich, was ihn so köstlich amüsiert. Über der Badewanne hängt neben meinem Schlafanzug der String. Dieses winzige Stückchen Stoff mit dem im Vergleich dazu übergroßen Preisschildchen.

„Scheiße …", entfährt es mir. Hastig schnappe ich mir das Teil und schmeiße es in die Waschtrommel.

Jetzt kann ich ihm doch nie wieder unter die Augen treten! Was denkt er denn jetzt von mir? Wie peinlich! Wie oberpeinlich! Ich kann nicht mehr zurück ins Wohnzimmer …

„Alles gut?", ruft er amüsiert, als ich fernbleibe.

Jan muss mitbekommen haben, dass ich die Tür gar nicht geschlossen habe.

„Ja, alles gut", brumme ich mit hochrotem Kopf. Mit klopfendem Herzen humple ich verschämt zurück und meide es, ihn anzusehen.

Verstohlen lasse ich mich wieder auf meinem Platz nieder und schmiere mir hoch konzentriert eine Brötchenhälfte.

„Warst du gestern noch einkaufen?", fragt er und presst die Lippen aufeinander.

Ich halte in der Streichbewegung inne.

„Das Teil hat mir meine Freundin gekauft. Kicki. Du hast sie gestern Morgen kennengelernt."

„Hat einen guten Geschmack, deine Freundin", kichert er und beißt wieder in sein Brötchen.

„Stehst du drauf?", frage ich zickig und bin nicht zum Scherzen aufgelegt.

„Kommt darauf an, wer es trägt", raunt er schelmisch und hört auf zu lachen. „Hey, ist doch nicht schlimm. Das muss dir doch nicht peinlich sein! Lach doch drüber!"

„Ha, ha, ha. Gut so?"

Jan schmunzelt.

„Komm, wir wechseln das Thema, wenn es dir unangenehm ist. …

Erzähl mal von deinem letzten Freund.“

Vor Schreck über diese Frage kippt die volle Kaffeetasse in meiner Hand. Die heiße, braune Flüssigkeit verteilt sich binnen Sekunden auf meinem weißen Oberteil und meiner beigen Sommerhose.

„Ahhh! Heiß, heiß, heiß“, japse ich und tupfe mit der Serviette an mir herum.

Jan reagiert fast im gleichen Moment und greift auch nach seiner Serviette.

Als ich mit dem Stuhl zurückrutsche, drückt er mir die Serviette plötzlich auf den Schoss und möchte mit seinen Händen darauf herumtupfen.

„Nein! Nimm die Hände weg!“, schreie ich erschrocken und schlage seine Finger panisch weg.

Die braune Flüssigkeit breitet sich derweil auf dem Stoff aus und saugt sich bis zu den Knien vor. Perplex und irritiert über meine heftige Reaktion nimmt er schlagartig die Hände hoch, als wäre er Geisel eines Banküberfalls.

Mit angsterfüllten Augen starrt er mich an und wagt es nicht mehr, sich mir zu nähern.

„Ich wollte doch nur … Ich wollte dir doch nur helfen …“, stammelt er betroffen und scheinbar nicht weniger erschrocken als ich.

„Entschuldige bitte. Aber ich schaffe das alleine“, murmle ich und verschwinde in der Küche. Zwei Minuten später verdrücke ich mich, ohne ihn anzusehen, in mein Schlafzimmer, um mich umzuziehen.

„Franzi“, stammelt er, als ich wieder zurückkomme. „Gibt es da etwas, was ich wissen sollte?“, hinterfragt er ganz zaghaft. „Dein letzter Freund … Hat der Sachen mit dir gemacht, … die du nicht wolltest? … Ich muss das wissen, Franzi. Sonst weiß ich nicht, wie ich … reagieren und mich verhalten soll …“ Jan schluckt und sucht vorsichtig meinen Blick.

Großer Gott! Er denkt, ich bin vergewaltigt worden! Himmel, so ein Mist!

„Nein. Es ist gar nichts passiert! Wirklich nicht!“, beteuere ich vehement und hoffe, er glaubt mir auch.

Sein Blick wird beharrlicher.

„Wirklich nicht? Aber du … reagierst so komisch."

Okay, jetzt wäre wohl der richtige Zeitpunkt, ihm alles zu erklären ...

Ich schlucke, schlucke wieder und wieder. Mir wollen einfach nicht die richtigen Worte einfallen. Ich kann mich nicht dazu durchringen.

„Ich bin … Ich habe … Es ist …"

Er schaut mich hilflos an.

„Verdammt, so geht das nicht …", sage ich seufzend.

„Bist du besonders religiös? Oder deine Eltern? Ist es das?", rätselt Jan.

Ich muss schmunzeln.

„Nein. Ich habe keinen ausgeprägten Glauben und gehöre auch keiner Sekte an. Wäre ich so religiös, hätte mich bei dem Ding über der Badewanne vermutlich schon letzte Nacht der Teufel geholt", scherze ich.

Jan lacht laut auf.

„Du bist echt witzig, Franzi."

Ich lächle geschmeichelt.

„Tja, und was stellen wir mit dem restlichen Tag so an?", frage ich und lenke rigoros vom Thema ab.

„Was hat denn dein Arzt gestern gesagt?", erkundigt sich Jan und geht höflich auf den Themenwechsel ein.

Ich verkrampfe kurz. Nicht nur, weil ich mich an den Arztbesuch erinnere, sondern auch wegen des Telefonats.

„Na ja. Das Wetter ist so schön … Ich möchte dich und Hansi nicht hier drinnen festnageln", sage ich.

„Du sollst noch Ruhe halten, oder?"

Ich zucke geknickt und seufzend mit den Schultern.

„Wenn du raus möchtest … Hey! Ich klaue einen Rollstuhl und dann spannen wir Hansi davor!", scherzt Jan und bemerkt nicht, dass er damit einen verdammt wunden Punkt bei mir getroffen hat.

„Der arme Hansi. Er kann sich doch selbst kaum bewegen!"

„Ja. Er hat wirklich noch Schmerzen", bestätigt Jan. „Ist doch egal. Wir werden noch öfter schönes Wetter haben! Wir bleiben einfach hier! Ich kann uns ja nachher ein Eis holen und wir könnten Filme schauen, oder …" Er überlegt ernsthaft.

„Würde dich das nicht stören?", frage ich deprimiert und mit schlechtem Gewissen.

„Wieso? Ich möchte gerne Zeit mit dir verbringen. Dann machen wir halt hier etwas gemeinsam. Wir können uns über unsere alten Beziehungen austauschen, einfach quatschen und uns näher kennenlernen."

Himmel, er möchte mit mir über Beziehungen reden ... Da habe ich ja nicht viel beizusteuern …

„Möglicherweise bin ich damit ja schon heute Abend schlauer und weiß, was dich so beschäftigt …"

„Ja, möglicherweise", wiederhole ich und lächle halbherzig.

„Ich könnte dich zum Beispiel foltern", droht Jan frech an.

„Was? Du willst mich foltern?", lache ich. „Wie habe ich das denn zu verstehen?"

„Na ja, ich kitzle dich so lange durch, bis du mir alle Geheimnisse über dich verraten hast!"

„Kommt nicht infrage! Küssen ja, anfassen nein!", bestimme ich streng.

Er runzelt die Stirn.

„Okay", meint er lässig. „Dann fangen wir mal mit Küssen an." Der Ton seiner Stimme wechselt, sowie der Ausdruck in seinen Augen. Erst lag darin ein verschmitztes, freches Lächeln, aber jetzt funkeln sie vor Verlangen.

„Es kann sein, dass ich am Montag in … Urlaub fahre. Für zwei Wochen", wispere ich und tauche schwermütig in seinen Blick ein, um darin schmachtend unterzugehen.

„In Urlaub? Für zwei Wochen?", fragt er leise, ohne mich aus den Augen zu lassen, aber seine Brauen schieben sich zusammen.

„Ja, aber es steht noch nicht hundertprozentig fest", erwidere ich und blinzle kurz in eine andere Richtung.

„Wie meinst du das, es steht noch nicht fest? … Zwei Wochen sind wirklich lang … Ich weiß nicht, ob Hansi und ich so lange ohne dich sein möchten. … Kannst du den Urlaub nicht verschieben?“, fragt er.

Meine Mundwinkel umspielt ein Lächeln.

„Ich glaube, ich muss fahren“, flüstere ich und schaue ihm abwechselnd in jedes Auge.

„Du musst in Urlaub fahren? Und wenn wir dich bitten würden, hierzubleiben? … Bei uns?“

„Dann würde es mir umso schwerer fallen. … Ich befürchte, ich muss weg.“

„Du sprichst in Rätseln, Franzi. Wer *muss* denn schon in Urlaub fahren, wenn er nicht möchte? Oder war die Reise so teuer?“

„Nein.“ Verlegen senke ich kurz den Kopf. Schmunzelnd hebe ich ihn aber wieder an, um erneut seinem zärtlichen Blick zu begegnen.

„Ich könnte versuchen, ob Hansi und ich mitfahren können“, schlägt er vor.

„Das geht nicht.“ Zaghaft verneine ich. Aber ich finde sein Angebot unglaublich süß. „Diese Reise ist nur für mich und ich komme als neuer Mensch wieder. Davon hast du dann auch was.“

„Macht es dir Spaß, mich so in der Luft hängen zu lassen? Du machst aus allem ein Geheimnis.“ Er neigt den Kopf und fängt an zu grinsen. „Du gehst aber nicht auf eine Schönheitsfarm und lässt dich operieren oder dir Schlangengift spritzen, oder?“

„Jetzt hast du es erraten“, stöhne ich kichernd. „Eine kleine Nasenkorrektur, Lippen aufspritzen, Implantate in die Brüste und eine Straffung von Bauch, Beine und Po.“

„Ich habe es gewusst! Dann kommen wir doch lieber mit. Hansi bräuchte auch dringend eine Hautstraffung.“

Ich breche ungehalten in Gelächter aus.

„Ich glaube, an ihm werden die Ärzte verzweifeln. … Und an dir sehe ich nichts, das ich verändern würde“, hauche ich geniert.

Jans Blick wird noch sinnlicher und tiefgründiger.

„Wenn du wüsstest, Franzi, wie sehr du mir innerhalb der paar

Tage den Kopf verdreht hast! Du hast mein Herz gestohlen! Und das von Hansi gleich mit“, flüstert er schüchtern und räuspert sich. „Du würdest uns wirklich fehlen. Können wir dich dort denn besuchen?“

„Nein, leider nicht. Aber wir können telefonieren. Es muss sein, wirklich. Ich erkläre dir alles irgendwann, versprochen.“

„Aber nicht heute, oder?“, mutmaßt er.

„Nein, nicht heute.“ Ich senke den Blick.

Er nimmt seine rechte Hand und zieht mich an meinem Kinn langsam zu sich heran. Unsere Lippen berühren sich, leicht kühl und weich. Bei seinem Kuss schmelze ich dahin wie ein Eiswürfel in der prallen Sonne.

Erst als mein Rücken von der gebeugten Haltung über den Tisch schmerzt, richte ich mich langsam wieder auf. Jan strahlt mich an. Ich bin überglücklich und selig. Mit leuchtenden Augen und bis über beide Ohren verliebt, kann ich meinen Blick nicht von ihm abwenden. Es fühlt sich so gut an, begehrt zu werden. Endlich interessiert sich mal ein Mann für mich! Das habe ich mir insgeheim so oft gewünscht. *Verdammt, wie erkläre ich ihm das mit meinem Bein nur? ... Er könnte jede haben! Warum sollte er ausgerechnet mit mir zusammen sein wollen, wenn er erfährt, dass ich ein Krüppel bin!?*

Das unglaubliche Hochgefühl schwindet auf einmal.

„Heimkinotag?“, fragt Jan lächelnd.

„Heimkinotag“, bestätige ich und wir räumen gemeinsam den Frühstückstisch ab.

„Hast du DVDs oder soll ich schnell in die Stadt shoppen gehen?“

„Schau mal da vorne, in der untersten Schublade“, sage ich und zeige auf ein Schrankteil unterhalb des Fernsehers.

Während Jan sich durch meinen Bestand wühlt, stelle ich zwei Gläser und Getränke auf den Beistelltisch. Dann hole ich Salzstangen, Chips und Erdnüsse und lege sie ebenfalls dazu.

„Sieht so aus, als hättest du alles schon vor Wochen geplant“, neckt er.

„Na klar. Eigentlich bin ich sogar ständig auf solche Nachmittage vorbereitet.“

Jan grinst mich an und zieht einen Stapel mit DVD-Hüllen aus der Schublade. Derweil robbe ich bereits auf das Sofa und strecke die Beine aus. Ich möchte unbedingt, dass er rechts von mir sitzt, damit er nicht an mein linkes Bein mit der Prothese kommt. Außerdem breite ich hastig eine Decke über meinen Beinen aus. Nicht, dass er sich wundert, dass der linke Fuß sich nie bewegt und so steif in die Höhe ragt.

„Dein Ernst? Eine Decke? Draußen scheint die Sonne, du Frostbeule!“, kommentiert er meine Vermummung.

„Ja und? Ich finde es gemütlicher.“

„Aber damit gibst du mir ja gar keine Chance, dich wärmen zu müssen“, raunt Jan verheißungsvoll, dass es mir einen kribbelnden Schauer vom Nacken bis zur Hüfte jagt.

Schlagartig vertieft sich meine Atmung. Ich schlucke schwer vor Erregung.

„Wer weiß. Auch in der Sonne und unter der Decke kann es ganz schön kalt sein“, wispere ich mit trockener Kehle.

„Vielleicht sollte ich in deiner Küche heimlich den Kühlschrank und das Gefrierfach öffnen …“, scherzt Jan.

„Wenn du dann die Stromrechnung übernimmst.“ Ich schmunzle frech und klopfe neben mir auf das Sofa, damit er sich zu mir setzt.

Als wir einen Film ausgesucht haben, legt Jan ihn ein.

„Los geht´s“, flüstert er mir ins Ohr. „Darf ich meinen Arm um dich legen?“, fragt er vorsichtig.

Ich lächle ihn an.

„Mach schon.“

Das Gewicht seines Armes in meinem Nacken fühlt sich toll an. Zögerlich lehne ich meinen Kopf an seine linke Schulter und spüre, wie die Geborgenheit mich durchströmt. Für einen Moment schließe ich genießerisch die Augen und lasse die Körpernähe auf mich wirken. Es ist so überwältigend, dass mir die Haare an Armen und Beinen zu Berge stehen. Da ich ein T-Shirt trage, fällt es Jan sogar auf.

„Hey, du hast ja eine Gänsehaut! Dir ist ja wirklich kalt!“ Er zieht mir die Decke etwas höher und reibt mit seiner freien Hand über meinen rechten Unterarm, um ihn zu wärmen.

Natürlich werde ich den Teufel tun, ihm zu sagen, dass mir alles andere als kalt ist. Mir ist sogar regelrecht heiß! Und wie! Vermutlich war ich noch nie in meinem Leben derart von Sinnen! Jans Nähe ist so einnehmend, dass mir der Schweiß ausbricht und mir im wahrsten Sinne des Wortes die Luft raubt!

Auf den Film kann ich mich kaum konzentrieren, abgesehen davon, dass mir unter der Decke wirklich viel zu warm ist.

Allerdings fällt es mir zunehmend leichter, mich an ihn anzukuscheln. Meine Anspannung lässt nach. Als er jedoch mit seinen linken Fingerkuppen sanft meine Schulter streichelt, gerate ich wieder mächtig in Wallung. Diese geradezu flüchtigen Berührungen lassen mich in ein Meer aus wundervollsten Empfindungen hineingleiten. Ich ärgere mich, dass meine Hemmungen mir trotzdem im Weg stehen.

Mein Herz klopft. Ich spüre, wie es nach mehr verlangt. Alles in mir verlangt nach mehr, aber meine Angst bremst mich. Und anders als Kicki es prophezeit hat, ist zumindest momentan noch nicht der Punkt erreicht, an dem ich meine Angst abschalten und mich voll und ganz meinen Gefühlen hingeben kann.

Dennoch, ich bin hin- und hergerissen. Wie gerne würde ich sein Streicheln erwidern; auf den verlockenden Zug der gegenseitigen Zuneigung aufspringen und einfach alles andere zurücklassen. Die Angst und die Scham überwiegen aber. Außerdem würde er es vermutlich sofort als indirekte Aufforderung oder Freikarte deuten und dann müsste ich ihn wieder zurückweisen. Inzwischen ist das wirklich oft genug passiert. Es ist mir eh schon entsetzlich unangenehm, welche Gedanken er sich darüber macht. Garantiert vermutet er, dass mit mir etwas ganz Schlimmes passiert ist. Ist es ja auch, aber er ist auf der komplett falschen Fährte! Nicht einmal ansatzweise denkt er in die richtige Richtung!

Es ist zum aus der Haut fahren und seine Nähe ist eine regelrechte Zerreißprobe für meine Komplexe. Wenn er nicht auch noch so gut riechen würde! Ich kann mich kaum beherrschen! Und trotzdem habe ich schreckliche Angst vor einer Zurückweisung, und dass er mich abstoßend finden könnte.

Einen ganzen Film lang kämpfe ich gegen mich selbst. Sein männlicher Duft kriecht gierig bis in mein letztes Lungenbläschen. Aber nicht nur mein eigenes Verlangen macht mir zu schaffen. Auch Jans Brustkorb hebt und senkt sich schwerfällig und mir ist nicht entgangen, wie er vor wenigen Minuten seinen Kopf zu mir geneigt hat. Ich habe den Windzug gespürt, als sein leicht kühler Atem sich in meinen Haaren verteilte und er anschließend ganz tief einatmete. Eine gewaltige Spannung liegt in der Luft. Mein imaginäres Tauziehen kommt allerdings zu keinem Ergebnis. Verlangen und Scham zerren unaufhörlich an mir herum. Gnadenlos schüren sie mein Gefühlschaos und lassen mich immer hin- und herwanken.

Als der Abspann des ersten Filmes läuft, dreht sich Jan ganz vorsichtig zu mir herum. Mir wird flau. Mit einem Ruck ist die Anspannung wieder da, doch er legt nur zärtlich seine Hände um mein Gesicht und beginnt mich zu küssen. Auf die Stirn, auf jedes Augenlid, auf meine Wangen, meine Nase, mein Kinn und dann findet er meine Lippen. Ich öffne sie bereitwillig, ehrfurchtsvoll und konzentriert. Vermutlich ist er sich gar nicht darüber bewusst, wie besonders diese Momente für mich sind und wie unglaublich intensiv.

Das macht mir die Entscheidung, für zwei Wochen wegzufahren nicht gerade leichter. Allerdings habe ich natürlich die ja doch verlockenden Worte meines Hausarztes im Hinterkopf. Vor allem, dass die Prothese schöner aussieht und optisch an mein rechtes Bein angepasst wird. Möglicherweise kann ich damit im Sommer sogar offene Schuhe tragen! Ich könnte schöner laufen, gleichmäßiger, was sicherlich attraktiver aussehen würde als mein Getrampel momentan. Außerdem, wenn meine Prothese nun wirklich nicht mehr passt, geht es ja wohl nicht anders. Ich kann doch nicht ewig mit den Stöcken herumhinken! Das machen meine Schultern und Arme ohnehin nicht mehr lange mit.

Im Grunde habe ich mich ja schon längst entschieden. Und ich bin mir hundertprozentig sicher, dass sich meine Eltern und Kicki total darüber freuen. Was meine Mama aber gar nicht begeistern wird, ist die Tatsache, dass Jan und ich nächstes Wochenende dann nicht gemeinsam zum Essen vorbeikommen können. Doch das wird sie in Anbetracht des Grundes sicherlich gerne in Kauf nehmen.

„Meinst du, du kannst zwei Wochen auf mich warten?“, flüstere ich an seine Schulter gelehnt.

„Können schon, aber wollen …“

„Es geht nicht anders. Es muss sein“, wispere ich traurig und vermisse ihn jetzt schon, obwohl er gerade neben mir auf dem Sofa liegt.

„Franzi, ich mag dich wirklich sehr. Das hast du hoffentlich bereits gemerkt. … Warum kannst du mir nicht sagen, was los ist? Wenn wir es miteinander versuchen möchten, dann gehört eine gewisse … Offenheit dazu. Ich will es nicht beenden, nicht, dass du jetzt falsche Schlüsse ziehst. Momentan habe ich aber das Gefühl, als würde ich dich gar nicht richtig kennen. Du lässt mich nicht wirklich an dich heran … Das ist nicht nur auf das Körperliche bezogen, Franzi. Da ist etwas, das spüre ich, und das macht mich total verrückt! Es verunsichert mich! Du sagst, dass du *vielleicht* in Urlaub fährst. Dann wiederum steht es eigentlich doch schon fest. Du sagst mir nicht, wohin du fährst und begleiten oder besuchen darf ich dich auch nicht. – Und den Urlaub absagen willst du auch nicht! … Ich weiß nicht, was ich davon halten soll! Du bist zwei Wochen einfach weg! Kannst du nicht verstehen, dass das für mich komisch klingt? Was zum Teufel ist so schlimm daran, mir zu sagen, was du wirklich in dieser Zeit vorhast?“

Mein Herz klopft so fest, als könnte es mich damit zwingen, ihm reinen Wein einzuschenken. Ich bin verzweifelt und ich könnte heulen. Die Tränen lassen sich kaum noch zurückhalten. Ich schlucke sie herunter, aber der Druck ist einfach zu groß. Als die erste Träne von meinem Kinn tropft, zieht mich Jan wieder in seinen Arm. Er vergräbt seine große Hand an meinem Hinterkopf in den

Haaren und drückt mich sanft zu sich heran. Aber es ist nicht nur Trost. Auch er ist verzweifelt und deshalb wird meine Kehle immer enger. Ich bin einfach noch nicht dazu bereit, ihn aufzugeben. Es ist doch alles gerade so schön! Kann es mir denn nicht noch ein kleines bisschen vergönnt sein? Darf ich nicht noch ein kleines bisschen weiter träumen? Warum werde ich gezwungen, jetzt schon aufzuwachen!?

„Ich möchte nicht, dass du weinst, Franzi. Bitte, hör auf. Ich kann keine Frauen weinen sehen und schon gar nicht möchte ich der Grund dafür sein … – oder meine Worte. Fahr weg, wenn es dir so wichtig ist. Aber versprich mir, dass du mit einem Lächeln wiederkommst."

„Versprochen", schluchze ich gerührt und versuche, mich zusammenzureißen. Heulend schnappe ich nach Luft.

Die Zeit mit Jan vergeht viel zu schnell. Obwohl wir nur auf dem Sofa liegen, rasen die Stunden davon. Am Nachmittag verschwindet er kurz, um uns ein Eis zu organisieren. Hansi aber bleibt bei mir. Er sieht zufrieden aus und erholt sich. Als Jan zur Tür hinaus ist, hocke ich mich zu Hansi auf den Boden. Er schaut zu mir herauf. Irgendwie sieht er mich an, als würde er erwarten, dass ich ihm etwas erkläre. Ich streichle ihm über den Kopf und gebe ihm einen Keks. Hansi schmatzt aber lässt mich dabei nicht aus den Augen.

„Was?", sage ich schließlich zu dem Hund. „Was willst du von mir hören?"

Hansi erhebt sich gemächlich. Er schüttelt sich. Erschrocken weiche ich zurück, hocke aber immer noch bei ihm auf dem Boden. Er tapst zwei Schritte auf mich zu. Ich beobachte ihn argwöhnisch und verfolge genau seine Bewegungen. Dann steht er direkt vor mir auf seinen vier Pfoten. Er schnüffelt an meinem rechten Bein und stupst ganz sanft den rechten Fuß an. Keinen Moment habe ich aber Angst, er könnte mich beißen. Er tut mir nichts, das weiß und spüre ich jetzt. Hansi wirkt eher neugierig. Dann schnuppert er interessiert an meinem linken Bein. Ich runzle verstört die Stirn und lehne mich etwas nach hinten. Gebannt starre ich Hansi an, der sich ganz langsam mit seiner Nase von meinem künstlichen Fuß bis hin zum Knie vorarbeitet. Dort, wo der Stumpf endet, stupst er wieder mit seiner Nase dagegen. Dann legt er seine Pfote darauf ab. Ich halte die Luft an. Es ist, als würde mir dieser Hund gerade etwas sagen. Als würde er sagen: *Das ist es also. Warum sagst du es ihm nicht?*

Wieder stupst er gegen das Knie und kratzt ganz sanft mit der Pfote daran herum. Er versucht mir nun mit etwas mehr Nachdruck zu zeigen, dass er weiß, was mit mir nicht stimmt.

„Ich kann es ihm noch nicht sagen, Hansi. Und du darfst mich nicht verraten! Das muss unser Geheimnis bleiben – vorerst“, flüstere ich leise.

Hansi tapst noch dichter an mich heran und drückt seinen Kopf in meinen Bauch. Ich kraule ihm den Kopf und die Ohren.

„Ach Hansi, wenn du mir nur sagen könntest, wie er reagieren würde. Dann könnte ich mich wenigstens darauf vorbereiten. Ich kann doch auch nichts dafür, dass ich mich damit so schwertue. Ich mag dein Herrchen so sehr, Hansi. Und dich natürlich auch.“

Es ist unglaublich. Ich rede wie selbstverständlich mit einem Hund. Das, was ich vorher nie verstanden habe. Ich fand es immer albern, wie Hundebesitzer ihre Tiere vermenschlichen, aber jetzt fange ich an, genauso zu werden. Doch es fühlt sich gut an. Irgendwie – normal.

Ich bin mir sicher, dass Hansi mein Geheimnis inzwischen kennt. Und ihn scheint es nicht zu stören, so wie Lissi.

Bevor Jan wieder zurück ist, bereite ich einen Kaffee vor. Am Nachmittag setzen wir uns vor mein bodentiefes Fenster in die Sonne und löffeln gemütlich unser Eis und trinken dazu eine Tasse Kaffee.

„Kannst du glauben, dass wir uns eigentlich erst seit ein paar Tagen kennen?“, fragt Jan halb abwesend und schaut nach draußen. Dann dreht er den Kopf zu mir herum.

„Nein. Schon komisch, oder?“

„Hm“, macht Jan und blickt wieder in den Innenhof.

Die beiden bleiben bis fast halb elf. Dann machen sie sich auf den Heimweg.

Die Wohnung fühlt sich sofort leer und verlassen an, als wäre jemand ausgezogen. Dieser eine Tag hat gereicht, um mir deutlich zu machen, dass es viel schöner ist, wenn man einen Partner an seiner Seite hat. Wenn es dann auch noch so jemand wie Jan ist, dann ist das eindeutig die Krönung.

Ich seufze laut und versuche, mich von der Einsamkeit nicht zu sehr runterziehen zu lassen. Dafür ist auch keine Zeit, denn es ist schon spät und ich muss unbedingt meine Eltern und Kicki anrufen. Da um diese Uhrzeit natürlich niemand mit einem Anruf von mir rechnet, sind sie erst einmal alarmiert.

Meine Mutter bekommt fast einen hysterischen Anfall. Zunächst ist sie kaum zu beruhigen. Das Telefonat verläuft aber ansonsten genau wie erwartet. Meine Eltern sind beide unglaublich berechenbar, was es wiederum leicht macht, ihre Reaktionen vorherzusehen. Sie freuen sich natürlich und sind begeistert, dass ich diesen Schritt endlich wage. Ähnlich reagiert auch Kicki. Allerdings ist sie enttäuscht, dass Jan und ich uns lediglich geküsst haben. Und sie sieht es enorm kritisch, dass er noch nichts von meiner Behinderung weiß. Aber sie schimpft nicht, denn sie ist sich wohl darüber im Klaren, dass es mich bereits genug Überwindung gekostet hat, der neuen Prothese zuzustimmen. Und ich verspreche ihr, dass ich die kommenden zwei Wochen auch anderweitig nutzen werde. Auch mir selbst habe ich das versprochen. Wenn ich zurückkomme, werde ich es Jan sagen. Ich weiß selbst, dass es unumgänglich ist. Insgeheim bete ich, dass ich in den vierzehn Tagen ausreichend Kraft und Selbstbewusstsein tanken kann, um ihm damit gegenüberzutreten.

Nach den Telefonaten höre ich nicht mehr auf zu gähnen. Letzte Nacht habe ich unglaublich schlecht geschlafen. So müde ich aber auch bin, kaum liege ich im Bett, bin ich wieder ganz zappelig. Wenn ich mich konzentriere, dann spüre ich noch Jans Hände und seinen Arm auf meiner Schulter. In der Dunkelheit wirkt es fast real. Doch ich erinnere mich auch an den Abschied und den langen Kuss. Ich fange wieder an zu weinen, denn ich habe ihm für morgen absagen müssen. Wir werden nicht zusammen frühstücken. Auch jetzt kommen mir deshalb wieder die Tränen, weil ich nachts besonders sentimental bin, was gerade nicht sehr hilfreich ist.

Fakt ist aber, ich brauche den morgigen Tag, um zu packen und alles vorzubereiten. Der Abschied würde mir nicht leichter fallen, wenn ich Jan über Stunden um mich herum hätte. Vermutlich würde ich dann doch in letzter Sekunde einen Rückzieher machen. Deshalb steht meine Entscheidung fest. Und nach zwei Wochen komme ich als neuer Mensch wieder und werde Jan die Wahrheit sagen! So mein Plan.

SONNTAG

Ich werde durch das Klingeln meines Telefons geweckt. Dr. Klein ruft an, um meine Entscheidung zu hören. Er freut sich fast so sehr wie meine Eltern und Kicki darüber, dass ich einwillige.

„Können dich deine Eltern morgen fahren?“, fragt er, nachdem er mir die Adresse durchgegeben hat.

„Ich fahre selbst mit dem Auto. Ich habe ja Automatik“, sage ich.

„Versprich mir aber bitte, Franzi, dass du heute und morgen die Prothese auslässt. Wenn die Entzündung nicht abklingt, dann kommst du in der Reha nicht weiter. Das könnte alles kaputtmachen oder deinen Aufenthalt dort unnötig verlängern!“

„Muss das wirklich sein?“, jammere ich enttäuscht.

„Ja, es muss sein. Zwei Wochen, Franzi.“

„Ja, zwei Wochen“, seufze ich.

Danach rufe ich meinen Chef Roman an. Auch er muss schließlich wissen, dass er noch zwei Wochen auf mich verzichten muss. Er ist so verständnisvoll wie nie. Seine warmherzige Reaktion ist mir schon fast unangenehm.

Anschließend frühstücke ich alleine und stelle fest, dass es mir gestern Morgen besser geschmeckt hat. Kein Hansi, der in der Sonne laut schnarcht und beruhigend schnauft und schmatzt. Kein Jan, der seine Scherze macht und in dessen traumhaft schöne Augen ich abtauchen kann. Es ist plötzlich ein beklemmendes Gefühl, so einsam und alleine am Tisch zu sitzen. Über Jahre hat mir das gar nichts ausgemacht, aber jetzt schon. Deshalb ist mein Frühstück auch schnell beendet und ich fange an, meine Sachen für die Rehaklinik zu sortieren. Außerdem möchte ich vorher noch einmal Wäsche waschen und meine Wohnung putzen, wenngleich das alles auf einem Bein sehr umständlich ist. Aber ich habe mir geschworen, mich an die Anweisung zu halten.

Am frühen Nachmittag bin ich fertig. Die Koffer stehen gepackt bereit. In einen Koffer habe ich mein Modell gesteckt, um die Feinheiten fertigstellen zu können. Auch meine Unterlagen und meinen Computer habe ich darin untergebracht. Ich gehe davon aus, dass ich immer mal wieder Zeit haben werde, etwas daran zu arbeiten.

Als ich gerade mein Gepäck betrachte und überlege, ob ich noch etwas vergessen haben könnte, ruft mich Jan an. Ich habe ihm versprochen, dass wir heute wenigstens noch einmal telefonieren. Seine Stimme zu hören ist schön und verletzend zugleich.

„Hast du schon gepackt?", fragt er und ich meine, eine gewisse Distanz aus seiner Stimme herauszuhören.

„Ja. Alles vorbereitet."

„Hm. Hansi und ich waren eine kleine Runde im Park unterwegs. War nicht viel los. Er konnte sowieso nicht weit laufen. Ich glaube, er hat immer noch Schmerzen."

„Der Arme. … Gestern war es sehr schön", sage ich aufrichtig.

„Franzi, ich werde dich so vermissen. Können wir dich nicht doch wenigstens am Wochenende mal besuchen? … Oder fliegst du weg?"

„Bitte, Jan. Bedräng mich nicht. Für mich ist es genauso schwer, glaub mir." Ich schlucke.

„Aber wir telefonieren gelegentlich, oder?", fragt er geknickt.

„Jeden Tag, wenn du willst." Ich schmunzle.

Das Telefonat verläuft trocken. Uns gehen die Gesprächsthemen aus, weil wir beide traurig sind. Während wir uns unterhalten, liege ich auf dem Sofa. Ich habe eine kurze Hose an und betrachte meinen entzündeten Stumpf. Als ich daran denke, wie behutsam Hansi gestern durch die Hose daran geschnuppert hat, biegen sich meine Mundwinkel zaghaft nach oben. Es hat sich wirklich so angefühlt, als würde Hansi mich verstehen; sogar dazu ermutigen, mit der Sprache herauszurücken. Ich hätte nie gedacht, dass mir mal ein Hund fehlen wird, aber Hansi wird es. Allein der Gedanke daran, zwei Wochen auf ihn zu verzichten, lässt mein Herz schwer werden wie Blei.

Später telefoniere ich noch einmal ganz in Ruhe mit Kicki. Gestern Abend war es einfach zu spät, aber ich wollte sie unbedingt informieren, bevor ich zusage. Das war mir unglaublich wichtig. Vermutlich wollte ich auch einfach in meiner Entscheidung bestärkt werden, was mir gelungen ist.

Was meine Eltern angeht, so war von vorneherein klar, dass sie heute noch einmal unangekündigt auf der Matte stehen würden. Und tatsächlich klingelt es im Verlauf des Nachmittags an meiner Haustür. Höflicherweise schließt meine Mutter aber nicht selbst auf. *Ob sie vielleicht gehofft hat, dass sie Jan wieder bei mir antrifft?*

Sie sieht wirklich etwas enttäuscht aus, und so, wie sie das Wohnzimmer betritt …

Zaghaft lugt sie um die Ecke. Das Schmunzeln meines Vaters bestätigt meine Vermutung. Er wirft mir einen vielsagenden Blick zu.

„Lass sie. Sie freut sich halt“, sagt er lautlos.

„Ja, ja“, lamentiere ich gereizt und folge ihr ins Wohnzimmer.

„War Jan heute schon da?“, fragt meine Mama so gespielt beiläufig, dass ich es mir nicht verkneifen kann, ein weiteres Mal die Augen zu verdrehen.

„*Nein*, Mama. Er war heute nicht da. Ich musste packen, denn ich bin jetzt erst mal für zwei Wochen weg. Schon vergessen? Ich hatte hier also noch einiges zu tun. Aber wir haben uns gestern getroffen“, erzähle ich, um die Neugierde meiner Mutter zu befriedigen.

Sie strahlt mich mit großen Augen an.

„Und? Was habt ihr so gemacht?“, fragt sie.

„Nicht viel. Jans Hund ist ja immer noch verletzt und braucht

Ruhe. Wir haben hier nur abgehangen und einen Film gesehen."

„Schön …", sagt meine Mama und scheint noch mehr zu erwarten.

„Vielleicht essen wir jetzt auch erst mal das Eis, bevor es schmilzt", mischt sich mein Papa in die Unterhaltung ein und öffnet das Papier.

Daran erkenne ich, dass es Eis von Roman ist. Mit einem Anflug von Wehmut löffle ich das Eis.

„Ich hätte morgen Zeit, dich zu fahren", bietet mein Papa an.

„Nicht nötig, Papa. Ich fahre alleine. Könntest du mir eventuell nachher nur die Koffer in den Wagen tragen? Das wäre meine einzige Bitte. Den Rest schaffe ich alleine."

„Aber klar, mein Schatz. Mache ich."

Meine Mutter blickt unzufrieden drein.

„Also ich wäre ja dafür, wir fahren!", betont sie scharf. „Das ist eine weite Strecke und du kennst den Weg doch gar nicht!"

„Mama", stöhne ich. „Ich bin kein kleines Kind mehr. Ich fahre schon seit über zehn Jahren Auto und ich habe ein Navi. Wie soll ich mich damit verfahren? Und selbst wenn, dann komme ich halt etwas später an."

„Hm", grummelt meine Mutter unzufrieden. „Aber nächstes Wochenende kommen wir dich dort besuchen! Dann nehme ich die Wäsche mit!"

„Von mir aus", stimme ich gereizt zu. *Eltern können so anstrengend sein! Mit ihnen an meiner Seite werde ich nie erwachsen!*

Als sie gehen, kann sich meine Mama kaum von mir losreißen. Dutzende Ratschläge prasseln auf mich nieder. Irgendwann höre ich schon gar nicht mehr genau hin, sondern sage einfach gelangweilt: „Ja, Mama. Mache ich, Mama. Natürlich Mama. Verspreche ich, Mama."

Es ist ein wirklich anstrengender Besuch, der meine Nerven bis zur letzten Sekunde strapaziert. Würde mein Papa nicht immer den Schlichter spielen, wäre es vermutlich sogar in einen handfesten Streit ausgeartet.

Nachdem die Tür hinter ihnen zugefallen ist, lehne ich mich dagegen. Ich schließe die Augen, um erst mal runterzufahren. Es hat nicht mehr viel gefehlt und die Situation wäre eskaliert. Ich war nahe dran, lautstark auszurasten. *Wann kapiert meine Mama endlich, dass ich kein kleines Kind mehr bin!*

MONTAG

Ich komme in der Rehaklinik an und beziehe mein Zimmer. Es ist schön hell und die Bettwäsche sieht nicht nach Krankenhaus aus. Zufrieden stelle ich fest, dass auch für meine Modellarbeiten reichlich Platz ist. Ich lasse mir einen zusätzlichen Tisch bringen und baue dort mein kleines Arbeitszimmer auf.

Als ich gerade dabei bin, dem Arbeitszimmer den letzten Schliff zu geben, wird es auch schon Zeit für meinen Termin bei dem zuständigen Arzt. Es ist der Freund von meinem Hausarzt. Nervös begebe ich mich zu seinem Sprechzimmer und klopfe zaghaft an. Er bittet mich sofort herein.

„Hallo“, sage ich schüchtern und strecke die Hand aus, um ihn zu begrüßen.

Er schenkt mir ein offenes Lächeln. Er ist auch schon etwas älter, vielleicht so um die fünfzig, aber er sieht sehr sportlich aus; dichtes Haar und leicht gebräunte Haut wie nach einem Urlaub.

„Hallo, Frau Weger. Ich bin Dr. Blum. Ich freue mich, dass Sie unser Angebot angenommen haben. Wie geht es Ihnen?“, erkundigt er sich.

„Ich bin etwas aufgeregt“, gestehe ich.

„Wie ich sehe, haben Sie Ihre Prothese an …“, ermahnt er mich unterschwellig.

Ich erröte.

„Ja, schon“, murmle ich kleinlaut.

„Darf ich mir das Bein mal ansehen?“

„Natürlich.“

„Setzen Sie sich da drüben auf die Liege“, weist er mich freundlich an und steht auch selbst auf.

Schüchtern folge ich seiner Anweisung, ziehe meine Hose herunter und schwinge mich auf den Untersuchungstisch. Prüfend begutachtet er meinen Stumpf und runzelt die Stirn.

„Was hatten Sie mit Dr. Klein abgesprochen? Wie lange ist das jetzt schon entzündet?“

„Etwas über eine Woche. Ich sollte die Prothese auslassen, aber … Ich habe das nicht immer geschafft“, gestehe ich kleinlaut.

„Tja, das wirft uns etwas zurück. Mal sehen, was wir tun können, um den Heilungsprozess zu beschleunigen.“

Verschämt kaue ich auf meiner Unterlippe herum.

„Wir bekommen das schon hin. Kopf hoch, Frau Weger. Aber Ihre Prothese, die klaue ich Ihnen jetzt. Wir brauchen sie, um mit der Anpassung der neuen Prothese beginnen zu können. Abdrücke machen wir morgen. Krankengymnastik und Muskelaufbautraining starten heute schon.“ Er lächelt mich wieder aufmunternd an, während ich zerknirscht dreinblicke.

Nur sehr zögerlich und widerwillig übergebe ich ihm mein Metallbein.

„Hier“, sage ich betroffen und versuche mir nicht anmerken zu lassen, wie schwer mir das fällt.

„Keine Sorge. In einer Woche haben Sie ein neues Bein. Sie werden überrascht sein, was diese Prothese alles kann. Ihr Modell hier ist ja schon fast eine Antiquität“, lacht er.

„Hat aber seinen Dienst getan“, verteidige ich mein Bein.

„Mit Sicherheit, aber es ist längst überholt. Die Technik und die Ästhetik haben sich weiterentwickelt, Frau Weger. Freuen Sie sich auf Ihr neues Bein. Sie werden begeistert sein, das verspreche ich Ihnen!“

„Wenn Sie meinen“, erwidere ich verhalten und kann seine Begeisterung noch nicht teilen. Momentan bin ich weit davon entfernt, mich zu freuen. Jan ist weit weg, Hansi ist weit weg und mein linkes Bein ist nun auch weg. Das sind wohl kaum Gründe zum Jubeln und Feiern.

„Haben Sie Ihren Therapieplan schon bekommen?“, erkundigt sich der Arzt.

„Ja. Ich glaube, in einer Stunde soll ich in den Fitnessraum.“

„Wunderbar! Dann läuft ja alles! Ich würde vorschlagen, dann richten Sie sich weiter ein und ziehen sich zum Sport um! Wir werden uns sicherlich jetzt häufiger über den Weg laufen. Viel Erfolg schon mal“, wünscht er, doch immer noch springt nicht der kleinste Funke seiner Euphorie auf mich über.

Ich zwinge mich dennoch dazu, sein Lächeln zu erwidern. Erst im Flur der Klinik schnaufe ich mehrmals enttäuscht laut auf und humple auf den Krücken angefressen in mein Zimmer zurück.

„Ob das hier die richtige Entscheidung war?“, zweifle ich, sehe mich abermals um und räume umständlich und schwerfällig meine Sachen weg. Für das Gleichgewicht ist es ein riesiger Unterschied, ob ich die Prothese trage oder nicht. Und je öfter mir etwas aus der Hand gleitet und je länger ich brauche, um meine Sachen wegzuräumen, umso wütender werde ich. Giftig schimpfe ich vor mich hin, fluche und verfeuere mein komplettes Repertoire an Schimpfwörtern.

Eine Dreiviertelstunde später humple ich voller Scham durch die Gänge. Allerdings verfliegt die Scham ziemlich schnell, denn überall begegnen mir Menschen mit Behinderungen.

Jedes Alter ist vertreten. Sogar ein kleiner Junge, der eine künstliche Hand an sein Ärmchen geschnallt hat. Mir wird ganz anders zumute, als ich das sehe. Ein junges Mädchen, vermutlich noch keine achtzehn Jahre alt, sitzt im Rollstuhl. Sie weint. Mitten auf dem Flur wirkt sie total verloren. Mir schnürt es die Kehle zu vor Mitleid. Dann sehe ich ein Handy, das auf dem Boden liegt. Auf einem Bein bücke ich mich wackelig und hebe es auf.

„Hier, bitte“, sage ich mit erstickter Stimme.

„Danke“, schluchzt sie.

Ich bleibe noch einen Moment bei ihr stehen, weiß aber nicht, was ich sagen soll. Mit schlechtem Gewissen ziehe ich weiter.

In einer Kaffeeecke unterhalten sich zwei junge Männer. Einer von ihnen sitzt auch im Rollstuhl, der andere trägt ein komisches Gestell am linken Arm. Verstohlen spähe ich zu ihnen herüber. Sie nehmen mich gar nicht wahr, lachen und scherzen. Es sieht aus, als hätten sich zwei ganz normale Menschen irgendwo draußen in einem Café getroffen, lässig und gechillt, als wenn gar nichts wäre.

Im Fitnessraum werde ich bereits erwartet. Ein junger Therapeut, vermutlich Mitte dreißig, stellt sich vor. Er sieht gut aus. Dass ich nur ein Bein habe, scheint für ihn wenig spektakulär.

„Hallo, hübsche Frau! Ich hoffe, Sie sind Frau Weger. Dann bin ich nämlich für Sie zuständig." Er zwinkert mir keck zu. Etwas schüchtern trete ich näher.

„Ja, das bin ich", antworte ich zurückhaltend.

„Kennen Sie die Geräte? Waren Sie schon einmal in einem Fitnessstudio?", fragt er.

„Ja, war ich schon mal. Allerdings nur zum Frühstück", grinse ich bei der Erinnerung an meinen ersten und letzten Besuch.

„Also kompletter Neuling", frotzelt er.

„Wenn Sie es so nennen wollen – *ja.*"

„Nicht schlimm. Wir bringen Sie schon auf Vordermann. Ich habe mich schon etwas in Ihre Akte eingelesen. Wir fangen mit Übungen für den Schultergürtel an. Kommen Sie mit", sagt er und winkt mich zum ersten Gerät.

Skeptisch bleibe ich davor stehen und gucke mich im übrigen Raum um. Es ist nicht viel los. Außer mir trainiert nur ein weiterer Mann. Auch er hat nur ein Bein. Schnell sehe ich wieder weg und konzentriere mich auf die Anweisungen des Therapeuten.

Die Übungen erweisen sich anstrengender als gedacht. Ich komme sogar ins Schwitzen. Bei der letzten Übung sitze ich dann an einer Art Beinpresse, neben mir der andere Patient, der mit seinem gesunden Bein ordentlich Gewichte stemmt. Als mein Therapeut mich allein lässt, schmunzelt er mich von der Seite an.

„Hi. Ich bin Tom. Zum ersten Mal hier?"

Ich nicke schüchtern.

„Ich bin Franzi", sage ich und wende schnell wieder meinen Blick von ihm ab.

„Und, was ist dir passiert?"

Ich räuspere mich verlegen und werde rot.

„Hundebiss", erwidere ich nur kurz und knapp. „Und du?"

„Puma", schnauft er.

„Was?" Mit aufgerissenen Augen drehe ich nun meinen Kopf komplett zu ihm herum. „Du wurdest von einem Puma angegriffen? Arbeitest du im Zoo?"

Er fängt an zu lachen.

„Nein. Sollte nur ein Witz sein. War nicht gut der Witz, oder?"

Ich brummle vor mich hin.

„Motorradunfall. Vor vier Jahren", erzählt er nun nüchtern.

„Hm", mache ich und wische mir mit einem Handtuch, das ich um den Hals trage, einige Schweißtropfen von der Stirn.

„Warum bist du hier?", möchte er wissen.

„Ich bekomme eine neue Prothese angepasst", antworte ich und gönne mir vor dem nächsten Satz eine kleine Verschnaufpause.

„Ich auch", sagt er. „Ich bin schon seit letzter Woche hier."

„Ich bin heute erst angekommen."

„Was machst du beruflich?", fragt er und stemmt gleichzeitig mit dem gesunden Bein keuchend einen Berg von Gewichten.

„Ich bin eigentlich Architektin. Momentan arbeite ich aber in einer Eisdiele. Meine Behinderung kommt bei den Bewerbungen nicht so gut an, vermute ich. Und was machst du?"

„Ich bin Sportlehrer", sagt er ächzend und schiebt abermals die Beinpresse mit den Gewichten von sich weg.

„Echt? Sportlehrer?"

„Ja, am Gymnasium."

„An einer normalen Schule?"

„Wie man es nimmt. Welche Pubertierenden sind schon normal?" Er grinst wieder breit.

„Und wie kommst du damit klar? Ich meine, mit den Kindern?"

„Meinst du wegen des Beins? … Also ich denke, die meisten Kinder finden es eher cool. Ich habe eine Sportprothese. Es ist echt unglaublich, was man alles damit machen kann. Schneller laufen, höher springen. Nebenbei bin ich noch Vertrauenslehrer und Sozialpädagoge. Irgendwie hilft mir, glaube ich, die Behinderung dabei. Ich habe das Gefühl, die Schüler vertrauen mir dadurch eher und kommen mit Problemen schneller zu mir. Für mich ist es ein Bonus und kein Hindernis. Sie bewundern mich dafür, wie ich damit umgehe. Und besser Bein ab als arm dran."

Blöder Witz. Alt und saublöd. Wie oft ich mir den zur Schulzeit schon anhören musste! So ein Idiot.

„Ist ein Witz für Fortgeschrittene." Er zwinkert mir zu.

„Für Fortgeschrittene", wiederhole ich abfällig.

„Na ja, für die, die schon über den Dingen stehen. Die gelernt haben, damit umzugehen."

„Wie war das denn bei dir am Anfang. … Warst du da nicht … deprimiert?", frage ich.

„Doch, na klar. Und wie. Meine damalige Freundin habe ich zur Verzweiflung gebracht. Sie hat trotzdem zu mir gestanden, was ich ihr nie vergessen werde. Sie hat mich auch dazu gezwungen, eine Therapie zu machen – also einer Selbsthilfegruppe beizutreten. Am Anfang habe ich dort mit meiner schlechten Laune und meinem Selbstmitleid allen die Stimmung vermiest. Die dachten vermutlich, ich kriege nie die Kurve. Aber es hat geholfen, mit Menschen zu reden, die Ähnliches durchgestanden haben. Außerdem habe ich viele wertvolle Tipps bekommen. Die kann ich heute weitergeben. Ich bin immer noch in der Gruppe, wenn ich Zeit habe. Dann aber eher als Ansprechpartner."

„Wow", sage ich staunend. „Und deine Freundin? Seid ihr nicht mehr zusammen?"

„Nein. Sie hat mich verlassen und lebt seit einem halben Jahr mit jemand anderem zusammen. Ist aber okay. Wir waren doch zu unterschiedlich. Vor allem, was den Humor betrifft, waren wir nicht auf einer Wellenlänge. Nicht jeder kann mit schwarzem

Humor gut umgehen, ich hingegen liebe ihn. Nein, im Ernst, es hat einfach nicht mehr gepasst. Wir haben das beide eingesehen und uns einvernehmlich getrennt."

„Und jetzt? Bist du jetzt alleine?"

„Ja. Ein waschechter Single. Auch nicht schlecht. Soll zwar kein Dauerzustand werden, aber momentan ist alles gut, wie es ist. Und du?"

Ich stoße einen tiefen Seufzer aus.

„Kompliziert", sage ich und ziehe mürrisch einen Mundwinkel nach oben. „Ich habe vor Kurzem jemanden kennengelernt. Aber er weiß noch nicht, dass ich … dass ich …"

„Dass dir ein Bein fehlt?"

Eine wütende Brise durchzischt mich, verfliegt aber sofort wieder. Schulterzuckend nicke ich bedröppelt.

„Warum nicht?", fragt er aufrichtig überrascht.

„Weil ich im Gegensatz zu dir nicht so offen damit umgehen kann. Vielleicht ist das bei Frauen auch etwas anders als bei Männern. Euch guckt im Minirock niemand hinterher, oder?"

Er grunzt amüsiert und muss beim Stemmen der Gewichte innehalten. Etwas zu fest prallen sie mit einem Knall aufeinander, weil er sie dann doch nicht mehr halten kann.

„Ich persönlich habe keinen Minirock im Schrank", lacht er.

„Aber ich wette mit dir, dass mir die Leute dann auch hinterhergucken würden", grinst er.

Ich verdrehe die Augen.

„So war das nicht gemeint", maule ich.

„Weiß ich doch. Ich trage aber im Sommer kurze Hosen!"

„Das zählt nicht!", betone ich.

„Wieso? In einer kurzen Hose sieht man doch genauso die Beine."

„Aber das kannst du doch nicht vergleichen! Bei Frauen sind tolle, schlanke Beine ein Schönheitsideal! Sie machen eine Frau attraktiv!"

„Haben sie deine Prothese etwa zu fett modelliert?" Wieder bricht er in Gelächter aus.

„Du machst dich über mich lustig!", schimpfe ich beleidigt. „Ich meine das wirklich ernst! Ich habe doch keine Ahnung, wie er darauf reagiert!"

Tom hebt verständnislos die Schultern.

„Ihr Frauen seid kompliziert. Worüber ihr euch alles Gedanken macht. Ich kann dir nur den Rat geben, es ihm einfach zu sagen. Dann musst du dir nicht mehr den Kopf darüber zerbrechen. Und wenn er damit nicht klarkommt, dann ist das halt so. Ich habe das zwar bisher noch nicht erlebt, aber wenn dein Typ damit nicht umgehen kann, dann soll es nicht sein."

„Aber ich finde ihn so toll", murmle ich verstohlen.

„Meine Güte, du bist nun mal wie du bist! Es ist ein Teil von dir! Hat denn jemals einer deiner Ex-Freunde wirklich ein Problem damit gehabt?"

Schweigen.

„... Ich hatte bisher noch keinen Freund", gestehe ich so leise, dass er es wirklich nicht versteht.

„Was? Entschuldige, aber ich habe dich akustisch nicht verstanden ..."

„Er ist mein ... erster Freund", beichte ich flüsternd und sehe mich dabei verstohlen im Raum um.

„Warte mal ... Wie alt bist du? Ich will nicht unhöflich sein, aber du bist doch keine achtzehn mehr, oder? Wie lange ist die Geschichte mit dem Hundebiss her?"

„Zur Schulzeit. Ist schon über zehn Jahre her."

„Zur Schulzeit? Vor über zehn Jahren? Dann gehst du auf die dreißig zu! Und du hattest noch *nie* – also wirklich noch *nie* einen richtigen Freund? Noch nie einen Partner?"

Mein Gesicht flammt auf wie eine rote Glühbirne auf der Reeperbahn. Ich schäme mich ganz entsetzlich für die Tatsache, dass ich noch nie liiert war. Damit dürfte ihm wohl auch klar sein, dass ich noch Jungfrau bin. Das ist echt peinlich. Daher ziehe ich es betreten vor, zu schweigen.

„Wow ..." Er pustet mit tiefen Furchen auf der Stirn einen heftigen Atemstoß aus. Und offenbar ist er sensibel genug, um zu erkennen, dass auch sein schwarzer Humor gerade vollkommen fehl am Platz wäre.

Sein Blick scannt mich mit einer Mischung aus Fassungslosigkeit und Entsetzen. Aber immerhin, er lacht nicht. Tom scheint die Sache tatsächlich ernst zu nehmen und ich fühle mich erleichtert, es endlich jemandem gesagt zu haben. Wobei ich selbst von mir überrascht bin, dass ich einer völlig fremden Person solch intime Details aus meinem Privatleben preisgebe.

„Hast du nach dem Unfall eine Selbsthilfegruppe besucht?“, erkundigt er sich.

„Nein. … Hat sich nicht ergeben“, flunkere ich.

„Ich glaube, das hätte dir gutgetan. Gewisse Sachen bespricht man besser unter Gleichgesinnten. Sie haben eine andere Form von Verständnis für viele Dinge. Es ist nichts Peinliches daran, sich Hilfe zu holen. Man muss nicht alles mit sich selbst ausmachen. Du bist das beste Beispiel dafür, dass das nicht gut ist.“

„Na toll. Das hilft mir jetzt wirklich weiter. Permanent muss ich mir schlaue Sprüche anhören!“

„Ja, aber es ist ein Unterschied, von wem sie kommen. Keiner kann sich so gut in dich hineinversetzen wie jemand, der das gleiche Schicksal am eigenen Leib erfahren hat und Ähnliches durchmachen musste.“

Ich verdrehe schmollend die Augen.

„Und, welche guten Ratschläge wirst du nun auf mich abfeuern?“

„Keine. Du bist noch nicht so weit.“

Ich schnaube empört.

„Du kennst mich überhaupt nicht, erlaubst dir aber darüber zu urteilen, dass ich noch nicht so weit bin? Woher willst du das wissen?“, gifte ich streitlustig.

„Dass du bisher nie jemanden an dich herangelassen hast, spricht wohl für sich. Und so übel siehst du jetzt auch wieder nicht aus.“

„Pfff! Na schönen Dank auch für das Kompliment! Nur gut, dass du alles besser gemacht hast als ich!“ Wütend stehe ich auf und dampfe ab. *Seine überhebliche Besserwisserei kann er sich an den*

Hut stecken! Der kann mich mal! Warum war ich so bescheuert und habe mich ihm überhaupt anvertraut? Hätte ich bloß nichts gesagt! Ich hätte besser meine Klappe gehalten! Geht ihn sowieso nichts an! So ein Idiot! Den werde ich auf jeden Fall ab jetzt konsequent ignorieren! Nie wieder rede ich mit dem! Nie wieder!

„Jetzt warte doch mal! Das war doch gar nicht so gemeint!", ruft er mir besänftigend hinterher.

Pah! Dir antworte ich bestimmt nicht mehr! Bleib, wo der Pfeffer wächst, du, du neunmalkluger Besserwisser!

Grummelnd verabschiede ich mich von meinem Therapeuten und humple von dannen. Auf dem Rückweg zu meinem Zimmer komme ich wieder an dem traurigen Mädchen im Rollstuhl vorbei. Sie weint jetzt nicht mehr, aber ihre ganze Aura strahlt seelische Schmerzen aus. Und diese Schmerzen sind so greifbar, dass sie mir unweigerlich wieder die Kehle zuschnüren. Schnell humple ich vorbei. *Momentan bin ich sicherlich kein guter Gesprächspartner, der jemand anderen aufmuntern könnte.* Allerdings löst sich meine Wut bei ihrem Anblick schnell in Luft auf. Dieses verzweifelte Gesicht prägt sich mir so ein, dass ich noch eine halbe Stunde danach den Kloß in meinem Hals spüre.

Meine nächste Behandlung findet in der Krankengymnastik statt. Auch hier bin ich einem äußerst attraktiven Typen zugeteilt worden. Garantiert ein Frauenschwarm. Riesengroß, breite durchtrainierte Schultern, sportlich, dichtes, dunkles, gelocktes Haar und durchdringende grüne Augen. Bestimmt starre ich ihn einen Moment zu lange an, denn er schmunzelt. Auch bei ihm fällt es mir nicht leicht, meinen Stumpf zu zeigen. Da er aber irgendwelche Kräuterumschläge machen soll, um den Heilungsverlauf der Entzündung zu beschleunigen, muss ich notgedrungen das Übel in Kauf nehmen.

Er konzentriert sich sachlich auf die Behandlung, so fachmännisch nüchtern, dass meine Pein verfliegt. Die Massage tut sogar gut, und da ich dabei in Rückenlage auf einer bequemen Liege entspannen darf, kann ich extrem gut relaxen. Ich schließe die Augen und versuche, seine Schönheit und Attraktivität auszublenden. Immer wieder blinzle ich aber verstohlen und erhasche seinen Blick. Ich werde rot. Er lächelt zurück, jedoch kann ich nicht genau einordnen, ob es nur aus Höflichkeit oder eventuell sogar aus Interesse ist.

Vielleicht sollte ich mir einfach einen anderen Partner als Jan suchen. Jemand, der so ist wie ich! ... Oder jemand, der tagtäglich damit zu tun hat. Dann wäre ich auf der sicheren Seite, dass er mit meiner Behinderung keine Probleme hat ...

Mit sich lösenden Muskelblockaden döse ich vor mich hin. *Der Typ aus dem Fitnessraum vorhin war ja eigentlich auch nicht übel, und er ist solo ... Nein! Der doch nicht! Was soll ich mit so einem eingebildeten Fatzke? Da kann er noch so attraktiv aussehen!*

Und Jan ... Er ist etwas ganz Besonderes, und er hat Hansi!

Die Zeit verfliegt bei der Behandlung. Diese Behandlung könnte ich mir durchaus öfter vorstellen – dann aber bitte auch mit diesem Therapeuten. Da aber schon die nächste Patientin wartet, verziehe ich mich etwas wehmütig in mein Zimmer. Erneut begegnen mir die unterschiedlichsten Patienten mit den verschiedensten Behinderungen. Die Einzigen, die hier normal sind, sind die Leute vom Personal. *Aber normal, was ist das schon?*

Vor meiner Tür wartet ein grinsender Tom. Er sitzt in einem Rollstuhl und hat zwei riesige Pizzakartons auf dem Schoß.

„Versöhnungsangebot", schnurrt er.

In meine Mundwinkel stiehlt sich ein Schmunzeln. Aber ein wenig Abweisung in meinem Blick kann ich mir dennoch nicht verkneifen.

„Aha. Und du meinst, mit Pizza kriegst du mich?" Ich verschränke die Arme vor der Brust und lehne mich lässig an die Wand. Trotzdem hoffe ich, dass es nicht hochnäsig herüberkommt.

„Ist einen Versuch wert, oder? Komm schon. Sei kein Stoffel. Ich werde auch keine Ratschläge mehr erteilen, ich schwöre!"

Ich lasse ihn noch einen Moment zappeln. „Und? ... Pizza? Wenn sie erst kalt ist, schmeckt sie nicht mehr."

„Komm rein." Ich mache mit dem Kopf eine Bewegung nach links und schließe meine Tür auf. *Na gut, er ist ja doch ganz nett.*

Tom rollt vor und ich humple auf den Krücken hinter ihm her. Er legt die Kartons auf dem Tisch ab.

„Margherita oder Salami?", fragt er und lugt unter den Deckel des ersten Kartons.

„Margherita", antworte ich und nehme sie entgegen.

Wir klappen die Deckel um. Da ich nun auf dem Stuhl hocke, bin ich wieder auf Augenhöhe mit Tom.

„Warum sitzt du jetzt im Rollstuhl?", frage ich und beiße in eine Ecke.

Er kaut ebenfalls an seiner Pizza und schaut mich irritiert an.

„Wieso nicht? Wie soll ich denn mit den Krücken die Pizzen transportieren? Ich habe doch meine Prothese auch abgegeben, schon vergessen? Außerdem finde ich es wirklich anstrengend, den ganzen Tag mit den Krücken herumzuhumpeln. Mir tun dann abends die Schultern weh."

„Hm." Ich beiße wieder in meine Pizza. „Hier fällt man damit gar nicht auf. Hast du gesehen, was die anderen alle haben? Da war ein junges Mädchen im Flur. Sie saß auch im Rollstuhl. Aber ihr hat kein Bein gefehlt. Sie hat schrecklich geweint", sage ich betroffen und habe ihr trauriges Gesicht vor Augen. Der nächste Bissen braucht etwas länger, bis er meine Speiseröhre hinunterrutscht.

„Schrecklich. Ja. Ich habe sie in den letzten Tagen öfter gesehen. Sie weint jeden Tag, permanent. Es erinnert einen automatisch an die eigene Zeit, kurz nach dem Unfall. Mir geht das auch sehr an die Nieren", meint er ernst und beachtet für einen Moment seine Pizza nicht mehr. „Hoffentlich kann man ihr hier helfen, auch emotional."

„Ja, das wünsche ich ihr auch", sage ich und schlucke schwer, sogar ohne Pizza im Mund. „Diese ganzen Schicksale schlagen mir etwas auf den Magen. Ich kann das nicht gut sehen, wenn andere traurig sind und weinen", spreche ich meine Gedanken laut aus.

„Nicht alle Aufgaben, die man im Leben gestellt bekommt, sind einfach. Jeder hat sein eigenes Päckchen zu tragen. Bei mir hat es auch Zeit gebraucht, bis ich mich so gefühlt habe wie jetzt. Heute sehe ich es sogar als Geschenk an. Es hat mein Leben ungemein bereichert. Ich glaube wirklich, dass die jungen Leute zu mir aufblicken. Und ein gutes Vorbild zu sein, macht mich stolz."

„Geschenk? Findest du das nicht etwas makaber und übertrieben?", frage ich höhnisch.

Er überlegt.

„Nein, in meinem Fall nicht. Nein, ich würde es wirklich als eine Art Geschenk bezeichnen. Allerdings ist mir das natürlich auch erst nach und nach klar geworden."

Grübelnd beiße ich abermals in meine Pizza. Gedankenverloren kaue ich darauf herum.

„Was bastelst du eigentlich da hinten in der Ecke?", fragt er neugierig und deutet mit der Pizzaecke in der Hand auf mein Modell.

„Das ist mein derzeitiges Projekt. Ich mache bei einem Wettbewerb mit. Es ist eine Riesensache, es wäre mein erster Einsatz als Architektin und gleichzeitig bestimmt mein Durchbruch."

„Wow. Dann viel Glück", sagt er lächelnd. „Magst du mir davon erzählen?"

Ich zögere. Eigentlich ist das momentan mein großes Geheimprojekt. Da er aber nichts damit zu tun hat und keine Konkurrenz ist oder in der Jury sitzt …

„Wenn es dich interessiert."

„Na klar! Schieß los!"

Ich stehe auf und gehe an meinen Basteltisch. Aufgeregt erzähle ich ihm, wie ich mir alles vorstelle. Ich bin voll in meinem Element. An meinem Modell zeige ich ihm, wo was ist und hinkommen soll. Eifrig und fast überschlagend erkläre ich eine halbe Stunde lang, wie es am Ende aussehen wird und welche Details und Besonderheiten ich geplant habe. Meine Augen leuchten und sprühen vor Begeisterung, aber das bekomme ich selbst gar nicht mit.

„Du gehst richtig darin auf", sagt er, als ich fertig bin und mich wieder zu ihm setze.

„Ja. Es war immer mein Traum, als Architektin zu arbeiten. Und dieser anonyme Wettbewerb ist meine Chance, endlich einmal zu zeigen, was ich kann. Keiner weiß, ob ich eine Frau oder ein Mann bin, wie alt, und dass ich diese Behinderung habe. Und ich weiß, dass ich es schaffen kann. Auch wenn das Betreten von Baustellen mit der Prothese sicherlich das ein oder andere Hindernis darstellen wird."

„Ich glaube an dich. Wirklich. Und ich drücke dir ganz fest die Daumen. Wir können ja mal unsere Kontaktdaten austauschen. Dann kannst du mir sagen, ob du gewonnen hast. Oder ich komme vorbei und tröste dich – wenn dein Jan nicht schneller ist", stichelt er freundschaftlich.

Ich schmunzle geschmeichelt.

Der Abend mit Tom ist schön. Ich fühle mich wirklich wohl in seiner Nähe. Bei ihm kann ich ganz und gar ich sein und muss mich nicht verstellen.

Als ich im Bett liege, gehe ich in Gedanken meine heutigen Bekanntschaften durch. Zugegeben, ich überlege auch, ob sich nicht einer der durchaus gutaussehenden Männer eventuell als Partner eignen könnte. Es wäre so wunderbar einfach, wenngleich ich ausschließlich von Tom weiß, dass er Single ist. Dennoch meine ich, dass diese zwei Therapeuten mich durchaus attraktiv finden. Könnte natürlich auch Einbildung sein. Aber Fakt ist, jeder von ihnen wüsste schon von meiner Behinderung und hätte kein Problem damit. Doch wenn ich an Jan denke, dann ist da dieses fantastische Kribbeln. Es ist einfach anders. Natürlich habe ich außer ihm ja auch keinen dieser Männer geküsst, aber in seiner Nähe durchflutet es mein Herz mit einer solchen Wärme und Glückseligkeit. Ich kann mir kaum vorstellen, dass jemals jemand daran herankommen könnte.

Als er mich später dann auch noch auf dem Handy anruft, rücken meine Überlegungen, ob Tom oder einer der hübschen Therapeuten auch als Partner infrage kämen, in weite Ferne. Seine Stimme entfacht solche Sehnsucht in mir. Am liebsten würde ich sofort nach Hause fahren. Ich spüre erst durch das Telefonat so richtig, wie sehr er mir fehlt. Es tut heftig weh und als wir auflegen, ist mir zum Heulen zumute.

Während der nächsten Tage schaffe ich es zum Glück, mich etwas von meinem Liebeskummer abzulenken. Tagsüber nimmt mich ein ausgefüllter Therapieplan komplett in Beschlag. Und sobald ich eine ruhige Minute habe, investiere ich sie in mein Projekt. Ich tippe fleißig am PC oder klebe an meinem Modell herum. Zwischendurch treffe ich mich lediglich kurz mit Tom. Ich freue mich immer, ihn zu sehen. Er ist lustig, sieht gut aus und kann sogar verdammt charmant sein. Trotzdem fehlt ihm etwas. Etwas, das nur Jan hat. Es scheint ihn ab und an zu irritieren, dass ich ihn anstarre. Ich versuche jeden Tag aufs Neue herauszufinden, ob da nicht doch dieses Kribbeln entstehen könnte. Es wäre so herrlich einfach! Aber meine Gefühle kommen über freundschaftliche Empfindungen nicht hinaus. Auch wenn er mich am Arm berührt, wirkt das auf meine Glückshormone eher nüchtern. Ich spüre, dass Tom durchaus auch zu mehr bereit wäre. Wir haben uns gestern sogar umarmt. Ich habe während dieser Umarmung ganz tief in mich hineingehorcht. Ja, ich habe mich wohlgefühlt, es genossen, aber das Verlangen nach mehr kam nicht auf. *Bestimmt muss ich ihm das bald sagen. Auch eine Premiere. Eine Abfuhr habe ich bisher keinem erteilen müssen.*

FREITAG

Ich komme gerade aus dem Fitnessraum, als ich auf dem Flur wieder das Mädchen im Rollstuhl antreffe. Sie weint – wie üblich. Es ist herzzerreißend und schnürt mir jedes Mal den Hals zu. Heute laufe ich aber nicht beklommen an ihr vorbei. Stattdessen bleibe ich unsicher stehen, direkt neben ihr. Dann humple ich zwei Schritte zurück, damit sie mich sehen kann.

„Hi", sage ich.

Sie hebt träge den Kopf, schluchzt aber weiter.

„Wie alt bist du?", frage ich sanft.

„Siebzehn", schnieft sie, ohne mich anzusehen. „Wieso?"

„Weil ich wissen wollte, ob wir einen Kaffee trinken gehen sollen oder uns in der Cafeteria lieber ein Eis holen."

„Ich möchte nichts", mault sie.

„Du klingst wie ich", sage ich und lächle sie an.

Zögerlich hebt sie den Kopf und mustert mich.

„Ich gehöre auch zum Typ Griesgram. Ich habe mir die letzten Tage einiges von einem anderen Patienten anhören müssen."

„Warum bist du nicht einfach weggegangen oder hast dir die Ohren zugehalten?", fragt sie.

„Weil ich gemerkt habe, dass er in vielen Dingen recht hat. Ist blöd, wenn andere recht haben, oder?"

„Hm", grummelt sie, schaut mich jetzt aber interessiert an und hat sogar aufgehört zu weinen.

Ich beuge mich etwas weiter zu ihr herunter.

„Mich hat ein Hund gebissen. Damals war ich siebzehn, so wie du. Seitdem fehlt mir das linke Bein. Sieht nicht schön aus. Weißt du, dass ich es bis zu diesem Aufenthalt hier versteckt habe? Sogar in der Schule hat niemand meine Prothese gesehen. Nur meine beste Freundin, meine Eltern und mein Hausarzt – und natürlich die Leute in der Rehaklinik nach dem Unfall."

„Wieso?", fragt mich das Mädchen.

„Weil ich mich dafür schäme – geschämt habe", korrigiere ich hüstelnd und richte mich wieder etwas auf. „Ich meine aber, hier wird es von Tag zu Tag etwas besser. Über zehn Jahre habe ich mich versteckt. Unglaublich, oder?"

„Immerhin konntest du es verstecken. Ich kann das Ding hier nicht verstecken! Ich werde nie wieder laufen können! Ich bin für den Rest meines Lebens an dieses Teil gefesselt!" Sie bricht wieder schluchzend in sich zusammen und verpasst den Reifen links und rechts einen bösen Schlag.

„Weißt du was? Ich nehme dich jetzt mit. Wir holen aus der Cafeteria ein Eis und dann erzähle ich dir ein Geheimnis – bei mir im Zimmer. Muss nämlich nicht unbedingt jeder wissen. Wie heißt du eigentlich?"

„Judit", schluchzt sie und ringt in ihrem Heulanfall japsend nach Luft.

„Kommst du mit?", frage ich und humple voran.

Sie nickt traurig, schnäuzt sich die Nase und rollt hinter mir her.

Wenig später sitzen wir mit kleinen Papp-Eisbechern bei mir im Zimmer. Erwartungsvoll aber zurückhaltend schaut sie mich an.

„Erzählst du mir dein Geheimnis?", fragt sie vorsichtig.

„Es ist echt peinlich. Bitte nicht weitersagen, okay?"

„Versprochen", sagt sie leise.

„Ich bin jetzt neunundzwanzig. Bald werde ich also dreißig", erzähle ich. „Weißt du, ich hatte noch nie einen Freund", flüstere ich ihr über den Tisch gebeugt zu.

Ungläubig starrt sie mich an.

„Tja, noch nie. Während der Schulzeit, also vor dem Unfall, da habe ich mal einen Jungen geküsst. Wir haben bisschen herumgeknutscht, mehr nicht. Das war alles. Und vor circa zwei Wochen habe ich dann einen Mann kennengelernt. Er ist … er ist so toll! Ich habe mich total in ihn verliebt! … Aber … er weiß immer noch nicht, dass ich behindert bin." Verlegen schiebe ich mir einen Löffel Eis in den Mund, während Judit mich gespannt anschaut und darauf wartet, dass ich fortfahre.

Ich nehme einen tiefen Atemzug und seufze.

„Er küsst so toll …", schmachte ich verträumt, aber gleichzeitig auch wehmütig. „Und jetzt habe ich riesige Angst, wenn er erfährt, dass ich, … dass mir ein Bein fehlt, dass er mich dann nicht mehr mag. Außerdem habe ich immer so komisch reagiert, als er mich anfassen wollte. Ich hatte Angst, er fühlt die Prothese, weißt du?" Ich schlucke. „Er hat mich sogar gefragt, ob ich einmal vergewaltigt wurde! Zwar hat er es nicht wortwörtlich so formuliert, aber es war mehr als eindeutig. Peinlich, oder?", wispere ich verschämt und stecke mir schnell wieder einen Löffel Eis in den Mund.

Judit schmunzelt, aber ich bin ihr deswegen nicht böse.

„Du hast also noch nie mit einem Mann … geschlafen? Du bist noch Jungfrau?", flüstert sie leise, als könnte uns jemand belauschen.

„Ja, sieht so aus. Noch peinlicher, oder? Davon weiß er natürlich auch noch nichts. Wie du siehst, ist bei mir auch einiges los. Und meine Eltern haben fast einen Herzkasper bekommen. Meine Mama kam mich besuchen und da saß er morgens bei mir am Frühstückstisch. Du kannst dir nicht vorstellen, was sie für ein Gesicht gemacht hat! Noch nie hat sie einen Mann bei mir gesehen! Ich dachte, jeden Moment sie fällt um."

Judit kann sich kaum auf ihr Eis konzentrieren, so angespannt lauscht sie. Daher fahre ich fort.

„Er hat nur bei mir auf dem Sofa übernachtet, das ist wiederum eine andere Geschichte. Was würdest du jetzt an meiner Stelle machen? Wir telefonieren jeden Abend."

„Du fragst mich ehrlich um Rat?" Mit großen Augen blickt sie staunend zu mir auf.

„Ja", erwidere ich.

„Was denkt er denn, wo du jetzt bist?", fragt sie.

„Ich habe etwas von Urlaub gesagt ...", murmle ich.

Judit lacht breit.

„Und das hat er dir abgekauft?"

„Denke schon ... Nein, eigentlich nicht. Aber ich konnte es ihm doch nicht sagen! Ich wusste einfach nicht wie! Und ich weiß es immer noch nicht", seufze ich.

„Ich habe schon einmal", verrät Judit leise und errötet.

„Echt jetzt?" Ich starre sie an.

„Ja. Letztes Jahr. Heimlich, in einer Jugendfreizeit." Judits Augen glitzern. Im nächsten Moment sieht sie wieder traurig aus. „Das war vermutlich mein erstes und mein letztes Mal."

„Blödsinn! Natürlich nicht! Wieso soll das dein letztes Mal gewesen sein?"

„Wer will mich denn jetzt noch? *So*!" Sie macht eine verächtliche Geste gen Rollstuhl.

„Du bestehst doch nicht nur aus Beinen! Und Sex geht bestimmt auch, wenn man die Beine nicht mehr bewegen kann. Wir könnten das mal im Internet recherchieren, wenn es dich interessiert. Ich habe meinen Computer dabei!"

Judit lächelt schief.

„Vielleicht ein anderes Mal. ... Wie lange dauert es, bis man damit klarkommt ..."

„Wenn du dir kein Beispiel an mir nimmst, bestimmt schneller. Ich habe ja heute noch Komplexe", gestehe ich. „Ich war einfach zu stur. Ich hätte mich anderen Betroffenen anschließen sollen. Einer Selbsthilfegruppe, wie Tom. Der Typ, der mir den Kopf gewaschen hat", kläre ich sie auf.

Sie lächelt wieder etwas.

„Du bist nicht die Einzige auf dieser Welt, die im Rollstuhl sitzt, so wie ich nicht die Einzige bin, der ein Bein fehlt. Garantiert hast du dein Leben schneller wieder im Griff als ich. Vielleicht ist es gar nicht so gut, wenn man die Möglichkeit hat, es zu verstecken", überlege ich laut.

Judit schweigt. Wir löffeln beide stumm unser Eis.

Als ich am Abend alleine in meinem Zimmer bin, gehe ich das Gespräch mit Judit noch einmal in Gedanken durch. Danach schien sie auf jeden Fall besser drauf zu sein, und ich sogar auch. Der Austausch hat überraschenderweise gutgetan. Das muss sogar ich jetzt zugeben.

Mit offenen Augen liege ich auf meinem Bett und starre an die Decke. *Möglicherweise hat das Gespräch mir sogar mehr geholfen als ihr ...*

Plötzlich klingelt mein Handy. Ich sehe Kickis Nummer und nehme strahlend ab.

„Hi, Kicki! Alles kl…" Noch im Wort halte ich inne.

Meine Freundin schluchzt so laut, dass ich sofort merke, dass da etwas nicht stimmt.

„Was ist los?", frage ich und sitze mit einem Schlag kerzengerade im Bett.

„Lissi", schluchzt sie. „Lissi ist …"

Ich kann sie gar nicht verstehen, weil sie so aufgelöst ist. Als ich aber Lissis Namen höre, wird mir schlecht vor Angst.

„Was ist mit Lissi?", frage ich panisch und spüre Übelkeit aufkommen.

„Sie liegt im Krankenhaus, auf der Intensivstation", schluchzt Kicki hemmungslos.

Mein Puls beginnt sofort zu rasen. *Intensivstation …* In mir zieht sich unweigerlich alles zusammen.

„Oh Gott … Was ist passiert, Kicki?" Meine Worte und meine Gedanken überschlagen sich.

„Sie war die ganze Woche schon erkältet und hat gehustet. Plötzlich hat sie keine Luft mehr bekommen. Sie ist richtig blau geworden! Ich habe den Notarzt gerufen. Wir sind mit dem Rettungswagen ins

Krankenhaus gefahren. Ich kann Thorsten nicht erreichen, Franzi. Er ist auf Geschäftsreise und sein Handy hat keinen Empfang. Ich kann ihn nicht erreichen", heult Kicki laut, und es ist ein Wunder, dass ich sie überhaupt verstehe. Sie kann kaum Sprechen vor Sorge und Angst.

„Ich komme! Ich komme sofort, Kicki! Wo seid ihr? In welchem Krankenhaus liegt Lissi?"

„Du bist doch in der Reha", schluchzt Kicki.

„Na und? Ich bin doch hier nicht festgenagelt! Wo seid ihr?", fordere ich streng.

„Im Marienstift", bringt Kicki stockend hervor und bricht weinend zusammen.

„Ich mache mich sofort auf den Weg. Ich bin in einer Stunde bei euch!", sage ich hektisch, lege auf und sitze schon an der Bettkante. Am liebsten möchte ich selbst sofort in Tränen ausbrechen, aber das geht nicht. Ich muss sofort wieder klar werden, um meiner Freundin zu helfen. Wirr schaue ich mich im Zimmer um. Ohne zu überlegen, greife ich mir nur meine Handtasche, schlüpfe mit meinem rechten Fuß in einen Turnschuh und packe mir meinen Autoschlüssel. Dann eile ich los. Ich schwinge mich auf den Krücken so schnell es geht vorwärts. Noch während ich zum Auto gehe, wird mir aber klar, dass das keine gute Idee ist. Ich bin total durcheinander und kann kaum einen vernünftigen Gedanken fassen.

Vor dem Eingang sehe ich ein Taxi. Ich zögere keine Sekunde und laufe hin. Es ist wie ein Wink des Schicksals, dass der Taxifahrer mich sogar mitnehmen kann und Zeit hat, mich über eine Stunde bis zu der Klinik zu fahren, in der Lissi liegt.

Die Fahrt ist einfach nur grausig. Der Druck auf meiner Brust wird immer größer, bis ich anfange zu weinen. Weil der Taxifahrer mich verunsichert mustert, erkläre ich ihm schluchzend, was vorgefallen ist. Er schaut mich mitleidig an und gibt Gas.

Wir haben großes Glück, dass uns der Feierabendverkehr

erspart bleibt. So stehe ich wirklich nach einer knappen Stunde im Eingangsbereich des Krankenhauses und schaue mich verzweifelt um. Schnell studiere ich die Schilder und fahre mit dem Aufzug hoch. Als sich die Tür öffnet, stürme ich hinaus. Auf dem Flur sehe ich eine breite, verschlossene Glastür, an der ich klingeln muss. Dahinter steht meine weinende Freundin Kicki. In dem Moment, wo ich eintreten darf, kommt sie auch schon auf mich zugestürmt. Tränenüberströmt schließe ich sie in meine Arme.

„Ich kann Thorsten nicht erreichen …“, japst sie und ringt vor Tränen um Luft. Aufgelöst führt sie mich an ein Fenster, von dem aus man auf das kleine Bettchen, auf dem Lissi liegt, schauen kann. Um sie herum stehen viele Ärzte und Schwestern. Ich lege den Arm um Kicki, die ihren Kopf schluchzend gegen meine Schulter lehnt, ohne den Blick von ihrer kleinen Tochter zu lassen.

„Ich musste rausgehen. Gleich darf ich bestimmt noch einmal zu ihr. Wenn ihr etwas zustößt, Franzi, dann …“ Meine Freundin bricht total verzweifelt in sich zusammen.

„Ihr wird nichts passieren, Kicki. Sie ist hier in guten Händen“, sage ich tröstend. Es fällt mir so schwer, in diesem Moment stark zu sein, aber ich muss es. Für meine Freundin muss ich jetzt stark sein. Sie braucht mich mehr denn je – und Lissi auch. Ich weiß selbst nicht, was ich tun würde, wenn etwas ganz Furchtbares passiert. Diesen Gedanken muss ich sofort wieder aus meinem Kopf kriegen, weil ich sonst schier verrückt werde. Es ist grausam, die kleine Maus so daliegen zu sehen. Sonst ist sie munter, lacht und brabbelt. Sogar über einen wütenden Schreianfall würde ich mich gerade freuen. Doch Lissi liegt im Bettchen und schläft.

Sie ist an unzählige Schläuche angeschlossen. Auf einem Monitor piepst ihr kleiner Herzschlag. Ich schlucke schwer, sehe aber, dass die Ausschläge gleichmäßig sind. Ein Schlauch steckt in ihrer winzigen Nase, um ihre Atmung zu unterstützen. Wie gerne würde ich ihr den jetzt herausziehen. Und wie muss es erst meiner Freundin dabei gehen, ihre eigene Tochter mit all den Schläuchen zu sehen. Ich streiche Kicki beruhigend über den Rücken. Aber ich habe

Probleme, mich mit den Krücken auf dem einen Bein zu halten. Als wir sehen, dass man ihr einen weiteren Zugang legt, schlägt sich Kicki die Hände vors Gesicht und dreht den Kopf weg.

„Diese ganzen Nadeln, überall. Sie wird überall gestochen, dabei hat sie so eine Angst vor Spritzen und ich darf nicht bei ihr sein", schluchzt Kicki untröstlich und ist verständlicherweise nicht zu beruhigen.

„Guten Abend", begrüßt auch mich eine nette junge Krankenschwester und legt Kicki ebenfalls beruhigend den Arm um die Schultern. „Das hier sind alles ganz normale Abläufe. Vieles sieht schlimmer aus als es ist", erklärt sie tröstend. „Die Ärzte brauchen noch etwas. Ich sage Ihnen Bescheid, wenn Sie wieder zu Ihrer Tochter dürfen. Aber sie schläft jetzt ohnehin. Gehen Sie doch einen Kaffee trinken." Sie lächelt Kicki freundlich an, doch sie erwidert es nicht.

„Nein, ich gehe hier nicht weg! Dann bleibe ich eben hier draußen stehen!", sagt meine Freundin resolut und überdeutlich. Bei dem Ton ihrer Stimme weiß nun auch die freundliche Krankenschwester, dass sie nicht mit sich reden lassen wird.

„Okay. Ich hole Ihnen einen Stuhl", bietet sie daher mit sanfter Stimme an. „Die Ärzte werden Ihnen gleich alles erklären."

„Soll ich uns einen Kaffee organisieren?", frage ich meine Freundin. „Darf ich den mit hier reinbringen?", richte ich mich an die Schwester.

„Ja. Aber nur hier auf dem Flur."

„Okay. Danke. Nimmst du Milch, Kicki?", möchte ich zaghaft wissen.

Meine Freundin nickt tränenüberströmt und schaut wieder sehnsüchtig durch das Glasfenster zu ihrer Tochter.

„Ich könnte Ihnen einen Rollstuhl organisieren – mit den Krücken können sie den Kaffee sicherlich schlecht transportieren", meint die Krankenschwester.

Ich zucke innerlich kurz zusammen. Dann erinnere ich mich an Tom, wie er mit den Pizzen auf dem Schoß vor meiner Tür stand.

„Ja, bitte. Das wäre sehr nett von Ihnen", antworte ich und für einen Moment meine ich, dass sogar Kicki mich überrascht anschaut.

Als die Krankenschwester mit dem Rollstuhl kommt, lasse ich meine Krücken bei Kicki stehen. Etwas beklommen setze ich mich hinein.

„Kommen Sie klar?", fragt die Krankenschwester.

„Ja. Kein Problem. Vielen Dank für die Leihgabe", sage ich und rolle los.

In der Cafeteria ist nicht viel los. Inzwischen ist es halb sieben abends und die meisten Besucher sind bestimmt schon wieder nach Hause gegangen. Ich rolle neben die Theke und bestelle zwei große Kaffee. Einen mit Milch und einen schwarz für mich. Eine Sekunde überlege ich, ob ich Kicki noch etwas zum Essen mitbringen soll. Ich entscheide mich aber dagegen. Sogar ich könnte jetzt keinen Bissen hinunterbekommen.

Als ich auf meinen Kaffee warte, lege ich die Hände in den Schoß und starre auf meine Beine. Plötzlich fällt mir ein, dass in der Klinik ja niemand weiß, dass ich weg bin. *Ob das Probleme geben könnte?* Das wäre mir zwar gerade ziemlich egal, aber ich komme auf die Idee, dass ich wenigstens Tom informieren könnte. Kurzerhand wähle ich seine Nummer und erzähle ihm im Schnelldurchgang, wo ich bin und was passiert ist.

Danach sind meine Kaffees fertig. Die Frau hinter der Theke steckt sie in ein Pappgestell, das ich auf dem Schoß besser transportieren kann. Nachdem ich bezahlt habe, mache ich mich wieder auf den Weg zu meiner Freundin. Mein Herz rast immer noch. Erst als meine Hände hektisch nach den Reifen greifen, merke ich, dass ich am ganzen Leib zittere. Dass ich auch friere, fällt mir gar nicht auf. Ich bin mit meinen Gedanken bei Kicki und bei meinem kleinen Patenkind, das auf der Intensivstation vermutlich um sein Leben kämpft.

Wieder zieht sich in mir alles zusammen. Ich muss aufpassen, dass meine schrecklichen Bilder nicht zu sehr in die falsche Richtung abdriften. Sonst drehe ich selbst komplett durch.

Mit rasendem Puls schiebe ich mich an und rolle über einen Flur Richtung Aufzug. Der Geruch von Desinfektionsmittel steigt mir in die Nase. Ich hasse Krankenhäuser. Seit meinem eigenen Aufenthalt vor nun über zehn Jahren habe ich kein Krankenhaus mehr betreten. Alles riecht noch genau wie damals, sagt mir mein Unterbewusstsein. Am liebsten würde ich diesen Ort sofort wieder verlassen. Aber so sehr ich Krankenhäuser auch bisher gemieden habe, heute geht es nicht um mich. Das alleine treibt mich an und verhilft mir zu enormer sportlicher Leistung, die mich sogar schnaufend die leichte Steigung des Flures bis zum Aufzug überwinden lässt.

„Franzi?“, fragt plötzlich eine entsetzte Stimme.

Die Stimme ist so dumpf und so weit weg, dass ich sie erst gar nicht registriere. Ich fühle mich in keiner Sekunde angesprochen. Wieder ruft jemand meinen Namen, spricht ihn etwas lauter und fordernder aus. Ich rolle einfach weiter. In Gedanken bin ich bereits wieder oben bei Kicki und Lissi. Erst als sich eine große Gestalt direkt vor mir aufbaut, halte ich abrupt inne, um dem Menschen nicht über die Füße zu rollen.

Immer noch halb abwesend, hebe ich irritiert den Kopf, um zu sehen, wer sich mir da in den Weg stellt. Zu meinem Entsetzen sehe ich Jan, der mit großen Augen und nicht weniger entsetzt auf mich herabstarrt. Als sich nämlich das leere Hosenbein fast im Rad verheddert hatte, schlug ich es einfach um. Es ist also nicht zu übersehen, dass eines meiner Beine am Knie endet.

„Franzi – Oh mein Gott – Du hast – Dein Bein …“, stammelt er und stiert auf meinen linken Oberschenkel. Dabei wird er binnen weniger Sekunden gespenstisch blass, als würde ihm jemand die Farbe aus dem Gesicht saugen.

Er starrt mich weiter an. Ich bin unfähig, überhaupt etwas zu sagen. Unglaube, Entsetzen, Verzweiflung – ich weiß gar nicht, was ich alles in seinen Augen lesen kann. Dann auf einmal sogar Wut.

„Ich wusste, dass der Arzt nichts taugt! Den machen wir vor

Gericht fertig!", knurrt Jan plötzlich, lässt sich auf die Knie fallen und schließt mich so herzzerreißend in die Arme, dass dabei fast der Kaffee auf meinem Schoß umkippt. Geistesgegenwärtig halte ich die Becher mit einer Hand fest und erwidere mit der anderen schüchtern seine Umarmung.

„Mach dir keine Sorgen. Wir besorgen dir die beste Prothese, die es gibt!" Dann fängt er an zu weinen und drückt mich ungestüm an sich.

Ich weiß nicht, wie mir geschieht. Überrumpelt hocke ich in dem Rollstuhl und habe keine Ahnung, wie ich mich verhalten oder was ich sagen soll.

„Ich bin hier nicht im Krankenhaus …", stammle ich schließlich, doch zu Jan scheint das gar nicht durchzudringen.

Er reagiert überhaupt nicht auf meine Worte und weint einfach weiter, seinen Kopf nun fast auf meinem Schoß. Zaghaft fahre ich ihm mit einer Hand durch seine dunklen Haare.

„Jan, schau mich mal bitte an!", fordere ich mit klarer Stimme und hebe sein Kinn an, damit er mir in die Augen sieht. „Jan, ich bin hier wegen der Tochter meiner Freundin. Sie liegt auf der Intensivstation."

„Aber du bist doch im Rollstuhl … Dir fehlt doch …" Er stockt und wirft einen verstohlenen Blick auf die Stelle, wo eigentlich mein linkes Bein sein sollte. So, als wolle er sich vergewissern, dass er sich nicht getäuscht hat.

„Ja, mir fehlt ein Bein, aber schon lange. Es ist über zehn Jahre her, Jan."

„Aber du bist doch ganz normal gelaufen …", faselt er wie im Selbstgespräch.

„Na ja, *fast*. Du hast gesagt, ich hätte zwei linke Füße, erinnerst du dich?"

Er schaut mich entsetzt an. „Das war doch nicht so gemeint! Ich wusste doch nicht, dass …"

Ich lächle ihn sanft an.

„Ja, ich weiß. Ist schon gut, Jan. Mach dir deshalb bitte keinen Kopf. Es tut mir leid, dass ich dir das nicht schon früher gesagt habe.

Ich habe mich so geschämt", wispere ich. „Ich wollte es dir sagen, aber … Ich habe es nicht geschafft, … mich nicht getraut", beichte ich unbeholfen.

„Dann war es das? Das war es, weshalb du die ganze Zeit so komisch warst?"

Ich nicke peinlich berührt.

„Oh Mann, und ich dachte schon, du wärst vergewaltigt oder misshandelt worden – oder weiß der Geier! Ich glaube es nicht!" Er steht auf und fährt sich fassungslos durch die Haare.

„Ich muss jetzt zu meiner Freundin. Ich kann verstehen, wenn du jetzt nichts mehr mit mir zu tun haben willst", murmle ich leise und senke den Blick. Ohne ihn anzusehen, greife ich wieder nach den Reifen und will weiterfahren.

Ich schäme mich entsetzlich. Mir ist das alles so unangenehm, dass ich sofort wegwill. Ich kann ihm jetzt einfach nicht mehr in die Augen sehen.

„Halt!", herrscht er mich hart an. „Was soll das jetzt? Machst du … *Schluss*?" Er stoppt mit seinem Fuß den Rollstuhl.

„Nicht ich, aber doch bestimmt du …", brummle ich und bete insgeheim, dass er dem schnell widerspricht.

„Schätzt du mich wirklich *so* ein? Hältst du mich wirklich für so … oberflächlich?"

„Nein!", verneine ich hastig. „Aber … Sieh mich doch an!"

„Was ist eigentlich Dein Problem?", fährt er mich scharf an.

„Vermutlich habe ich viele", nuschle ich kleinlaut.

„Allerdings! Das denke ich auch! Ich müsste doch schön blöd sein, wenn ich dich deshalb aufgeben würde!", erwidert er, doch seine Stimme klingt nicht so liebevoll, wie es die Worte eigentlich verdient hätten.

Ich atme einmal tief durch.

„Jan, ich muss jetzt zu meiner Freundin. Ihre kleine Tochter liegt auf der Intensivstation. Ich … Können wir das ein anderes Mal in Ruhe besprechen?"

„Ich will dich aber jetzt nicht gehen lassen", sagt er mit erstickender

Stimme und klingt nun verzweifelt.

Ich lächle müde.

„Dann bring mich doch nach oben. Mit dem Rollstuhl ist es sowieso etwas mühsam. In der Zwischenzeit kannst du mir auch erklären, was du hier machst."

„Und du erzählst mir, auf welcher Urlaubsinsel du derzeit in der Sonne brutzelst", schimpft er, grinst mich aber fast im gleichen Moment wieder an.

Ich spüre, wie mich Erleichterung durchströmt, und auf dem Weg nach oben berichte ich Jan von meinem Aufenthalt in der Rehaklinik und der neuen Prothese, die mir dort angepasst wird. Und ich erfahre gerade noch, dass sein Vater wegen einem geplanten Eingriff ebenfalls hier liegt. Allerdings erreichen wir in diesem Moment wieder die Intensivstation, weshalb mir ein Teil seiner Erzählung entgeht. Meine Anspannung ist sofort zurück, als ich hinter der breiten Glasscheibe des Intensivbereichs meine verzweifelte Freundin entdecke. Jan bemerkt es und sein mitfühlender Blick geht zwischen Kicki und mir hin und her.

„Soll ich bei euch bleiben?", fragt er einfühlsam.

„Nein. Wir schaffen das alleine. Du bist echt süß. Danke für das Angebot."

„Ruf mich bitte an, wenn du mich brauchst. Und untersteh dich, ein Taxi in die Rehaklinik zu nehmen!", befiehlt er streng.

Ich lächle ihn an.

„Richte deinem Papa bitte liebe Grüße und gute Besserung von mir aus."

„Mache ich. Aber am Montag kommt er, glaube ich, schon wieder heim. Die OP war schließlich ein geplanter Standardeingriff und ist gut verlaufen. Er kann sogar meine Mutter schon wieder umherscheuchen. Das ist ein gutes Zeichen."

„Trotzdem. Grüß ihn bitte lieb … Und … erzähl ihm ruhig meine Geschichte mit dem Bein." Ich senke meinen Blick.

„Wenn du magst, mache ich das. Aber wegen deiner albernen und völlig unnötigen Geheimnistuerei mir gegenüber haben wir zwei noch ein Hühnchen zu rupfen!" Er küsst mich auf die Stirn, strahlt mich an und geht. Jan dreht sich noch einige Male nach mir um und wirft mir aus dem Aufzug einen Handkuss zu, bevor sich die Tür schließt.

Ich drücke auf die Klingel zum Intensivbereich, wo ich wieder hineingelassen werde. Meine Freundin schenkt mir ein gönnerhaftes Lächeln. Sie hat Jan und mich gesehen. Ich weiß, wie viel Kraft sie das in diesem Moment kosten muss. Gemeinsam warten wir auf dem Flur und nippen an unserem heißen Kaffee. Die Wärme rinnt meine Kehle hinunter. Sie verteilt sich langsam im Magen, aber die Kälte bleibt trotzdem. Ich friere am ganzen Körper, weil ich solche Angst um Lissi habe. Ihren Anblick kann ich kaum ertragen.

Dann darf Kicki zu ihrer Tochter hinein. Ich schaue sorgenvoll durch die Scheibe. Meine Freundin steht mit dem Rücken zu mir neben Lissis winzigem Bett. Ich kann aber dennoch erkennen, dass die kleine Maus weiterhin ruhig schläft. Ihr kleiner Körper hebt und senkt sich gleichmäßig. Auch das entfernte Piepsen auf dem Gerät scheint normal – jedenfalls interpretiere ich es so.

Kicki dreht sich gar nicht mehr zu mir um. Sie streichelt unaufhörlich über den winzigen Kopf und hält die zarte Hand. Dennoch denke ich keinen Moment daran, diesen Ort zu verlassen. Zunehmend zwingt mich zwar die Müdigkeit, kurz die Augen zu schließen, aber sobald mein Kopf nach vorne fällt, schrecke ich immer wieder hoch.

Um kurz nach eins bittet eine Krankenschwester meine Freundin schließlich hinauszugehen. Wir sitzen nun wieder gemeinsam auf dem Flur im Intensivbereich. Erschöpft lehnt sie ihren Kopf an meine Schulter und ich lasse meinen auf ihren sinken. Immer wieder dösen wir kurzzeitig weg.

Die Nacht zieht sich endlos. Wir gähnen und räkeln uns auf den Stühlen, voller Sorge, Angst und Erschöpfung.

SAMSTAG

Am Morgen sind wir kaum noch in der Lage, die Augen offenzuhalten. Doch als Kicki durch die Scheibe erkennt, dass ihre kleine Tochter wach ist, gibt es für sie kein Halten mehr. Sie springt sofort auf, lässt sich von einer Krankenschwester einen sterilen Kittel geben und stürmt hinein. Eine kräftige Desinfektionswolke kommt mir entgegen. Der Windstoß beim Öffnen ist so stark, dass er mich für einige Sekunden benebelt. Mir wird leicht übel, auch weil ich nichts im Magen habe. Zum Glück sitze ich immer noch in dem Rollstuhl, denn mein Kreislauf wirkt ebenfalls etwas instabil.

Ich schließe kurz die Augen und knete mit Daumen und Zeigefinger meine Nasenwurzel. Als der Desinfektionsgeruch sich auflöst, atme ich tief durch. Er verschwindet zwar nicht ganz, ist inzwischen aber deutlich erträglicher.

Ich blinzle müde zu Kicki und Lissi. Die kleine Maus hat eben geweint und war außer sich wegen der ganzen Schläuche. Kicki konnte sie aber beruhigen. Jetzt gerade lacht sie sogar. Lissi gluckst, weil sich meine Freundin mit Grimassen zum Affen macht. Dann spielt sie mit Lissi Kuckuck. Sie quiekt erfreut, bis sie einen furchtbaren Hustenanfall bekommt. Ich höre, wie sie keucht, wieder anfängt zu weinen und vor Panik noch schlechter Luft bekommt. Angsterfüllt dreht sich Kicki zu mir um. Verzweifelt hält sie Ausschau nach dem Personal und ein Arzt ist auch sofort zur Stelle. Schnell beruhigt sich die Situation wieder und die Schultern meiner

Freundin sinken entkräftet.

Bei der Übergabe zur nächsten Schicht wird Kicki abermals dazu aufgefordert, draußen zu warten. Da es Lissi aber offensichtlich besser geht, scheint Kicki damit weniger Probleme zu haben als gestern. Sie lässt sich neben mir auf einen Stuhl fallen und stöhnt. Auch sie schließt kurz ihre Augen und nimmt einige tiefe Atemzüge, um die Müdigkeit zu bezwingen.

„Ich besorge uns noch einmal einen Kaffee. Möchtest du ein Brötchen?", frage ich.

„Ich weiß nicht, ob ich einen Bissen herunterbekomme", murmelt Kicki schwach.

„Es nützt Lissi nichts, wenn du zusammenklappst, Kicki. Außerdem geht es ihr doch wieder besser. Schau mal, wie wild sie bei der Krankenschwester umherfuchtelt und sich sträubt."

Kicki und ich müssen schmunzeln. Lissi kann ein ganz schöner Feger sein. Gerade in diesem Moment macht sie der Krankenschwester deutlich klar, dass sie mit den Schläuchen nicht einverstanden ist. Sie zieht daran herum und schreit zornig. Allerdings scheint das die Krankenschwester nicht zu beeindrucken. Sicherlich sind solche Dinge hier an der Tagesordnung. Sie macht einfach ruhig weiter und versucht ebenfalls, Lissi zu überlisten, indem sie ihr etwas vorsingt.

„Okay. Ich nehme ein Brötchen. Eines mit Käse, wenn es das gibt. Wenn nicht, ist es auch egal", seufzt Kicki müde und beobachtet dabei ihre Tochter.

„Bring ich dir mit", sage ich, drücke meiner Freundin aufmunternd die Hand und schiebe mich mit dem Rollstuhl in Richtung Ausgang.

Mit deutlich weniger Kraft als am vorherigen Abend schubse ich mich an und arbeite mich zum Aufzug vor. Meine Schultern schmerzen. Ich beginne bald zu stöhnen, weil mir einfach die Power fehlt. Für einen Moment halte ich an und streiche mir mit beiden Händen einige lockige Haarsträhnen aus der Stirn.

„Ahhh!" Erschrocken schreie ich auf. Mit enormem Schwung wirbelt mich jemand im Rollstuhl auf der Stelle herum. Ich schaue in Jans lächelndes Gesicht.

„Hallo, schöne Frau! Guten Morgen!“ Er beugt sich herunter und drückt mir einen Kuss auf die Wange.

„Du bist es“, sage ich erleichtert. „Mensch, ich habe mich vielleicht erschrocken.“

„Das wollte ich nicht. Tut mir leid. Ich wollte dich überraschen.“

„Ist dir gelungen“, erwidere ich lächelnd.

„Du siehst fertig aus.“ Jan betrachtet mich aus leichter Distanz.

„Danke für das Kompliment“, schnaufe ich gespielt entrüstet.

„Sehr gerne!“ Er strahlt mich an, wird aber schlagartig wieder ernst. „Wie geht es der Kleinen deiner Freundin?“, erkundigt er sich besorgt.

„Besser, denke ich. Sie konnte schon wieder die Krallen ausfahren.“

„Dann hat sie ja sogar etwas von dir geerbt“, scherzt Jan grinsend. „Mögt ihr ein Frühstück? Ich habe euch vom Bäcker etwas mitgebracht. Auch zwei Kaffee“, fügt er hinzu und lässt mich einen Blick in den Einkaufskorb werfen, den er am Arm trägt.

„Oh …“, stoße ich überrascht aus. „Das kommt wie gerufen. Ich wollte uns gerade unten etwas besorgen.“

„Siehst du. Hat sich schon erledigt.“

Vor dem Intensivbereich stehend, winke ich Kicki zu uns. Sie kommt sofort heraus.

„Guten Morgen“, begrüßt sie Jan schwach.

„Guten Morgen. Ich habe euch Frühstück mitgebracht“, erklärt er befangen.

„Danke, superlieb von dir“, erwidert Kicki und hebt entkräftet die Mundwinkel.

„Sollen wir uns da drüben hinsetzen?“, fragt Jan und deutet auf einen bestuhlten Bereich mit kleinen Tischen.

„Geht ihr zwei in die Sitzecke. Ich möchte wieder rein und auf den Arzt warten. Ich will wissen, wie es ihr heute Morgen geht. Ich sage euch dann gleich Bescheid.“

Verhalten bietet ihr Jan einen Kaffee und ein Brötchen an. Dankend und mit einem müden Lächeln auf den Lippen nimmt es Kicki entgegen, um sofort wieder in den Intensivbereich zurückzukehren.

„Soll ich mit rein und bei dir bleiben?", biete ich besorgt an.

„Nein, Franzi. Setz dich hinten mit Jan gemütlich hin. Ich komme klar", sagt sie überzeugend und verschwindet.

Für einen Moment zögere ich. Ich habe ein schlechtes Gewissen. Kicki dreht sich aber noch einmal um und nickt mir schmunzelnd bestätigend zu. Da weiß ich, dass es okay ist. Jan schiebt mich zu dem bestuhlten Bereich und setzt sich mir gegenüber.

„Guten Appetit", grinst er, stützt auf dem niedrigen Sessel seinen Kopf mit beiden Händen ab und beobachtet mich.

Ich beiße in ein Brötchen und nehme anschließend einen großen Schluck Kaffee.

„Das tut gut", sage ich.

„Wie geht es dir?", erkundigt sich Jan verhalten.

„Mir geht es gut. Ich bin nur übernächtigt."

„Das sehe ich. Habt ihr gar nicht geschlafen?"

„Wenig."

„Möchtest du heute wieder zurück in die Rehaklinik? Wissen die dort Bescheid, wo du bist?"

„Ich habe gestern Abend jemanden angerufen. Aber am Wochenende läuft da eh nicht viel. Meine neue Prothese bekomme ich erst Montag – also übermorgen. Mal sehen, wie es Lissi nachher geht. Dann entscheide ich."

„Du kannst bei mir übernachten, wenn du magst", bietet Jan schüchtern an.

„Danke, das ist lieb, aber meine Wohnung ist doch auch in der Nähe."

„Stimmt … Aber bei mir ist der Kühlschrank voll", grinst er.

„Das ist allerdings ein Argument", schmunzle ich. „Wie geht es eigentlich Hansi?"

„Besser. Er leidet weiter, aber es verheilt alles gut. Ich war mit ihm am Donnerstag zum Fäden ziehen. Hansi hat eine Mordsshow abgezogen. Und mit dem rasierten Fell sieht er schon komisch aus. Stört ihn selbst aber nicht. Im Park wollte er gestern sogar schon wieder auf eine Hündin drauf."

„So ein Hallodri", lache ich. „Ist wohl nicht so züchtig wie sein Herrchen", füge ich hinzu und erröte.

Jan grinst.

Gegen Mittag steht endlich fest, dass Lissi auf dem Weg der Besserung ist. Sie muss zwar heute auf der Intensivstation bleiben, aber das Antibiotikum schlägt bereits an. Morgen wird sie dann voraussichtlich auf die Normalstation verlegt. Als meine Freundin uns das erzählt, kann auch sie wieder strahlen und bekommt wieder etwas Farbe ins Gesicht. Auch ihren Mann konnte sie zwischenzeitlich erreichen, so dass mich Jan am Nachmittag zurück in die Rehaklinik fährt. Beide mussten mich mit etwas Nachdruck davon überzeugen, aber jetzt sitze ich auf dem Beifahrersitz in Jans Wagen.

„Wenn du Montag die neue Prothese bekommst, warum musst du dann noch bleiben?", fragt er.

„Das ist nicht so leicht, wie du dir das vorstellst. Sie ist komplett anders als das, was ich bisher hatte. Ich muss erst lernen, wie ich sie anziehe und auch, wie ich damit umgehe. Ob sie wirklich sitzt, merkt man auch erst, wenn man sie trägt. Eventuell müssen noch kleinere Anpassungen vorgenommen werden."

„Klingt kompliziert – aber auch spannend", meint Jan gelassen.

„Hast du damit eigentlich gar keine Probleme? Hast du so etwas schon einmal gesehen? – Aus der Nähe?", möchte ich leise wissen.

„Nein. Bisher nicht. Hast du Angst, es mir zu zeigen?", fragt er.

„Bisschen schon. Ich möchte nicht, dass du dich vor mir ekelst oder so", murmle ich.

Er schenkt mir ein sanftes Lächeln.

„Du machst dir unnötig viele Gedanken, Franzi. Zeig es mir, wenn du so weit bist. Ich bin es jetzt schon. Ich denke nicht, dass ich Berührungsängste haben werde", erklärt er.

„Und wenn doch? Du weißt nicht, wie das aussieht!"

Er zuckt mit den Schultern.

„Ich habe so etwas zwar noch nie gesehen, aber ich bin nicht sehr empfindlich. Ich kann sogar Blut sehen!", betont er stolz. „Solange es nicht mein eigenes ist." Er hüstelt errötend.

Ich schmunzle.

„Wie ist das eigentlich, wenn ich dich dort anfasse. Ich meine, muss ich besonders vorsichtig sein? … Kann ich dich da verletzen? Tut das noch weh?", erkundigt er sich befangen.

Ich schüttle den Kopf.

„Weh tut gerade nur der entzündete Bereich. Wird aber schon besser. Seit ich die Prothese gezwungenermaßen ja nicht mehr anziehen kann, ist es gut verheilt."

„Du solltest sie davor schon auslassen, oder?"

„Ja", gestehe ich kleinlaut.

„Hast du echt gedacht, nur wegen deines Beines würde ich von dir Abstand nehmen? Mich nicht mehr mit dir treffen wollen?"

„Hm." Ich meide es, ihn anzusehen.

Jan wirkt etwas beleidigt und schüttelt den Kopf.

Wir schweigen.

Irgendwann legt er behutsam seine rechte Hand auf meinem linken Oberschenkel ab. Mir bleibt fast das Herz stehen. Ruckartig versteife ich mich, aber ich weise ihn nicht zurück. Plötzlich verwandelt sich die Anspannung sogar in angenehme Aufregung. Er lächelt mich schüchtern von der Seite an.

Ich schließe meine Augen und spüre die Wärme seiner Handfläche. Irgendwie meine ich sogar, dass er sich freut und erleichtert ist, dass seine Hand dort liegen darf. Er nimmt sie gar nicht mehr weg. Wenn wir das nächste Mal alleine sein werden, werde ich ihn auch bei weiteren Annäherungsversuchen nicht mehr zurückweisen – hoffe ich. Ich habe mir fest vorgenommen, ihm mein Vertrauen zu schenken. Ich werde es versuchen und drauf ankommen lassen.

Als er auf dem Klinikparkplatz eingeparkt hat, macht er das Auto aus und dreht sich zu mir herum. Sofort nimmt er meinen

Kopf stürmisch in beide Hände und küsst mich leidenschaftlich. Ich spüre augenblicklich, dass der Kuss anders ist. Er ist viel vertrauter. Genauso zärtlich, aber viel intensiver und hemmungsloser. Jan legt seine Arme um mich. Der Druck seiner Hände raubt mir schier den Verstand vor Verlangen. Auch ich packe ihn jetzt, ziehe ihn zu mir heran und vergrabe meine Finger in seinem Rücken. Er fühlt sich unglaublich stark an und er riecht einfach himmlisch. Ich könnte in ihn hineinkriechen, so sehr sehne ich mich nach ihm.

Minutenlang sitzen wir im Auto und bekommen nicht mit, was um uns herum geschieht.

„Du bist der Wahnsinn", haucht er und schaut mich ehrfürchtig an, während mein Gesicht in seinen Handflächen ruht.

„Dito", schmunzle ich und erröte.

„Ich könnte glatt über dich herfallen. Du hast Glück, dass wir hier auf dem Parkplatz stehen und nicht in der Wohnung sind. Ich glaube, ich könnte mich nicht mehr beherrschen", gesteht er mit so viel Aufrichtigkeit, dass ich vor wohliger Anspannung die Luft anhalte.

Gleichzeitig erinnere ich mich daran, dass ich ihm noch ein anderes Geheimnis anvertrauen muss, bevor er ein weiteres Mal von mir vor den Kopf gestoßen wird. Ich fasse all meinen Mut zusammen.

„Ich muss dir noch etwas beichten", flüstere ich mit heißen Wangen und unterbreche seinen glühenden Blick.

„Mich haut so schnell nichts mehr um." Er lächelt breit.

„Weißt du, ich hatte noch nie … Also noch nie … Du bist mein erster Freund …" *Jetzt ist es raus.*

„Hast du mir doch schon gesagt, dass deine letzte Beziehung schon lange her ist. Das ist doch kein Problem! Es gibt Dinge, die verlernt man nicht." Er grinst schelmisch.

„Du hast mich nicht richtig verstanden, Jan. Ich … habe etwas geflunkert. Ich hatte vor dir noch nie wirklich … einen Freund. Es gab bisher keinen Mann in meinem Leben", wispere ich fast lautlos.

Jan weicht leicht von mir zurück und betrachtet mich argwöhnisch.

„Du machst Scherze, oder? … Du hast noch nie einen Freund gehabt? Noch nie einen Partner? Du warst also noch nie mit einem Mann zusammen? In einer Beziehung? Habe ich das richtig verstanden?“

Ich bestätige seine Worte zaghaft nickend.

„Puhhh …“ Jan atmet laut aus. „Das heißt, … du bist auch noch …“ Er lässt es unausgesprochen, aber ich weiß genau, dass er mich jetzt verstanden hat.

Mit gesenktem Kopf linse ich schüchtern zu ihm hoch.

„Meine Güte … Das muss ich jetzt wirklich erst einmal verdauen. Jetzt wird mir auch so einiges klar …“ Er rauft sich die Haare. „Das setzt mich etwas unter Druck, weißt du …“

Ich runzle die Stirn. *Ihn setzt das unter Druck? Was meint er denn, wie es mir damit geht?*

„Dann muss es besonders werden, meine ich damit“, erklärt Jan und fährt mir zärtlich über die Haare. Er zwirbelt eine Haarsträhne, zieht mich zu sich heran und klemmt sich selbst die Haarsträhne als Schnurrbart über die Oberlippe.

„Wir lassen uns Zeit, okay? Du bestimmst das Tempo. Und wenn es dir zu schnell geht, dann sagst du es mir. Ich muss das wissen. Ich möchte nichts verkehrt machen, ja?“

„Okay“, murmle ich heiser und räuspere mich verlegen.

„Komm, ich bringe dich rein. Ich möchte doch dein Hotelzimmer sehen.

„Das geht nicht“, sage ich.

„Wieso?“, fragt er perplex.

„Weil ich meine Projektarbeit mitgenommen habe. Dort steht mein Modell. Ich baue hier weiter daran herum. Sonst schaffe ich das zeitlich nicht. Bis zum Wochenende möchte ich eigentlich fertig sein. Immerhin bist du bestimmt mein größter Konkurrent!“, scherze ich.

„Ich glaube nicht, dass du dir um Konkurrenz Sorgen machen musst. Ich habe deine Bewerbungsunterlagen studiert. Du bist hervorragend.“

„Meinst du?“

„Ja. Glaub an dich und du wirst gewinnen – wenn nicht, dann überlege ich mir etwas ganz Tolles, um dich wieder aufzumuntern.“

„Dann weiß ich jetzt gar nicht, ob ich noch gewinnen möchte“, flüstere ich.

Jan kommt schmunzelnd um das Auto herum und öffnet mir die Tür.

„Soll ich dich tragen?“

„Damit du einen Bandscheibenvorfall bekommst? Wenn ich mein neues Bein habe, werde ich dir sowieso überlegen sein.“

„Lehne dich nicht zu weit aus dem Fenster“, raunt mir Jan kehlig ins Ohr und schlingt seine Arme im Stand um mich herum.

Oh Gott, ist das schön … Beflügelt drücke ich mich an seine Brust. Ich höre seinen Herzschlag, wie er kräftig und warm in seiner Brust pulsiert. Es ist ungemein beruhigend. Ich konzentriere mich ganz auf ihn, um seine Wärme tief in mir aufzunehmen. Ich möchte später, wenn er wieder weg ist, daran denken. Es noch einmal fühlen und erleben, ganz heimlich, wenn ich alleine in meinem Bett liege. Der Moment ist derart magisch, dass ich für den Bruchteil einer Sekunde an seiner Echtheit zweifle.

„Ich liebe dich, Franzi“, haucht Jan auf meinen Kopf in meine Haare hinein. Dann inhaliert er tief meinen Duft, so, als wolle auch er etwas von mir mitnehmen, wenn er gleich wieder fährt.

Nur sehr langsam laufen wir zurück. Natürlich auch, weil ich mit den Krücken nicht besonders schnell vorankomme. Ich genieße es, Jan an meiner Seite zu haben. Es macht mich unfassbar stolz und glücklich.

Er legt sanft seinen Arm um meine Hüfte, womit das Bild, dass wir zusammengehören, noch deutlicher wird. Jedoch dürften allein seine Blicke jeglichen Zweifel erübrigen. Jan schaut mich so hingebungsvoll an, dass ich es gar nicht fassen kann. Es ist zu schön, um wahr zu sein, und doch ist es wahr. Und ich spüre nichts als pures Lebensglück.

„Wo ist dein Zimmer?“, fragt er, als wir das Gebäude betreten.

„Den Gang entlang und dann links. Dreihundertfünf", sage ich. „Aber du darfst nicht rein, schon vergessen?"

„Du lässt nicht locker, oder?", fragt er amüsiert.

„Auf keinen Fall! Das ist mein Ding, weißt du. Und das möchte ich ganz alleine durchziehen."

Kurz bevor wir mein Zimmer erreichen, kommt Tom um die Ecke.

„Hallo! Da bist du ja wieder!", begrüßt er mich aus dem Rollstuhl stürmisch. „Ist er das?", fragt er leise über meine Schulter, als ich mich zu ihm hinunter beuge.

Ich laufe rot an und werde hektisch, als ich Jans angespanntes Gesicht sehe.

„Das ist Tom. Wir haben uns hier kennengelernt", kläre ich Jan umgehend auf.

„Hi! Du hast mächtig Glück, ist dir das klar? Ich habe mich wirklich ins Zeug gelegt. Aber wenn ich jetzt sehe, wie sie dich anschmachtet … Da habe ich wohl null Chance", stöhnt Tom übertrieben.

Jans Mund verzieht sich zu einem breiten Grinsen.

„Gut erkannt, Sportsfreund. Komm mir ja nicht in die Quere!", scherzt Jan.

Die beiden Männer klatschen sich freundschaftlich die Hände ab. Die Erleichterung strömt aus mir heraus. *Das wäre auch geschafft.*

„Tom hat mir seit ich hier bin etwas ins Gewissen geredet", erzähle ich Jan.

„Gut gemacht!", erwidert Jan zu Tom. „Nur weiter so! Ein paar Tage hast du noch Zeit, aber dann schnappe ich mir mein Mädchen! Aber was das ins Gewissen reden angeht, da hast du von mir einen Freifahrtschein. Das schadet bei Franzi sicherlich nicht. Du musst nicht zimperlich sein." Jan zwinkert Tom vielsagend zu, was mich veranlasst, ihm empört einen kleinen Schubs zu geben.

„Hey!", schimpfe ich.

„Ich werde Sie nicht enttäuschen, Sir!" Tom hebt lächelnd die Hand zu einer militärischen Geste an seine Stirn.

„Ich muss jetzt fahren. Mein Papa wartet bestimmt schon. Bis Freitag?", sagt Jan, und es klingt mehr nach einer Feststellung als nach einer Frage.

„Ja, aber bitte nicht abholen. Mein Auto muss ja auch irgendwie heimkommen."

„Wird mir zwar schwerfallen, aber okay. Ciao, Süße." Jan zieht mich wieder zärtlich in seine Arme und küsst mich, als wäre Tom gar nicht da. Der versteht sofort und stiehlt sich grinsend klammheimlich davon.

„Ich werde dich vermissen", flüstert Jan.

„Ich dich auch. Nur noch ein paar Tage."

„Danach gebe ich dich nicht mehr her!", stellt Jan ernst aber liebevoll klar.

Ich schaue ihm lange hinterher. Es schmerzt, ihn gehen zu lassen.

Am Abend kommt mich Judit in meinem Zimmer besuchen. Sie klopft zaghaft und lugt um die Ecke, ob sie eintreten beziehungsweise hineinrollen darf.

„Hi", sagt sie schüchtern.

„Hallo." Ich strahle sie an. „Komm rein."

Gemeinsam setzen wir uns an den Tisch. Sie schaut mich erwartungsvoll an.

„Tom hat mir erzählt, was passiert ist. Alles wieder gut?"

„Ja. Tom quatscht einfach jeden an", lache ich und schüttle den Kopf.

„Na ja, ehrlich gesagt, habe ich ihn angesprochen. Ich habe mir Sorgen gemacht, weil du plötzlich weg warst."

„Entschuldige. Es ging so schnell. Weißt du alles?"

„Ja. Ich weiß Bescheid. Wie geht es der Tochter deiner Freundin?"

„Wieder besser. Gott sei Dank. Ich habe eben noch einmal mit ihr telefoniert. Das war ein ganz schöner Schrecken."

„Das glaube ich dir …"

„Und du?" Ich schaue sie mit schiefem Kopf an. „Irgendwelche Neuigkeiten?"

Ihre Augen beginnen verschämt zu leuchten.

„Ich habe mir Gedanken gemacht. … Ich bin ja in Zukunft etwas eingeschränkt in meiner Mobilität. Aber es gibt da eine Sache, von der ich schon immer geträumt habe."

„Hört sich spannend an."

„So spannend ist es nun auch wieder nicht. … Ich habe mir überlegt, ein Buch zu schreiben. Dafür brauche ich meine Beine nicht. Ich möchte gerne meine Geschichte erzählen, um anderen Mut zu machen."

„Wow …", sage ich beeindruckt. „Das finde ich großartig! Tolle Idee – und bestimmt hilft es dir auch. Du kannst dir alles von der Seele schreiben. Das wird hundertprozentig ein Bestseller! Ich werde es auf jeden Fall kaufen!"

Judit knetet angespannt ihre Hände.

„Ich habe mich gefragt, ob ich auch etwas über dich schreiben darf. Anonym, natürlich!", fügt sie hastig hinzu und schaut mich erwartungsvoll an.

„Oh … Über mich …?" Überrumpelt halte ich inne. Ich erinnere mich an verschiedenste einschneidende Erlebnisse aus meiner Vergangenheit und komme schnell zu dem Entschluss, dass mein Leben rückblickend eher peinlich ist. *Aber wenn es dazu beitragen kann, anderen zu helfen …*

„Okay. Abgemacht. Aber ich möchte es lesen, bevor das Ding weltweit in den Druck geht, einverstanden?"

Judit kichert.

„Das wird wohl noch etwas dauern. Ich habe ja noch keinen einzigen Buchstaben in die Tastatur gehauen. Meine Eltern bringen mir aber morgen meinen Laptop mit. Dann will ich loslegen."

„Ich bewundere dich, Judit. Du bist stark, viel stärker, als ich es gewesen bin. Du wirst vielen Lesern helfen und Mut machen können, ganz bestimmt."

„Danke, Franzi. Ohne dich würde ich jetzt immer noch heulend auf dem Flur sitzen."

„Versprich mir, dass du dich nicht unterkriegen lässt. Es wird auch schlechte Tage geben, an denen du vielleicht alles hinschmeißen

möchtest. Denk dann an mich, versprichst du mir das?"
Judit nickt ehrfürchtig.

Nachdem Judit gegangen ist, lege ich mich auf das Bett. Mit offenen Augen starre ich an die Decke und schmunzle. Mein innerer Friede ist gewaltig und überstrahlt alles. Selbst eine Stunde, nachdem Jan bereits wieder gefahren ist, um sich um Hansi und seinen Vater zu kümmern, meine ich noch, seine Wärme zu spüren und seinen Herzschlag in meinem Ohr zu hören. Ich schließe die Augen, damit das Gefühl noch intensiver werden kann. Es ist wie schweben, nur viel schöner. So leicht, schwerelos und befreit habe ich mich nie zuvor gefühlt. Die Tatsache, dass ich jetzt einige Tage ohne ihn auskommen muss, schlucke ich schwerfällig hinunter. Sonst würde ich glatt anfangen zu weinen vor Sehnsucht nach ihm.

SONNTAG

Heute kommen meine Eltern vorbei. Sie haben ihren Besuch bereits angedroht. Und ich weiß genau, welche Fragen heute auf mich abgefeuert werden. Die neue Prothese wird garantiert nebensächlich sein. Meine Mutter wird mich aushorchen. Zwar wird sie versuchen, es nicht durchscheinen zu lassen, aber ich weiß genau, dass sie vor Neugierde fast platzt. Wäre doch heute eigentlich der Tag gewesen, an dem ich hätte mit Jan bei ihnen zum Essen erscheinen sollen.

Damit sie nichts von meiner heimlichen Projektarbeit erfahren, hat Tom am Vormittag eine tolle Idee. Da er schließlich davon weiß, kann ich den Tisch mit meinen Unterlagen und meinem Modell in seinem Zimmer deponieren. Ein supergenialer Einfall, für den ich ihm einen flüchtigen, freundschaftlichen Kuss auf die Wange drücke. Tom fällt fast aus allen Wolken. Er ist total überrascht von meiner Reaktion. Dann lächelt er mich mit den Worten an: *Endlich ist der Knoten geplatzt.*

Ich strahle und fühle mich unglaublich befreit. Sofort muss ich wieder an Jan denken. Ein wohlig kribbeliger Schauer fährt mir bis zum Steiß hinunter. Ich schmunzle in mich hinein und muss mich etwas schütteln, um nicht wie ein verliebter Teenager aufzudrehen. Die freigesetzten Endorphine benötigen aber mehrere Minuten, bis ihre Wirkung auf ein züchtiges Level abebbt.

Um fünfzehn Uhr trudeln meine Eltern ein. Zuerst wollen sie natürlich mein Zimmer sehen und sie scheinen sehr zufrieden damit.

„Schön", sagt mein Papa. „Das sieht doch nett aus. Sogar ein Einzelzimmer."

„Das hättest du schon früher haben können, Kind!", meint meine Mutter mit einem rechthaberischen Unterton.

Ich verdrehe die Augen und verkneife mir einen bitteren Kommentar.

„Sollen wir in die Cafeteria gehen?", schlage ich stattdessen vor.

Meine Eltern sind einverstanden und folgen mir. Auf dem Weg begegnen wir Tom. Er grinst. In diesem Moment weiß ich, dass die Begegnung kein Zufall ist. Aber es amüsiert mich.

„Das ist Tom", stelle ich ihn meinen Eltern vor. „Er bekommt auch eine neue Prothese, wie ich. Wir haben uns im Fitnessraum kennengelernt."

Meine Mutter schaut etwas düpiert drein.

„Wir haben uns angefreundet", füge ich schnell hinzu. „Tom ist Sportlehrer."

„Hallo, wir sind Franzis Eltern." Mein Papa streckt ihm die Hand entgegen und hüstelt verlegen.

Auch meine Mama folgt zögerlich. Ich glaube, sie können meine Beziehung zu Tom noch nicht so richtig einschätzen.

„Magst du mit in die Cafeteria kommen?", frage ich Tom.

„Nein, nein. Ich wollte etwas im Park spazieren gehen. Ist so schönes Wetter heute. Ich treffe mich außerdem noch mit Judit."

„Super!", sage ich ehrlich begeistert. „Dann tankt etwas Sonne ihr zwei."

Damit ist für meine Eltern vermutlich klar, dass zu Tom lediglich ein freundschaftliches Verhältnis besteht. Obwohl ich vermute, dass er meinem Papa gefallen würde. Schließlich sieht Tom sportlich aus und ist wirklich redegewandt. Außerdem kann Tom ebenso wie Jan ein richtiger Gentleman sein. Wenn meine Eltern sich etwas länger mit ihm unterhalten hätten, dann hätten sie garantiert nichts gegen seine Begleitung gehabt. Doch letztlich sitzen wir zu dritt vor unserem Kuchen in der Cafeteria und meine Vorahnung trifft ein.

„Und? Hast du noch etwas von Jan gehört?“, piepst meine Mama und konzentriert sich lächerlich akribisch auf ihren Kuchen.

Ich sollte mich mal als Wahrsagerin versuchen ... Ich verdrehe erneut die Augen.

„Ja, er hat mich gestern wieder zurückgefahren.“

Der Kopf meiner Mutter schnellt hoch. Mit vollem Mund starrt sie mich an und hält in ihrer Kaubewegung inne.

„Zurückgefahren …?“, stammelt sie und schluckt schwer ihren Kuchen hinunter.

„Ja. Am Freitag hat mich Kicki angerufen. Ihre Tochter musste auf die Intensivstation …“

„Oh Gott … Was ist denn passiert?“, will meine Mutter entsetzt wissen.

„Lissi hatte einen schweren Hustenanfall und hat keine Luft mehr bekommen. Jetzt geht es ihr aber wieder viel besser. Sie ist seit heute Morgen auf die Normalstation verlegt worden und das Antibiotikum schlägt offenbar an.“

„Großer Gott … Du hast uns gar nicht angerufen! Davon wussten wir ja gar nichts!“, wirft meine Mutter mir vor.

„Was hättet ihr denn tun können? Und ich stand selbst total unter Schock. Ich habe mir sofort ein Taxi genommen. Ich war so panisch, dass ich sonst selbst einen Unfall gebaut hätte. Jedenfalls habe ich im Krankenhaus dann Jan getroffen. Sein Vater hatte einen kleinen Eingriff – geplant. Davon wusste ich allerdings nichts und dann stand er plötzlich vor mir.“

„Und? … Hat er etwas gemerkt? Hattest du deine …“, stottert meine Mama unbeholfen und deutet mit ihrem Blick unter den Tisch.

„Er weiß es jetzt, Mama. Alles gut.“

„Kommt er damit klar?“, will mein Papa zaghaft wissen und hätte er diese Frage nicht gestellt, dann wäre es meine Mutter gewesen.

„Ja. Ich glaube, es stört ihn nicht. Ich bin froh, dass das Versteckspiel ein Ende hat." Ich atme befreit durch.

„Ich freue mich schon darauf, ihn mal kennenzulernen", sagt mein Papa und strahlt mich an. Er ist glücklich, weil ich glücklich bin. Und er wirkt erleichtert, so wie meine Mama.

Plötzlich wird mir von einer Sekunde auf die andere richtig heiß. Ich rutsche etwas tiefer in meinen Stuhl, aber mit breitem Strahlen. Mein Herz beginnt zu klopfen. Zaghaft winke ich Richtung Eingang. Mein Gesicht glüht auf. Jan steht dort. Er lächelt und hat einen wunderschönen Strauß Rosen in der Hand. *Wie peinlich ... Er hat gar nichts davon gesagt, dass er mich heute auch noch einmal besuchen kommt ...*

Dann kommt Jan auf unseren Tisch zu. Als ich an meinen Eltern vorbei gucke, drehen sie sich neugierig um.

„Das ist er!", flüstert meine Mama meinem Papa aufgeregt ins Ohr und zupft ihn am Ärmel. Sie wird ganz hibbelig, obwohl das eigentlich mein Part wäre.

Mein Papa räuspert sich und richtet sich etwas mehr auf. Dann erhebt er sich.

„Guten Tag. Ich bin Jan Zeder. Schön, dass ich Sie auch mal kennenlerne. Ihre reizende Gattin habe ich ja bereits bei Franzi in der Wohnung getroffen." Er drückt meinem Papa kräftig die Hand.

„Sehr erfreut", brummt mein Papa gestochen in tiefem Ton.

Ich kichere in mich hinein. Selbst meinen Papa habe ich noch nie so erlebt. Meine Mutter bekommt hochrote Bäckchen vor Verlegenheit, weil ihr Jan zuwinkert. Sie ist mächtig geschmeichelt. Ich schmunzle. Wie ein Schulmädchen vor ihrem Lehrer erhebt sich meine Mama und begrüßt ihn ehrfurchtsvoll.

„Schön, Sie wieder zu sehen." Jan strahlt meine Mama an, die regelrecht dahinschmilzt.

In der Tat, Jan ist eine Erscheinung. Er ist sogar größer als mein Papa. Und auch wenn er kein Sportlehrer ist, so ist unverkennbar, dass er regelmäßig an seiner Fitness arbeitet.

„Ich freue mich sehr", haucht meine Mutter hingerissen.

Jan zieht eine Rose aus dem Blumenstrauß und reicht sie ihr.

„Oh, danke“, schnurrt sie verzückt.

Meinen stechenden Blick bekommt sie gar nicht mit. Auf einmal schäme ich mich für meine Eltern. Sie machen einen Wirbel um Jan, als wäre er irgendeine adelige Berühmtheit. Dann kommt Jan auf mich zu. Ich stehe auf. Er schließt mich herzlich in die Arme und gibt mir einen züchtigen Kuss auf den Mund. Anschließend überreicht er mir den wunderschönen Strauß.

„Ich hoffe, du magst Rosen“, flüstert er mir ins Ohr und küsst mich noch einmal verstohlen und heimlich auf meine Schläfe.

„Ja, vielen Dank“, wispere ich und bekomme kaum Luft in seiner Gegenwart. „Sie sind wunderschön. Magst du dich zu uns setzen?“, biete ich an.

Er lächelt, greift sich vom Nachbartisch einen freien Stuhl und schiebt ihn neben mich. Jetzt sitzen wir beide meinen Eltern gegenüber. Ich erkenne, dass meine Mama unter dem Tisch Papas Hand ergreift und verschwörerisch drückt. Sie wirft ihm Blicke zu, die so offensichtlich sind, dass sogar Jan schmunzeln muss. Meine Eltern benehmen sich unmöglich kindisch. Deshalb ist die Stimmung am Tisch auch etwas angespannt.

„Ich gehe mir mal einen Kaffee und auch ein Stück Kuchen organisieren. Kann ich noch jemandem etwas mitbringen?“, fragt Jan höflich. „Dann hast du mal zwei Minuten mit deinen Eltern alleine“, haucht er mir ins Ohr und meine Eltern bekommen davon tatsächlich nichts mit, weil sie abermals begeisterte Blicke austauschen.

„Nein, wir sind noch versorgt“, erwidert mein Papa und hüstelt erneut befangen.

„Danke“, forme ich lautlos mit den Lippen.

Schmunzelnd zieht Jan von dannen. Meine Eltern beugen sich sofort über den Tisch zu mir herüber.

„Ein toller Mann, Franzi. Der gefällt mir!“, sagt mein Papa und strahlt.

„Und so höflich! Dass junge Leute heute noch so charmant sein können!“, schwärmt meine Mutter hingerissen. „Kommt ihr zwei denn dann nächsten Sonntag zu uns zum Essen? Frag Jan doch mal, was er gerne mag. Vielleicht hat er ein Lieblingsgericht!", sprudelt es aufgeregt aus meiner Mutter heraus.

„Mama", stöhne ich gereizt. „Übertreib bitte nicht. Ich frage ihn später mal, okay?", maule ich genervt.

Mit einem Tablett auf dem Arm kommt Jan zurück und schaut mich dabei unentwegt an. Ich erwidere seinen Blick und könnte die ganze Welt aus den Angeln heben vor Freude. Auch Jan scheint seine Umgebung völlig auszublenden, so dass er einen freien Stuhl streift, als er auf uns zuläuft.

„Hoppla!", sagt er und hat sich zum Glück schnell wieder gefangen. „Wenn Ihre Tochter in der Nähe ist, habe ich einfach nur noch Augen für sie", entschuldigt er sich lächelnd.

„Wollen Sie nächste Woche Sonntag zu uns zum Essen kommen?", platzt es übermütig aus meiner Mama heraus.

Ich könnte sie erwürgen! Grrr! Verärgert knurre ich in mich hinein. *Sie macht mir alles kaputt! So vertreibt sie Jan noch! Ich wollte ihn doch fragen!*

Jan schaut lächelnd zu mir. Entschuldigend nippe ich an meinem Kaffee.

„Sehr gerne. Wenn ich so nett eingeladen werde, kann ich das Angebot doch nicht ausschlagen. Ich würde mich sehr freuen, Frau Weger."

„Ohhh", quiekt meine Mama wie ein Meerschweinchen hocherfreut auf. „Nennen Sie mich doch bitte Hilde", flötet sie. Ihre roten Apfelbäckchen plustern sich auf.

Nein, nein, nein! Wütend kneife ich die Augen zusammen. *Das wird ja immer schlimmer!*

„Gerne, *Hilde.*"

„Und ich bin der Rudi", brummelt mein Papa und streckt Jan abermals die Hand entgegen.

Es ist grausam. Meine Eltern übertreffen alle meine Erwartungen – *im negativen Sinne.* Sie schleimen sich derart bei Jan ein, dass ich innerlich koche. Ich will Jan für mich! Und gerade sieht es eher nach einer Viererbeziehung aus! *Die sollen bloß nicht denken, dass wir jetzt jedes Wochenende auf der Matte stehen! Oder sogar gemeinsam zu Abend essen!*

„Schmeckt dir der Kuchen nicht?", fragt mein Papa, als ich mürrisch den Kuchen auseinanderpflücke.

„Doch, schmeckt ausgezeichnet", entgegne ich scharf, um meinen Missmut deutlich zu machen.

„Komm, Hilde. Wir gehen uns auch noch einen Kaffee holen", fordert mein Papa meine Mama auf und zieht sie hinter sich her.

Etwas widerwillig schließt sich meine Mama an, dreht sich aber strahlend permanent zu uns herum. Ich lächle breit zurück, signalisiere ihr mit meinem Blick aber deutlich, dass sie uns mal einen Moment alleine lassen sollen.

„Lass sie. Bestimmt sind sie nur aufgeregt. Ich bin immerhin dein erster Freund", flüstert Jan beschwichtigend. „Meine Eltern sind auch nicht besser, erinnerst du dich?"

„Ja, aber die Nummer hier ist doch oberpeinlich!", zische ich.

„Das zeigt doch nur, wie sehr sie dich lieben", sagt Jan mit sanfter Stimme.

„Daran werde ich dich bei deinen Eltern das nächste Mal auch erinnern!", blöke ich.

„Abgemacht. Außerdem beruhigen die sich auch wieder. Gib ihnen ein paar Wochen."

„Ein paar Wochen?", fiepe ich wie eine Grille. „Das halte ich nicht aus."

Jan streicht mir zärtlich eine Haarsträhne hinter das Ohr und küsst mich. Als seine Lippen mich berühren, entspannen sich augenblicklich meine Gesichtszüge. Er kann himmlisch küssen und seine Lippen sind so weich. Der Kuss hüllt uns so ein, dass wir das Gewusel in der Cafeteria kaum noch wahrnehmen. Ich vergesse einfach alles um mich herum, wenn ich Jan spüre. Seine große rechte Hand legt sich seitlich auf meine Wange und meinen Unterkiefer. Er hat Hände wie ein Konzertpianist, und wenn ich mir vorstelle, wie diese Hände an den einzelnen Stellen meines Körpers entlang gleiten, dann explodiere ich fast vor Verlangen und Sehnsucht.

„Ich liebe dich, Franzi", haucht Jan leise.

„Ich dich auch, Jan", erwidere ich.

Zärtlich berührt er mit seinem Daumen meine Lippen. Er fährt die Konturen nach, dann zieht er sich leicht zurück.

„Deine Eltern kommen wieder", flüstert er.

Unzufrieden kräusle ich die Stirn und schnaufe wehmütig. *Wie gerne wäre ich jetzt mit Jan alleine ...*

Meine Eltern setzen sich und strahlen uns an.

„Hast du eigentlich ein Lieblingsgericht, Jan?", fragt meine Mama euphorisch und plant in Gedanken sicherlich bereits ein Fünf-Sterne-Menü.

„Machen Sie sich ..."

„*Hilde*, bitte", flötet meine Mama.

„Mach *dir* bitte keine zu großen Umstände, Hilde. Ich bin sehr pflegeleicht, was das Essen angeht", antwortet Jan schmunzelnd.

„Gibt es denn etwas, was du gar nicht magst oder verträgst?", erkundigt sich meine Mutter.

Jan überlegt tatsächlich.

„Mir würde gerade nichts einfallen."

„Hach, Franzi, wärst du nur auch so einfach. Sie war nie ein guter Esser, weißt du."

„Ach, ehrlich?" Jan versucht interessiert zu klingen und amüsiert sich mächtig darüber, wie sehr mich das Gesprächsthema nervt.

So geht das noch eine Weile weiter. Meine Eltern löchern Jan und er geht auf das Spiel ein. Als hätte er es nötig, sich beliebt zu machen. Meine Eltern vergöttern ihn ja jetzt schon. *Bestimmt, weil sich endlich einer geopfert hat, ihre schwierige und behinderte Tochter zur Freundin zu nehmen!,* denke ich missgestimmt.

Nach zwei Stunden verabschieden sich meine Eltern endlich und Jan kommt mit auf mein Zimmer. Er sieht sich um.

„Ich weiß genau, wonach du Ausschau hältst. Aber ich lasse es nicht zu, dass du meine Ideen klaust. Es steht an einem sicheren Ort", säusle ich.

„Dann versuche ich eben, es aus dir herauszukitzeln", raunt er, zieht mich dicht an sich heran, so dass sein Brustkorb sich auf meinen presst.

Atemlos vor Erregung hebe ich meinen Blick. Ein Kuss von unendlicher Leidenschaft folgt. Jans Arme umschlingen mich. Seine Hände wandern meinen Rücken auf und ab, berühren immer wieder andere Stellen meines Körpers. Ich würde es gerne erwidern, aber ich habe noch die Krücken in der Hand.

„Ich muss die Dinger mal ablegen", unterbreche ich ihn daher zaghaft.

Mit einem Schwung nimmt mich Jan samt Krücken auf den Arm.

„Ahhh!" Ich kreische auf.

Vorsichtig setzt er mich auf die Bettkante und nimmt mir die Gehstöcke ab.

„Hält das Bett uns beide aus oder meinst du, es kracht zusammen?" Lüstern knabbert er an meinem Ohrläppchen herum.

Ich beiße mir schwer atmend auf die Unterlippe.

„Keine Ahnung", wispere ich und habe genussvoll die Augen geschlossen. „Bevor du das riesige Stück Kuchen vertilgt hast, hätte es uns möglicherweise noch ausgehalten, aber so …", necke ich ihn.

Jan kitzelt mich am Bauch. Ich lache und winde mich.

„Hör auf! Hör auf!", quieke ich und versuche, seinen Fingern zu entkommen. Aber Jan traktiert mich weiter, bis ich vollends auf dem Bett liege. Ich rolle mich hin und her, um seiner Kitzelfolter auszuweichen.

Dann hält er plötzlich inne und lässt von mir ab. Überrascht hebe ich den Kopf. Jan geht ans Bettende und zieht mir den einen Schuh aus. Anschließend streift er auch seine ab. Zwei Herzschläge später liegt er fast Nase an Nase bei mir im Bett. Der Platz reicht geradeso, aber das macht es natürlich auch umso prickelnder. Mit großen Augen schaut er mich an und streicht wieder zärtlich einige Haare aus meinem Gesicht.

„Du bist wunderschön, Franzi", sagt er aufrichtig. „Die glatten Haare fand ich zwar auch schön, aber deine Locken … Das bist irgendwie du." Wieder suchen seine Lippen sanft meinen Mund. Unsere Körper pressen sich aneinander. Er schlingt ein Bein um meine Hüfte, und sein Gewicht auf diese Art zu spüren, ist unbeschreiblich. Seine Arme halten mich, sein Bein hält mich. Ich bin gefangen und kann mich nicht mehr bewegen. Ich bin ihm ausgeliefert, körperlich und emotional. Ich gehöre ganz ihm, in diesem Moment und für immer, das spüre ich.

Als seine Hand zu meiner Hüfte wandert, pulsiert es in meinem Inneren stärker. Mein Mund wird trocken. Unsicher starre ich Jan an, weise ihn aber nicht zurück. Ganz langsam schiebt er seine Hand unter mein Oberteil. Als er meine nackte Haut berührt, schlägt mein Herz so fest und unregelmäßig, als wäre ihm Rhythmus plötzlich ein Fremdwort. Ich bin wie von Sinnen, total im Rausch. Sein Duft und seine Hand sind so überwältigend, dass ich regelrecht in einem Tsunami von Endorphinen untergehe. Sie überrollen mich mit einer gewaltigen Wucht, der ich mich unmöglich zur Wehr setzen kann – geschweige denn will. Seine Hand tastet sich derweil immer weiter meinen Rücken hoch, liegt jetzt flach auf meinem Schulterblatt.

Meine Atmung ist immer noch so schnell, dass mir im Stehen vermutlich flau würde. Selbst im Liegen meine ich wahrzunehmen, dass sich alles leicht dreht. Doch seine Berührungen bleiben züchtig, was mich fast schon etwas enttäuscht. Meinetwegen dürfte er auch gerne weitergehen. Selbst die Initiative zu ergreifen, dazu bin ich allerdings noch nicht bereit. Vielleicht sollte ich mir auch vorher ein paar Ratschläge einholen – von Kicki – oder sogar von Judit. Selbst sie hat mehr Erfahrungen als ich! *Ob es Jan stört? Vielleicht wartet er auch darauf, dass ich den ersten Schritt mache …*

Gegen fünf Uhr muss Jan leider fahren. Daheim wartet Hansi und er möchte noch bei seinem Papa im Krankenhaus vorbeischauen. Ich habe ein komisches Gefühl im Bauch, als der Abschied naht.

Gestern war schon schrecklich, aber ihn heute wegfahren zu lassen, ist noch viel, viel schlimmer. Ich begleite ihn bis zum Auto. Auf dem Parkplatz verabschieden wir uns ein zweites Mal. Mir kommen die Tränen.

„Hey …", sanft streicht er meine Tränen in Richtung Schläfe.

„Wann sehen wir uns wieder?", schniefe ich.

„Am Freitag, Franzi. Ich komme abends zu dir, okay? Du rufst mich an, wenn du auf dem Heimweg bist. Dann kann ich dir auch beim Koffertragen helfen."

„Brauchst du dann gar nicht mehr. Ich bekomme doch morgen mein Superbein, schon vergessen? Woman of steel", scherze ich.

„Stimmt. Ab und zu sollten wir also die Rollen tauschen. Du trägst mir die Sachen", witzelt er.

Ich lache, während mir dabei weiter die Tränen fließen.

„Ich würde so gerne jetzt schon mit dir nach Hause fahren", schniefe ich traurig.

„Und ich würde dich mehr als gerne mitnehmen. Aber die paar Tage ziehen wir jetzt durch. Ich freue mich nämlich schon auf ein Wettrennen. Mal sehen, ob du schneller sein wirst als Hansi." Er zwinkert mir aufmunternd zu und drückt mich noch einmal an seine Brust.

Ich höre, wie er einen tiefen Atemzug meines Haarduftes einzieht.

„Bis Freitag, Süße."

„Ich vermisse dich jetzt schon", schluchze ich und trenne mich schmerzerfüllt von ihm. „Fahr schnell, bevor ich dich als Geisel nehme."

„Oh, ich glaube, ich stehe darauf, deine Geisel zu sein", schnurrt er.

„Blödmann." Ich knuffe ihn in die Seite. „Hau schon ab." Ich wische mir mit dem Ärmel eine Träne weg.

„Wir telefonieren später noch einmal, wenn ich wieder daheim bin. Ich ruf dich an, okay?"

„Okay, bis nachher", sage ich, und er steigt in seinen Wagen und fährt davon.

Mit heruntergelassenem Fenster winkt Jan mir zu. Niedergeschlagen humple ich zurück ins Gebäude, wo mich Tom und Judit bereits erwarten. Sie breiten die Arme aus und trösten mich, was zur Folge hat, dass ich erneut ungehalten in Tränen ausbreche.

MONTAG

Am nächsten Morgen habe ich mich wieder gefangen. Ich stehe seufzend auf und mache mich fertig. Gleich steht mir der wichtigste Termin bevor: Mein neues Bein wird angepasst.

Bisher habe ich es noch nicht sehen können, weshalb mir etwas mulmig ist. Fast hatte ich mich daran gewöhnt, nur mit einem Bein herumzuhumpeln. Viel zu früh sitze ich vor der Tür von Dr. Blum. Jetzt müsste gerade Tom an der Reihe sein. Er ist vor mir dran, wie er mir gestern Abend erzählt hat.

Die Sache ist wirklich aufregend. Dass Tom zur gleichen Zeit seine neue Prothese bekommt, finde ich super. Nachher können wir vergleichen. Ich bin tierisch aufgeregt. Mit vollem Gewicht stütze ich mich im Sitzen auf die Gehstöcke und wippe vor und zurück. Dabei lausche ich. Die Tür ist aber so schalldicht, dass ich nichts hören kann. Nervös schaue ich auf meine Uhr. Noch zehn Minuten.

„Mann!“, fluche ich zappelig und versuche mit einer tiefen Bauchatmung, meine Nervosität in den Griff zu bekommen.

Ich fühle mich gerade in meine Schulzeit zurückversetzt. *Es ist wie vor der mündlichen Abiprüfung! Da saß ich auch so vor der Tür und musste fast alle fünfzehn Minuten aufs Klo. Shit, jetzt müsste ich auch schon wieder ...*

Ich werfe noch einmal einen Blick auf die Uhr und humple schließlich zu den Toiletten. Als ich dort herauskomme, wartet eine grinsende Judit auf mich.

„Und? Ist Tom schon raus? Hast du schon was gesehen?", fragt sie aufgeregt.

„Nein", seufze ich. „Ich halte das nicht mehr lange aus. Die Warterei macht mich verrückt!"

„Soll ich bei dir bleiben?", bietet Judit an.

„Hast du Zeit?"

Sie grinst und begleitet mich. Jetzt sitzen wir zusammen vor der Tür und warten gespannt. Als sie aufgeht, schieße ich in die Höhe. Auch Judit rollt ein Stück vor, um etwas zu sehen.

„Na, Mädels? Was sagt ihr? Meine Schüler werden ausflippen, wenn sie das sehen." Tom lacht verschmitzt und präsentiert voller Stolz seine neue Prothese.

Erschrocken starre ich ihn an. Toms neues Bein ist lediglich ein Metallgestänge, und am Ende steckt nur ein gebogener Metallmond. *Und das gefällt ihm? Wo ist die Haut? Ich dachte, die sehen kosmetisch heute viel besser aus! Das ist total hässlich! Damit könnte ich mich doch nie in der Öffentlichkeit zeigen! Und Jan wäre total schockiert! Welcher Mann möchte denn schon eine Maschine als Freundin! Hoffentlich darf ich mein altes Bein wieder mitnehmen. So etwas will ich nicht. Damit sehe ich ja aus wie ein Roboter aus einem Science-Fiction-Film!*

Ich bin den Tränen nahe. *Ich will mein altes Bein zurück!*

„Franzi", höre ich die Stimme von Dr. Blum. Er schaut bereits freundlich lächelnd um die Ecke. „Komm rein. Jetzt bist du dran. Ich bin gespannt, was du sagst."

Mein Puls rast. Ich habe gewaltige Angst und fühle mich schrecklicher als je zuvor. Mit eiskalten Händen folge ich dem Arzt in sein Behandlungszimmer. Ich würge die Tränen herunter. Der Arzt klopft fröhlich auf die Behandlungsliege.

Heute trage ich Shorts, die geradeso den Stumpf bedeckt. Daher reicht es, dass er sie etwas nach oben schiebt. Prüfend drückt er auf meinem Stumpf herum und schaut ihn sich an.

„Siehst du! War doch gut, die Prothese mal eine Weile auszulassen. Ist super verheilt. Und, bist du schon gespannt?"

Ich schlucke.

„Ehrlich gesagt, habe ich etwas Bedenken, ob mir das neue Bein wirklich gefällt. Was ist, wenn es doch nichts für mich ist?", erwidere ich verhalten.

„Ich dachte, du freust dich schon und kannst es kaum erwarten?", meint der Arzt irritiert.

„Tue ich ja, aber … Ich bin Ihnen auch wirklich dankbar für die Chance … Könnte ich denn eventuell auch mein altes Bein wieder mitnehmen? Ich meine, es könnte ja sein, dass es doch besser zu mir passt …"

Er lächelt verständnisvoll.

„Das glaube ich kaum. Warte, ich hole mal die neue Prothese. Dann siehst du es selbst."

Der Arzt verschwindet durch eine Tür ins Nachbarzimmer und ich muss mir schon die ersten Tränen wegwischen. Mit einem weiteren Mann kommt er wieder herein – in seinen Händen trägt er das Bein. Für einen Moment setzt mein Herzschlag aus. Erschrocken und ungläubig starre ich auf den Gegenstand in seinen Händen. *Großer Gott …*

Ich beginne am ganzen Leib zu zittern. Aus der Entfernung sieht es gruselig echt aus. Als hätte man irgendjemandem ein echtes Bein abgehackt. Mein Blick wandert von oben nach unten – mehrmals. Mit geöffnetem Mund starre ich das Teil an und vergleiche es mit meinem rechten Fuß, der fast identisch zu dem künstlichen aussieht. Eigentlich nicht nur *fast* – er sieht identisch aus! Sogar die Nägel sehen aus wie meine.

„Darf ich das mal anfassen?", frage ich ehrfürchtig und leicht verstört.

„Na klar. Ist doch dein neues Bein", lacht Dr. Blum.

Aber ich bin viel zu perplex und überwältigt, als dass ich sein Lachen erwidern könnte.

„Das fühlt sich ja weich an", wispere ich baff.

„Das hoffen wir doch. Die Ummantelung ist aus Vollsilikon. Mit Nagellackentferner kannst du die Nägel allerdings nicht behandeln.

Aber wir haben ein Gadget für dich. Es ist einmalig." Dr. Blum zieht eine große, viereckige Schachtel hinter seinem Rücken hervor. „Damit die Nagelackfarbe auf deinen Zehen immer passend ist. Es ist eine spontane Sonderanfertigung und eben erst eingetroffen. War ein Spezialauftrag."

„Spezialauftrag?", frage ich irritiert.

„Ja. Ein Herr Zeder hat es in Auftrag gegeben. Er meinte, du freust dich vielleicht darüber."

„Jan?", stammele ich.

Der Arzt strahlt mich an.

„In dem Kästchen sind vorgefertigte Nagelteile. Sie sind in diversen Farben lackiert. So kannst du den linken Silikonfuß umgestalten. Der Nagellack für den rechten Fuß ist natürlich auch mit dabei. Zwanzig Farben! Reicht dir das?", fragt er.

Fassungslos schaue ich in das Kästchen, das er mir nun geöffnet hinhält. Dann schaue ich wieder zu der Prothese, mit den roten Fußnägeln – einwandfrei pedikürte Nägel. *Jetzt muss ich mich bei meinem rechten Fuß aber ins Zeug legen.*

„Das ist unglaublich … Ich weiß gar nicht, was ich sagen soll …", stottere ich überwältigt.

„Wir probieren sie jetzt erst einmal an. Nicht, dass doch noch etwas geändert oder angepasst werden muss", schmunzelt Dr. Blum und macht sich mit seinem Kollegen an meinem Stumpf und der Prothese zu schaffen.

Ich beobachte genau, was sie tun. Dann ist mein neues Bein fest. Sogar die Hautfarbe stimmt. Ich bin hin und weg. Ich fühle mich, als hätte man mir wieder ein echtes Bein geschenkt. Die Proportionen sind genau dem rechten angeglichen. Jetzt weiß ich auch, warum man so viele Fotos von mir in Unterhose gemacht hat. Von allen Seiten. Ich dachte schon, es sei irgendeine perverse Nummer. Jetzt schäme ich mich entsetzlich für diese vorschnelle Verurteilung.

„Sie können diese Prothese natürlich nicht mit der von Herrn Becker vergleichen. Für ihn stand die Sportfunktion im Vordergrund. Die Optik war ihm nicht so wichtig. Ihre Prothese können sie selbstverständlich auch zum Sport einsetzen, aber die Ästhetik war hier vorrangig. Dennoch sollten Sie mit den neuen integrierten Gelenken einen großen Unterschied zu dem Vorgängermodell feststellen. Laufen Sie mal ein paar Schritte", meint der andere Arzt und lächelt mich wie Dr. Blum aufmunternd an.

Ganz langsam rutsche ich von der Behandlungsliege und setze beide Füße auf den Boden. Es ist ungewohnt und fühlt sich anders an. Ich bleibe erst einen Moment stehen, bevor ich mich langsam in Bewegung setze.

„Die Prothese reagiert automatisch. Sie werden bestimmt weniger stolpern als früher. Das Gangbild dürfte mit etwas Übung auch viel gleichmäßiger und flüssiger werden", erklärt Dr. Blums Kollege, doch ich bin so hochkonzentriert und geflasht, dass ich nur ganz nebenbei mitbekomme, dass er mit mir redet.

Dieses Bein sieht einfach täuschend echt aus! Es schließt sogar sauber mit meiner Haut ab. Der Übergang ist fast nahtlos, so dass ich mich sogar trauen würde, eine kurze Hose zu tragen.

„Machen Sie sich erst einmal ganz in Ruhe damit vertraut. Aber bitte nicht direkt den ganzen Tag tragen. Wenn sie drückt, sofort Bescheid geben. Wir haben schließlich nur bis Freitag Zeit. Dann sollte sie sitzen", meint Dr. Blum.

Ich betrachte mich überglücklich in einem bodentiefen Spiegel. Ich drehe mich hin und her, um mich von allen Seiten zu begutachten. Überwältigt falle ich Dr. Blum und seinem Kollegen, der vermutlich die Prothese hergestellt hat, um den Hals. Mir schießen vor Glück und Rührung die Tränen in die Augen.

„Danke! Vielen, vielen, vielen Dank!"

Die beiden Männer strahlen und lachen. Sie freuen sich mit mir und das lassen sie mich auch spüren.

„Und jetzt raus mit Ihnen. Ihre Freunde warten bestimmt draußen."

Mein Herz macht einen Satz. In der Tat kann ich es kaum erwarten, mein neues Bein zu zeigen. *Die werden Augen machen! So was von staunen!*

„Aber nehmen Sie die hier mit!“, lacht Dr. Blum und drückt mir die Krücken in die Hand. Dann geht er vor zur Tür und hält sie auf. Mit einem Strahlen, das jedes Kind vor einem Berg Geschenke in den Schatten stellen würde, trete ich hinaus. In einer Hand die Krücken, in der anderen das große Kästchen. *Ich muss mir gleich unbedingt die rechten Zehen lackieren. Eine Seite ist rot und die andere hell, das geht ja gar nicht!*

„Naaa?“ Ich drehe mich vor meinen Freunden, die mich ungläubig anstaunen.

„Wow … Franzi! Das sieht ja … unfassbar echt aus …“, stammelt Tom.

Judit kommt an mich herangerollt.

„Boahhh …“, staunt sie und guckt sich meine Beine an. Sie steht in ihrem Rollstuhl nun ganz dicht davor.

„Darf ich das mal anfassen?“, fragt Tom und hat die Hand schon ausgestreckt.

Ich haue ihm freundschaftlich auf die Finger.

„Du willst mir einfach so an die Beine grapschen?“, scherze ich.

Er verdreht die Augen.

„Ja, an die Beine und nicht an den Hintern, okay? Oder soll ich Jan erst um Erlaubnis fragen?“

„Gar keine so schlechte Idee“, stichle ich lächelnd und halte meinen Freunden das künstliche Bein entgegen, um ihre Neugierde zu stillen.

„Verdammt noch mal, fühlt sich das echt an … Das ist ja fast gruselig … Die Zehen sind sogar einzeln modelliert! Ich fasse es nicht“, staunt Tom.

„Meine Güte, damit wirst du Jan aber ganz schön bezirzen können“, murmelt Judit wehmütig.

Mit einem Mal plumpst mein Herz eine Etage tiefer. *Oh Gott … Wenn er mich so sieht … Er hat immer noch nicht den Stumpf gesehen. Den habe ich doch immer in einer langen Hose versteckt!*

„Meint ihr, ich sollte mich ihm zuerst ohne Prothese zeigen?“, frage ich nun ernst.

„Wieso? Er hat dich doch die letzten Tage schon ohne gesehen …“, erwidert Tom verständnislos.

Judit verdreht die Augen.

„Männer. Die brauchen immer etwas länger, bis sie es kapieren.“

„Ach so, du meinst wegen des Nacktshootings“, scherzt Tom.

„Ich ziehe dir gleich meine Krücken über! Ich stehe verdammt gut auf den Beinen!“, drohe ich.

„Franzi, er weiß doch jetzt, dass dein linkes Bein etwas weiter oberhalb endet, auch wenn du die neue Prothese anhast, die unheimlich echt aussieht.“

„Ja, schon, aber was, wenn er einen Schock bekommt, wenn ich das Ding ausziehe …“

„Denk nicht so viel nach, Franzi. Man kann nicht alles planen. Wenn er so etwas noch nicht gesehen hat, wird er bestimmt ein paar Tage brauchen, um sich an den Anblick zu gewöhnen. Aber danach wird es ganz normal sein. Du darfst auf keinen Fall sofort die beleidigte Leberwurst spielen! Gib ihm Zeit! Du hast ja auch Zeit gebraucht – und zwar nicht gerade wenig, oder?“

„Musst du immer so knallhart und ätzend direkt zu mir sein?“, murre ich und schiebe düster die Augenbrauen zusammen.

„Dafür bekommst du eine ehrliche Meinung. So schlecht ist dir das bisher nicht bekommen, oder?“, meint Tom.

Ich ziehe tief die Luft ein.

„Du hast ja recht.“ Meine Stirn entspannt sich wieder. „Schaut mal, was ich hier noch habe. Das hat Jan für mich bestellt. Ist ein Unikat sozusagen. Eben erst eingetroffen!“, verkünde ich stolz und öffne die Schatulle.

„Mann oh Mann. In jeder Farbe. Hammer.“ Judit studiert die unterschiedlichen Farbtöne. „Dann weiß ich schon, was wir jetzt machen“, strahlt sie.

„Ich auch“, sage ich aufgekratzt und voller Vorfreude.

„Frauen“, stöhnt Tom. „Dann sehen wir uns später. Ich teste jetzt mein Bein im Park. Schließlich muss ich nächste Woche als Sportlehrer wieder eine gute Figur machen – ohne lackierte Zehen!“

Und wie ein Floh springt Tom den Flur entlang.

Wir lächeln ihm hinterher. Er lässt es sich nicht nehmen, etwas mit der sportlichen Funktionalität seiner Prothese anzugeben. Bestätigend pfeifen wir ihm nach.

„Adios, ihr lahmen Schnecken!“, brüllt Tom.

Wir lachen. Dann machen wir uns auf den Weg in mein Zimmer.

Judit lackiert mir die rechten Fußnägel in der gleichen Farbe – knallrot. Dann sind auch ihre Füße dran.

„Meinst du, für mich wird irgendwann auch mal etwas erfunden, womit ich wieder laufen kann?“, fragt sie bedrückt und starrt auf ihre trocknenden, pinken Zehennägel.

„Du siehst ja selbst, wie schnell die Technik voranschreitet. … Wie geht es dir denn gerade?“, frage ich.

„Ein Auf und Ab. Mal denke ich, ich schaffe das, und im nächsten Moment verliere ich die Hoffnung – *fast*. Hat sich noch nichts geändert.“ Sie lächelt trübsinnig.

„Das ist normal. Wir bleiben auf jeden Fall in Kontakt, auch wenn ich hier raus bin. Und wenn ich den Hauptpreis gewinne, diese Luxuspenthouse-Wohnung, dann habe ich bestimmt ein gigantisches Gästezimmer! Dann kannst du mal bei mir Urlaub machen!“

Judit strahlt. Erst ganz zaghaft, dann scheint ihr Kummer wieder zu verfliegen.

„Wenn ich dann noch Zeit habe. Ich will schließlich eine Bestsellerautorin werden! Die ganzen Lesereisen und so. Da werde ich permanent unterwegs sein …“

„Wir zwei Karrierefrauen. Wir zeigen es allen, oder?“, sage ich.

„Das machen wir.“

Judit und ich fallen uns in die Arme.

FREITAG

Die letzten Tage sind rasend schnell vorbeigegangen. Jan ist überglücklich, dass ich mich über seine Idee mit dem Nagellack freue. Wir telefonieren jeden Abend fast drei Stunden. Es ist kaum zu glauben, dass wir immer noch Gesprächsstoff finden.

Meine Trainingseinheiten sind allerdings derart anstrengend, dass ich abends erschöpft früh einschlafe. Obwohl ich Jan vermisse, treibt mich die Müdigkeit in den Schlaf. Alles in allem ist es doch kräfteraubender, als ich erwartet hatte. Aber nach einer kleinen Anpassung sitzt mein neues Bein nun eins a. Auch Kicki habe ich ein Foto davon geschickt. Sie ist schon irre gespannt, wie es in echt aussieht. Auf dem Foto sieht es so täuschend lebendig aus, dass sie es mir fast nicht abkaufen wollte, dass die Beine, die ich im Spiegel fotografiert habe, wirklich beide zu mir gehören. Ich musste direkt ein zweites Ganzkörperfoto als Beweis hinterherschicken. Leider war auch sie die ganze Woche mit Lissi im Krankenhaus, aber heute dürfen die beiden endlich heim – so wie ich.

Nach einer Abschlussbesprechung packe ich gegen zehn Uhr meine Koffer ins Auto und verabschiede mich von Tom, der ebenfalls heute abreist. Judit muss noch eine Woche bleiben. Bedröppelt steht sie in ihrem Rollstuhl am Eingang und lässt sich von Tom und mir drücken. Sie versucht, es sich nicht anmerken zu lassen, aber alleine zurückzubleiben ist verständlicherweise deprimierend.

„Nutz die Zeit zum Schreiben. Wir telefonieren“, sage ich und schließe meine neugewonnene Freundin noch einmal herzlich in die Arme.

Judit verkneift sich traurig die Tränen. Mir wird schwer ums Herz.

„Wir sehen uns", verabschiedet sich Tom etwas sachlicher, weil er merkt, dass sich Judit sonst nur noch mehr hineinsteigert.

Und nach einem kurzen Blickwechsel reißen wir uns schließlich los.

Auf der Autobahn fährt Tom fast eine halbe Stunde hinter mir her. Dann zieht er vorbei, winkt grinsend und biegt an seiner Ausfahrt ab. Ich schüttle amüsiert den Kopf, drehe die Musik etwas lauter und merke, wie meine Stimmung steigt. *Gleich werde ich endlich Jan wiedersehen – und Hansi!* Ich bin so voller Vorfreude, dass mein Bauch schon aufgeregt kribbelt. Das Grinsen auf meinem Gesicht ist wie festgefroren. Schon lange hatte ich nicht mehr so gute Laune. Munter stimme ich in den Text eines deutschen Schlagers ein und klopfe mit den Fingern den Rhythmus auf das Lenkrad. Momentan scheint es so, als könne mir nichts und niemand meine gute Laune vermiesen. Auch mein Oberkörper wippt nun zum Takt der Musik und ich schwebe bereits beflügelt auf Wolke sieben. Hin und wieder werfe ich hochzufrieden einen Blick auf mein linkes Bein, das nun in knielangen Shorts steckt. So weiblich habe ich mich seit dem Unfall nicht mehr gefühlt. Weiblich und komplett – ja, vielleicht sogar etwas sexy. Ich schmunzle und kann mich vor Freude kaum beherrschen.

„Endlich kann ich wieder leben …", wispere ich glücklich und surfe selbstsicher auf einer Welle von Hochgefühl. Ich habe keinerlei Bedenken, dass die Glücksmassen unter mir zusammenbrechen könnten.

Als mein Handy auf dem Beifahrersitz bimmelt, drehe ich die Musik etwas leiser. Ich drücke am Lenkrad auf den Knopf der Freisprecheinrichtung.

„Halloho", flöte ich bester Stimmung.

„Franzi?", fragt meine Freundin Kicki ganz komisch. Noch nie hat sie meinen Namen derart seltsam betont.

„Ja, was gibts? Seid ihr schon aus dem Krankenhaus raus?“, erwidere ich munter.

„Wo steckst du?“, möchte meine Freundin wissen.

Schon wieder dieser merkwürdige Unterton.

„Ich bin auf dem Heimweg, Kicki. Noch zwanzig Minuten, dann müsste ich da sein – laut Navi. Du bist so komisch ... Ist irgendetwas? Ist was mit Lissi?“

„Nein. Mit Lissi ist alles okay. ... Wenn du daheim bist, telefonieren wir noch mal, ja? Ruf mich bitte dann direkt an, okay? Fahr vorsichtig, Franzi“, betont Kicki mit erstickender Stimme, die mein Herz schneller schlagen lässt. Meine Euphorie schwindet schlagartig, als hätte man sie wie ein Staubkorn weggepustet. Ich werde hellhörig, fast panisch hellhörig. Mein Höhenflug ist damit abrupt beendet. Mit weichen Knien stehe ich jetzt wieder auf dem Boden der Tatsachen.

„Kicki, was ist los?“, fordere ich und drehe die Musik nun komplett ab, um meine Freundin genau verstehen zu können.

„Später, Franzi. Ruf mich an, wenn du daheim bist, okay?“

Mein Puls beschleunigt sich weiter. Ich kenne meine Freundin. Wenn sie so auffällig reagiert, dann stimmt da etwas nicht.

„Jetzt sag mir sofort, was los ist! Auf der Stelle!“, schimpfe ich und merke, wie die Panik in mir aufsteigt.

„... Ich ... ich kann das jetzt nicht sagen. Komm bitte erst heim“, fleht Kicki den Tränen nahe, was mich noch mehr beunruhigt.

Was sie mir da gerade antut, ist an der Grenze des Ertragbaren.

„Wie soll ich mich denn jetzt auf das Fahren konzentrieren?“, herrsche ich sie an. „Ich merke doch, dass du mir etwas verschweigst!“ Ich schlucke. Ich habe Angst davor, was jetzt kommt.

„Nein. Tut mir leid. Ich kann nicht, Franzi. Ich lege jetzt auf, okay?“ Kickis Stimme bebt.

„Kicki! Nein! Kicki! Kicki!“, brülle ich aufgeregt in den Hörer, aber sie hat tatsächlich aufgelegt.

Ich sehe einen Parkplatz nur dreihundert Meter entfernt. Sofort ziehe ich nach rechts und biege dort ab. Ich stelle mich zwischen zwei große LKW, weil sonst nichts mehr frei ist. Umzingelt von diesen hohen, gewaltigen Straßenmonstern, greife ich zitternd nach dem Handy auf meinem Beifahrersitz und wähle Kickis Nummer. Es tutet – einmal, zweimal, dreimal, viermal. Dann geht die Mailbox dran. Ich lege auf und wähle erneut. Das Ganze muss ich fünf Mal wiederholen, bis Kicki endlich abnimmt.

„Bitte, komm nach Hause, Franzi. Wir reden nachher."

„Kicki, ich stehe hier auf einem Parkplatz! Ich fahre keinen Meter mehr weiter, bis du mir nicht gesagt hast, was los ist! Du machst mir Angst!", keuche ich jetzt.

Die Leitung bleibt still, bis auf ein ganz schwaches Schluchzen.

„Kicki? Kicki, verdammt noch mal! Ich muss es wissen! Jetzt sofort!", flehe ich und mein Hals schmerzt schon vor Sorge.

Die Schlinge um meinen Brustkorb zieht sich immer enger und raubt mir den Atem. Unbeholfen nestle ich an dem Drücker für die Fensterscheibe herum. Ich lasse das Auto noch einmal ganz kurz an und fahre die Scheibe komplett herunter. Kicki schweigt immer noch.

„Ich kann nicht, Franzi …", wimmert sie kläglich. Jetzt höre ich deutlich, dass sie weint.

„Ich fahre nicht weiter …", betone ich noch einmal vehement. Nun knickt auch meine Stimme ein.

„Oh Franzi …" Meine Freundin bricht in Tränen aus.

Ich höre sie nur noch schluchzen. Daher beschließe ich, mich zusammenzureißen und ihr die Gelegenheit zu geben, sich etwas zu beruhigen.

„Franzi, ich, … ich wollte mit Lissi aus dem Krankenhaus. … Wir waren schon draußen und sind auf einen Zebrastreifen zugelaufen …" Kickis Schluchzen wird wieder schlimmer.

Ich halte die Luft an und atme ganz langsam und tief aus. *Lissi … Zebrastreifen … Der Kinderwagen mit Lissi ist auf den Zebrastreifen gerollt … Lissi …*

Mein Gedankenkarussell dreht sich auf höchster Stufe. So schnell, dass ich nicht nachkomme, die einzelnen Gedanken und Bilder zu sortieren.

„Okay, Kicki … Und was ist dann passiert?“, frage ich mit belegter Stimme und hoffe, sie hat mich überhaupt verstanden und kann antworten.

Kicki schnieft laut auf. Ein heftiger Adrenalinstoß fährt durch meinen Körper hindurch. Meine Haut ist komplett von einer Gänsehaut überzogen. Inzwischen schaffe ich es kaum noch, ausreichend Sauerstoff in meine Lunge zu befördern.

„Auf dem Zebrastreifen, auf der anderen Seite, da sah ich Jan. Er hat uns gewinkt. Dann hat er nach links und rechts geschaut und ist auf den Zebrastreifen getreten. Lissi hat geschrien … Ich habe mich über sie gebeugt … und … dann gab es … diesen lauten Knall …“ Die letzten Worte hallen in mir nach.

Knall – Jan – Zebrastreifen …

Ich sehe vor meinem geistigen Auge ein Auto auf Jan zurasen. Er wird davon erfasst und wirbelt durch die Luft. Seine Arme und Beine schlenkern wie in Zeitlupe unkoordiniert umher, als hätte man eine Schlenkerpuppe mit viel Wucht aus einem Hochhaus geschleudert. Er schreit. Dieser Schrei fährt mir durch Mark und Bein. Er fährt mir so gewaltig in die Glieder, dass mein Blut für einen Moment zu gefrieren scheint. Stresshormone schießen durch mich hindurch und fräsen sich ohne Gnade durch meine Gefäße.

Meine Extremitäten fangen an zu kribbeln, werden kalt und zittern. Ich starre ins Nichts direkt nach vorne aus der Windschutzscheibe. Es ist, als würde ich dort in einer Endlosschleife diese schrecklichen Bilder sehen, von denen Kicki mir gerade berichtet hat.

Mein Herz stolpert schnell und unregelmäßig. Es pulsiert und krampft fest in meinem Brustkorb, als hätte es dort nicht ausreichend Platz. Ein unangenehmer Druck sticht in den Schläfen und scheint fortwährend zu wachsen. Auch mein Kopf ist von dem Druck in meiner Blutbahn überfordert und kämpft dagegen an. Mein Panikmodus arbeitet auf Hochtouren. Ich kann nicht mehr rational denken und stehe total unter Schock. Eine Art Lähmung breitet sich wie ein Schutzmechanismus über alle Körperteile und mein gesamtes Gehirn aus. Das Kribbeln in den Händen wird jedoch immer stärker. Inzwischen sind sie weiß, genauso wie mein Gesicht. Bestimmt bricht gleich jemand mein Auto auf, weil man vermutet, dass hier eine Leiche sitzt. Wenn sie nicht erkennen können, dass ich zittere, dann wird gleich bestimmt jemand die Fahrertür aufreißen. Meine Hand mit dem Handy liegt auf meinem Schoß, leblos, wie ich in diesem Moment. Entfernt dröhnt eindringlich die Stimme meiner Freundin. Sie wird lauter, aber trotzdem dringt sie nicht bis zu mir vor.

„Franzi! Franzi!", kreischt meine Freundin außer sich vor Sorge.

Fast in Zeitlupe reagiert irgendwann meine Hand und hebt zitternd das Telefon an mein Ohr.

„Franzi, Jan wurde angefahren. Ich bin sofort zu ihm gerannt. Er hat gesprochen … Ich sollte einen Schlüssel aus seiner Hose nehmen. … Er hat mich gebeten, dass du dich um Hansi kümmerst."

Hansi ... Er hat gesprochen ...

„Was hat er? Wie geht es ihm jetzt?", stöhne ich.

Kicki druckst wieder herum. Meine Unterarmhaare richten sich abermals auf.

„Er wird bestimmt wieder gesund, Franzi. Jetzt fahr bitte endlich heim, ganz vorsichtig, versprochen?"

„Ich weiß nicht … Ich muss doch … Ich fahre direkt ins Krankenhaus …", stammele ich total durcheinander.

„Franzi, du musst mir jetzt genau zuhören, okay? Du fährst jetzt ganz langsam heim. Wenn du daheim bist, rufst du mich an. Ich bringe dir den Schlüssel vorbei und du siehst nach dem Hund, ja? Danach fahre ich dich ins Krankenhaus zu Jan. Meine Mama kümmert sich um Lissi. Sie hat nichts vor. Wir können zur Not die ganze Nacht im Krankenhaus bleiben."

„Was? Nacht? … Wo liegt Jan? Auf welcher Station ist er?", will ich wissen.

„Ich weiß es nicht …", antwortet Kicki verhalten.

„Doch, du weißt es!", fauche ich sie an. „Was ist mit ihm? Kicki!"

„Jetzt sei vernünftig! Ich … bin kein Arzt, okay? Ich musste mit Lissi heim."

Ausreden! Nichts als Ausreden! Sie will es mir nicht sagen ... Sie kann es mir nicht sagen ... Wenn er tot ist ... Oh Gott ... Wenn er nicht mehr lebt ...

„Was wollte er im Krankenhaus? Sein Papa ist doch schon daheim ...“, fällt mir plötzlich ein. Irgendwie habe ich die absurde Hoffnung, dass es auch eine kuriose Verwechslung gewesen sein könnte.

„Woher soll ich das wissen, Franzi? Wir fahren nachher gemeinsam ins Krankenhaus. Dann werden wir sehen. Willst du mich jetzt noch weiter mit Fragen löchern, die ich dir eh nicht beantworten kann? Fahr jetzt endlich heim, damit wir zu Jan ins Krankenhaus können“, schimpft meine Freundin mit zitternder Stimme.

„Okay, okay ...“, schnaufe ich atemlos und überfordert. „Bis gleich.“ Ich lege auf. Meine Hand mit dem Handy zittert immer noch. Ich spüre, wie mein Puls rast.

So kann ich unmöglich auf die Straße zurück. Krampfhaft versuche ich, mich auf eine gleichmäßige Atmung zu konzentrieren. Ich puste die Luft aufmerksam langsam zwischen meine Lippen. Ganz leise rollen die Tränen über meine Wangen. Ich streiche sie sorgsam mit beiden Händen weg, fahre mir über den Kopf und wische die Tränen abermals ab. Wieder hole ich tief Luft. Dann meine ich, so weit zu sein.

„Okay, Franzi. Konzentrier dich ... Du schaffst das ... Einatmen, ausatmen, einatmen, ausatmen ... Puhhh ...“ Ich schließe noch einmal fest meine Augen, nehme einen letzten tiefen Atemzug und drehe den Zündschlüssel.

Mein Auto setzt sich in Bewegung. Ich spüre aber, dass sich selbst mein rechter Fuß komisch anfühlt. Er hat Schwierigkeiten, das Gaspedal gleichmäßig herunterzudrücken. Sogar der Schaltknauf für die Automatik widersetzt sich ganz kurz meinem Willen. Ich werde hektischer, ungeduldiger, bin aber schließlich wieder auf der Autobahn.

Ich reihe mich ein, erst hinter den Lkws. Mit gezwungener Ruhe gebe ich etwas mehr Gas, bis ich auf der Überholspur lande. Das Gaspedal komplett durchgetreten, fliegt die Gegend an mir vorbei. Zum ersten Mal betätige ich die Lichthupe und überschreite deutlich die Geschwindigkeitsbegrenzung. Ein egoistischer Trieb ist in mir erwacht, weil ich so schnell wie möglich zu Jan will. Er braucht mich jetzt, und wenn es mich meinen Führerschein kostet. Dass ich derzeit wie eine wahnsinnige und völlig unzurechnungsfähige Fahrerin auf der Straße unterwegs bin, bekomme ich selbst nicht einmal ansatzweise mit. Mein Unterbewusstsein versucht mir zwar flüchtig klarzumachen, dass ich momentan nicht hinter dem Steuer sitzen sollte, aber ich darf keine Zeit verlieren. Ich schlage die aufflackernden Warnungen meines Vernunftzentrums wütend in den Wind und vermeide es, ihnen zu viel Beachtung zu schenken. Ich muss heim und wie sich bei der Fahrt mehrmals herausstellt, begleitet mich dabei eine Kompanie an Schutzengeln.

Als ich das Ortsschild passiere, werde ich hektischer. Das schlimme Zittern nimmt wieder zu. Ich weine immer noch, permanent, sogar, als ich meine Wohnung aufschließe.

Sofort stürme ich zum Festnetztelefon und rufe Kicki an. Doch sie nimmt nicht ab. Im selben Moment klingelt es an der Haustür und da steht sie schon. Auch ihr Gesicht sieht verheult aus. Sie zieht mich in ihre Arme. Ich breche weinend zusammen, aber nicht für lange.

„Hast du den Schlüssel dabei? Ich muss nach Hansi sehen. Dann will ich sofort zu Jan."

Kicki schnäuzt sich die Nase.

„Klar. Habe ich dabei", sagt sie und nimmt mich mit.

In ihrem Auto sitzend gebe ich die Adresse, die mir Jan bei seinem letzten Besuch genannt hat, hektisch ins Navi ein. Aber Kicki ist bereits auf der Straße.

Zehn Minuten später stehen wir vor einem neuen, modernen Gebäude mit schätzungsweise vier Wohneinheiten, bei dem die Gartenarbeiten noch nicht abgeschlossen sind. Kicki lenkt auf einem eingezeichneten Parkplatz und sieht mich an. Sie reicht mir den Schlüssel. Etwas ratlos starre ich sie an.

„Er hat bestimmt eine Erdgeschosswohnung wegen des Hundes", meint sie.

„Stimmt, daran habe ich gar nicht gedacht …" Ich schnappe mir den Schlüssel und hetze nun regelrecht auf den Eingangsbereich zu.

Kicki folgt mir und nimmt mir den Schlüssel aus der Hand, weil ich vor Panik so unbeholfen zittere, dass ich ihn nicht ins Schloss bekomme.

„Gib her", sagt sie und schließt auf.

Wie meine Freundin vermutet hat, steht direkt auf der ersten Tür Jans Nachname. Eine Fußmatte mit Hundepfoten liegt davor. Kicki schließt noch einmal auf, und wir treten schüchtern ein.

„Wau, wau, wau", macht ein Hund. Dann kommt Hansi schwerfällig auf uns zugetrabt. Er springt voller Freude an mir hoch und schleckt mir einmal quer über das Gesicht.

Offenbar geht es ihm wieder besser, wenngleich seine Verletzungen noch deutlich sichtbar sind.

Planlos bleibe ich einen Moment auf dem Boden bei ihm hocken. *Was muss ich denn jetzt mit ihm machen?*

„Wir lassen ihn kurz raus in den Garten, würde ich sagen. Scheint schon eingezäunt." Kicki blickt durch eine große Glasfront in den begrünten Gartenbereich. „Dann schauen wir, ob er Wasser und Futter dahat. Wenn wir aus dem Krankenhaus kommen, nimmst du ihn am besten mit zu dir. Oder weißt du, wo seine Eltern wohnen?"

„Nein, weiß ich nicht …", stammle ich. „Und wenn Jan gleich wieder mit nach Hause kann? Vielleicht hat er sich nur das Bein oder den Arm gebrochen und er braucht nur einen Gips …", rätsele ich voller Hoffnung.

„Franzi", beginnt Kicki ganz sanft, „er hat das Bewusstsein verloren, nachdem er mit mir gesprochen hat. Ich habe nur ganz grob mitbekommen, wie sich die Ärzte unterhalten haben. Er wurde sofort in den OP gebracht. Ich glaube, er hat einige Verletzungen …", erklärt sie zögerlich.

Wieder durchzuckt mich ein Adrenalinstoß. Die Tränen schießen mir in die Augen.

„Oh Gott, Kicki …" Ich schlage mir verzweifelt die Hände ins Gesicht.

Kicki schluckt ergriffen.

„Hansi ist wieder da. Komm, wir müssen schauen, wo Futter ist."

Ich versuche, meine Verzweiflung wegzusperren, um zu funktionieren. Wir reißen sämtliche Schränke auf und finden einen Sack mit Trockenfutter. Kicki füllt nach den Angaben auf der Packung eine leere Metallschüssel, die auf dem Boden steht. Ich suche derweil das Schlafzimmer. Dort reiße ich auch sämtliche Schränke auf und werfe diverse Sachen auf das Bett. Die Wohnung selbst nehme ich gar nicht wahr. Ich schleudere Boxershorts, Schlafanzüge, Socken und einen Pulli in eine neben dem Bett stehende Sporttasche. Dann stürze ich ins Bad und schnappe mir Zahnpasta, Zahnbürste, Haarkamm, eine Tube mit Haargel, Haarshampoo und Duschgel. Weil ich keinen Kosmetikbeutel finden kann, stopfe ich die Kosmetikutensilien in ein separates Fach in der Sporttasche und ziehe dann die Reißverschlüsse zu. Zum Schluss greife ich ein paar Badelatschen, stecke sie ebenfalls in die Tasche und stelle sie am Eingang ab.

Hansi schmatzt derweil zufrieden an seinem Trockenfutter. Unbekümmert knackt er vor sich hin und lässt sich dabei streicheln. *Wenn er wüsste …*, denke ich traurig und fange schon wieder an zu weinen.

„Wir holen ihn nachher. Komm, wir fahren ins Krankenhaus." Kicki schnappt sich die große Tasche. Keine zwei Minuten später sitzen wir wieder in ihrem Wagen und sind auf der Straße.

„Wir möchten zu Herrn Zeder. Er wurde heute Morgen hier auf dem Zebrastreifen angefahren", sagt meine Freundin am Empfang.

Ich bin froh, dass sie das Sprechen übernimmt. In meinem Kopf ist es so wirr, dass ich vermutlich nur unverständlichen Mist faseln würde. Garantiert könnte niemand verstehen, was ich eigentlich möchte.

„Wer sind Sie denn? Sind Sie mit Herrn Zeder verwandt?“, erkundigt sich eine Frau am Schalter und mustert uns.

„Nein, … aber meine Freundin ist mit ihm verlobt. Wir haben auch seine Sachen dabei.“ Kicki hebt zum Beweis die Tasche hoch.

Wir sind doch gar nicht verlobt ..., denke ich, gehe aber gar nicht darauf ein.

„Oh. Das tut mir sehr leid“, spricht mich nun die Frau hinter der Empfangstheke an.

Es tut ihr leid ... Er lebt nicht mehr ... Oh Gott ...

Es fühlt sich an, als würde mir jemand den Boden unter den Füßen wegziehen. Ich greife sofort haltsuchend nach der Theke und kralle mich daran fest.

„Warten Sie, ich schau mal kurz im Computer nach, ob er schon irgendwo ein Bett hat.“

Ich schnappe etwas erleichtert nach Luft. Die Angestellte des Krankenhauses tippt zwischenzeitlich wie eine Irre auf der Tastatur. Voller Furcht beobachte ich sie dabei und versuche, aus ihrem Blick herauszulesen, was sie sagen wird.

„Ah … Er ist noch im OP. Danach wird er, denke ich, … auf Station eins verlegt. Den Intensivbereich. Sie können aber dort auf ihn warten, wenn Sie möchten“, erklärt sie mit mitleidsvoller Stimme.

„Intensivbereich …“, wiederhole ich geschockt. Erneut versackt das Blut in meinen Gliedern. *Lissi ... jetzt Jan ... Hansi hatte auch schwere Verletzungen und Jans Papa war auch hier ... Was ist denn gerade los? ... Ich verstehe das nicht ... Ob ich mich in einer Albtraumschleife befinde? ...*

„Möchten Sie sich vielleicht setzen?“, fragt die Frau am Empfang und behält mich nun besorgt im Blick.

Mit Sicherheit ist mein Gesicht aschfahl.

„Danke. Ich kümmere mich um sie“, erwidert Kicki, packt mich am Arm und zieht mich zu einigen Stühlen.

Schluchzend sinke ich nieder und vergrabe das Gesicht in den Händen.

„Ich will hoch. Ich will dort auf ihn warten, wenn er aus dem OP kommt“, schluchze ich und ringe stoßweise nach Luft.

Kicki lässt ihre Hand beruhigend auf meinem Rücken herumkreisen.

„Okay, wir gehen hoch. Kannst du laufen oder klappst du mir auf dem Weg dorthin zusammen?“, fragt sie und scannt mich aufmerksam.

„Nein, geht“, sage ich tapfer und stehe auf. Abermals streiche ich mir die Tränen weg und fahre mit Kicki ein Stockwerk nach oben.

Dort klingeln wir und melden uns über eine Sprechanlage auf der Intensivstation an. Ein scheußliches Déjà-vu kreist in meinem Kopf umher. Auch bei Kicki ziehen sich unter Garantie alle Eingeweide zusammen. Sie fühlt sich sichtlich unwohl und versteift sich. Dann dürfen wir eintreten und werden von einer jungen Schwester in blauem Oberteil und Hose empfangen.

„Ja, bitte?“

„Hallo. Sie ist die Verlobte von Herrn Zeder. Können wir hier auf ihn warten oder ist er schon aus dem OP?“, fragt Kicki.

„Hallo, ich bin Schwester Mira“, stellt sie sich erst einmal höflich lächelnd vor. „Sie können gerne hier warten. Wir haben da vorne ein paar Stühle. Er ist noch nicht aus dem OP raus, aber es dauert bestimmt nicht mehr lange.“

„Wir haben einige Sachen für Herrn Zeder gepackt“, erklärt Kicki und hält die Sporttasche hoch.

„Die werden wir, denke ich, vorerst nicht brauchen. Ich stelle sie aber im Stationszimmer beiseite.“

„Wie geht es ihm? Wissen Sie schon etwas?“, frage ich unter Tränen und ringe darum, nicht den winzigen Rest Selbstbeherrschung zu verlieren.

„Sie operieren noch. Das Auto hat ihn … ganz schön erwischt“, erklärt sie verhalten. „Soweit ich weiß, hat er Verletzungen an den Beinen und am Rücken und ist auch hart mit dem Kopf aufgeschlagen. Genaueres können Ihnen später nur die Ärzte sagen. Aber hier ist er in den besten Händen, wirklich. Haben Sie seine

Eltern schon verständigt?"

„Nein … ich …" *Wie soll ich denn seine Eltern verständigen …?*

„Warten Sie, ich hole Ihnen schon mal seine Sachen, die er dabeihatte. Bei uns war so ein Chaos, dass wir auch noch nicht dazu gekommen sind."

Sie dreht sich um, verschwindet im Stationszimmer und kommt mit einem durchsichtigen Beutel zurück. Darin sehe ich auch sein Handy, in dem mit Sicherheit die Nummer seiner Eltern abgespeichert ist. Zögerlich überreicht sie mir die Tüte.

„Danke", sage ich höflich. „Wer hat ihn denn angefahren …?", frage ich leise und kann mir selbst nicht erklären, wieso mir diese Frage jetzt über die Lippen kommt. Möglicherweise, weil ich dringend einen Schuldigen brauche. Damit sich meine Verzweiflung in Form von Wut entladen kann.

Die Schwester stutzt kurz und schaut betreten zur Seite. Sie scheint zu überlegen, was sie sagen kann und darf.

„Es war ein älterer Mann, wissen Sie. Er hat das Gaspedal vermutlich mit dem Bremspedal verwechselt. … Er ist bei dem Unfall gestorben. Wir vermuten, dass er durch den Schock einen Herzinfarkt bekommen hat. Wir konnten ihn nicht wiederbeleben."

Ich starre sie an. Fassungslos, entsetzt, verzweifelt, ungläubig … Auch Kicki schweigt und zeigt keine verbale Reaktion.

„Ich lasse Sie jetzt mal alleine. Ich muss mich um die anderen Patienten kümmern. Sie werden es sehen, wenn er gebracht wird. Dann können Sie sicherlich auch mit dem Arzt reden." Sie tätschelt mir aufmunternd die Schulter und lässt uns zurück.

Kicki schaut mich an. Mit großen Augen weiß keine von uns, was sie sagen soll. Es gibt also keinen Schuldigen mehr, an dem ich meine Rachegelüste abladen könnte. Sekundenlang stehen wir wie verlorene Kleinkinder in dem Intensivbereich. Dann fängt sich Kicki als Erste und zieht mich zu den Stühlen.

Wir reden nicht. Beklommen verfolgen wir das rege Treiben auf dem Flur. Alle bewegen sich schnell und fließend. Die Abläufe scheinen durchstrukturiert und wirken trotz ihrer Schnelligkeit fast beruhigend. Es gibt keine Anzeichen von Hektik.

Leise weine ich weiter. Kicki versucht, mich zu beruhigen. Sie lässt wieder ihre Hand auf meinem Rücken kreisen und reicht mir ein Taschentuch. Schniefend nehme ich es, trockne damit mein Gesicht und putze mir die Nase. Erschöpft lehne ich mich an Kickis Schulter, so, wie sie es letztes Wochenende bei mir getan hat. Jetzt gibt Kicki *mir* Halt. Dennoch spüre ich, wie sehr auch ihr diese Situation an die Nieren geht. Sie weiß, wie ich für Jan empfinde, und sie mag ihn. Es muss schrecklich gewesen sein, den Unfall gesehen zu haben.

„Franzi, was machen wir mit Jans Eltern? Wir müssen sie informieren …"

Seine Eltern … Die hatte ich schon wieder ganz vergessen …

„Ja. Ich, … ich kann das nicht, Kicki …"

„Suchst du mir die Nummer raus? Ich gehe nach draußen und rufe sie für dich an, okay?"

„Danke, Kicki."

Sie lächelt mitfühlend und verschwindet mit dem Handy aus dem Intensivbereich.

Nach ungefähr zehn Minuten kommt sie wieder und gibt mir auch das Handy zurück.

„Ich habe es ihnen ganz behutsam beigebracht. Ich habe auch gesagt, dass ich dich als Verlobte ausgegeben habe. Nur, damit es hier keine Missverständnisse gibt. Es war für sie okay. Sie machen sich auf den Weg und kommen gleich. Gut, dass sein Handy nicht passwortgeschützt ist."

„Danke. Du hast alles richtig gemacht, Kicki", sage ich und breche erneut heulend zusammen.

„Sein Papa macht sich riesige Vorwürfe. Jan sollte für ihn ein paar Unterlagen abholen", berichtet Kicki bestürzt.

Sanft streicht sie mir über die Haare und hält meine Hand.

Obwohl die Zeit verfliegt, scheinen die Zeiger der Uhr langsam über das Ziffernblatt zu kriechen. Irgendwann bekommen wir von einer Schwester zwei Gläser und eine Flasche Mineralwasser gereicht. Ich trinke einen Schluck, obwohl ich keinen Durst habe.

Dann endlich öffnet sich eine große, milchige Flügeltür, auf der OP-Bereich steht. Ich springe auf. Kicki drückt meine Hand. Mit klopfendem Herzen starre ich zu dem Bett, das über den Flur geschoben wird. Darin liegt jemand. Aber ich kann noch nicht erkennen, wer es ist. Mein Puls rast und meine Atmung ist schnell und flach. In diesem Moment vergesse ich sogar das Weinen. Hochkonzentriert verfolge ich die fünf Menschen, die in grüner Montur lediglich vermuten lassen, wer davon eine Frau und wer ein Mann ist. Alle haben den Mundschutz heruntergezogen, aber auf ihren Köpfen tragen sie noch die OP-Hauben. Ich schaue Kicki an. Sie gibt mir mit leichtem Handdruck zu verstehen, dass ich noch einen Moment warten soll. Die Angestellten tauschen scheinbar wichtige Informationen über den Patienten aus. Dann deutet eine der Stationsschwestern in unsere Richtung. Ein größerer Mann in grüner Montur kommt auf uns zu.

„Sie sind die Verlobte von Herrn Zeder?" Er streckt mir die Hand entgegen.

Ich nicke, aber dieses Mal habe ich ein schlechtes Gewissen.

„Ich bin Dr. Schomburg. Ich habe Ihren Verlobten operiert. Die OP ist soweit gut verlaufen, aber wir haben ihn in ein künstliches Koma versetzt."

Ich ziehe erschrocken die Luft ein und halte sie an. Mit großen Augen starre ich ihn an.

„Ihr Verlobter hat eine Gehirnerschütterung, Verletzungen an der linken Schulter und auch beide Beine haben mehrere Brüche erlitten. Die Knochen der linken Hand mussten wir auch richten, aber ich denke, es sind keine Nerven verletzt worden. Die Milz wurde angerissen, aber auch das haben wir im Griff. Jetzt müssen wir abwarten, wie er den Abend und die Nacht übersteht. Morgen sehen wir weiter. Haben Sie seine Eltern schon informiert?"

„Ja, sie sind auf dem Weg", antwortet Kicki für mich.

„Gut. Meine Kollegen werden ihn jetzt umbetten und an die Überwachungsmonitore anschließen. Ich denke, danach können Sie zu ihm. Er schläft zwar, aber reden Sie ruhig mit ihm. Nur bitte keine Aufregung. Versuchen Sie, ganz ruhig zu bleiben. Wir merken oft, dass die Patienten unterschwellig viel mitbekommen. Ich kann Ihnen leider noch nicht sagen, wann wir ihn aus dem künstlichen Koma holen können. Lassen Sie sich davon aber bitte nicht verunsichern. Derzeit sieht sein Zustand trotz der schweren Verletzungen recht stabil aus", bemerkt er rücksichtsvoll.

„Wird er … wird er überleben?", frage ich mit erstickender Stimme. Mir kullern Tränen über die Wangen.

„Ja, ich denke schon. Wir haben alles im Griff."

„Sie denken schon …", wiederhole ich angsterfüllt.

„Wie gesagt, wir müssen die nächsten Stunden abwarten. Ich kann keine Versprechungen machen. Aber momentan sieht es nicht danach aus, als ob er in akuter Lebensgefahr schwebte. Ganz über den Berg ist er aber trotzdem noch nicht."

„Okay", sage ich leise und senke den Blick.

Währenddessen geht abermals die große milchige Flügeltür auf und der Arzt wird von seinen Kollegen gerufen.

„Ich muss leider wieder zurück in den OP. Alles Gute für Sie", verabschiedet er sich und eilt davon.

„Oh Kicki …" Ich lege schluchzend den Kopf auf die Schulter meiner Freundin, die mich mütterlich an sich drückt.

„Frau Zeder?", ruft eine Krankenschwester aus der leicht geöffneten Tür zu einem Zimmer.

„Ja … Ich bin nur … nur seine Verlobte", stottere ich und gehe auf sie zu.

Ich drehe mich kurz zu Kicki um, die mir andeutet, dass ich ruhig alleine gehen soll. Nachdem ich einen weiten, langen Kittel übergezogen habe, darf ich zu Jan. Mein rechtes Bein schlottert. Ich muss mich konzentrieren, um meine Prothese unter Kontrolle zu halten. Ich mache ganz vorsichtige Schritte, folge der Krankenschwester und trete schließlich an sein Bett. Sie führt mich zu seinem Kopf und schiebt mir einen Stuhl hin, damit ich mich setzen kann. Dann geht sie auf die andere Seite und drückt auf dem Monitor herum. Sie hängt eine weitere Infusion an und macht einfach ihre Arbeit. Reglos starre ich Jan an. Sein Kopf ist verbunden. Er hat einen Schlauch im Mund und die Augen geschlossen. Sein linker Arm ist eingegipst und so locker wie die Decke über seinen Beinen schwebt, sind auch diese beide in Gips. Der Kloß in meiner Kehle ist auf ein Maximum angeschwollen. Ich kann trotz mehrerer Versuche kaum noch schlucken.

„Nehmen Sie ruhig seine Hand. An der Rechten hat er keine Verletzungen. Sie können ihm nicht wehtun, aber er wird es spüren, wenn Sie da sind. Reden Sie mit ihm“, sagt die Krankenschwester mit ruhiger, freundlicher Stimme und schleicht sich damit leise aus dem Zimmer.

Einen Moment starre ich Jan nur unbeholfen an. Abermals gleitet mein Blick über seinen schwer geschundenen Körper, der unter einer dünnen Decke liegt. Nur seine Arme liegen oben auf, der linke von einem Gestell in der Luft gehalten. Wieder rollen die Tränen leise über meine Wange. Schniefend wische ich sie weg und erinnere mich daran, dass ich ihn ja nicht aufregen darf.

„Hhhallo, Jan. Hörst du mich?“, flüstere ich und ergreife ganz zaghaft seine rechte Hand. Überrascht stelle ich fest, dass sie warm ist, ganz im Gegensatz zu meiner.

„Ich bin es, Franzi. Meine Freundin hat mich angerufen und mir erzählt, was passiert ist. … Hansi geht es gut. Wir waren eben bei ihm. Ich nehme ihn nachher mit zu mir, wenn es auch für deine Eltern okay ist. Oh Jan, bitte, bitte werde schnell wieder gesund. Ich vermisse dich so“, schluchze ich jetzt doch und bemühe mich angestrengt, die Fassung zu waren.

Zärtlich massiere ich seine Hand, und hoffe, dass ihn meine kalte Hand nicht stört. Dann wage ich es, ganz sanft über seine Wange zu streichen, aber er reagiert gar nicht darauf. Er schläft einfach weiter. Für einen winzigen Moment beschleunigt sich sein Herzschlag. Das EKG piepst etwas schneller. Dann normalisiert es sich wieder. *Ob das an mir liegt? ... Ob er mich hören kann?* Ich fühle mich irgendwie darin bestärkt, dass ich das Richtige tue und rede weiter.

„Deine Eltern sind auch auf dem Weg. Ich kümmere mich gut um

Hansi, bis du wieder fit bist, okay?“ Erneut fahre ich zärtlich über seine Wange und rutsche etwas näher an ihn heran.

Ich zögere. Dann beuge ich mich bedächtig zu ihm hinunter und küsse ihn auf die Wange. Ganz leicht berühren meine Lippen seine Haut, bevor ich mich schüchtern wieder zurückziehe. Dieses Mal bleibt der Ton des EKG konstant. Ich hatte gehofft, dass es mir wieder ein Zeichen gibt, dass er meine Berührungen spürt, aber vergebens.

Behutsam massiere ich seine rechte Hand, hebe sie an meine Wange und hauche einen Kuss darauf. Dann schmiege ich wieder meine Wange daran und schließe die Augen.

„Ich liebe dich, Jan. Bitte, du musst gesund werden. Ich muss dir doch mein neues Bein zeigen. Die Nägel sind immer noch rot …“ Ich fange wieder an zu weinen. Meine Tränen tropfen auf seine Decke. Sie hinterlassen kleine, dunkle, nasse Flecken.

Die Tür zum Flur geht einen Spalt auf.

„Seine Eltern und seine Schwester sind eingetroffen“, sagt eine Krankenschwester.

Ich drehe den Kopf und sehe, dass die drei durch die Scheibe schauen. Sie weinen, so wie ich. Langsam stehe ich auf und gehe auf die Tür zu. Ich nehme einen tiefen Atemzug, bevor ich ihnen gegenübertrete. Höflich strecke ich die Hand aus, um zuerst seine Schwester zu begrüßen. Aber sie zieht mich einfach wie eine Freundin in die Arme.

„Ich bin so froh, dass er dich hat“, schluchzt sie.

Etwas verdattert weiß ich einen Moment lang nicht, wie mir geschieht. Dann werde ich von seiner Mutter und seinem Vater in die Arme geschlossen.

„Wie geht es ihm?“, fragt mich seine Schwester. „Die Krankenschwester meinte, du hättest schon mit dem Arzt gesprochen.“

„Jjja … Äh … So wie ich ihn verstanden habe, ist er vorerst stabil.“ Hilfesuchend schaue ich zu Kicki, die mir aufmunternd zunickt. „Er hat eine Gehirnerschütterung. Beide Beine und der linke Arm sind gebrochen – also Schulter und Handgelenk. Es sind keine Nerven verletzt. Das ist, glaube ich, gut. Und er hat wohl einen Riss in der Milz. Den haben sie auch operativ versorgt. Er liegt nun in einem künstlichen Koma, meinte der Arzt."

Jans Schwester fängt an zu schluchzen. Auch seine Eltern weinen hemmungslos.

„Wir sollen versuchen, ruhig zu sein und ihn nicht aufzuregen. Der Arzt hat gesagt, dass er eventuell mitbekommt, dass wir da sind", erkläre ich weiter.

„Okay", schnieft seine Mutter und schnäuzt sich die Nase.

„Wir werden hierbleiben. Ihre Freundin meinte, dass Sie sich um Hansi kümmern könnten. Ginge das? Wenn nicht, dann werden wir Hansi natürlich mit zu uns nehmen …", sagt Jans Papa.

„Nein. Ich kümmere mich um ihn. Ich bin noch eine Woche krankgeschrieben, wegen …" Verlegen schaue ich zu meinem linken Bein herunter. „Ich habe überlegt, ob ich meine Eltern fragen soll. Wenn Hansi zeitweise auch bei ihnen bleiben könnte, dann hätten wir alle die Möglichkeit, bei Jan zu sein …"

„Wir wären Ihnen unendlich dankbar, wenn das klappt." Jans Vater ergreift gerührt meine beiden Hände und drückt sie. „Jan hat großes Glück, dass er Sie hat." Mit Tränen in den Augen schaut er mich an.

Ich versuche mich an einem Lächeln, befürchte aber, dass es sehr verzerrt aussieht.

„Das ist sehr lieb von Ihnen. Danke", erwidere ich gerührt. „Gehen Sie jetzt ruhig zu ihm. Ich telefoniere mal mit meinen Eltern, um Hansis Unterbringung abzuklären."

Sein Vater nickt dankbar. Dann geht er mit seiner Frau und seiner Tochter zu seinem Sohn.

„Ich verschwinde mal kurz nach draußen, um mit meinen Eltern zu telefonieren", sage ich zu Kicki.

„Glaubst du wirklich, sie würden Hansi nehmen? Sie hatten noch nie einen Hund … Der letzte, mit dem sie konfrontiert wurden, war der Hund, der …"

„Das hier werden sie verstehen. Bestimmt. Außerdem mögen

sie Jan. Sie helfen uns, garantiert", prophezeie ich, habe aber dummerweise selbst Zweifel.

Kicki zuckt mit den Schultern.

„Wenn du meinst. Ansonsten nehme ich ihn. Ist ja nur übergangsweise. Oder meinst du, Hansi verträgt sich nicht mit Kindern?"

„Das müssten wir Jans Eltern fragen. Aber Hansi ist so ein lieber ruhiger Kerl …"

Vor dem Intensivbereich gehe ich ans Fenster. Ich hole mein Handy heraus und wähle die Nummer meiner Eltern. Ich erkläre ihnen, was vorgefallen ist und wie es Jan geht. Auch meine Eltern sind schockiert und bestürzt. Dann wird es ernst.

„Mama, Papa, ich habe ein Attentat auf euch vor."

„Was denn, Kindchen?", fragt mein Papa nichtsahnend.

„Könntet ihr zeitweise – nur vorübergehend – Hansi betreuen? Jans Hund?"

In der Leitung entsteht eine gespenstische Stille.

„Hallo?", frage ich daher.

„Jans Hund …?", stammelt mein Papa. „Wir haben doch gar keine Erfahrungen mit Hunden …"

„Ich weiß, ich doch auch nicht. Er ist total lieb, wirklich. Sogar ich habe keine Angst vor ihm."

„Wie groß ist der Hund denn?", möchte mein Papa argwöhnisch wissen.

„Er geht bis kurz unter die Knie, ungefähr. So riesig ist er nicht. Er ist auch gemütlich und schläft viel. Ihr müsstet ihn nur füttern und vielleicht mal mit ihm spazieren gehen. Abends nehme ich ihn natürlich wieder mit zu mir. Bitte, bitte!", flehe ich verzweifelt und scheue mich nicht, das auch durchklingen zu lassen.

„Na gut", murmelt mein Papa, doch ich höre, wie meine Mama im Hintergrund empört seinen Namen zischt.

Sie fangen heftig an zu diskutieren. Auch wenn mein Papa

vermutlich die Ohrmuschel des Telefons zuhält, bekomme ich die Unterhaltung bruchstückhaft mit.

„Wir nehmen ihn. Tagsüber, für ein paar Stunden, okay?"

„Ihr seid die Besten! Danke, danke, danke!"

„Schon gut, Schatz."

Nach dem Telefonat haste ich sofort wieder in den Intensivbereich zurück. Ich drücke meine Nase an die Scheibe und schaue zu Jan hinein. Umringt von seiner Familie liegt er da wie ein männliches Schneewittchen in einem Sarg – nur ohne Glas. Sein Gesicht ist bleich. Er wirkt durch die Maschinen fast leblos. Als würde er ohne die ganzen Apparate sofort aufhören zu atmen und sterben. Ein schneidender Schmerz jagt mir durch die Brust. Ich umschlinge mich selbst schützend mit den Armen. Im nächsten Moment spüre ich Kickis Hand auf meiner Schulter.

„Möchtest du noch hierbleiben?", fragt sie.

Ich überlege kurz, dann schüttle ich den Kopf.

„Lass uns zu Hansi fahren. Ich bringe ihn dann zu meinen Eltern und komme noch einmal alleine her. Du musst dich auch um Lissi kümmern", sage ich.

„Franzi, ich würde mit dir hierbleiben …"

„Das weiß ich, Kicki, aber das brauchst du nicht. Ich fahre nachher selbst noch einmal her. Ich sage nur schnell seinen Eltern Bescheid, ja?"

Wenig später stehen wir wieder in Jans Wohnung. Erneut kommt Hansi begeistert auf uns zugebrettert. Er wedelt mit seinem kurzen Schwänzchen, aber verhaltener als eben. Eindeutig schaut er an uns vorbei und sucht nach seinem Herrchen. Er läuft weiter zur Tür und schnuppert daran. Dann guckt er uns mit großen Augen fragend an. Die dicken Falten in dem Hundegesicht werden immer tiefer. Ich gehe in die Hocke und kraule ihn.

„Hey, mein Süßer. Ich nehme dich mit zu mir, ja? Jan kommt bestimmt bald wieder", verspreche ich und schlucke schwer.

Mit einem flauen Gefühl im Bauch suchen wir Hansis Sachen zusammen. Wir packen sein Körbchen ein, die zwei Näpfe, etwas Spielzeug, seine Leine und den Beutel mit dem Trockenfutter.

„Meinst du, wir haben alles?“, fragt Kicki und sieht sich um.

„Zur Not komme ich noch einmal her. Oder, Hansi?“, antworte ich an den Hund gerichtet.

Verständnislos schaut er zu mir hoch, wackelt aber friedfertig neben mir her zum Auto. Dennoch hat seine Euphorie merklich nachgelassen, als würde er spüren, dass etwas nicht stimmt. Ganz leise fiept er. Wie ein zaghaftes Klagen. Wir bugsieren Hansi in den Fußraum des Beifahrersitzes. Damit ich noch Platz habe, muss ich den Sitz ganz nach hinten schieben. Schnaufend und mit traurigem Blick legt Hansi seinen großen Kopf auf meinem rechten Bein ab. Währenddessen verstaut Kicki Hansis Ausstattung im Kofferraum und knallt anschließend den Deckel zu.

„Zu dir oder zuerst zu deinen Eltern?“, fragt sie.

„Nein, erst zu mir. Wir laden dort aus. Ich fahre dann mit meinem eigenen Auto zu meinen Eltern. Du hast genug für mich getan, Kicki.“

Meine Freundin beugt sich vom Fahrersitz zu mir herüber und drückt mich liebevoll.

„Ich bin immer für dich da, das weißt du. Außerdem werde ich dir nie vergessen, dass du letzte Woche alles stehen und liegen gelassen hast, um zu mir und Lissi zu fahren.“ Jetzt werden auch ihre Augen wieder feucht.

Gemeinsam zuckeln wir los, mit dem armen Hansi, der nicht weiß, wie ihm geschieht, zu meinen Füßen.

Ich kraule ihm während der Fahrt den Kopf. Ohne diesen anzuheben, schaut er zu mir herauf. In seinen Augen sehe ich unzählige traurige Fragezeichen. Liebevoll tätschle ich ihn unaufhörlich weiter.

„Ich komme noch mit hoch“, sagt Kicki, als sie vor meinem Wohnhaus eingeparkt hat.

„Danke. Lieb von dir.“

Zusammen verfrachten wir Hansis Utensilien in meine Wohnung. Hansi wackelt brav an der Leine neben mir her. Ich bin total fasziniert, wie einfach das ist. Ich habe erwartet, er knurrt mich vielleicht sogar an oder springt und zieht an der Leine. Aber er folgt wie apathisch. Ein Musterhund, mit dem sich meine Eltern ganz bestimmt anfreunden werden.

In meiner Wohnung verabschiede ich mich von Kicki. Ich verspreche ihr, dass ich sie auf dem Laufenden halten werde. Anschließend fülle ich eine Futterportion für Hansi ab, nehme eines seiner Spielzeuge und stopfe auch seine Näpfe in einen Stoffbeutel. Damit fahren wir zu meinen Eltern. Schließlich stehen wir gemeinsam vor deren Haustür und klingeln. Ich bin nervös. Dass ich heute schon mit meinem Anliegen auf der Matte stehe, können sie nicht wissen. Meine Mama öffnet uns und erschrickt. Im nächsten Moment taucht auch mein Papa hinter ihr auf.

„Ihr seid schon da?", fragt mein Papa überrascht.

„Ja … Ich würde gerne noch einmal zu Jan ins Krankenhaus. Ich möchte Hansi nicht sofort alleine in meiner Wohnung lassen. Er war zwar schon einmal da, aber … Er merkt außerdem, dass etwas nicht stimmt. Hansi fiept permanent", erkläre ich verhalten.

Der Hund schaut niedergeschlagen zu Boden, als würde er meine Vermutung bestätigen wollen.

„Ja … Dann kommt mal rein." Meine Mama öffnet zögerlich die Tür etwas weiter. Ich gehe mit Hansi an ihr vorbei.

Meinem Papa drücke ich die Tasche in die Hand. Drinnen entferne ich die Leine von Hansis Halsband. Er setzt sich sofort hin und schaut mich an. Offensichtlich weiß er nicht, was ich jetzt von ihm will.

„Du bleibst ein paar Stunden hier, Hansi. Ich fahre noch einmal zu deinem Herrchen ins Krankenhaus, ja? Sei schön lieb", ermahne ich Hansi. „Er braucht auf jeden Fall Wasser. Ich habe euch auch Futter eingepackt. Ich weiß aber nicht, ob er es frisst", erkläre ich meinen Eltern.

„Er hat ja noch Reserven", murmelt mein Papa schmunzelnd.

Ich schmunzle ebenfalls.

„Ja, er ist ansonsten bestimmt ein guter Esser", bestätige ich grinsend und tätschle Hansi wieder den Kopf.

„Wenn ihr Zeit habt, könnt ihr ja mit ihm eine kleine Runde spazieren gehen. Er hat vorhin zwar noch einmal Pippi gemacht, aber ich weiß nicht, wie oft er raus muss …"

„Wir kommen schon klar." Mein Papa geht jetzt ebenfalls mutig in die Hocke, schnalzt mit der Zunge und lockt damit Hansi zu sich.

Zuerst macht der Hund keine Anstalten, sich von mir wegzubewegen. Dann aber setzt er sich träge in Gang und trottet schlaff auf meinen Papa zu, von dem er sich hinter den Ohren massieren lässt. Das Gesicht meines Papas hellt sich auf, während sich meine Mama etwas verängstigt und unsicher im Hintergrund aufhält.

„Er ist lieb, Mama. Ehrlich", antworte ich auf ihren zweifelnden Blick.

„Na gut", erwidert sie, ohne sich jedoch weiter auf den Hund zuzubewegen.

Ich gehe in die Küche und fülle einen seiner Näpfe mit Wasser. Als ich zurückkomme, krault mein Papa Hansi immer noch.

„Hier", sage ich und halte ihm die Leine hin. „Ich fahre dann mal. Ich hole ihn später ab. Ist es egal, wann?", frage ich vorsichtig.

„Ja. Ich denke, wir kommen gut miteinander aus, oder Hansi? Mach dir um uns keine Sorgen. Ich gehe gleich mit ihm spazieren. Wenn etwas sein sollte, rufe ich dich auf dem Handy an, okay?"

„Danke, Papa." Ich falle ihm um den Hals und drücke auch meine Mama zum Abschied.

In der Klinik sitzen Jans Eltern und seine Schwester immer noch an seinem Bett. Ich winke zaghaft durch die Scheibe. Seine Schwester steht auf und kommt zu mir heraus.

„Hallo. Mir ist aufgefallen, dass ich mich noch gar nicht vorgestellt habe. Ich bin übrigens Marie."

„Hi. Ich bin Franzi."

„Ja, ich weiß. Du bist in unserer Familie in der letzten Zeit Gesprächsthema Nummer eins. Jan hat so unentwegt von dir gesprochen, dass es schon fast nervig war." Sie schmunzelt etwas, während ich vor Verlegenheit erröte.

„Hat er dir auch gesagt, dass ich …", verstohlen linse ich meine knielangen Shorts herab. „Ja, hat er", meint sie peinlich berührt und späht aus dem Augenwinkel meine Beine herunter. „Meine Güte …", stößt sie überrascht aus. „Das mit dem Nagellack war übrigens meine Idee. Aber Jan hat es organisiert. Er fand meinen Vorschlag sofort super."

„Danke. Das war echt lieb von euch", murmle ich verschämt.

„Die sieht wirklich echt aus. Ich habe so etwas noch nie gesehen. Entschuldige, dass ich dich so anstarre, aber … Wenn ich nicht wüsste, dass ein Bein nicht echt ist … Mir wäre es nicht aufgefallen."

„Wie geht es denn Jan?", frage ich betrübt, um wieder zu wichtigeren Dingen zu kommen.

Maries Gesicht wird traurig.

„Alles unverändert. Aber keine negative Veränderung ist wohl ein gutes Zeichen, meinte eine Schwester. Was macht Hansi? Wo ist er jetzt?"

„Er ist übergangsweise bei meinen Eltern. Ich hole ihn aber später zu mir."

„Das ist für meine Eltern eine große Erleichterung. Sie möchten am liebsten auch hierbleiben, aber ich glaube, ich zwinge sie gleich, mit heimzufahren. Sie sind sehr mitgenommen. Mein Papa macht sich immer noch schreckliche Vorwürfe, dass er nicht selbst die Unterlagen abgeholt hat."

„Oh je … Aber er kann doch wirklich nichts dafür", sage ich mitfühlend.

„Ja, das habe ich ihm auch schon tausendmal gesagt … Komm, wir gehen wieder zu Jan rein."

Ich lasse mir abermals einen sterilen Kittel reichen und gehe mit Marie zu ihrem Bruder.

Sofort macht Jans Vater bereitwillig Platz und stellt sich auf die andere Seite neben seine Tochter.

„Findet ihr nicht, wir sollten Franzi etwas mit Jan alleine lassen?“, schlägt Marie ihren Eltern zaghaft vor.

Im ersten Moment sehen sie nicht so aus, als würden sie sich darauf einlassen. Doch dann erkenne ich an dem müden Blinzeln von Jans Mutter, dass sie eine kurze Pause braucht. Die drei verlassen schwermütig den Raum. Ich setze mich auf den Stuhl neben Jans Bett.

„Hi, ich bin wieder da.“ Zärtlich ergreife ich seine Hand.

Der Monitor piepst auf. Aufgeregt legt auch mein Herzschlag einen Gang zu. Abermals führe ich seine Hand zu meiner Wange, gebe ihm einen sanften Kuss auf den Handrücken und schmiege wieder mein Gesicht daran. *Warm, wie eben. Wundervoll warm …*

„Hansi ist gut versorgt. Er ist jetzt bei meinen Eltern. Nachher hole ich ihn ab. Er schläft natürlich bei mir, aber mein Papa geht gerade mit Hansi spazieren …“, erzähle ich Jan, der keinerlei Regung zeigt.

Unaufhörlich betrachte ich sein Gesicht, erwarte, dass er jeden Moment die Augen aufschlägt und mich frech angrinst. Doch er schläft weiter. Sein Brustkorb hebt und senkt sich in einem gleichmäßigen Rhythmus. Hoch, runter, hoch, runter, hoch, runter.

Das geht über Stunden so. Zwischenzeitlich stehen wir zu viert um das Bett herum, aber das ist dem Pflegepersonal dann doch zu viel. Sie schlagen vor, dass wir uns abwechseln. Marie kann ihre Eltern sogar dazu überreden, heimzufahren. Ich aber bleibe bei ihm sitzen, bis es draußen anfängt zu dämmern. Dann kommt Marie zurück, die die Nacht über hierbleiben möchte. Sie hat mir versprochen, mich sofort zu informieren, wenn es bei Jan Veränderungen gibt.

Auf dem Parkplatz schalte ich mein Handy wieder ein. Eine Nachricht von meinem Papa ist eingegangen – und zwei Fotos. Auf einem Foto liegt er auf dem Sofa und Hansi schläft direkt neben ihm. Mein Papa strahlt auf diesem Bild. Ein glückseliges Gesicht, wie ich es selten gesehen habe. Auf dem anderen Foto ist meine Mama zu sehen, wie sie Hansi mutig mit Würstchen füttert. Ich muss unweigerlich auflachen und fahre erleichtert zu meinen Eltern nach Hause.

„Hey. Wie ist es gelaufen?“, frage ich und begrüße dabei Hansi.

„Sehr gut“, sagt mein Papa stolz. „Er wollte nur nichts fressen … Zumindest nicht von seinem Trockenfutter. Ein halbes Würstchen hat er aber genommen. Sogar von deiner Mutter!“, betont er.

„Danke, dass ihr mir aushelft.“

„Wie geht es denn Jan?“, fragt jetzt meine Mama voller Sorge in der Stimme.

„Unverändert. Er schläft. Seine Schwester ist jetzt bei ihm. Sie bleibt über Nacht. Ich würde sie dann morgen früh ablösen, wenn das für euch in Ordnung wäre.“

„Bring uns Hansi ruhig vorbei. Ich gehe direkt morgen früh mit ihm spazieren“, sagt mein Papa mit Stolz erfüllter Brust.

„Danke. Ich bin mir sicher, dass auch Jan sehr dankbar wäre“, schluchze ich und fange an zu weinen.

„Er kommt schon wieder auf die Beine, Kleines. Ganz bestimmt.“ Meine Eltern ziehen mich tröstend in ihre Arme.

Anschließend zwingt mich meine Mutter, etwas zu essen. Erst danach lassen sie mich mit Hansi aufbrechen. Wieder folgt er, als wüsste er um die Umstände dieser Situation.

Daheim schiebe ich Hansis Bettchen im Wohnzimmer neben das Sofa. Allerdings verfolgt er mich in der Wohnung auf Schritt und Tritt. Wie festgetackert klebt er mir an den Fersen. Als ich wenig später im Bett liege, steht er neben mir und legt seinen Kopf auf der Matratze ab.

„Nein, Hansi! Ins Bett darfst du nicht!“

Ich lösche das Licht und hoffe, dass er sich dann hinlegt. Doch Hansi bleibt hartnäckig. Er rührt sich nicht von der Stelle. Vorsichtig drehe ich mich um und wende ihm den Rücken zu. Ich merke aber, dass sich die Matratze dort, wo sein Kopf aufliegt, kein Stück bewegt. Unsicher warte ich etwas ab und lausche. Hansi fiept ganz leise, so kläglich, dass mein Versuch einzuschlafen nicht erfolgreich ist.

Unaufhörlich starrt er mich an, das spüre ich.

„Hansi! Wie soll ich denn da schlafen! … Na gut. Wir holen dein Körbchen und legen es hier neben mein Bett, okay? Bist du damit einverstanden?“, murre ich erschöpft. Seufzend und übermüdet stehe ich auf, humple mit den Krücken ins Wohnzimmer und schnappe mir das Körbchen. Mit den Krücken schiebe ich es durch den Flur und letztlich neben mein Bett, wo Hansi immer noch geduldig und unnachgiebig verharrt. Ich verdrehe die Augen, muss aber schmunzeln.

„So, aber jetzt wird geschlafen!“, schimpfe ich liebevoll mit erhobenem Zeigefinger.

Hansi knurrt missmutig. Er brummelt unzufrieden. Erst als ich ihn gefühlte hundert Mal dazu aufgefordert habe, sich in sein Körbchen zu legen, folgt er.

SAMSTAG

6:30 Uhr. Ein lautes Schnarchen weckt mich. Ich blinzle verwirrt in die Dunkelheit. Im ersten Moment denke ich, dass ich noch in der Reha bin. Ich realisiere aber schnell, dass ich mich in meiner Wohnung befinde. Fast in Zeitlupe drehe ich angespannt den Kopf zu dem Röcheln. Langsam passen sich meine Augen an die Dunkelheit an. Schemenhaft erkenne ich, dass jemand neben mir auf der Matratze liegt. Ich versteife mich. Erschrocken reiße ich die Augen auf. *Hansi!* Ausgestreckt liegt er entspannt auf dem Rücken. Seine Zunge hängt etwas aus dem Maul und er schnarcht laut weiter.

„Hansi“, stöhne ich mit klopfendem Herzen, erst schockiert – dann amüsiert. *Hat er sich heute Nacht doch tatsächlich zu mir ins Bett geschlichen! Dieser Räuber!*

In der nächsten Sekunde wird mir klar, warum Hansi bei mir ist. Sofort greife ich nach dem Telefon auf meinem Nachttisch. Ich drücke die Lampe an und schaue nach, ob eine Nachricht von Marie eingetroffen ist.

Marie:
Hallo, Franzi! Fahre gleich heim. Meine Eltern kommen am späten Vormittag, wollen aber gegen acht im Krankenhaus anrufen, um mit einem Arzt zu sprechen. Die Nacht verlief ruhig. Viele Grüße, Marie

Die Nachricht ist vor wenigen Minuten eingetroffen. Ich werfe noch einen Blick auf Hansi, der sogar im Licht unbekümmert weiter vor sich hin grunzt.

„Tsss, wirklich kein Wachhund." Ich schüttle fassungslos den Kopf und stehe auf.

Hastig mache ich mich im Bad fertig und bekomme fast einen Herzstillstand, als sich wie von ganz alleine plötzlich die Tür aufschiebt. Doch es ist nur Hansi, der sich wohl auch dazu bequemt hat, aufzustehen, um zu sehen, was ich mache. Allerdings bin ich inzwischen sogar fertig geduscht und muss mir lediglich noch die Haare föhnen.

Im Anschluss daran gehe ich mit Hansi im Schlepptau durch die Wohnung und ziehe alle Rollläden hoch. Es wird langsam hell draußen. Im Wohnzimmer fülle ich Hansis Schüssel mit Trockenfutter und stelle es ihm hin. Auch die Wasserschüssel fülle ich frisch auf. Sein Blick ist allerdings total entsetzt. Er legt sich vor seine gefüllten Näpfe und schaut mich vorwurfsvoll an.

„Ich kann doch nichts dafür!", verteidige ich mich. „Das lag bei euch daheim im Schrank. … Vielleicht bekommst du ja später wieder ein Würstchen. Ich habe kein Fleisch daheim! Ich muss erst einkaufen! Ich war selbst zwei Wochen nicht da!", erkläre ich dem Hund, als würde ich mich bei meinem Partner für einen leeren Kühlschrank rechtfertigen.

Ich taue mir aus dem Tiefkühlfach eine Scheibe Brot auf und bestreiche sie mit Butter und Marmelade. Hansi taxiert mich, während ich es esse.

„Du darfst bestimmt kein Marmeladenbrot haben! Ich würde es dir ja geben, aber wenn du nachher Bauchweh hast, dann haben wir auch nichts gewonnen!" Ich beiße wieder von meinem Marmeladenbrot ab, wobei Hansis vorwurfsvoller Blick auf mir ruht.

Leise brummelt er launisch vor sich hin, ähnlich wie gestern Abend, als er vor meinem Bett stand. Schließlich hocke ich mich zu ihm auf den Boden, nehme einen Krümel Trockenfutter aus seiner Schüssel und halte ihn ihm auf meiner ausgestreckten, flachen Hand hin.

„Hier", sage ich auffordernd.

Hansi wendet sofort missgestimmt den Kopf weg. Demonstrativ legt er ihn zur anderen Seite ab. Ich seufze laut auf.

„Na gut. Ich gebe es dir mit. Vielleicht hast du ja erst später Hunger, wenn du mit meinem Papa draußen warst."

Eine halbe Stunde danach bin ich bereits bei meinen Eltern. Es sieht fast so aus, als hätte vor allem mein Papa schon auf uns gewartet.

„Hallo, ihr zwei!", begrüßt er uns strahlend in einer Aufmachung, als würde er gleich zu einem großen Wanderausflug starten. Lediglich seine Hausschuhe wirken zu der Bergsteiger-Montur etwas befremdlich.

Ich runzle argwöhnisch die Stirn und trete ein.

„Du bist schon fertig?", frage ich vorsichtig. Es klingt aber eher wie eine Bestätigung seines Auftritts.

Die ganze Sache mit Hansi läuft irgendwie zu reibungslos ... Wo ist der Haken?

„Ja. Hat er schon gefrühstückt?", erkundigt sich mein Papa hoch motiviert und wirkt einsatzbereit.

„Nein ... Er wollte nichts fressen. Ich habe es eingepackt. Sein Spielzeug auch. Ist es okay, wenn ich ihn erst gegen Abend wieder abhole? Ich möchte so lange wie möglich bei Jan bleiben und müsste noch etwas einkaufen ...", erkläre ich vorsichtig.

Mein Papa macht sofort eine abwehrende Handbewegung.

„Lass dir ruhig Zeit, Liebes." Unbefangen kniet er sich zu Hansi auf den Boden und lässt sich sogar über das Gesicht schlecken.

Ich bin fast erschrocken und erkenne meinen Vater nicht wieder. Für einen Moment zweifle ich daran, dass der Mann auf dem Boden wirklich mein Papa ist. Er sieht zwar so aus, aber sein Verhalten passt überhaupt nicht zu dem Mann, den ich seit meiner Kindheit kenne.

Ich traue der Sache nicht und taxiere meinen Papa, der weiterhin bei Hansi auf dem Boden hockt, direkt zu meinen Füßen. Seit ich das

Haus betreten habe, hat mich mein Papa eigentlich kaum beachtet! Er hatte nur noch Augen für den Vierbeiner! Sonst stand *ich* doch immer sofort im Mittelpunkt. Meine Eltern haben sich schier um mich gestritten, sind permanent um mich herumgewirbelt und haben mich betüddelt wie ein Kleinkind. Jetzt bin ich fast Luft.

„Hallo!", ruft meine Mama munter aus der Küche, kommt um die Ecke und wischt sich die Hände an einem Geschirrtuch ab.

Sie nimmt mich lediglich flüchtig in den Arm und verschwindet sofort wieder. Verdattert bleibe ich zurück und stehe immer noch im Eingangsbereich. *Keiner, der mich ins Wohnzimmer schleift? Keiner zerrt mich an den Tisch und zwingt mich, etwas zu essen oder etwas zu erzählen?*

Ich komme mir vor wie in einem falschen Film. Fast wie ein Störfaktor. Nur Augenblicke später schlappt meine Mama strahlend wieder herbei, in der Hand ein wackelndes Wiener Würstchen, das sich wie eine Sonnenblume hin und her biegt. Sie wedelt damit und die Schwingungen von Hansis Stummelschwänzchen passen sich den Bewegungen des Würstchens an. Er beginnt sofort zu schmatzen. Könnte ein Hund strahlen, dann wäre das wohl der Ausdruck, der sich gerade auf Hansis Gesicht ausbreitet.

„Schau mal, was ich für dich habe! Sogar vom Metzger! Gleich gehen wir einkaufen. Dann besorgen wir ganz viele davon! Du musst nicht hungern, wenn dein Herrchen nicht da ist, keine Sorge", betüddelt meine Mama nun den Hund und steckt ihm das komplette Würstchen zu.

Hansi schnappt es sich erfreut und schmatzt. Binnen Sekunden hat er das komplette Teil vertilgt. Ich stehe immer noch im Eingang und werde kaum wahrgenommen.

„*Hallo?* Ich bin vielleicht auch noch da?", bemerke ich etwas säuerlich.

Meine Eltern schießen sofort beide in die Höhe.

„Natürlich, Kleines. Aber der arme Hund trauert doch auch um sein Herrchen! Das musst du doch verstehen!", säuselt meine Mama und spricht mit mir, als wäre ich ein eifersüchtiges Kind, das gerade mit seinem neuen Geschwisterchen konfrontiert wurde.

„Mama! Ich bin keine drei mehr!“, wettere ich. „Aber ich freue mich, dass ihr euch … so über Hansi freut und euch um ihn kümmert“, füge ich sanfter hinzu. „Aber gebt ihm nicht zu viele Würstchen. Ich weiß nicht, ob ein Hund die so gut verträgt. Wenn ihr Spaß daran habt, könnt ihr euch ja mal im Internet schlaumachen. Jan kann ich leider noch nicht fragen.“ Ich schlucke trocken.

„Hast du schon etwas gehört?“, erkundigt sich meine Mutter und schenkt mir nun ihre volle Aufmerksamkeit, während sich mein Papa kaum von Hansi trennen kann.

„Nur eine kurze Handy-Nachricht von seiner Schwester. Alles unverändert, wie gestern.“ Ich seufze.

„Das ist auch kein schlechtes Zeichen.“

„Ja, das meinten die Ärzte wohl gestern auch. Hoffentlich holen sie ihn heute schon aus dem künstlichen Koma. Es ist schrecklich, ihn so daliegen zu sehen.“

„Jetzt weißt du mal, wie es uns damals mit dir ging, Schatz. Wir haben uns solche Sorgen gemacht …“

„Ja, ich weiß“, falle ich meiner Mutter ins Wort. „Bitte, fang jetzt nicht wieder damit an. Ich düse mal los, damit ich rechtzeitig im Krankenhaus bin. Vielleicht kann ich gleich noch mit einem Arzt sprechen.“

Im Krankenhaus nicke ich der Frau am Eingang freundlich zu und gehe direkt in den ersten Stock. Ich drücke auf die Klingel. Eine Schwester kommt, um mir zu öffnen.

„Guten Morgen“, sage ich.

„Guten Morgen“, antwortet sie. „Wir sind gerade dabei, Ihren Verlobten zu extubieren. Sie können gleich zu ihm.”

„Danke – äh, was heißt extu…“, frage ich vorsichtig.

Sie lächelt mich entschuldigend an.

„Wir entfernen ihm gerade den Schlauch aus dem Hals. Damit haben wir ihn beatmet“, klärt sie mich auf.

„Ach so." Langsam setze ich mich auf einen der Stühle im Wartebereich und lege die Hände in den Schoß.

Nach kurzer Zeit wird mir wie gestern ein langer Kittel gebracht, den ich mir rasch überziehe. Dann gehe ich zu seinem Bett. Er liegt noch genauso da wie am Vortag – aber jetzt ohne den dicken Schlauch in seinem Mund. Sein Brustkorb hebt und senkt sich regelmäßig und da das Piepsen auf allen Geräten konstant erscheint, entspanne ich mich etwas.

Jan schläft aber immer noch. Er hat die Augen geschlossen und die Lippen nur ganz leicht geöffnet. Ich betrachte sein wunderschönes männliches Gesicht. *Er sieht eigentlich so aus wie immer, nur mit ein paar Kratzern ...*

Eine Krankenschwester fummelt derweil an diversen Kabeln herum.

„Kann ich mit einem Arzt sprechen?", frage ich.

„Momentan leider nicht, aber die Visite kommt später ja vorbei. Kann aber noch eine Stunde dauern."

„Das ist nicht schlimm. Ich werde den ganzen Tag hier sein."

Als sie geht, wende ich mich Jan zu. Zärtlich streichle ich über seine Wange und fahre ganz zaghaft die Konturen seiner Lippen nach. Ich überlege, was ich ihm erzählen könnte. Er soll sich schließlich nicht aufregen.

„Hansi hat gestern Abend ein Riesentheater gemacht. Er wollte nicht in seinem Körbchen schlafen. Es hat ewig gedauert, bis ich ihn dazu bringen konnte, überhaupt reinzusteigen. Heute Morgen lag er allerdings neben mir im Bett, dieser Schlawiner. Er hat bestimmt nur darauf gewartet, bis ich einschlafe, um sich dann in mein Bett zu schleichen. Hansi kann ganz schön laut schnarchen ..."

Ich beobachte Jans Gesicht, ob er reagiert. Möglicherweise schmunzelt er gleich, weil es ihn amüsiert. Doch es kommt keinerlei Regung. Etwas enttäuscht fahre ich fort.

„Er ist jetzt wieder bei meinen Eltern. Ich glaube, sie mögen ihn. Meine Mama hat ihm ein Würstchen gegeben. Das hat er gefressen. Sein Trockenfutter verweigert er. Marie hat mir heute Morgen auch geschrieben. Sie meinte, es wäre alles beim Alten. … Hoffentlich darfst du heute aufwachen …"

Ich gebe ihm einen zärtlichen Kuss auf die Wange. Er piekt inzwischen. Sein Bart ist etwas nachgewachsen. Ich fahre mit den Fingerkuppen sanft über die Stoppeln.

„Mein Bein ist jedenfalls glatter als du heute Morgen. Sogar das rechte", sage ich und wünsche mir nichts sehnlicher, als ihn lächeln zu sehen. Aber selbst mich selbst kann mein erzwungener Humor nicht zum Lächeln bringen.

„Gut, der Witz war nicht der Brüller … Soll ich mir einen anderen überlegen?", frage ich Jan so selbstverständlich, als wäre er wach und wir würden zusammen ein Schwätzchen halten. Traurig und enttäuscht schweige ich aber nun.

Sein EKG piepst gleichmäßig ohne das kleinste Anzeichen, dass er mich wahrnimmt.

„Du musst nachher aufwachen, Jan. Bitte …", flehe ich und bin wieder den Tränen nahe. Noch einmal streichle ich sein Gesicht und ergreife wieder seine Hand. Ich bedecke seinen Handrücken mit Küssen, als hätte jeder einzelne die Kraft, ihn aus seinem tiefen Schlaf zu holen.

Als nach gut eineinhalb Stunden die Tür aufgeht, kommt die Visite herein. Ich muss das Zimmer verlassen, darf aber draußen warten. Ungeduldig hocke ich auf dem Stuhl und zapple mit den Beinen. Mein Oberkörper wippt leicht vor und zurück.

„Frau Zeder?", spricht mich ein jüngerer Arzt nach einer gefühlten Ewigkeit an.

„Wir sind noch nicht verheiratet", antworte ich verhalten und versuche ein Lächeln. „Nur verlobt", nuschle ich peinlich berührt, da ich schon wieder jemanden anlüge. *Was wird wohl Jan dazu sagen, wenn er aufwacht?*

„Kein Problem." Der Arzt schmunzelt. „Wir werden Ihren Verlobten gleich aus dem künstlichen Koma holen. Er hat die Nacht sehr stabil verbracht. Wir wollen ihn aber auf jeden Fall weiter zur Beobachtung hier auf dem Intensivbereich betreuen. Auch wenn wir die Medikamente gleich herunterfahren, kann es sein, dass er nicht gleich aufwacht. Das ist nicht ungewöhnlich - nur, damit Sie Bescheid wissen. Die Extubation hat er bereits sehr gut überstanden. Er atmet vollkommen selbstständig und zeigt dabei keinerlei pathologischen Symptome."

Ich nicke stumm, um zu signalisieren, dass ich ihn verstanden habe. Ehrfürchtig ruht mein Blick auf dem Gesicht des jungen Arztes.

„Sie können jetzt gerne wieder reingehen."

„Danke", antworte ich schüchtern.

In dem Zimmer sind jetzt eine Frau und ein Mann mit Jan beschäftigt. Es werden Schläuche abgedreht und andere wieder aufgeschraubt. Eine riesige Spritze mit irgendeiner Flüssigkeit wird ausgetauscht, deren Inhalt automatisch und kontinuierlich wie bei einer Infusion in Jans Arm geleitet wird. Ich stehe am Fußende und beobachte die beiden.

„Setzen Sie sich ruhig neben ihn. Wir sind gleich weg", sagt der Mann lächelnd und wuselt weiter umher.

Als ich mich gesetzt habe, legen sie kurz seine Beine frei, um sie auf ein anderes weiches Kissen zu betten. Sie sind tatsächlich beide eingegipst. Das linke Bein sogar bis über das Knie. Mich schaudert es. Ich sehe schnell wieder weg und ergreife Jans Hand.

„Wird er gleich aufwachen?", frage ich.

„Theoretisch ja. Meistens dauert es aber ein paar Stunden – oder länger. Es gibt auch Patienten, bei denen dauert es Tage. Andere wachen gar nicht mehr auf", plappert eine junge Schwester munter drauf los und erntet einen ermahnenden und strengen Seitenblick von ihrem Kollegen. „Aber im Fall ihres Verlobten gehen wir davon aus, dass er in den nächsten zwei bis drei Stunden die Augen aufschlagen wird. Er hat ja nur eine Gehirnerschütterung und laut MRT keine ernsthaften Verletzungen im Gehirn davongetragen."

Ich atme erleichtert auf und habe gar nicht bemerkt, dass ich vor Schreck die Luft angehalten habe.

„Gut", sage ich.

Nach einigen weiteren Handgriffen verlassen beide wieder das Zimmer. Ich beobachte Jans Gesicht, ob sich zwischenzeitlich etwas verändert hat. Seine Augen sind noch geschlossen. Keine Muskeln zucken oder signalisieren auch nur andeutungsweise, dass er gleich aufwachen könnte.

Erneut ergreife ich seine Hand. Vielleicht spürt er meine Hände, die wieder eisig kalt vor Anspannung und Aufregung sind. Seine Hand ist wie gewohnt mollig war.

Das muss er doch jetzt merken, denke ich und umschließe ihn mit meinen Fingern etwas fester.

Wieder winkle ich seinen Arm an und küsse seinen Handrücken. Dann strecke ich die leblosen Finger und küsse jede Fingerspitze einzeln, ganz zum Schluss den Daumen. Mein Blick ruht dabei unentwegt auf Jans Gesicht, damit ich nichts verpasse.

Enttäuscht und entmutigt lege ich seine Hand wieder sorgsam auf der Matratze ab. Sein Unterarm zeigt keine Muskelbewegung. Er ist schwer und schlaff, wie ein nasser Sack. Jan hilft nicht mit und wirkt wie eine leblose Marionette. *Was ist, wenn er doch nicht mehr aufwacht? Wenn er zu den wenigen Menschen gehört, die aus dem künstlichen Koma nicht mehr erwachen? ...*

Ich bin den Tränen nahe. Könnte Jan meine Verzweiflung spüren, würde auch er garantiert weinen. *Warum nur reagiert er nicht auf mich? Oder bin ich ihm einfach nicht wichtig genug? Ist es das? Würde er bei einer anderen Frau aufwachen?*

Ich zermartere mir den Kopf und streiche dabei sanft über seine Stirn, die halbwegs von dem Verband frei liegt. Verhalten beuge ich mich vor und schnuppere an ihm. Irgendwie riecht er immer noch nach Jan. Auch wenn viel von dem Desinfektionsmittel und den ganzen Medikamenten in der Luft liegt. Ich drücke ihm einen zärtlichen Kuss auf die piekende Backe. Dann noch einen, etwas näher Richtung Lippen, und dann einen dritten, bei dem meine Lippen ganz sanft die seinen berühren. Aber Jans Lippen bewegen sich nicht und erwidern meinen Kuss auch nicht. Enttäuscht ziehe ich mich wieder zurück.

Es hätte ja klappen können, wie im Märchen. Aber ich bin offensichtlich nicht seine Prinzessin, die ihn wach küssen kann.

Mir rinnen Tränen über die Wangen, erst vereinzelt, dann immer mehr. Mit einer Hand halte ich Jans Hand und mit der anderen fahre ich ganz liebevoll und fürsorglich über sein Gesicht. Leise weine ich vor mich hin, Tränen des Kummers, der Verzweiflung und der Angst.

„Jan, du musst aufwachen! Bitte!", flehe ich ihn eindringlich noch einmal an.

Er atmet weiter. Ein, aus, ein, aus, ein, aus …

Komplett abwesend, als wäre er derzeit in einer ganz anderen Welt, ohne etwas vom Hier und Jetzt mitzubekommen.

„Jan, ich bin es, Franzi! Bitte, mach doch die Augen auf …", schluchze ich leise. Nun tropft eine Träne auf Jans Wange. Ich wische sie weg, aber immer noch keine Reaktion von Jan. Nicht einmal auf meine Tränen reagiert er.

Übermüdet und resigniert lege ich entkräftet meinen Kopf neben seiner Hand auf der Matratze ab. Die Stellung ist unbequem, aber ich schließe trotzdem die Augen. Die Stunden ziehen sich zäh dahin wie Kaugummi. Ich beginne, den Mut zu verlieren. Erschöpft döse ich neben seiner Hand ein, die kraftlos auf der Matratze liegt.

„Hey …", höre ich eine leise Stimme aus meiner Traumwelt. Es ist ein wunderschöner Traum, denn ich träume, Jan würde mit mir sprechen.

Meine Lippen umspielt ein Schmunzeln. Ich zucke leicht im Schlaf und stöhne gerädert auf. Ich liege immer noch nach vorne gebeugt auf der Matratze. Im Halbschlaf spüre ich, wie mein Rücken schmerzt, aber ich bin viel zu erschöpft und entkräftet, um aufzuwachen. Außerdem entspannt es mich, wie mir jemand über den Kopf streichelt. Immer wieder fährt eine große Hand über meine Haare und streicht sie nach hinten. Ich seufze. Dann plötzlich schieße ich mit einem Ruck in die Höhe. Meine Augen springen auf.

Jan! Er ist wach!

Ein ganz schwaches Lächeln umspielt seine Lippen.

„Jan!“, stoße ich voller Freude aus, beuge mich über ihn und küsse ihn stürmisch. Übermütig bedecke ich sein komplettes Gesicht mit Küssen, nehme es in beide Hände und küsse ihn auf den Mund.

Er strahlt mich an. Sein Blick klart immer weiter auf.

„Hey, da bin ich wieder“, krächzt er und räuspert sich.

„Oh Jan, ich bin ja so glücklich, so überglücklich“, schluchze ich. Tränen des Glücks schießen mir in die Augen.

Sie laufen in Strömen über mein Gesicht.

„Wie lange habe ich geschlafen?“, fragt er, doch eine Krankenschwester kommt lächelnd herein und unterbricht uns.

„Wie fühlen Sie sich, Herr Zeder?“, erkundigt sie sich freundlich und tippt auf den Apparaten herum.

„Gut, denke ich“, erklärt er schwach.

„Haben Sie Schmerzen?“

„Nein. Die Matratze ist nur etwas hart“, stöhnt er lächelnd.

„Okay. Daran kann ich gerade leider nichts ändern, aber wir können Sie etwas zur Seite drehen. Dann müsste es angenehmer sein.“

Sie schiebt Jan ein dickes, längliches Kissen in den Rücken, so dass er zu meiner Seite kippt. Jan lächelt mich halbherzig an.

„Ja, so ist es besser. Danke“, haucht er kraftlos.

„Ich informiere gleich den zuständigen Arzt. Er wird vorbeischauen, sobald er Zeit hat. Aber Ihre Verlobte ist ja bei Ihnen. Dann haben Sie noch etwas Unterhaltung.“ Sie zwinkert ihm freundlich zu.

Ich halte erschrocken die Luft an. Auch Jan ist die Information mit der *Verlobten* nicht entgangen. Er stutzt und scheint zu überlegen.

„Bis nachher, Herr Zeder“, sagt die Schwester und rauscht mit wehendem Kittel davon.

„Äh … Ja. Bis nachher“, murmelt er verstört hinter ihr her. „Sag mal, wie lange habe ich geschlafen?“, fragt Jan und schaut mich verunsichert an.

„Nur einen Tag“, erwidere ich schmunzelnd.

„Nur einen Tag?“, wiederholt er ungläubig und runzelt die Stirn. „Wir sind … verlobt?“

Mein Gesicht glüht auf. Meine Wangen werden so heftig durchblutet, dass sie leuchten wie ein Liebesapfel auf dem Jahrmarkt.

„Nein“, murmle ich leise und senke den Blick. „Ich habe gelogen. Ich wollte zu dir. Kicki hat, als wir nach dir gefragt haben, einfach gesagt, dass ich deine Verlobte bin. Sonst hätten sie mir nichts gesagt und mich nicht in dein Zimmer gelassen“, erkläre ich verschämt. „Entschuldige bitte. Ich hoffe, du bist jetzt nicht böse auf mich.“

„Nein“, er bricht in raues, verhaltenes Gelächter aus. „Ich hatte für einen Moment schon Angst, ich hätte einen totalen Filmriss! Ich dachte schon an Gedächtnisschwund, Amnesie oder wie man das nennt. Tja, dann sind wir jetzt wohl offiziell verlobt. Wissen meine Eltern schon davon?“, fragt er schwach grinsend.

„Ja, aber sie wissen auch, dass ich notgedrungen gelogen habe. Es war für sie aber okay. Hast du mich hören können, als du geschlafen hast? Hast du gemerkt, dass ich da war?“

„Ja und nein. Es war komisch. Wie ein ganz tiefer Schlaf. Man wird in der Dunkelheit festgehalten. Du willst dort weg, kannst aber einfach nicht … Wo ist Hansi?“, fragt er plötzlich panisch. Das EKG beschleunigt sich.

„Beruhige dich. Ich habe ihn sofort aus deiner Wohnung abgeholt. Derzeit ist er stundenweise bei meinen Eltern, hat aber bei mir geschlafen. Sogar in meinem Bett.“

„Echt? Du hast ihn ins Bett gelassen?“

„Na ja, eingeladen habe ich ihn dazu nicht! Sagen wir mal so, er hat sich hineingemogelt, als ich geschlafen habe.“

Jan grinst und hustet. Dann schaut er an sich herab und zu seinem linken Arm.

„Mist! Ganz schöner Scheiß, oder? Erfolg auf der ganzen Linie. Was habe ich alles gebrochen?“

„Beide Beine, linke Schulter, linkes Handgelenk, Riss in der Milz und Gehirnerschütterung“, zähle ich ihm sanft auf.

„Oh Mann! …“, flucht er grimmig und schaut an sich herunter.

„Ich pflege dich gesund. Immerhin bin ich jetzt wieder fit! Schau mal!“ Ich trete einen Schritt zurück und hebe vorsichtig den Kittel etwas hoch, damit er meine Beine bestaunen kann. Darunter trage ich wieder knielange Shorts.

„Wow … Das ist unglaublich! Darf ich mal anfassen?“, fragt er schelmisch. Ich drehe mich zur Tür, um zu sehen, ob uns jemand beobachtet.

„Na gut. Aber nur kurz!“, befehle ich und halte ihm mein linkes Bein hin.

„Irre, Franzi. Jetzt das Rechte, damit ich einen Vergleich habe“, grinst er.

Ich klopfe ihm liebevoll strafend auf die Hand, als er an meinem rechten Bein in den Shorts entlang nach oben fährt.

„Na, na, na! Benehmen Sie sich, Herr Zeder!“

Jan kichert trocken.

„Sag ehrlich, wie geht es dir?“, frage ich ernst.

„Ziemlich bescheiden trifft es wohl ganz gut.“ Er verzieht den Mund. „Haben die Ärzte schon gesagt, wann ich hier raus darf?“

„Jan, du bist gestern angefahren worden! Du liegst noch auf der Intensivstation! Ich glaube nicht, dass du morgen schon wieder heimkannst! Außerdem hast du beide Beine und den linken Arm gebrochen! Sie mussten sogar deine Milz flicken!“

Jan schnauft unzufrieden.

„Mann! Das kann ich gerade gar nicht gebrauchen! So ein Idiot! Gibt auch noch Gas, als ich auf den Zebrastreifen trete!“

Ich beiße mir auf die Lippe. Schließlich weiß er noch nicht, dass der Mann tot ist.

„Heute Morgen hat Hansi von meinen Eltern ein Würstchen bekommen. Ein Wienerle. Darf er so etwas essen?“, wechsle ich rasch das Thema.

„Eins ist schon okay, aber natürlich keine zehn Stück.“

„Das habe ich meiner Mama auch gesagt. Mein Papa ist übrigens mit Hansi spazieren. Er sah in der Früh aus, als würde er zu einer Alpenüberquerung starten“, lache ich.

Jan grinst.

„Hansi mag aber sein Trockenfutter nicht. Wir haben den Beutel bei dir aus dem Küchenschrank genommen. War das richtig?“

„Ja, vollkommen richtig. Bestimmt ist er traurig, weil ich nicht da bin. Bei meinen Eltern hat er auch immer schlecht gefressen – außer Leckerlis natürlich. Die gehen bei ihm immer. Und Fleischwurst ist bei Hansi wie ein Antidepressivum“, krächzt Jan heiser.

„Tut dir der Hals noch weh?“, frage ich fürsorglich.

„Ja. Schon“, antwortet er kaum hörbar.

„Magst du etwas trinken? Hier steht ein Becher. Die Schwester meinte, davon darfst du etwas haben. In kleinen Schlucken, jedenfalls.“

Ich reiche Jan den Becher. Mit großer Mühe hebt er den Kopf etwas an, trinkt einige winzige Schlucke und lässt ihn wieder erschöpft in das Kissen sinken.

„Oh Mann, ich bin echt total am Ende …“, stöhnt er.

„Möchtest du etwas schlafen? Dann würde ich kurz rausgehen, um deiner Schwester zu schreiben und deinen Eltern Bescheid zu geben, dass du wach bist.“

„Ja, mach das“, nuschelt er und schließt die Augen.

Leise schleiche ich mich aus dem Zimmer. Draußen tippe ich für Marie eine Nachricht ins Handy. Sie freut sich riesig und schickt sofort zehn Smileys zurück. Außerdem möchte sie selbst ihre Eltern anrufen, damit sie vorbeikommen können.

Anschließend gehe ich sofort wieder zu Jan. Ich setze mich neben sein Bett. Er hat die Augen zu. Ich bemühe mich, ganz leise und vorsichtig zu sein, damit er durch mich nicht gestört wird. Jetzt weiß ich ja, dass er wieder aufwachen wird.

„Ich bin wieder da“, flüstere ich ihm nur ins Ohr und küsse hauchzart seine Wange. „Ich werde da sein, wenn du ausgeschlafen hast.“

Jan lächelt im Schlaf, aber im nächsten Moment verliert sich die Spannung der Muskeln. Ich ergreife seine Hand und merke, wie er bestätigend ganz sanft meinen Druck erwidert. Dieses winzige

Zeichen macht mich geradezu selig. Er wird wieder ganz gesund werden und bei mir bleiben.

MITTWOCH

Jan geht es von Tag zu Tag besser. Wenngleich seine Laune eher sinkt. Ihm geht alles nicht schnell genug, und er flucht viel. Aber immer, wenn ich ihn besuchen komme, freut er sich. Dann will er sich nichts anmerken lassen. Doch ich spüre, wie sehr ihn die Situation belastet.

Heute ist schon Mittwoch. Jan liegt inzwischen auf der Normalstation der Orthopädie. Er hat ein Einzelzimmer mit einem schönen Ausblick in den Garten. Genau dahin schaue ich gerade.

„Was meinst du, möchtest du mal raus?“, frage ich und strahle ihn aufmunternd an.

Jan ergreift meine Hand und zieht mich so feste zu sich heran, dass ich fast auf ihm lande.

„Ahhh! Pass auf!“, schreie ich lachend und kann mich gerade noch so abfangen.

„Ich werde noch wahnsinnig, in diesem Bett! Du glaubst gar nicht, wie sehr ich mich auf den letzten Freitag gefreut hatte! Ich wollte dich überraschen, abends mit dir toll Essen gehen, und …“

„Das holen wir alles nach. Jetzt ist es erst einmal wichtig, dass du wieder ganz gesund wirst.“ Ich streiche sanft über seine inzwischen wieder glatte Wange. Jan schlingt den rechten Arm um meine Hüfte und zieht mich abermals zu sich heran. Wir küssen uns innig und stürmisch.

„Franzi, ich halte das hier nicht mehr lange aus. Ich bin so verrückt nach dir! Und es macht mich noch mehr verrückt, dass ich mich mit diesem verdammten Gips kaum bewegen kann! Wenn ich wenigstens beide Arme frei hätte!", knurrt er ungehalten und wirft dem Gips an seinem linken Arm einen bösen Blick zu.

„Schschsch. Nicht aufregen. Wir haben doch Zeit", flüstere ich besänftigend in sein Ohr und küsse sein Ohrläppchen.

„Mann! Grrr!" Jan legt den Kopf in den Nacken. „Bring mich bitte hier raus. Sonst vergesse ich mich. Mach dich auf was gefasst, wenn ich wieder fit bin", raunt er. Mit herrlichem Druck presst er meinen Körper an den seinen.

„Jan", flüstere ich schüchtern.

„Ja?"

„Du weißt ja, dass ich bisher noch nie ... Also ich habe ja noch nie mit einem Mann ..."

„Weiß ich doch." Er lächelt mich verständnisvoll an. „Ich wollte damit auch nicht sagen, dass ich rücksichtslos über dich herfallen werde."

Ich schmunzle kurz, werde aber direkt wieder ernst.

„Nein, das meine ich nicht ... Ich weiß nur nicht ... Ich habe ja bisher noch nie die Pille genommen", gestehe ich derart leise, dass er wegen meines schulmädchenhaften Geständnisses grinst.

„Du musst dir meinetwegen auch jetzt nichts verschreiben lassen. Es gibt auch andere Methoden, um nicht schwanger zu werden."

Ich wende mich beschämt ab.

„Meine Freundin hat mir vor einigen Wochen was dagelassen", nuschle ich und tue so, als würde gerade etwas ganz Aufregendes im Gartenbereich des Krankenhauses passieren.

Jan lächelt und dreht sanft an meinem Kinn den Kopf wieder in seine Richtung.

„Franzi, das ist die normalste Sache der Welt. Ich weiß, dass das alles neu für dich ist. Wir werden nichts überstürzen – und momentan sieht es auch nicht danach aus, als wenn ich überhaupt in den nächsten Tagen dazu in der Lage wäre." Er seufzt geknickt.

„Soll ich uns mal einen Rollstuhl organisieren, damit wir etwas rausfahren können?", frage ich, weil mir das Thema weiterhin irre unangenehm ist.

„Ich müsste aber vorher etwas anziehen. In dem Hemd hier kann ich unmöglich unter die Leute", betont er und zupft mürrisch an dem Krankenhauskittel.

Ich gehe zum Schrank und werfe einen Blick hinein. Da es draußen warm ist, greife ich ein T-Shirt und eine kurze Shorts, die vermutlich über den Gips passen dürfte.

„Das hier?", frage ich und halte die Sachen hoch.

„Perfekt!" Jan streckt den Daumen in die Luft.

Ich gehe wieder zu ihm ans Bett und zögere.

„Soll ich eine Schwester rufen, oder soll ich dir helfen?"

„Gegenfrage. Macht es dir etwas aus, mir zu helfen?", fragt er jetzt schüchtern.

„Nein. Gar nicht." Ich schenke ihm ein liebevolles Lächeln und öffne in seinem Nacken die Schleife des Krankenhaushemds.

Ganz behutsam streife ich es über den Gips am linken Arm und ziehe es unter der Decke heraus, die jetzt noch seine Beine bedeckt.

Oh Wow ... Mann ist er gut gebaut ...

Mir entgeht selbst total, dass ich ihn einen Moment zu lange anstarre und verlegen auf meiner Unterlippe kaue.

„Würdest du mir mein T-Shirt reichen?" Jan schmunzelt.

„Äh ... Ja, natürlich", antworte ich hastig und helfe ihm, das Shirt anzuziehen.

„Hast du, ... hast du noch was drunter? Unter der Decke?", murmle ich verschämt und schaue verstohlen zu seinem Bauchnabel herab.

Jans Grinsen wird breiter.

„Schau doch selbst nach", schmunzelt er belustigt.

„Was?", stoße ich aus.

„Franzi, ich habe noch Boxershorts an. Keine Sorge. Meinst du, ich würde riskieren, dass du bei meinem Anblick das Bewusstsein verlierst?", scherzt er.

„Sei nicht so fies, du Blödmann!", maule ich beleidigt und schlage dennoch vorsichtig die Decke zurück.

Jan kichert befreit. Aber ich merke, dass er die Situation damit nur überspielt, dass es auch ihm etwas unangenehm ist. So egal ist es ihm dann doch nicht, dass ich ihm die Hose überziehe, und er mir kaum dabei helfen kann.

„So, fertig“, sage ich und richte mich zufrieden auf. „Ich geh jetzt mal eine Schwester suchen.“

FREITAG

Jan bekommt endlich den Gips ab. Allerdings nur an den Beinen. Dort wird er aber durch zwei gewaltige Schienen ersetzt, die ihn stützen sollen. Weil ihm im Krankenhaus die Decke auf den Kopf fällt, hat er schon vor Tagen den Chefarzt so penetrant genervt, bis dieser ihn endlich nach Hause entlässt. Jedoch nur deshalb, weil Jan einen Freund hat, der im Sanitätshaus arbeitet. Dieser hat ihm spontan ein Krankenhausbett in seine Wohnung geliefert. Außerdem hat jener Freund den Kontakt zu einer Physiotherapiepraxis hergestellt, die auch regelmäßig Hausbesuche bei Jan machen wird. Und nachdem sogar ein ambulanter Pflegedienst organisiert werden konnte, der dreimal am Tag vorbeischaut, ließ sich der Chefarzt letztlich breitschlagen.

Die übrige Zeit wollen sich seine Eltern, seine Schwester und ich abwechseln. Außerdem habe ich mich dazu bereit erklärt, vorübergehend bei ihm einzuziehen, damit nachts immer jemand vor Ort ist. Dann hat auch Hansi seine gewohnte Umgebung. Sogar meine Eltern sind involviert. Sie haben sich inzwischen so an Hansi gewöhnt, dass sie ab sofort mindestens zweimal am Tag vorbeikommen wollen, um mit Hansi spazieren zu gehen. Wenn sie keine Zeit haben, will Jans Papa mit Hansi in den Park. Und ich bin ja auch noch da. Inzwischen habe ich bei dem Vierbeiner keine Berührungsängste mehr – dann schon eher bei Jan.

Gestern Abend habe ich bereits meine Sachen in Jans Wohnung

gebracht. Es war ein komisches Gefühl. Ich habe eingekauft, damit Jan wieder etwas im Kühlschrank hat. Auch frisches Obst und Gemüse habe ich besorgt und mich dabei gefühlt wie eine Hausfrau. Sogar seine Wäsche habe ich bei ihm daheim gewaschen, und nach einigen Stunden weiß ich inzwischen, wo ich die meisten Sachen finde.

Jetzt komme ich gerade im Krankenhaus an, um ihm beim Packen zu helfen.

„Und? Aufgeregt?", frage ich.

„Ja", schnauft er. „Ich habe die ganze Nacht kein Auge zugemacht. Einerseits freue ich mich auf daheim, aber andererseits ist es auch seltsam. Ich bin gerade ein echter Pflegefall. Ein totales Wrack! … Scheiße … Ich hasse mich selbst dafür", mault er und blickt grimmig drein.

„Na ja, etwas Gutes hat die Sache aber. So schnell wäre ich sonst nicht bei dir eingezogen!" Ich schmunzle keck, um ihn etwas aufzumuntern.

Jan lächelt schief und lässt sich nicht aus der Reserve locken.

Eine Stunde später hält der Krankentransport vor seinem Haus. Als Jan auf einer rollenden Liege in die Wohnung geschoben wird, gibt es für Hansi kein Halten mehr. Der kleine Hund gibt alles und überschlägt sich vor Freude. Er kläfft, springt hoch, hüpft und ringt darum, endlich an Jan heranzukommen.

„Danke", sage ich und verabschiede mich von den beiden Sanitätern, die Jan nach Hause gefahren und in das andere Bett verfrachtet haben, das aus Platzgründen im Wohnzimmer aufgestellt ist.

Dann sind wir alleine. Hansi macht Männchen und lässt sich von Jan vom Bett aus den Kopf streicheln.

„Soll ich ihn dir auf den Schoß heben?", frage ich.

„Wenn du das schaffst. Er ist nicht leicht."

„Ich weiß", schmunzle ich und packe den kleinen Fettkloß.

Er ist selig, als er auf Jans Schoß liegt. Zufrieden und glücklich schmiegt er seinen dicken Kopf an Jans Brust und schnauft herzzerreißend auf.

„Ich habe dich so vermisst, mein Dicker." Jan knuddelt seinen Hund. Dann sieht er sich im Wohnzimmer um. „Toll, oder? … Bestimmt kannst du dich kaum zurückhalten, wenn du mich so daliegen siehst", blafft er ironisch und missgestimmt.

„Sei nicht ungerecht, Jan. Deiner Attraktivität hat es keinen Abbruch getan", schnurre ich und küsse ihn züchtig auf die Stirn.

„Pfff", stößt er verächtlich aus. „Gerade bin wohl eher ich der Terminator von uns beiden", motzt er schlechtgelaunt.

Ich schlucke gekränkt.

„Was soll das jetzt? Wolltest du nur heim, um schlechte Laune zu verbreiten? Du wirst immerhin wieder ganz gesund! Und du kannst zu Hause bleiben und musst nicht irgendwo weit weg in eine Klinik. Es ist doch nur für ein paar Wochen! Fünf Wochen, haben die Ärzte gesagt! Und belasten darfst du die Beine vermutlich sogar schon früher! Das ist also nur vorübergehend! Was soll denn Judit sagen? Sie kommt nie wieder aus ihrem Rollstuhl raus!", schimpfe ich.

Ich sehe, wie seine Augen feucht werden. Jan schluckt laut und verdrückt sich die Tränen.

„Bist du traurig, weil du jetzt bei dem Wettbewerb nicht mehr mitmachen kannst?", frage ich einfühlsam.

„Ach, der Wettbewerb …", blafft er barsch und schüttelt abwehrend den Kopf. „Der ist mir ganz egal. … Oh Shit … Ist nicht morgen schon die Siegerehrung?" Jan scheint im Kopf zu rechnen.

„Ja", sage ich lächelnd.

„Verdammt, jetzt hast du meinetwegen bestimmt dein Projekt nicht fertiggestellt! Jetzt bin ich schuld, dass du …"

„Jan! Stopp!", unterbreche ich ihn. „Ich habe schon in der Reha alles erledigt. Es ist schon lange fertig. Ich weiß nur nicht, ob ich morgen wirklich dahingehen soll", murmle ich kleinlaut.

„Doch! Du musst! Das war dir doch so wichtig! Du musst das machen, Franzi! Für dich! Du hast dich doch auch angemeldet! Ich komme hier schon klar. Mach dir um mich keine Sorgen. Ich werde Marie oder meine Mama fragen, ob sie vorbeikommen können."

Ich seufze.

„Ja, Betreuungspersonal hätten wir für morgen genug", stichle ich ablenkend. „Es ist ja Wochenende. Da hat bestimmt auch dein Papa Zeit."

„Äh … Ja. Vielleicht", meint Jan ausweichend.

Für einen winzigen Moment bin ich irritiert, denke aber nicht weiter darüber nach.

Gegen Mittag kommt zum ersten Mal der Pflegedienst vorbei, eine Frau mittleren Alters und ein etwas jüngerer Mann. Jan begrüßt sie muffig. Sofort werfe ich ihm einen ermahnenden Seitenblick zu. *Ist ja schon gut!,* erwidert er lautlos mit seinen Augen. Dann verziehe ich mich diskret, um Jans Intimsphäre nicht zu verletzen. Es fällt ihm schon schwer genug, sich auf das Pflegepersonal einzulassen. Dass auch ein Mann dabei ist, kommt ihm vermutlich sehr entgegen.

Sie brauchen eine Dreiviertelstunde, bis sie sich wieder verabschieden.

„Und?", frage ich, als sie weg sind.

„Ich könnte mir nichts Schöneres vorstellen", blökt Jan zornig.

Ich schmunzle.

„Lachst du etwa?", fragt er aufgebracht.

„Ein bisschen vielleicht", erwidere ich und kann die Zuckungen meiner Mundwinkel nicht kontrollieren.

„Na toll", faucht er. „Und was ist daran so lustig?"

„Es geht gar nicht um den Pflegedienst. Aber irgendwie hat unser Leben gerade auch etwas Komisches. Schau mal, wie kurz wir uns erst kennen. Und jetzt bin ich schon bei dir eingezogen – vorübergehend natürlich. Und eigentlich sind Hemmungen mein Spezialgebiet, und jetzt …"

Jan und ich fangen an zu lachen.

„Du hast recht. Oh Mann. Das totale Chaos. Von vier Beinen

haben wir nur eins, was gerade richtig funktioniert."

„Nein, momentan fünf, mit den vier Beinen von Hansi!", korrigiere ich ihn lachend.

„Aber hey, immerhin drei Arme! Damit lässt sich schon viel anstellen!", säusle ich verheißungsvoll und vergrabe meine beiden Hände an seinem Hinterkopf in den Haaren.

Jan zieht mich zu sich heran. Wir küssen uns. Und wir fallen so ungestüm wild übereinander her, dass meine Atmung tief und schwer wird. Zeitgleich knetet seine rechte Hand meine untere Rückenpartie, und ich kann gar nicht genug von ihm bekommen. Ich sehne mich so sehr danach, seine Hände überall zu spüren.

„Komm zu mir aufs Bett", raunt Jan.

„Nein! Wenn ich dich verletze! Du bist doch auch am Bauch operiert worden!"

„Ach, der kleine Schnitt. Jetzt mach schon! – Oder geht das mit der Prothese nicht? Dann zieh sie aus!"

„Doch, das geht", nuschle ich und zögere. Ich überlege einen Moment, aber als ich mich zurückziehen will, drückt mich Jan wieder fester an sich heran.

„Los, mach schon!", fordert er mit mehr Nachdruck, so dass ich schließlich keine Minute später auf seinem Schoß sitze, mitten im Krankenhausbett – und mit Prothese.

Während wir uns küssen, fährt er das Kopfteil etwas höher. Dann schiebt er seine rechte Hand unter mein Shirt und wandert damit meinen Rücken von oben nach unten. Sie ist wieder warm und herrlich besitzergreifend. Für einen Moment schließe ich meine Augen, um mich voll und ganz auf diese Berührungen zu konzentrieren.

Mein Puls rast inzwischen, und mein Mund ist trocken. Ich fühle mich so sehr zu ihm hingezogen, dass ich sogar aus Versehen laut aufstöhne vor Wohlgefallen.

„Lass die Augen zu, versprichst du mir das?", flüstert Jan so verführerisch, dass es tief in meinem Inneren vor Aufregung bitzelt.

„Okay", wispere ich. Meine Lippen öffnen sich leicht, um die Luft herausströmen zu lassen.

Dann spüre ich seine Hand an meinem Beckenknochen, wie sie ihn von hinten nach vorne nachzeichnet. Ganz langsam und vorsichtig, was mich schier verrückt werden lässt. Ich winde leicht meine Hüfte und atme schwer. Seine Hand gleitet zu meinem Bauchnabel und umkreist ihn verheißungsvoll. *Oh verdammt ...*

Mir wird schummerig, so erregt bin ich inzwischen. Wie in Zeitlupe geht die Reise seiner Hand weiter nach oben. Fast flüchtig streift sie meinen Rippenbogen, berührt nahezu hauchzart die Hautpartie zwischen meinen Brüsten und kommt am Halsausschnitt meines Oberteils wieder heraus, um von dort aus mit Daumen und Zeigefinger die Konturen meiner Lippen nachzufahren. Ich öffne sie und stoße sanft die Luft zwischen meinen Zähnen hindurch. Ich lege den Kopf in den Nacken. Dann beginnt seine Hand den Rückweg anzutreten, über die Lippen, über das Kinn, den Hals entlang und streift mehrmals von links nach rechts über mein Schlüsselbein.

In meinem Brustkorb pulsiert es kräftig. Im wahrsten Sinne des Wortes schlägt mein Herz für Jan, - und für das, was er tut. Keinen Moment denke ich daran, dass er sich derzeitig kaum bewegen kann. Dass ich in einem Krankenhausbett hocke. Seine Hand ist zu präsent, als dass ich mich auf irgendetwas anderes konzentrieren oder es wahrnehmen könnte. Noch nie zuvor hat mich ein Mann so berührt, an diesen Stellen angefasst. Als er wie zufällig meine linke Brust streift, sauge ich scharf die Luft ein. Sofort lässt er seine Hand weiterwandern und wiederholt das Gleiche auf der anderen Seite. Bestimmt beobachtet er jetzt gerade mein Gesicht, wie ich darauf reagiere. Doch mein Verstand ist derart benebelt, dass ich ihn gar nicht abwimmeln könnte. Dann fährt seine flache Hand

wieder tiefer, bis sein Zeigefinger neckend meinen Hosenbund streift, von links, nach rechts, und schließlich umfasst seine flache Hand erneut meine Taille. Abermals am Rücken angekommen, drückt er mich zu sich nach unten. Ich öffne meine Augen und sehe, wie auch seine Pupillen glitzern. Hungrig nach mehr beuge ich mich zu ihm hinab und unsere Lippen finden sich erneut.

Ich merke, wie ich mich zunehmend gehen lasse, und meine Hemmungen sinken. Seine rechte Hand ruht dabei unentwegt auf meiner nackten Rückenpartie. Doch irgendwann schiebt sie sich in meinen Hosenbund. Nicht weit, aber doch gerade weit genug, dass er sogar oben ganz leicht in meinen Slip gleitet. In diesem Moment spüre ich genau, dass ich kurz davor bin, komplett den Verstand zu verlieren. Wäre Jan jetzt nicht so lädiert, dann wäre vermutlich sogar ich diejenige, die über ihn herfiele. Ich, eine total unerfahrene und normalerweise eher zurückhaltende und schüchterne Jungfrau! Es ist, als hätte er mich aus einem Tiefschlaf erweckt. Und plötzlich bin ich wach und spüre zum ersten Mal in meinem Leben dieses überwältigende Verlangen, einem Mann nahe zu sein.

Unsere Küsse werden immer leidenschaftlicher und intensiver, so dass ich nach einiger Zeit regelrecht nach Luft ringe. Auch Jan stehen kleine Schweißperlen auf der Stirn.

Verlegen räuspert er sich, als ich mich auf ihm aufrichte.

„Puh … Das war … unglaublich! Deine Küsse rauben mir den Verstand, Franzi."

Mit hochrotem Kopf robbe ich etwas umständlich vom Bett herunter. Im Stehen richte ich mein Oberteil. Ich streiche den Stoff glatt und schiebe unzählige lose Haarsträhnen hinter die Ohren.

„Wow … Okay …", schnaufe ich und versuche, wieder einen klaren Kopf zu bekommen.

„Und? Bald mehr davon?" Jan lächelt mich herausfordernd an.

Ich schmunzle verschämt und zucke mit den Schultern.

„Wie jetzt? Keine Euphorie? Das hat dich alles kalt gelassen?", fragt er fast beleidigt und entrüstet.

Ich beuge mich liebevoll zu ihm herab und nehme seinen Kopf in beide Hände.

„Ich kann es kaum erwarten", hauche ich ihm sinnlich ins Ohr und verschwinde kokett leichtfüßig in die Küche.

SAMSTAG

Ich habe mir am Vorabend für um sechs Uhr den Wecker gestellt. Um acht Uhr muss ich meine Präsentationsmappe und mein Modell in dem Architekturbüro abgeben. Nirgendwo ist mein Name vermerkt, lediglich in dieser Tresorkiste. Darin liegt der Zettel mit der Nummer 22. Auf dessen Rückseite stehen alle meine Daten. Zusätzlich habe ich eine größere Plastikkarte mit der 22 erhalten, die ich als zweiten Beweis hochhalten darf, sollte ich als einer der Sieger aufgerufen werden. Es gibt immerhin auch einen zweiten und dritten Platz. Vielleicht bekomme ich ja wenigstens einen Trostpreis. Meine Nummer habe ich jedenfalls überall vermerkt. Auf der Präsentationsmappe, auf jedem Blatt in der Fußzeile und gleich an fünf Stellen auf dem Modell. Überall prangt jetzt eine fette ***22***.

An diesem Morgen bin ich allerdings schon vor dem Weckerklingeln wach. Mir ist vor Aufregung ganz kalt, selbst unter Jans kuscheliger Bettdecke. Anfangs habe ich mir wirklich große Hoffnungen gemacht. Aber heute betrachte ich diesen Wettbewerb eher nüchtern. Außerdem tut es mir leid, dass Jan nicht mehr daran teilnehmen kann. Ich habe sogar ein schlechtes Gewissen deshalb, obwohl er permanent beteuert hat, dass ich das nicht haben muss.

Mir ist furchtbar flau. Für einen Moment überlege ich, gar nicht hinzugehen. Ich schalte den Wecker aus, der fünf Uhr fünfunddreißig anzeigt. Nach einem herzhaften Gähnen ziehe ich meine neue Prothese an und schleiche mich leise durch das Wohnzimmer in die

Küche. Jan schläft noch. Er atmet tief und gleichmäßig.

Leider ist der Wohnbereich offen, und so verwerfe ich den Plan, mir aus dem Vollautomaten einen Kaffee rauszulassen, und schleiche wieder zurück. Ich beschließe, mich erst im Bad fertigzumachen. Bestimmt ist Jan anschließend von alleine wach. Er soll sich ruhig ausschlafen.

Nach einer Dreiviertelstunde im Bad bin ich geduscht und habe auch meine wuschelige, dunkle Mähne einigermaßen gezähmt bekommen. Mit einer seriösen, dunkelblauen Stoffhose mit Bügelfalte und einer weißen Bluse schleiche ich abermals zur Küche. Wie ein Einbrecher setze ich leise einen Fuß vor den anderen und werfe aus der Entfernung einen Blick zum Krankenbett, in dem Jan schläft. Er kann fast nur auf dem Rücken liegen, was mir wirklich leidtut. Als ich schon fast an ihm vorbei bin, schlägt er plötzlich die Augen auf und dreht den Kopf zu mir herum.

„Guten Morgen, schöne Frau!“ Er gähnt. „Oh, du bist ja schon angezogen … Wie spät haben wir?“

„Gleich erst 6 Uhr 30“, antworte ich und gehe zu ihm hin.

Ich gebe ihm einen flüchtigen Kuss auf den Mund. Jan ergreift meine eine Hand.

„Himmel, ist die wieder kalt. Gib mal deine Hände her, ich wärme sie dir etwas.“

Lächelnd lege ich sie in seine rechte Hand.

„Hast du einigermaßen geschlafen?“, frage ich.

„Geht so. Ich kann bald nicht mehr auf dem Rücken liegen“, stöhnt er und windet sich.

Ich nicke bestätigend und mitfühlend.

„Und du?“, erkundigt er sich und taxiert mich prüfend.

Ich ziehe den Mundwinkel schief nach oben.

„Etwas unruhig. Ich bin so aufgeregt … Ich weiß nicht, ob ich wirklich dahingehen soll. Ich habe bestimmt überhaupt keine Chance! Laut Presse wollen fast fünfzig Architekten von überall her ihre Projekte einreichen! Da habe ich doch nie und nimmer den Hauch einer …“ „Franzi, egal ob du gewinnst oder nicht, für mich bist du die Nummer eins. Du brauchst diesen Wettbewerb nicht! Ich stell dich ein!“, fällt mir Jan ins Wort.

„Ach Jan. Es geht dabei doch auch um mich! Um mein Ego! Ich habe anfangs so fest an mich geglaubt, weißt du. Und jetzt komme ich mir eher albern vor. Es ist doch lächerlich, dass ich wirklich gedacht habe, ich könnte diesen Wettbewerb sogar gewinnen. Ich schäme mich dafür. Ich war ganz schön überheblich …“

„Aber noch steht doch gar nichts fest! Geh hin und sieh es sportlich! Du hast doch nichts zu verlieren! Und dein Projekt ist immerhin fertiggeworden! Wer weiß, ob die anderen das geschafft haben!“

Ich nehme einen tiefen Atemzug, noch einen - und noch einen.

„Okay. Ich bin ja sowieso schon angezogen. Ich mache uns mal einen Kaffee. Was magst du frühstücken?“, frage ich.

Ich bestreiche Jan eine Scheibe Brot mit Butter und belege sie mit einer Scheibe Käse. Dann klappe ich sie zusammen und reiche sie ihm. Auf einen Beistelltisch stelle ich eine Tasse Kaffee. Ebenso eine warme Tasse in den Händen, setze ich mich neben sein Bett. Gedankenverloren schaue ich nach draußen und kraule nebenbei Hansi, der sich an meine Füße schmiegt.

„Wer kommt eigentlich gleich vorbei, wenn ich weg bin?“, frage ich und hoffe, dass der heiße Kaffee endlich meine kalten Hände wärmt. Ich puste sanft in die dunkle Flüssigkeit.

„Meine Schwester. Und der Pflegedienst kommt noch“, mault er und verzieht das Gesicht.

„Wäre es dir lieber, wenn ich dich wasche?“, erkundige ich mich süffisant.

„Kommt darauf an *wo*“, erwidert er lausbubenhaft.

Ich haue ihm belustigt ein kleines Kissen um den Kopf, das am Fußende im Bett liegt.

„Hey! Keine Gewalt gegen Invaliden!“

„Solange du dich noch verbal wehren kannst, und in der Lage bist mir mit deiner rechten Hand den Verstand zu rauben, sehe ich dich nicht als Invaliden“, raune ich ihm verheißungsvoll ins Ohr und lasse meine Zunge kurz an seiner Ohrmuschel entlanggleiten.

„Uhhh … Hört, hört! Soll ich noch einmal Hand anlegen?“ Er schaut mich verschwörerisch an.

Ich lache auf.

„Vielleicht am Nachmittag. Ich kann heute Morgen so schon kaum einen klaren Gedanken fassen. Da kann ich keine zusätzliche Ablenkung gebrauchen.“

„Auch *diese* nicht?“, erwidert er mit rauer, tiefer Stimme und versucht, mir die Bluse aus dem Hosenbund zu zupfen.

„Nein, auch *diese* nicht“, kichere ich und ziehe mich zurück, als er versucht, mich zu kitzeln.

„Schade“, stöhnt er gespielt enttäuscht.

„Ich gehe mir mal die Zähne putzen. Wann wollte Marie denn da sein?“, erkundige ich mich und trinke meinen Kaffee aus.

„Ich glaube, gegen sieben. Reicht dir das?“

„Klar. Ich fahre erst, wenn sie da ist. Sonst kann doch keiner dem Pflegedienst die Tür aufmachen.“

„Tut mir leid, dass ich euch solche Umstände mache. Es ist mir wirklich peinlich, das kannst du mir glauben.“ Jans Augen werden glasig.

„Hey, alles gut. Ich liebe dich.“ Ich drücke ihm noch einmal einen zärtlichen Kuss auf den Mund und flitze ins Bad.

Jan lächelt mir schwach hinterher.

„Welche Nummer hast du eigentlich?“, ruft er laut.

„Verrate ich nicht!“, brülle ich zurück.

„Wieso nicht?“

„Weil ich nicht will!“, erwidere ich mit Schaum im Mund und daher etwas unverständlich.

Jan grummelt unzufrieden.

„Was interessiert dich außerdem die Nummer? Damit kannst du doch eh nichts anfangen“, sage ich und drücke ihm einen Kuss auf die Backe.

„Eben! Deshalb kannst du es mir doch auch sagen! Außerdem weiß ich doch gar nicht, wie dein Modell aussieht!"

„Nach dem Wettbewerb zeige ich es dir. Dann ist ja alles gelaufen. Und dann siehst du auch die Nummer. Habe ich nämlich gleich fünfmal auf das Modell geklebt. Bescheuert, oder?"

Jan lacht.

„Immerhin bist du auf Nummer sicher gegangen. Machen die anderen bestimmt auch so."

An der Haustür klingelt es.

„Das ist bestimmt Marie! Ich mach ihr mal auf", rufe ich und bin schon im Flur.

„Hey! Guten Morgen! Super, dass du so früh Zeit hast. Der Pflegedienst kommt, glaube ich, heute erst gegen acht. Könnte nur etwas früher sein, wenn sie bei dem anderen Patienten nicht so lange brauchen. War aber noch nicht sicher."

Ich flitze noch einmal zurück zu Jans Bett und umarme ihn.

„Viel Glück! Ich drücke dir den rechten Daumen!"

„Danke. Lieb von dir. Bis nachher."

Auch Marie nimmt mich noch einmal in den Arm und spuckt mir andeutungsweise über die Schulter.

„Toi, toi, toi!", sagt sie.

„Danke. Du bist echt süß. Bis nachher. Ich komme sofort heim, wenn der Wettbewerb vorbei ist."

„Es sei denn, du gewinnst und musst noch feiern gehen oder für Fotos zur Verfügung stehen", grinst Marie.

„Wohl eher nicht. Gehen wir mal lieber davon aus, dass ich später von euch getröstet werden muss."

„Ach was. Lass dich nicht unterkriegen! Du schaffst das schon! Wir drücken dir jedenfalls die Daumen!"

Laut seufzend verlasse ich das Wohnzimmer. Ich drehe mich lächelnd noch einmal zu beiden um und winke flüchtig. Dann fahre ich in meine eigene Wohnung, um dort die Projektmappe und das Modell zu holen. Damit bin ich zeitlich zwar vermutlich etwas zu früh, aber was erledigt ist, kann abgehakt werden.

Um 7 Uhr 45 ist die Tür des großen Architektenhauses bereits offen. Mit weichen Knien trete ich ein und gebe am Empfang meine Unterlagen mit dem dazugehörigen Modell ab. Eine junge Frau bringt meine Sachen vorsichtig zu einem riesigen Tisch. Dort sind bereits andere Werke ausgestellt, die allesamt beeindruckend aussehen. Ich muss den Raum aber sofort wieder verlassen. Die Jury trifft wohl erst gegen halb neun ein. Ab dann werden sie sich beraten. Ich bin gespannt, wie viele Konkurrenten ich haben werde. Eben standen schon bestimmt zehn Modelle dort, aber es waren noch unzählige Tische frei.

Die Jury hat später jedenfalls zweieinhalb Stunden Zeit. Die Siegerehrung ist erst gegen 11 Uhr, könnte sich aber auch etwas verspäten, wenn es bis dahin zu keiner Einigung gekommen ist.

Mein Herz klopft vor Aufregung. Mich fröstelt es am ganzen Körper, und ich weiß nicht so recht, was ich jetzt mit der verbliebenen Zeit anstellen soll.

Ganz hibbelig begebe ich mich schließlich in ein nahegelegenes Café. Ich setze mich an einen Zweiertisch und bestelle mir einen Tee. In dem Café ist es ziemlich voll. Als ich etwas näher hinhöre, stellt sich heraus, dass einige meiner Konkurrenten ebenfalls hier sind. Meine Aufregung steigt. Ich versuche zu lauschen. Das Café füllt sich weiter, und es macht den Anschein, als würden sich hier nur noch Bewerber für den Architektenwettbewerb aufhalten. Egal wo ich hinschaue, überall sprechen sie von Bauplänen und Statik. Ich komme mir auf einmal entsetzlich klein vor. Alle haben offensichtlich herausragende Konzepte vorzuweisen, erzählen davon, was und wo sie schon überall etwas Beeindruckendes gebaut haben und welche Spitzfindigkeiten ausgetüftelt worden sind. Ich werde immer winziger und schrumpfe von Minute zu Minute.

„Hallo! Franzi!", flötet es plötzlich lautstark vom Eingang her. Kicki wedelt mit der Hand in der Luft herum.

„Kicki!" Erleichtert strahle ich sie an. „Mensch, bin ich froh, dass du da bist. Hat Thorsten doch Zeit gehabt?"

„Na klar. Wann geht es los?"

„Frag nicht. Erst um elf. Es ist noch ewig Zeit!"

„Egal. Dann warten wir halt. Wie geht es Jan? Kommt ihr daheim klar?"

„Ja, klappt super …" Und dann erzähle ich ihr, wie wir alles organisiert haben.

Kicki hört interessiert zu.

„Wow. Klingt wie ein eingespieltes Ehepaar kurz vor der Goldhochzeit. Ist für ihn sicherlich trotzdem nicht leicht, oder?"

„Nein. Er tut sich schon schwer. Meistens versucht er aber, sich nichts anmerken zu lassen. Allerdings ist es ja auch erst ein Tag."

„Das wird sich schon einpendeln. Außerdem geht es nur um ein paar Wochen. Dann könnt ihr euch schöneren Dingen widmen." Kicki grinst frech und zwinkert mir zu.

„Kicki!", mahne ich streng und erröte.

„Ist doch wahr!", betont sie.

„Franzi! Hallo!", ruft abermals jemand durch die Menge.

Ich drehe erneut irritiert den Kopf. Diese Stimme kommt mir bekannt vor. Aber ich sehe niemanden und kann sie nicht zuordnen.

„Franzi!", ruft es noch einmal.

Jetzt erblicke ich Tom, der mit Judit im Rollstuhl auf mich zufährt.

„Ich glaub's nicht! Ihr seid auch hier?!" Ich strahle sie begeistert an und falle ihnen um den Hals.

„Na klar! Wir wollen doch mit aufs Siegerfoto", grinst Tom.

„Oh je. Jetzt setzt ihr mich noch mehr unter Druck. Na super …"

„So war es nicht gemeint. Wir wollen dir nur Beistand leisten. Ist immerhin ein großer Tag für dich, und wer weiß … Selbst die Trostpreise sind nicht übel!", betont Judit und wedelt mit dem Zeitungsausschnitt.

Ich runzle die Stirn.

„Ich schlage vor, wir gehen etwas in den Park. Hier drinnen wird es wirklich voll", meint Kicki.

Keine zehn Minuten später sitzen wir mit drei Coffee to go in der Sonne im Park.

„Weißt du schon, wie viele Bewerber es gibt?", fragt Judit.

„Zu viele, wenn du mich fragst. Ich glaube, es sind fast fünfzig!“

„Hm. Zumindest haben sich so viele angemeldet, laut Presse.“ Judit schlägt die Zeitung auf und studiert den Artikel. „Meinst du, die haben auch alle ein fertiges Konzept zustande gebracht?“

„Keine Ahnung. Ich habe mein Modell mit den Unterlagen um 7 Uhr 45 abgegeben. Da waren sogar schon einige da.“

„Sie sind bestimmt schon in den Beratungen“, meint Tom und blickt prüfend auf seine Uhr, die 9.53 anzeigt.

Ich schnaufe ungeduldig laut auf.

„Seit wann bist du eigentlich aus der Reha daheim?“, frage ich Judit.

„Erst seit gestern. Tom hat mich abgeholt. Die Woche ohne euch war ziemlich öde. Montag habe ich meinen ersten Tag in der Schule“, murmelt sie leise mit einer Mischung aus Angst und Scham.

„Du schaffst das schon, Judit. Der Tag geht auch vorbei“, tröste ich.

Judits Lippen werden schmal.

„Ich weiß genau, wie du dich jetzt fühlen musst, glaub mir. Aber es nützt ja nichts. Du musst da durch. So wie wir alle mal“, sage ich betroffen, erkenne kurz den bestätigenden Blick von Tom und starre wieder auf meinen Kaffeebecher.

„Am liebsten möchte ich gar nicht hingehen. Die werden mich alle anstarren …“, nuschelt Judit und kämpft mit den Tränen.

Ich schaue sie mitleidig an.

„Ja, davon ist auszugehen“, erwidere ich mitfühlend. „Hast du nicht einen deiner guten Ratschläge parat, Tom?“, frage ich und schaue ihn an.

„Es wird nur so schlimm, wie man es selber zulässt. Dass die anderen Kinder neugierig sein werden, ist doch nur verständlich. Versuche einfach, es etwas zu … genießen, im Mittelpunkt zu stehen. Du hast doch viel zu erzählen. Sie sind bestimmt gespannt und hören dir gerne zu. Damit sammelst du viele Pluspunkte. Geh offen auf deine Mitschüler zu. Je mehr Probleme du selbst damit hast, je komischer werden sie dir gegenüber sein. Wenn du die Sache aber locker angehst, werden sie es in ein paar Tagen ganz selbstverständlich nehmen, dass du nun im Rollstuhl sitzt. Dann wird es total nebensächlich, du wirst sehen."

Judit seufzt laut auf und betrachtet ihr Rollstuhlgestell in der Sonne.

„Sieht schon fetzig aus, mein neues Teil, oder? Wie findet ihr die Lackierung?", fragt sie verhalten.

„Ich finde deinen Rollstuhl toll. Du solltest dir in Zukunft Autogramme holen. Bei jedem Konzert lässt du einen der Stars mit wasserfestem Edding unterschreiben. Was meinst du, was das Ding an Wert gewinnt! Außerdem bekommst du in Zukunft bestimmt immer einen der besten Plätze ganz vorne!", prophezeit Kicki ehrlich angetan.

Judit hebt die Augenbrauen. Erst weiß sie scheinbar nicht, was sie mit Kickis Aussage anfangen soll. Aber dann beginnen ihre Augen zu leuchten.

„Gute Idee! Ich war zwar noch nie auf einem Konzert, aber ich werde damit anfangen!" Sie strahlt.

„Genauso Judit! Zeig es ihnen! Du bist ein heißer Feger, daran ändert auch der Rollstuhl nichts!", schmeichelt Tom.

„Echt? Meinst du?" Judit wirkt verlegen, aber stolz.

„Ja. Du wirst das Ding in der Schule rocken. Da mache ich mir keine Sorgen. Und dass du nervös bist, ist ganz normal", meint Tom. „Es wäre eher ungewöhnlich, wenn nicht."

„Wir können ja am Abend mal telefonieren. Dann kannst du mir erzählen, wie es gelaufen ist", schlage ich vor.

„Abgemacht", strahlt Judit.

Bis viertel vor elf sitzen wir im Park. Dann machen wir uns auf den Weg zu dem Architektenhaus. Einige Pfeile weisen darauf hin, durch den Eingangsbereich hindurch zu laufen. Dort ist eine große, breite Flügeltür geöffnet, die in den Garten führt. Er ist hübsch angelegt, was man von außen gar nicht vermutet hätte.

Andächtig folgen wir den Wegweisern und kommen an einen

riesigen bestuhlten Bereich. Davor ist eine beachtliche Bühne aufgebaut mit Lautsprechern und einer Leinwand. Meine Nervosität steigt gewaltig.

„Kommt, wir suchen uns schon einmal ein paar gute Plätze aus“, meint Tom und geht vor.

Kicki schnappt sich Judits Rollstuhl und schiebt.

„Irgendwo an der Seite wäre gut. Und nicht so weit hinten. Sonst sieht Judit nichts“, stellt Tom klar.

„Stimmt. Wenn Franzi geehrt wird, will ich nichts verpassen!“ Judit grinst mich an.

Doch ich bin gerade nicht in der Lage, das mit einem höflichen Lächeln zu kommentieren.

„Leute, mir rutscht der Allerwerteste auf Grundeis. Mir wird ganz schlecht, ehrlich. Ich glaube, ich muss hier weg“, schnaufe ich und zittere am ganzen Leib.

„Nichts da! Das wird jetzt durchgezogen!“, befiehlt Kicki streng und schiebt Judit an Reihe drei von vorne an die Seite.

Wir nehmen die Plätze direkt neben ihr, wobei mich Tom und Kicki ganz nach außen setzen.

„Damit du gleich direkt zur Bühne kannst“, stichelt Tom und zieht mich mit meiner Nervosität auf.

„Ich vertrage gerade keine Witze. Ich weiß gar nicht, was ich hier soll! Das sind alles Profis! Ich habe doch überhaupt keine Chance! Das ist vergeudete Zeit! Kommt, wir gehen ein Eis essen und machen einen Haken dran. Davon haben wir mehr.“ Ich mache Anstalten, wieder aufzustehen, aber Judit und Kicki halten mich zurück.

„Papperlapapp! Du weißt doch gar nicht, wer dabei ist! Jetzt stell dein Können doch nicht unter den Scheffel! Und, selbst wenn du keinen Preis gewinnst, dabei sein ist alles! Sei ein gutes Vorbild!“, zischt Kicki mir jetzt ins Ohr und deutet mit einer dezenten Kopfbewegung zu Judit, die gerade die Leute auf der Bühne beobachtet.

Ich atme tief ein und aus.

„Okay. Da ich ohnehin nicht gewinnen werde, kann ich es locker sehen. Du hast ja recht. Dann hat Judit gleich einen Grund, mich zu trösten."

„Eben. Sag ich doch. Trotzdem sehe ich deine Chancen nicht so schlecht. Vielleicht belegst du Platz drei mit dem Candle-Light-Dinner! Das kannst du dann mit Jan einlösen, wenn er wieder fit ist. Oder sogar Platz zwei! Fünf Tage in dem super Wellnesshotel mit rundum Verwöhnprogramm!", schwärmt Kicki schmachtend.

„Träum weiter", lache ich.

Pünktlich um elf Uhr betritt ein Moderator die Bühne. Sogar ein regionaler Fernsehsender ist dabei, und auch das lokale Radio verfolgt den Wettbewerb. Es sieht alles sehr professionell aus. Dass die Veranstaltung eine so medienwirksame Präsenz hat, hätte ich nicht vermutet.

Andächtig sitze ich mit gefalteten Händen wie eine schüchterne Erstklässlerin auf meinem Platz und verfolge die Moderation, die nun beginnt. Ein schlaksiger junger Mann im Anzug springt mit einem eleganten Satz seitlich auf die Bühne. Er grinst breit in die Zuschauermenge. Alle beginnen zu klatschen.

„Hallo, alle zusammen! Guten Morgen! Danke, danke!", bedankt er sich für den freundlichen Empfang. „Ich bin Rainer Staufenbach, meine lieben Damen und Herren, und ich habe heute die große Ehre, diesen außergewöhnlichen Wettbewerb zu moderieren. Mit Sicherheit sind sie alle schon gespannt, wer gleich einen der Gewinne davontragen wird! Aber ich darf sie noch einen kleinen Moment hinhalten!" Der Moderator grinst charmant. „Für alle, die uns jetzt über das Fernsehen zugeschaltet sind und nicht genau Bescheid wissen, um was es hier geht, möchte ich sie gerne kurz aufklären. Wir dürfen hier *live* von einem der größten Ausschreibungswettbewerbe für Architekten berichten! Etwas Ähnliches hat es in dieser Form deutschlandweit noch nie gegeben, und die Preise, meine lieben Damen und Herren, die sind wahrlich einzigartig. Der Sieger erhält, halten sie sich fest, eine Penthouse-Wohnung im Wert von über einer halben Million Euro! Natürlich ist es da kein Wunder, dass unzählige Bewerbungen eingegangen sind. Es haben sich über 50 Architekten beworben und ihre Nummern gezogen! Bis heute weiß keiner der Juroren, um wen es sich handelt. Das macht es sicherlich auch für alle so spannend. Der Tresor mit den persönlichen Daten aller Teilnehmer wurde beim Notar hinterlegt, den ich Ihnen an dieser Stelle gerne vorstellen möchte. Begrüßen Sie alle mit mir, *Herrn Beier*! Herr Beier bitte!", schreit der Moderator voller Inbrunst.

Auf die Bühne tritt ein älterer Herr mit weißen Haaren. Ihm folgen zwei große Männer im schwarzen Anzug und mit breitem Kreuz. Zusammen tragen sie die riesige verschlossene Kiste, den Tresor, in dem auch meine Daten hinterlegt sind.

„So, Herr Beier, Sie dürfen dort drüben Platz nehmen und den Tresor weiterhin gut bewachen", sagt der Moderator, verabschiedet die Träger der Tresorkiste und deutet auf einen Stuhl mit kleinem Tisch in der Ecke der Bühne. „Das Projektkonzept, das nachher gewinnt, meine lieben Damen und Herren, wird die Zukunft dieser Stadt sein. Ich denke, Sie stimmen mir alle zu, dass es sich hier um ein schicksalsträchtiges Ereignis handelt! In wenigen Minuten werden wir eventuell schon erfahren, wie sich unser Stadtbild verändern wird! Das Konzept, mit dem Modell, das Sie später hier auf der Bühne als Siegerexemplar sehen werden, wird in den nächsten Jahren mit Unterstützung des jeweiligen Architekten oder der jeweiligen Architektin gebaut. Es wird ein Vorzeigemodell der Zukunft sein. Ich spreche sicherlich im Namen aller Anwesenden, wenn ich sage, dass wir alle gespannt sind, welche besonderen Features die Ideen des Siegers – oder der Siegerin – für uns bereithalten werden. Ich verspreche Ihnen sicher nicht zu viel, wenn ich sage, dass es einzigartig werden dürfte. Ich habe eben nur beiläufig einige Unterhaltungen der Jury mitbekommen, die aus den heute eingetroffenen Modellen von sage und schreibe achtundfünfzig Stück nun eine schwere Entscheidung zu treffen hat. Lassen Sie sich überraschen! Es sind wirklich unglaubliche

Ideen dabei. Eine Oase der Zukunft wird entstehen, die uns alle begeistern und wieder mehr Menschen in die Innenstadt ziehen wird. Es wird ein Shopping-Erlebnis und kulinarisches Highlight auf vielerlei Art und Weise. Unzählige neue Arbeitsplätze werden geschaffen und das Einkaufen direkt in der Stadt wird wieder attraktiver und kann mit Sicherheit zukünftig mit dem Online-Shopping ohne weiteres konkurrieren. Ein wirtschaftlicher Gewinn für alle. Meine lieben Damen und Herrn, der Knopf in meinem Ohr sagt mir, dass soeben die Entscheidung gefallen ist! Unsere Jury aus zwanzig Architekten hat unter der Aufsicht unseres ortsbekannten Richters Dr. Hummel ihre Entscheidung getroffen! Sie haben viel diskutiert, aber sind nun offenbar zu einem einstimmigen Urteil gekommen. Keiner von ihnen weiß, wer der Sieger sein wird. Ob es ein Mann oder eine Frau ist ... Die Spannung steigt, meine lieben Damen und Herrn ... *Und hier - kommt – unser - Gastgeber*! Auch er durfte eine Stimme abgeben. Ob das Siegermodell auch seinen Vorstellungen entspricht, sagt er uns gleich bestimmt selbst! Meine lieben Damen und Herrn, ich darf Ihnen den Mann vorstellen, dem wir diesen besonderen Wettbewerb und diese einzigartigen Preise zu verdanken habe! Jemanden, der sich immer im Hintergrund hält, und dessen Gesicht daher nur wenige von uns vermutlich mit diesem großen und einzigartigen Architektenbüro in Verbindung bringen würden! Aber heute haben wir es geschafft, ihn endlich auf die Bühne zu holen! Meine lieben Damen und Herren, *hier – kommt – Dieter Zeder! Ihr heutiger Gastgeber!*", brüllt der Moderator wie bei einem Boxkampf.

Hinter meinem linken Rippenbogen krampft es und sticht. Dann stolpert mein Herz im Fluchtmodus schnell vorwärts. *Dieter Zeder ... Dieter Zeder ... Dieter Zeder ...*

Wie eine Endlosschleife läuft der Name von Jans Papa an meinem inneren Auge vorbei. Alle klatschen aber ich bin wie betäubt. Erstarrt und ungläubig starre ich auf die Bühne, die nun tatsächlich von Jans Papa betreten wird. *Großer Gott ... Warum hat mir Jan das nicht gesagt? ... Er hätte bei dem Wettbewerb seines eigenen Vaters mitgemacht? War das alles ein abgekartetes Spiel? ...*

„Alles klar bei dir, Franzi?“, fragt Judit von der Seite beunruhigt.

Ich antworte ihr nicht. Meine Hände sind blutleer und kreidebleich. Sie zittern fast so stark, als würde ich eine Rüttelplatte bedienen.

„Ist das nicht Jans Papa?“, flüstert mir jetzt auch Kicki zu, schaut aber zur Bühne.

Ich zeige keinerlei Regung.

„Deinem Gesicht nach zu urteilen, wusstest du nichts davon, oder?“, wispert mir Kicki ins Ohr.

Wie ferngesteuert drehe ich leicht den Kopf hin und her. Immer noch total benommen kann ich fassungslos und entsetzt meinen Blick nicht von dem großen Holzpodest lösen.

„Ich möchte Sie ebenfalls alle ganz herzlich zur großen Preisverleihung willkommen heißen. Auch für uns als Architekturbüro ist es ein einmaliger Wettbewerb, und wir sind begeistert, mit welcher Kreativität und wie vielen tollen Ideen uns unsere Kollegen überrascht haben. Die Entscheidung ist der Jury wahrlich nicht leichtgefallen. Es waren – nein, es sind unglaublich viele tolle Vorschläge dabei und einzigartige Modelle gefertigt worden. Jeder der Bewerber hat sehr professionell gearbeitet und sein Herzblut in das jeweilige Projekt gesteckt. Ich finde, dafür verdienen alle, die sich hier beworben und ihr Modell eingereicht haben, einen großen Applaus!“ Jans Papa klatscht in die Hände.

Die Menge stimmt begeistert und stürmisch mit ein.

„Leider können wir nur drei Preisträger küren, aber auch allen anderen an dieser Stelle ein ganz großes Dankeschön. Ich bin mir sicher, dass jeder von Ihnen eine große Karriere vor sich hat. Es war kein Vorschlag dabei, den wir sofort beiseitegeschoben haben. So viel kann ich Ihnen schon einmal verraten. Nun, trotzdem mussten wir zu einer Entscheidung kommen. Unsere Zielsetzung war ein modernes Konzept. Wir waren gespannt auf die Umsetzung und besonderen Einfälle, und aus den achtundfünfzig Bewerbungen, die letztlich eingereicht wurden, möchten wir jetzt gerne die drei Sieger bekanntgeben.“

Jans Papa hat mich noch nicht erkannt – zum Glück. Ich bin immer noch sprachlos und total entsetzt. *Wie konnte mir Jan dieses wesentliche Detail vorenthalten? Was hat er sich dabei gedacht? Ob Jans Papa weiß, dass ich auch ein Modell eingereicht habe? Großer Gott, hoffentlich gewinne ich keinen der Preise …*

Und jetzt ist es wirklich so, dass der Gewinn mein absoluter Alptraum wäre. In diesem Moment öffnet Jans Papa einen Umschlag. Er zieht ganz langsam eine Karte heraus.

„Der dritte Preis geht an die Nummer 17! Herzlichen Glückwunsch! Wer hat die Nummer siebzehn und darf sich über das Candle-Light-Dinner freuen? Meine Frau hat sich schon beschwert. Den Preis hätte sie nämlich auch gerne gehabt", scherzt Jans Papa.

Ein Mann, schätzungsweise Mitte fünfzig, erhebt sich und hält eine Plastikkarte mit der Nummer 17 hoch. Er strahlt breit. In der Zwischenzeit wird sein Modell auf der Bühne auf einem niedrigen Hocker platziert. Als er die Bühne betritt, schüttelt Jans Papa ihm die Hand und gratuliert strahlend. Der Mann positioniert sich dabei hinter seinem Modell.

„Bitte, stellen Sie sich doch kurz dem Publikum vor", spricht ihn der Moderator an und hält dem Mann das Mikrofon unter die Nase.

„Mein Name ist Fritz Mauer. Ich bin angestellter Architekt in Kleinbruch, einer etwas ländlicheren Gegend. Das ist ungefähr achtzig Kilometer entfernt", erklärt er.

„Unglaublich. Ein großer Applaus für Herrn Mauer! Meine Damen und Herren, Sie sehen, dass sich dieser Wettbewerb über die Ortsgrenzen hinaus herumgesprochen hat! Applaus!", brüllt der Moderator und feuert die Menge an.

Der Notar aber durfte zwischenzeitlich den Tresor öffnen und hält nun zum Beweis das Anmeldeformular von Herrn Fritz Mauer hoch.

„So, Herr Zeder, nun sind wir aber alle gespannt auf Platz zwei! Wer gewinnt die fünf Tage im Wellnesshotel und darf sich dort verwöhnen lassen?"

Jans Papa bekommt den Umschlag mit der Aufschrift '2. Platz' gereicht. Wieder öffnet er ihn langsam, und die ganze Prozedur erinnert mich an die Preisverleihung der Oscars, die ich immer im Fernsehen verfolge.

„Platz 2 geht an die Nummer 38!", liest Jans Papa laut vor und schaut ins Publikum.

Ich rutsche noch etwas tiefer in meinen Sitz hinein.

„Welche Nummer hast du?", zischt Judit.

„Zeig mal deine Nummer", fordert jetzt auch Kicki von der anderen Seite.

Ich umklammere meine Handtasche.

„Ich habe die Nummer nicht, okay?"

„Und welche hast du?", bohrt Kicki aufdringlich weiter nach.

Den ersten Platz belege ich ja eh nicht … Ich öffne gereizt meine Handtasche und drücke Kicki die Plastikkarte mit der 22 in die Hand. *Wenn das hier vorbei ist, dann werde ich so was von schnell verschwinden! Himmel, hoffentlich entdeckt mich Jans Papa nicht.*

In der Zeit läuft ein jüngerer Mann nach vorne. Er ist bestimmt zehn, wenn nicht fünfzehn Jahre jünger als der Mann von eben. In einem schicken schwarzen Anzug betritt er die Bühne und hält für das Publikum noch einmal seine Nummer noch.

„Die 38!", grölt der Moderator. „Meine lieben Damen und Herrn, dieser junge Mann gewinnt mit seinem ungewöhnlichen Konzept den Wellnessurlaub! Bitte erzählen Sie uns kurz, wie alt Sie sind, und woher Sie kommen. Wen werden Sie in den Urlaub mitnehmen?", feuert der Moderator wie aus einem Maschinengewehr eine Salve von Fragen auf den jungen Mann ab.

„Mein Name ist Paul Fröhlich. Ich bin einundvierzig Jahre alt und komme aus Rheinbach. Das ist auch etwas weiter weg."

„Erzählen Sie uns doch bitte, wie sie von diesem Wettbewerb erfahren haben", fordert der Moderator und hält ihm wieder das Mikro unter die Nase.

„Aus dem Radio. Und meine Frau hat mich dazu gedrängt, hier mitzumachen."

„Dann steht wohl fest, wer Sie in den Urlaub begleiten darf, oder?"

Der Mann grinst.

„Ja, ich denke schon. Ich möchte mich auch ganz herzlich an dieser Stelle bei meiner Frau bedanken, die mich die letzten Wochen unterstützt hat. Ich habe neben meiner eigentlichen Arbeit viel Herzblut in dieses Projekt gesteckt, und sie hat sehr viel Rücksicht genommen. Aber mit dem Wellnessurlaub können wir ja jetzt alles nachholen. Vielen Dank, Lisa! Vielen Dank auch Ihnen“, bedankt sich der Mann ebenso bei Dieter Zeder, der ihm überschwänglich die Hand schüttelt.

Stolz baut sich der Mann hinter seinem Modell auf, welches auf einem etwas höheren Hocker platziert wird als das Vorherige. Dann hält der Notar abermals zum Beweis die Anmeldung hoch.

„Applaus für Herrn Fröhlich, meine Damen und Herren! So, die Spannung steigt. Der Höhepunkt naht, liebe Gäste. Herr Zeder, wissen wir schon, wer, beziehungsweise welche Nummer, den ersten Platz belegt hat?“, fragt der Moderator Jans Papa verschwörerisch, der mit Umschlag Nr.1 wedelt.

„Ja, ich denke schon.“ Er grinst.

Als er in meine Richtung schaut, bücke ich mich hastig. Ich tue so, als wäre mein Schnürsenkel aufgegangen.

„Was machst du denn da unten! Komm wieder hoch! Jetzt wird der Sieger verkündet!“, sagt Kicki ganz aufgeregt.

Judit drückt neben mir fest beide Daumen in die Handflächen. *Zum Glück ist das hier gleich vorbei ... Dann kann ich endlich heim zu Jan. Mit dem habe ich noch ein Hühnchen zu rupfen!,* denke ich säuerlich.

„Herr Zeder, sind Sie soweit, uns den Sieger dieses großartigen Wettbewerbes zu verkünden?“

„Bestimmt wollen Sie alle endlich wissen, wer gewonnen hat, und deshalb werde ich Sie auch nicht weiter auf die Folter spannen ...“ Langsam zieht Jans Papa die Karte heraus.

Ich schlucke schwer. Natürlich rechne ich mir keine Hoffnungen aus – oder doch? Will ich gewinnen - oder nicht? Ich habe selbst keine Ahnung mehr, was ich will. Ich bin zu sehr durcheinander, immer noch.

„Und der Gewinner des Wettbewerbes ist, … die Person mit der Nummer …"

Ich halte angespannt die Luft an und starre wieder zur Bühne.

„Es gewinnt die Nummer *22*!", ruft Jans Papa laut in die Menge.

„Bitte, kommen sie zu uns auf die Bühne. Wer hat die Nummer 22 und gewinnt die großartige Penthouse-Wohnung und einen Vertrag mit der größten und bekanntesten Architekturagentur in ganz Deutschland! Wo ist unser Sieger!?", dröhnt die Stimme des Moderators.

Ich bin von Kopf bis Fuß wie gelähmt. Abgesehen davon habe ich meine Karte gar nicht mehr. Die Karte hat Kicki, deren Hände jetzt neben mir anfangen zu schlottern.

„Oh Gott – Franzi, das bist du! … Dddu hast gewonnen! …", stottert sie und starrt auf die Karte mit der 22 in ihrer Hand.

Ich kann es immer noch nicht begreifen und bin total verwirrt.

„Wo ist die Nummer 22!?", ruft der Moderator noch einmal laut und sein Blick schweift suchend über die Besuchermenge.

„Hier! Hier ist die 22!", schreit Kicki plötzlich laut und fuchtelt mit der Karte in der Luft herum. Dann springt sie auf.

„Die junge Dame! Kommen Sie zu uns auf die Bühne! Applaus, meine lieben Damen und Herren!"

Kicki zieht mich mit einem heftigen Ruck vom Sitz hoch, drückt mir mit gehörigem Nachdruck die Karte in die Hand und gibt mir einen Schubs. Gerade noch so kann ich mich halten und stolpere nicht über meine eigenen Füße.

„Los! Du musst auf die Bühne!", zischt sie.

„Ich kann nicht!", wispere ich erschrocken.

„Doch! Du musst! Los jetzt!" Auch Judit zupft auf einmal an meinem Ärmel herum.

„Hier ist die Gewinnerin!", brüllt Kicki laut und zeigt auf mich.

Oh Nein … Ich ducke mich voller Scham.

„Nur keine Scheu, junge Lady! Sie haben gewonnen! Kommen Sie zu uns auf die Bühne! Applaus für die schüchterne Gewinnerin!"

Oh wie grausam ... Furchtbar ... Entsetzlich ... Schrecklich ...

Wie ein scheues Reh schleiche ich zur Bühne.

„Unsere Siegerin! Applaus! Applaus für die Siegerin!“, brüllt der Moderator in sein Mikro.

Das macht es auch nicht besser. Jans Papa weicht die Farbe aus dem Gesicht. *Okay, er wusste auch nicht, dass ich hier teilgenommen habe. Da sind wir schon zu zweit ...*

Sein Gesicht wird immer bleicher, so dass ich jetzt Angst um ihn bekomme. Anders als bei den übrigen Gewinnern streckt er mir nicht die Hand entgegen. Der Moderator springt sofort ein und überspielt die desaströse Situation.

„Meine Damen und meine Herren, wer hätte das gedacht, dass so eine junge Frau heute den Sieg davonträgt? Bitte, sagen Sie uns doch Ihren Namen.“

„Ich bbbin bbbin Franziska Weger. Neunundzwanzig Jahre alt“, stottere ich so nervös wie nie zuvor.

„Applaus für Frau Weger! Erst 29 Jahre alt und so ein beeindruckendes Modell und Konzept! Frau Weger, kommen Sie hier aus der Gegend? Sind Sie hier aufgewachsen?“

„Jjja, hier in Bromberg, in der Klausingstraße – äh – nein, jetzt wohne ich in der Meisenstraße“, stammle ich hochgradig aufgeregt.

„Frau Weger, Sie haben hier mit ganz außergewöhnlichen Ideen überrascht und die gesamte Jury von ihrem Gesamtkonzept überzeugt und begeistern können. Verraten Sie uns doch, wie lange arbeiten Sie schon als Architektin?“

„Äh … Ich arbeite gar nicht als Architektin. Derzeit arbeite ich in einer Eisdiele, Eisdiele Mmmanufetti …“, stottere ich.

„Ist es zu glauben, liebe Herrschaften. Hier schlummert ein außergewöhnliches Talent, und heute ist es endlich entdeckt worden! Applaus, liebe Damen und Herren! Applaus für unsere junge und schüchterne Nachwuchsarchitektin! Herr Zeder, möchten Sie vielleicht ein paar Worte an unsere junge Siegerin richten? …

Sie sehen, liebe Damen und Herren, auch Herr Zeder ist überwältigt! Kein Wunder! Wer hätte damit gerechnet, dass der

Preis an eine so entzückende, reizende und hübsche junge Frau geht!" Der Moderator versucht immer noch, dem verwirrten Herrn Zeder unter die Arme zu greifen, indem er weiter die Moderation übernimmt, um die Situation zu überspielen und damit zu retten.

Jans Papa aber ist weiterhin vollkommen konfus. Wie vor den Kopf gestoßen steht er etwas verloren auf der Bühne, das Gesicht kreidebleich.

„Weger … Weger … Klausingstraße – behindert – ein Bein ab …", höre ich ihn so leise nuscheln, dass es vermutlich niemand anderes mitbekommt.

Er brabbelt vor sich hin, als sei er geistesgestört. Und so benimmt er sich gerade auch. *Was soll das? Was haben jetzt mein Bein und meine Behinderung damit zu tun?,* denke ich plötzlich verärgert über sein Gemurmel. *Das tut hier gar nichts zur Sache! Und es geht die alle hier verdammt nochmal nichts an! Hier geht es um mein Modell! Mein Projekt, das ich ganz alleine auf die Beine gestellt habe! Ohne fremde Hilfe! ... Himmel, ich habe gewonnen ...*

Ich fange an zu zittern wie Espenlaub. Ich muss mich beherrschen, damit mir nicht total übel wird. Das Publikum hat seine Augen unaufhörlich auf die Bühne gerichtet. Etwas planlos und ungeschickt dirigiert mich der Moderator zu dem Treppchen aus Hockern, auf dem jetzt ganz oben mein Modell thront – leuchtend hell angestrahlt, wie ich. Ich bin fix und fertig mit den Nerven, und Jans Papa gewinnt nur langsam seine Fassung wieder.

„Ja, meine Damen und Herren. Sie sehen selbst …" Er räuspert sich verlegen. „Ich bin überwältigt und … sprachlos. Frau Weger hat uns ein überaus durchdachtes und ausgefeiltes Projekt abgeliefert. Nicht nur das Modell hat uns überzeugt, sondern das komplette Konzept."

Im Hintergrund hält der Notar strahlend zum Beweis nun meine Anmeldung hoch. Somit ist allen Anwesenden belegt, dass ich wirklich gewonnen habe.

Meine Freunde klatschen stürmisch, doch diese Reaktion geht bei mir total unter. Dass sie sich regelrecht überschlagen und übermütig miteinander quasseln, bekomme ich gar nicht mit. Unaufhörlich brüllen sie mir begeistert Glückwünsche zu und pfeifen. Währenddessen werde ich weiterhin von gleißenden Lampen angestrahlt.

Herr Zeder Senior reicht mir nun die Hand und schüttelt sie kräftig. Ein Blitzlichtgewitter donnert auf mich ein, und Kameraleute laufen vor der Bühne hin und her, filmen uns aus allen Richtungen und zoomen an mein Modell heran. Ich weiß, dass ich lächeln sollte, aber ich schaffe es nicht. Haltsuchend und eingeschüchtert blicke ich mit großen Augen umher. Ich kann immer noch nicht glauben, was da gerade passiert. Geschweige denn kann ich realisieren, dass ich die Gewinnerin bin. Ich habe eben eine Penthouse-Wohnung gewonnen, im Wert von über einer halben Million Euro! Im besten Wohnviertel der ganzen Stadt! Mit unverbaubarer Aussicht auf die Weinberge!

Auf der Bühne reichen mir unzählige Leute die Hand, schütteln sie kräftig und beglückwünschen mich. Auf einmal sehe ich Tom und Judit, die begeistert jubeln und mich anstrahlen. Auch Kicki klatscht im Stehen Beifall, so fest, dass vermutlich später ihre Handflächen wund sind. Sie bekommen sich gar nicht mehr ein, als sei ich gerade zu einem Weltstar gekürt worden.

Nur ganz allmählich flacht das Blitzlichtgewitter ab. Einige Reporter bitten uns zu gestellten Fotos für diverse Zeitungen. Sogar Interviews soll ich geben. Mit dieser Situation bin ich komplett überfordert. Ich will gar nicht wissen, was die Zeitungen später über mich schreiben. Das werden bestimmt ganz furchtbar schrecklich peinliche Artikel - mit Fotos! *Gott wie peinlich ... Und meine Eltern wissen gar nichts davon! Sie wissen gar nicht, dass ich teilgenommen und gewonnen habe! Au weia ... Hätte ich ihnen doch besser vorab etwas sagen sollen?*

Wenn man an den Teufel denkt. Wie bei einem Zaubertrick stehen plötzlich meine Eltern direkt vor der Bühne. Sie winken aufgeregt zu mir herauf, klatschen und überschlagen sich vor Stolz. Im nächsten Augenblick sehe ich Kicki, die grinsend mit dem Telefon in der Luft fuchtelt. Jetzt weiß ich, dass *sie* meine Eltern angerufen hat.

„Das ist unsere Tochter! Sie hat gewonnen! Unsere Tochter hat gewonnen!", brüllen meine Eltern voller Stolz und machen damit peinlich offensichtlich auf sich aufmerksam.

Die Reporter nutzen sofort die Gelegenheit. Sie halten meinen Eltern die Mikrofone hin und interviewen sie.

„Wir wussten ja schon immer, dass unsere Tochter eine Begabung für Architektur hat. Sie hat das Studium als eine der Besten abgeschlossen!", betont mein Papa angeberisch. *Darüber werden wohl noch meine Enkelkinder reden – und lachen ... Meine Güte ... Ich weiß nicht, ob es mir lieber wäre, wenn ich das alles nur träumte. Himmel Herrgott. Peinlicher geht es nicht mehr. Wenn meine Eltern jetzt noch meine Behinderung ausplaudern, dann ist alles vorbei ...*

Und es ist vorbei.

Ich muss mit anhören, wie meine Eltern unverblümt berichten, dass ich sogar behindert bin. Dass mich deshalb sogar einige Agenturen abgelehnt haben. Obwohl es dafür gar keine Beweise gibt!

Sie reden sich um Kopf und Kragen. Sofort stürme ich zu ihnen hin, um die Misere zu beenden. Bevor sie noch mehr private Dinge aus meinem Leben preisgeben, die nachher groß und breit in der Presse abgedruckt werden. *Dann weiß die ganze Stadt über mich Bescheid! Alles!*

„Noch ein Familienfoto! Ein Foto bitte mit allen Teilnehmern!", rufen die Presseleute und schubsen sich gegenseitig, um die beste Ausgangsposition zu bekommen.

Erst nach Mittag lenke ich mein Auto wie benebelt heim, Szenen der letzten Stunden im Gepäck. Mein Kopf ist damit derart überfüllt, dass ich mich nur schwer auf das Fahren konzentrieren kann. Obwohl ich lediglich an einem Glas Champagner genippt habe, kommt es mir vor, als hätte ich die ganze Flasche alleine geleert. Ich habe plötzlich tierische Kopfschmerzen, und mir ist flau. Nur der Kaffee und ein paar Schlucke Champagner schwappen in meinem Magen umher, der sich nicht zu Unrecht beschwert.

Es ist komisch, aber ich kann mich immer noch nicht richtig freuen. Es wirkt alles so unwirklich. Als sei ich in die Hauptrolle einer Telenovela gestolpert. Wenn ich eine rote Ampel überführe, dann würde mich das jetzt nicht wundern. Sogar der Abschied von meinen Freunden verlief seltsam. Ich war da - und doch wieder nicht. Mein Körper war anwesend, aber mein Geist befindet sich selbst jetzt noch in einem erheblich beeinträchtigtem Verarbeitungsmodus.

Morgen habe ich wieder einen Termin mit den Fotografen. Sie wollen mich mit Jans Papa in meiner neuen Wohnung fotografieren. Ich weiß noch gar nicht, wo die überhaupt sein soll. Man hat mir einen mit Schleife verzierten Schlüssel in die Hand gedrückt. Der ist jetzt in meiner Tasche. Ein Schlüssel zu einer Wohnung ganz weit oben in einem hohen Haus. *Verrückt. Total verrückt.*

Auf der Heimfahrt spult sich nun der komplette Tag ein weiteres Mal ab, als hätte ich auf dem DVD-Player die Wiederholungstaste gedrückt.

Inzwischen fahre ich in die Straße, in der Jans Wohnung ist. Ich lese den Straßennahmen, aber eher beiläufig. Es ist mehr das Wahrnehmen von Buchstaben, als dass der Name wirklich von meinem Gehirn verarbeitet wird. Dann stehe ich vor Jans Haus. Wie ferngesteuert steige ich aus meinem Wagen aus und schließe mit Jans Schlüssel die Haustür und dann seine Wohnung auf. Als ich eintrete, geht ein Donnerwetter der Glückwünsche los. Marie fällt mir kreischend um den Hals und drückt mich so fest, dass mir die Luft wegbleibt.

„Es bleibt in der Familie!", johlt sie voller Begeisterung.

Ich schwanke wie ein Fähnchen im Wind. Sie wiegt mich beglückwünschend im Arm stürmisch hin und her. Wie versteinert lasse ich mich von ihr steuern. *Woher weiß sie denn schon davon? ... Hat Kicki sie auch angerufen? Aber sie hat doch gar keine Nummer von ihr ...*

„Jetzt lass sie mal zu mir!“, fordert Jan verärgert.

Ich weiß noch nicht, wie ich mich ihm gegenüber verhalten soll. Daher warte ich erst einmal ab, was er zu der Sache zu sagen hat.

„Offensichtlich war es der größte Fehler meines Lebens, dich nicht sofort unter Vertrag zu nehmen“, er zieht mich zu sich heran.

Ich wehre mich zaghaft und weiche zurück. Er wirkt sichtlich verwirrt ob meines abweisenden Verhaltens.

„Woher wisst ihr, dass ich gewonnen habe?“, stammle ich.

„Na aus dem Radio! Das war doch eine Liveübertragung des hiesigen Senders! Wusstest du das nicht?“ Marie steht vor Euphorie wie unter Drogen.

„Hm … Ach so.“

Dann klingelt es an der Haustür. Marie öffnet, und Jans Eltern poltern herein. Das Gesicht seiner Mutter sieht gespenstisch blass aus. Sie schaut mich nur sehr kurz an und dann schnell wieder weg. Irgendetwas stimmt hier nicht, das spüre ich sofort.

„Jan, warum hast du uns nicht gesagt, dass Franzi an dem Wettbewerb teilnimmt? Das hätten wir doch wissen müssen! Was machen wir denn jetzt?“, schimpft Herr Zeder ungehalten und dreht den Kopf flüchtig zu mir. „Also, morgen früh machst du die Fotos mit der Presse. Wir zahlen dich natürlich aus. Du musst diese Wohnung nicht nehmen. Du erhältst den vollen Preis bar von uns erstattet“, erklärt er mit tiefer Stimme mehr als Feststellung als eine Frage, ob ich das überhaupt so annehmen möchte. „Du könntest auch offiziell zurücktreten, unter dem Vorwand, dass du dir das nicht zutraust und lieber bei einer kleineren Agentur arbeiten möchtest …“

Total perplex starren Jan und ich uns an.

„Wwwieso?“, frage ich verwirrt.

„Weil, … weil es so das Beste ist. Diese Wohnung wäre für dich ja ohnehin viel zu groß, und dann hier im Haus …“

„Wieso … hier im Haus?“, stammle ich überfordert.

„Es ging doch um die Penthouse-Wohnung *hier oben*! Im vierten Obergeschoss! Hier wohnen drei Parteien – also vier, mit der oberen.“

„Hier? Die Wohnung, die ich gewonnen habe, ist hier im Haus?“, stottere ich verwirrt.

„Aber warum soll sie die Wohnung denn nicht nehmen? Das passt doch super! Die ist genial! Dann bleibt sie in der Familie!“ Marie schaut ihre Eltern ungläubig an, deren Gesichter beide leblos und aschfahl wirken.

Jans Mama meidet es, mich anzuschauen. Als hätte ich plötzlich tausende, eklige, fette und abstoßende Geschwulste im Gesicht. *Ich verstehe das alles hier nicht ... Was ist denn auf einmal los?*

„Jans Papa räuspert sich verlegen. Bestimmt magst du dir die Wohnung oben trotzdem einmal ansehen. Marie, sei doch so lieb, und geh mal mit Fran... äh ... Frau Weger hoch und zeig ihr die Wohnung.“

Eigentlich wollte er wohl Franzi sagen, hat sich dann aber doch dazu entschieden, es förmlicher und distanzierter zu formulieren.

„Komm, wir gehen.“ Marie zieht mich erfreut hinter sich her.

„Jetzt weiß ich auch, warum du von Anfang an nicht den Preis verleihen wolltest! Jetzt wird mir alles klar!“, höre ich seinen Papa noch schimpfen, aber dann fällt die Tür zu.

Marie und ich steigen in den Aufzug und fahren nach oben. Da ich noch meine Tasche umhängen habe, habe ich sogar den Schlüssel dabei.

„Und? Bist du gespannt? Ich würde mir an deiner Stelle die Wohnung nicht ausreden lassen. Du hast sie ehrlich gewonnen! Sie ist der Hammer, Franzi! Du wirst begeistert sein!“, sprudelt es munter aus Marie heraus.

Emotionslos schaue ich sie an. Der Tag wird immer bekloppter.

Kaum zwei Minuten später stehen wir bereits zusammen in der Wohnung. Sie ist ähnlich aufgeteilt wie die von Jan. Aber der Ausblick ist atemberaubend.

„Wow ...“ Überwältigt bleibe ich vor den riesigen Panoramafenstern stehen und lasse die Aussicht auf mich wirken.

„Und? Habe ich zu viel versprochen? Ich weiß gar nicht, warum mein Papa dich auszahlen will? Lass dich ja nicht darauf ein! Diese

Wohnung ist eine Wertanlage! Ich versteh nicht, was er gerade hat." Marie steht direkt neben mir und genießt ebenfalls die Aussicht.

Das Wetter ist klar, keine Wolke am Himmel, so dass wir kilometerweit über die Weinberge blicken können. Sogar ein Ofen ist bereits eingebaut und eine supermoderne Einbauküche mit sämtlichem Schnickschnack. Ich lasse meine Finger über die glatte, schwarze Natursteinplatte gleiten und schweige weiter. Jeder andere in meiner Lage würde jetzt vermutlich kreischend ausrasten vor Freude, aber ich bin weiterhin wie betäubt und verwirrt. Ich kann die letzten Stunden einfach nicht begreifen. Es ist so irreal. Und die Reaktion von Jans Eltern verstört mich noch mehr. Im Grunde macht mir das gerade am meisten zu schaffen. Sie lassen mich deutlich spüren, dass sie mir den Preis nicht gönnen; dass sie nicht mit mir zusammenarbeiten möchten, aber warum?

Weil Jan ihnen gesagt hat, dass ich behindert bin? Oder habe ich sonst etwas falsch gemacht? Mich unhöflich verhalten? Irgendwelche blöden Kommentare abgegeben? Warum mögen sie mich denn auf einmal nicht mehr? ... Oder sie gehen davon aus, dass ich bei dem Wettbewerb betrogen habe ...

Aber wie hätte ich denn betrügen sollen? Ich kannte doch außer Jans Papa in der Jury niemanden ...

Ich zermartere mir den Kopf, finde aber keine Erklärung für diesen Sinneswandel und dieses seltsame Verhalten mir gegenüber.

Als wir wieder vor Jans Wohnungstür stehen, schließt Marie auf. Drinnen diskutieren sie jedoch so laut und heftig, dass wir unweigerlich einen Teil der Unterhaltung von draußen mitbekommen.

„Du musst dich sofort von ihr trennen! Ihr könnt nicht zusammen sein! Das geht nicht!", flucht sein Papa verärgert.

„Jan, jetzt sei doch vernünftig! Ihr habt keine Zukunft! Sie ist immerhin auch behindert! ... Vielleicht kann sie gar keine Kinder bekommen!", wirft seine Mutter ein.

„Jetzt redet doch nicht so einen Quatsch! Was ist denn hier überhaupt los? Ihr fandet sie doch so toll! Ihr könnt doch von mir nicht erwarten, dass ich einfach so mit ihr Schluss mache! Ich liebe sie! Sie ist das Beste, das mir je passiert ist! … Ihr wart doch sogar von der angeblichen Verlobung begeistert! Jetzt reißt euch mal zusammen! Wir können nachweisen, dass der Wettbewerb mit rechten Dingen zugegangen ist, wenn es daher rührt. Wir hatten einen Richter und einen Notar, die alles überwacht haben! Und du hattest nur eine Stimme von zwanzig! Und ich war weder Teil der Jury, noch hat sie mir ihre Nummer verraten! Sie hat sogar ihr Modell versteckt, als ich sie in der Reha besucht habe. Jetzt stellt euch also nicht so an. Wir können alles erklären und beweisen! Es gibt keinen Grund, warum ich mich von ihr trennen müsste!“

„Doch, den gibt es!“, höre ich seine Mama leise sagen.

„Na dann, *bitte*. Ich *höre*“, sagt Jan scharf.

Doch jetzt öffnet Marie verlegen die Tür und tritt lautstark mit mir ein. Jans Eltern räuspern sich verlegen. Den kompletten Raum durchflutet eine abweisende Kälte. Seine Mutter hat ein knallrotes Gesicht bekommen, vermeidet es aber tunlichst, mich anzusehen.

„Wir gehen dann mal. Und tu, was wir dir gesagt haben! Wir ziehen hier ein und werden uns um dich kümmern!“, zischt sein Papa leise aber streng zu Jan.

Es war jedoch nicht leise genug, als dass ich es nicht gehört hätte.

„Vertrau uns, Jan. Bitte“, wispert seine Mutter ihm flehend ins Ohr.

Doch auch diese Worte entgehen mir nicht. Jans Vater nickt mir nur angedeutet höflich zu und verlässt mit seiner Frau die Wohnung.

Marie, Jan und ich sehen uns ungläubig an. Wir verstehen alle drei die Welt nicht mehr.

„Ich glaube, jetzt ist es so weit, Jan. Unsere Eltern haben wirklich den Verstand verloren. Ich erkenne sie gar nicht wieder! Ich versteh nicht, warum sie sich so aufregen! Das ist doch absurd!“, sagt Marie kopfschüttelnd.

„Was ist denn vorgefallen? Habe ich etwas verpasst? Habt ihr euch gestritten?“, fragt Jan und schaut mich entgeistert an.

Ich schüttle ebenso den Kopf, unschuldig, nichtsahnend – und traurig.

„Sie mögen mich halt nicht", erkläre ich zutiefst gekränkt. „Vielleicht ist es ja auch wegen meiner Behinderung. Dein Papa hat schon auf der Bühne so etwas gefaselt", sage ich und bin den Tränen nah.

„So ein Quatsch! Das hat sie gar nicht gestört!", betont Jan harsch.

„Da muss ich ihm Recht geben, Franzi. Sie haben dich dafür bewundert, wie toll du damit umgehst!", stimmt Marie ihrem Bruder zu.

Doch mein Damm bricht. Ich kann die Tränen nicht mehr zurückhalten und fühle mich verletzt. Es ist nicht schön, wenn man so deutlich zu spüren bekommt, dass man nicht erwünscht ist. Sie wollen mich sogar weghaben! Ganz bewusst aus Jans Leben streichen!

Marie zieht mich in ihre Arme. Jan streckt verzweifelt die Hand nach mir aus.

„Franzi, bitte! Ich liebe dich doch! Bitte, hör nicht auf meine Eltern! Sie sind einfach durcheinander! Sie wissen nicht, was sie sagen! Das regelt sich bestimmt alles wieder! Das klärt sich alles auf, ganz sicher! Bitte, Franzi!", fleht Jan und ergreift meine Hand, die träge und schlapp herunterhängt.

Ich schluchze untröstlich.

„Ich glaube nicht, dass sie ihre Meinung ändern. Deine Mutter hat mich ja noch nicht einmal mehr angesehen! Meinst du etwa, ich habe nicht gehört, was sie zu dir gesagt haben!", schniefe ich hemmungslos und beleidigt.

Marie reicht mir ein Taschentuch und tätschelt meine Schulter.

„Nimm es dir nicht so zu Herzen, Franzi. Das liegt bestimmt nicht an dir. Garantiert denkt mein Papa, dass es nach außen hin blöd aussieht, wenn einer aus der Familie diesen Preis gewonnen hat. Das hat nichts mit dir zu tun", versucht mich Marie zu trösten.

„Aber ich wusste doch gar nicht, dass diese Agentur deinem Papa gehört, Jan! Ich wusste doch nicht, dass eure Familie diesen

Wettbewerb ausgeschrieben hat …", heule ich und japse total verzweifelt nach Luft.

„Das weiß ich doch, Franzi. Es ist alles meine Schuld. Ich hätte es dir besser gesagt … Aber wir waren doch auch noch gar nicht wirklich zusammen, als der Wettbewerb begonnen hat! Und wie gesagt, wir können nachweisen, dass alles mit rechten Dingen zugegangen ist!"

Ich halte mir die Hände vor die Augen und weine.

„Franzi, bitte. Ich kann dich nicht weinen sehen. Und ich kann dich gerade noch nicht einmal richtig trösten …" Jans Blick ist mitfühlenden und verzweifelt. Er würde am liebsten aus dem Bett springen und mich halten. Wütend haut er auf die Decke, weil ihm das nicht möglich ist. Dafür übernimmt jetzt seine Schwester diesen Job.

„Schschsch … Die beruhigen sich wieder. Weiß der Teufel, was sie da geritten hat. Meine Eltern fanden dich großartig", tröstet mich Marie.

„Ja, *fanden*! *Vergangenheit*!", schluchze ich aufgelöst.

Jans Schwester atmet laut und tief durch.

„Leute, es gibt hier keinen Grund zu weinen! Franzi! Du hast den Wettbewerb gewonnen! Wir machen jetzt jedenfalls einen Champagner auf! Rein zufällig weiß ich, dass mein Brüderchen einen im Kühlschrank hat …" Marie schmunzelt und stemmt demonstrativ die Hände in die Hüfte.

Ihr Bruder lächelt.

„Meine Schwester hat recht, Franzi. Wir sollten feiern, und das werden wir jetzt auch machen! Sogar ich von diesem beschissenen Krankenhausbett aus." Jan wirft einen verächtlichen Blick über das Bett, bemüht sich aber, mich schnell wieder anzulächeln.

Zu dritt trinken wir die komplette große Flasche Champagner. Marie gießt immer wieder nach, bis die Flasche restlos geleert ist. Dann macht sie eine weitere Flasche Sekt auf. In meinem Kopf dreht sich schon alles. Meinen Magen durchströmt eine kribbelige Wärme. Ein eindeutiges Anzeichen dafür, dass ich bereits eine Überdosis Alkohol intus habe. Allerdings spüre ich, dass ich es heute brauche. Zum ersten Mal in meinem Leben möchte ich mich ganz bewusst betäuben und der Alkohol scheint offensichtlich in diesem Moment äußerst wirksam. Daher lasse ich mir bereitwillig ein weiteres Glas einschenken.

Ganz langsam hebt sich meine Laune, leider jedoch in der Form, dass ich nahezu unkontrolliert albern werde. Angetrunken kichere ich und lache über die letzten Stunden. Dass ich traurig und gekränkt war, hat mein Gehirn inzwischen erfolgreich verdrängt.

Marie und ich torkeln durch das Zimmer. Jan hat sogar über eine Fernbedienung die Musik angeschaltet. Durch seine Lautsprecher, die in jeder Ecke des Zimmers stehen, dröhnen nun aus sämtlichen Richtungen Partyschlager. Amüsiert aber etwas geknickt beobachtet uns Jan dabei, wie wir ausgelassen tanzen, das Sektglas in der Hand.

„Mädels! Telefon!", brüllt Jan auf einmal in unsere ausgelassene Feierlaune.

Wir reagieren nicht.

„Mädels! Telefon!", ruft er noch einmal und macht jetzt abrupt die Musik aus.

„Was?", lallt Marie und dreht sich verdutzt zu ihm herum, weil die Musik aus heiterem Himmel verstummt.

„*T-e-l-e-f-o-n*!", betont er das Wort langatmig mit jeder Silbe. „Irgendwo klingelt ein Handy!"

„Oh, das ist meines", kichere ich und greife in meine Handtasche, die auf einem Stuhl liegt. „Ja? Franzi hier", melde ich mich mit leicht gestörter Mundmotorik.

„Franzi? Bist du das? Hast du etwa getrunken?", fragt mein Papa schockiert.

„Nur ein bisschen", gickele ich. „Was gibt es denn?", bemühe ich mich klar und deutlich zu antworten, damit er sich keine Sorgen macht.

Mein Papa druckst am anderen Ende der Leitung herum.

„Schatz, eben hatten wir Besuch. … Jans Eltern waren da …“

„Schön …“, kichere ich jetzt wieder und proste dabei Marie mit meinem Sektglas zu.

Sie stellt sich hinter mich und beginnt von hinten, mit mir zu tanzen. Ohne Musik wiegen wir unsere Hüften schwungvoll hin und her. Jan greift sich verzweifelt an die Stirn und schüttelt den Kopf bei unserem Anblick. Er hat nicht so viel getrunken wie wir und kommentiert unsere Selbstzurichtung mit verdrehten Augen.

„Wir haben uns unterhalten, Franzi. Ich glaube, es wäre besser, wenn, … wenn Jan und du, … wenn ihr euch eine Weile nicht seht …“, murmelt mein Papa verhalten.

„Was?“, schreie ich jetzt schrill in den Hörer. Ich schüttle Marie hinter mir ab und dampfe aufgebracht durch das Zimmer.

„Über was habt ihr gesprochen? Seid ihr jetzt alle verrückt geworden? Was ist denn los? Warum will denn plötzlich keiner mehr, dass Jan und ich zusammen sind? Ihr wart doch selbst ganz verrückt nach ihm!“

„Schatz, beruhige dich. … Jan ist ja auch ein netter Kerl. … Aber schau mal, es gibt doch noch mehr nette Männer. Du musst dich noch nicht gleich an den Erstbesten klammern …“

„Wie bitte?“, piepse ich empört. „Habt ihr alle den Verstand verloren?“

„Gib mir mal bitte das Telefon, Franzi.“ Jan streckt die Hand nach meinem Handy aus.

„Pfff … Bitte. Überzeug dich selbst. Die haben sie nicht mehr alle!“, knurre ich und drücke Jan fester als gewollt das Telefon in die Hand.

„Hallo, hier ist Jan“, sagt er höflich.

Dann höre ich nichts mehr. Jan schweigt.

„Drück auf die Lautsprecher-Taste!“, fordere ich.

„Schsch!“, zischt er und lauscht angestrengt.

Mit dem Handy in der Hand legt Jan den Zeigefinger auf seine Lippen und presst das Gerät dann wieder sofort an sein Ohr. Am anderen Ende der Leitung redet jemand beharrlich auf ihn ein. Aber ich verstehe nicht, um was es geht.

Kritisch beäuge und verfolge ich Jans Gesichtszüge, um daraus lesen zu können. Das, was ich sehe, gefällt mir allerdings ganz und gar nicht. Er wirkt plötzlich fast zu Tode erschrocken. Sein Gesicht verliert sämtliche Farbe, wie eben das seiner Eltern. Ein unangenehmer Schwall Adrenalin schießt wie ein Blitz durch mich hindurch. Angespannt versuche ich irgendetwas zu erfahren. Trotzdem kann ich nur Bruchstücke verstehen. Viel zu wenig, als dass ich daraus einen Zusammenhang erkennen könnte.

Auch Maries Feierlaune ist zwischenzeitlich verpufft. Sie ist nicht weniger interessiert, was da vor sich geht. Der Grund für das seltsame Verhalten unserer Eltern ist immer noch total ungeklärt. Ich sehe, dass auch Marie das bleiche Gesicht ihres Bruders beunruhigt. Seine Augen irren durch den Raum, während er nur zuhört. Der Redeschwall in der Leitung würde ihm vermutlich auch gar nicht ermöglichen, etwas einzuwerfen. Und er scheint nicht ansatzweise zu stoppen. Obwohl Jan auch nicht danach aussieht, als hätte er etwas beizusteuern oder entgegenzusetzen. Er ist wie versteinert. Sein Mund ist leicht geöffnet, ohne dass ihn auch nur ein einziges Wort verlässt. Dann entsteht Stille. Ich weiß nicht, ob meine Eltern inzwischen aufgelegt haben. Jan starrt fassungslos und sprachlos aus dem Fenster in die Leere. Er muss gerade etwas ganz Schreckliches erfahren haben, und diese Tatsache macht mich kirre. In meinem Kopf dreht sich wieder alles. Die Umgebung beginnt zu schwanken. Schnell halte ich mich an Jans Bettgestell fest, um nicht umzufallen.

„Okay, ich habe verstanden. … Ja, okay. Ist gut. … Versprochen. … Ja, verspreche ich. … Mache ich“, sagt Jan irgendwann mit belegter Stimme. Dann sinkt seine Hand mit dem Handy wie in Zeitlupe auf die Matratze. Dabei macht er ein Gesicht, als müsste er mir den Tod eines nahestehenden Menschen beibringen.

„Was haben sie gesagt? Was ist los?“, will ich wissen und reiße ihm aufgebracht mein Handy aus der Hand. Ich halte es mir schnell ans Ohr, um zu kontrollieren, ob meine Eltern wirklich aufgelegt haben.

„Gebt mir einen Moment. Ich muss nachdenken.“

„Nein! Ich will es wissen! Jetzt sofort! Sag jetzt, was los ist!", fordere ich und muss an mich halten, ihn vor Ungeduld nicht zu schütteln.

„Franzi hat recht, Jan. Wenn es um sie geht, dann hat sie ein Recht darauf, es zu erfahren", unterstützt mich Marie.

Jan schnauft tief durch.

„Ich habe ihren Eltern aber mein Wort gegeben, dass ich es für mich behalte – nur um dich zu schützen!", betont er sanft.

„Ich will nicht beschützt werden, verdammt! Jetzt sag mir, was los ist!", brülle ich ungehalten und verärgert. „Verflucht nochmal! Ich bin doch keine drei mehr! Ich bin erwachsen! Kapiert das hier keiner? Warum dürfen alle wissen, worum es geht, nur ich nicht? Kannst du mir das bitte mal erklären?"

„Jan, ich finde das auch unfair. Tut mir leid, aber in diesem Fall muss ich zu Franzi halten", murmelt Marie beschwichtigend.

„Du hast doch keine Ahnung, Marie! Überhaupt keine Ahnung! Es ist eine Katastrophe! Wenn ich nicht Schluss mache, … dann wird es Franzi machen!" Sein Kopf dreht sich zu mir. „Du wirst mich hassen! Uns alle hassen! Dann wirst du mir den Laufpass geben!", stöhnt Jan traurig und schaut mir rührend aufrichtig in die Augen.

Ich schlucke.

„Dann kannst du es jetzt auch sagen, wenn du meine Antwort schon kennst. Und wenn wir eh keine Zukunft haben, ist es doch sowieso egal, oder?" Tränen rinnen mir über das Gesicht und tropfen am Kinn herunter. Ich wische sie grob weg.

„Franzi, du weißt, dass ich dich liebe …"

„Das kannst du jetzt nur beweisen, wenn du mir endlich die Wahrheit sagst", erwidere ich trocken und fange unnachgiebig seinen Blick auf.

In diesem Moment sieht er aus, als würde sein Geheimnis ihm unendliche Schmerzen bereiten. Trotzdem verschränke ich gereizt die Arme vor der Brust. Abwartend und wütend schaue ich ihn an.

„Und? Hast du mir noch etwas zu sagen, oder soll ich schon meine Sachen packen? Versorgt bist du ja. Deine Eltern ziehen vermutlich noch heute Abend hier ein. Und wenn ich nicht selbst gehe, schmeißen sie mich garantiert aus der Wohnung!"

„Niemand wird hier rausgeschmissen! Es ist meine Wohnung! Und ich wünsche mir nichts sehnlicher, als dass du bei mir bleibst", flüstert Jan tief betroffen.

Marie macht einen Schritt vor und baut sich vor ihrem Bruder auf. Sie bohrt ihm den Zeigefinger in die Brust.

„Damit das hier jetzt endlich ein Ende hat. Ich entbinde dich von dieser albernen Schweigepflicht! Und religiös bist du sowieso nicht! Du wirst mit deinen blöden Sprüchen sowieso in der Hölle landen! Da kommt es jetzt darauf auch nicht mehr an! Und jetzt klär uns bitte endlich auf! Das hier ist ja … furchtbar!", schimpft Marie aufgebracht mit wild gestikulierenden Händen.

Jan senkt den Kopf und knetet mit der rechten Hand seine Stirn, die in tiefen Falten liegt. Beharrlich schweigt er weiter, überlegt aber offensichtlich verbissen, ob und wie er es uns beibringt. Ich werde immer ungeduldiger und bin kurz davor, einfach auf dem Absatz kehrtzumachen und aus der Wohnung zu preschen. Gerade, als ich mich umdrehe, hält mich Jan aber zaghaft am Arm fest.

„Franzi … Geh nicht, bitte. … Wir, … wir sind schuld, dass du, … dass dir ein Bein fehlt …", stammelt Jan schließlich und seine Augen füllen sich mit Tränen.

Ich stoße einen bizarren und befremdlichen Lachlaut aus.

„Jetzt mach dich doch nicht lächerlich! So ein Blödsinn! Ihr habt doch damit gar nichts zu tun! Es war ein Hund, der mich angefallen hat, aber doch kein …" Ich halte schlagartig inne.

Das kann nicht sein … Das kann einfach nicht sein …

Ich weiß genau, was er mir gerade mitteilen wollte. Aber ich kann es einfach nicht glauben, *will* es nicht glauben.

Den Raum überzieht binnen weniger Sekunden eine beängstigende Stille. Das betretene Schweigen aller hält an, so lange, bis Jan sich überwindet und ganz leise fortfährt.

„Es war unser Hund, Franzi. Wir standen alle unter Schock. … Wir sind danach weggezogen. Mein Papa hat kaum noch geschlafen. Wir hatten den Hund erst am Vortag aus dem Tierheim geholt. Er kam aus dem Ausland. Wir kannten das Tier nicht. Als mein Papa an dem Morgen mit ihm vor der Arbeit rausgehen wollte, hat sich der Hund losgerissen, als er gerade die Tür abschloss. Das hat er sich nie verziehen. Wochenlang hat er mit niemandem gesprochen und sich zurückgezogen. Er hat nachts geweint, ständig. Er hat sich solche Vorwürfe gemacht. Von da an wollten meine Eltern keinen Hund mehr. Mein Papa wollte es irgendwie wiedergutmachen. Davon wussten Marie und ich aber nichts, ehrlich …“, beteuert er.

Oh Gott ... Oh mein Gott ...

„Wwwie, wwwas mmmeinst du …“, stammele ich und stehe kurz vor einem Nervenzusammenbruch.

„Er hat deinen Eltern jeden Monat Geld überwiesen. Sie haben es für dich auf einem Konto angespart. Deine Wohnung haben sie davon gekauft, und die neue Prothese haben sie damit auch finanziert …“

„Wie bitte? Die hat doch die Krankenkasse bezahlt …“

„Zum Teil, ja. Als du zugestimmt hast, hat der Hausarzt mit deinen Eltern gesprochen. Er wusste, dass sie für dich Geld ansparen, um eine neue Prothese oder Hilfsmittel zu kaufen. Sie haben es ihm damals erzählt …“

„Ich fasse es nicht … Alle haben mich belogen! Meine Eltern, mein Hausarzt, alle! - Jahrelang!“ „Franzi, meinem Papa war es so peinlich. Du glaubst gar nicht, wie sehr er sich dafür verurteilt, heute noch. Das Geld hat ihm garantiert das Gefühl gegeben, etwas wiedergutzumachen – nicht richtig gut zu machen“, korrigiert sich Jan hastig. „Aber, … es ist halt seine Art der Entschuldigung, oder Buße, oder nenne es wie du willst.“

Ich bin sprachlos, vollkommen entsetzt, was da gerade herauskommt. Ich stiere regungslos ins Nichts. Vorsichtig erzählt Jan weiter.

„Als ich damals mit Hansi ankam, gab es riesengroßen Ärger in der Familie. Meine Eltern haben sich mächtig aufgeregt und furchtbar geschimpft. Wochenlang haben sie kein Wort mit mir gesprochen. Sie haben mir befohlen, den Hund wieder abzugeben. Aber ich konnte nicht! Hansi war doch unschuldig! Dass der andere Hund so gestört war, davon wusste ja auch keiner von uns etwas! Wir wollten einfach nur einem Tier helfen und ihm in unserer Familie ein neues Leben schenken …"

„Sorry, aber … Ich muss mal an die frische Luft", keuche ich. Ich habe das Gefühl zu ersticken.

Seine Beichte zieht mir total den Boden unter den Füßen weg. Die Informationen müssen bei mir erst einmal sacken.

In diesem Moment steht Hansi fiepsend an meinem Bein und schaut zu mir hoch.

„Ja, von mir aus", stöhne ich erschöpft und blicke dabei auf Hansi herab. „Entschuldigt bitte. Ich muss hier raus. Ich muss mal alleine sein …" Ich grabsche mir Hansis Leine, befestige sie an seinem Halsband und verlasse mit ihm die Wohnung.

Marie ist immer noch erstarrt und macht keine Anstalten, mich zurückzuhalten oder mir hinterherzurennen.

Vor dem Haus bleibe ich stehen. Die Tür hinter mir ist zu. Mir wird übel. Ich sauge den Sauerstoff bis zum Anschlag in meine Lungenflügel ein, bis es tiefer nicht mehr geht. Dann lasse ich ihn zwischen meinen leicht geöffneten Lippen hinausströmen. Diesen Vorgang wiederhole ich einige Male. Nachdem sich mein Magen etwas beruhigt hat, raufe ich mir mit beiden Händen durch die Haare und schließe die Augen. Die Luft draußen ist klar und inzwischen abgekühlt. Es ist noch hell, aber meine Uhr zeigt 17 Uhr 25 an. Das heißt, so schnell wird es noch nicht dunkel.

Langsam laufe ich mit Hansi los, der unbekümmert und nichtsahnend neben mir her wackelt. Er ist zwar immer noch gezeichnet von seinen Blessuren, aber in der Bewegung scheint es ihn nun nicht mehr einzuschränken.

Mutterseelenalleine spazieren wir durch die Weinberge, nur Hansi und ich. Mein ganzes Leben steht von einem Moment auf den anderen Kopf. Eine komplette Lüge.

Sogar meine Eltern haben mich angelogen. Jahrelang haben sie mir etwas vorgemacht! Niemand hat mich gefragt, ob ich das

Geld will! Ob ich davon eine Wohnung bezahlen will oder eine neue Prothese! ... Jans Vater ist schuld, dass ich nur noch ein Bein habe! ...

Trägt er eine Schuld? ... Ich wollte immer einen Schuldigen haben, jemanden, auf den ich sauer sein kann ... Aber es war ja nicht vorsätzlich ... Er wollte diesem Tier eine Chance geben, ihm helfen ... Aber diese Hilfe ist gehörig schiefgegangen! ...

Noch nicht einmal mein eigener Hausarzt hat mir die Wahrheit gesagt! ... Ich dachte die ganze Zeit, die Kosten für die Prothese würden komplett von der Krankenkasse übernommen! ...

Ich bleibe stehen und betrachte mein neues Bein, das in einer langen Hose steckt. Es ist toll. *Viel besser, als meine alte Prothese ... Soll ich es überhaupt behalten? Zu diesem Preis? Dass es jemand anderes bezahlt hat? Noch dazu - Jans Papa! ... Vielleicht möchte er das Geld dafür ja auch zurück ... Vielleicht will er mich deshalb auszahlen ...*

Vermutlich soll ich sogar wegziehen, damit er mich nicht mehr sehen muss. Damit er nicht ständig an dieses schreckliche Ereignis erinnert wird. Mit mir hat er es permanent vor Augen. Ich werde ihn für immer daran erinnern ...

Den ganzen Spaziergang über quälen mich Erinnerungen und Vermutungen. In meinem Kopf wütet ein regelrechter Tornado aus Gedankenfetzen. Ich weiß gar nicht mehr, was ich tun oder unternehmen soll, und was ich will.

Jan sagt, er liebt mich. Aber wenn seine Eltern gegen mich sind. - Wird er zu diesem Preis zu mir stehen? Auch wenn seine Eltern sich von ihm abwenden? Und Marie ... Ich weiß noch gar nicht, wie sie über die Sache denkt? ...

Hansi und ich laufen so lange kreuz und quer, bis es anfängt dunkel zu werden. Ohne Ziel sind wir quer durch die Weinberge gestreift, so wirr und planlos wie das Chaos in meinem Kopf.

Ich schließe Jans Wohnung auf.

„Franzi! Wir haben uns schon Sorgen gemacht!" Marie reißt mich stürmisch in ihre Arme.

„Franzi, bitte komm zu mir!“, ruft Jan flehend von seinem Bett aus.

Mit lebloser Miene trete ich an ihn heran. Meine Wut ist zwar etwas verraucht, aber ich weiß immer noch nicht, wie es jetzt weitergehen soll.

„Franzi, ich liebe dich, von ganzem Herzen. Es tut mir alles so schrecklich leid“, sagt Jan mit erstickter Stimme.

„Ja, mir auch“, murmle ich und starre dabei auf meine Hände.

Jan ergreift sie sanft. Sie sind eiskalt.

„Bitte, schau mich doch an, Franzi“, bettelt er.

Fast in Zeitlupe hebe ich meinen Blick, übermüdet, mit viel zu viel Alkohol im Blut und weiterhin verzweifelt.

„Meine Eltern schämen sich. Es hat nichts mit dir als Person zu tun, Franzi. Es tut ihnen immer noch unfassbar leid.“

„Und warum haben sie mir das dann nicht einfach gesagt?“, wispere ich.

„Vermutlich, weil ihre Scham nach wie vor viel zu groß ist. Mein Papa leidet bis heute darunter, was damals geschehen ist.“

„Ich auch“, nuschle ich patzig.

„Genau deshalb fällt es ihnen ja auch so schwer, Franzi. Sie können nichts ungeschehen machen. Das lässt sie verzweifeln.“

Ich schlucke beklommen. Ich möchte nicht in ihrer Lage sein. Wäre mir das passiert, wüsste ich auch nicht, wie ich damit umginge.

„Bleibst du bei mir, Franzi?“, drängt Jan ehrfürchtig und hat Tränen in den Augen.

Ich zögere. Ich möchte eigentlich wütend auf ihn sein. Er hat es schließlich verdient, weil er mich auch belogen hat! Aber ich bringe nur ein zaghaftes Lächeln hervor.

„Denke schon“, erwidere ich schließlich nüchtern. „Dich rund um die Uhr deinen Eltern zu überlassen, kann ich dir wohl nicht antun, oder?“

Jan lächelt befreit und erleichtert auf.

„Und jetzt küss mich endlich!“, befiehlt er und packt mich.

Im ersten Moment bin ich gehemmt, aber als ich Jans Lippen spüre, hält das nicht lange an. Ich vergesse alles um mich herum

– auch Marie. Verlegen hüstelt nach einiger Zeit jemand aus dem Hintergrund.

„Ich - geh - dann - mal!“, betont Marie jedes Wort und räuspert sich noch einmal, damit wir sie wahrnehmen.

Beschämt löse ich mich von Jan.

„Wir rufen dir ein Taxi“, sagt er sofort. „Du hast viel zu viel getrunken.“

„Schon passiert. Ihr habt ja ewig geknutscht. Selbst Hansi hat sich wegen eurer Schmatzerei beleidigt in sein Körbchen verkrochen. Das Taxi müsste gleich da sein. Mein Auto hole ich morgen ab. Ist ja Sonntag.“

„Danke für alles, Marie.“ Ich umarme sie herzlich zum Abschied.

„Schon gut, zukünftige Lieblingsschwägerin“, antwortet sie kokett und grinst Jan frech an.

„Raus mir dir!“, ruft er lachend.

„Viel Spaß mit deiner privaten Pflegekraft, Brüderchen“, ruft sie laut aus dem Flur.

„Werde ich haben, wenn du endlich raus bist!“, brüllt Jan belustigt hinterher.

Dann ist seine Schwester weg. Ich streife im Flur meine Schuhe ab und gehe ins Bad, um mein Gesicht zu waschen. Dann schlappe ich müde wieder zu Jan ins Wohnzimmer und kuschle mich zu ihm ins Bett, ganz dicht an ihn heran. Ich lege meinen Kopf auf seine gesunde Schulter und schnaufe entkräftet.

„Viel passiert heute“, meint Jan bestätigend.

„Ja, sehr viel“, sage ich schlapp. „Was machen wir jetzt mit unseren Eltern?“

„Die beruhigen sich schon wieder. Geben wir ihnen etwas Zeit. Immerhin ist das ganze Durcheinander jetzt endlich aufgeklärt.“

„Aber ich muss morgen Fotos machen - mit deinem Papa!“

„Zerbrich dir darüber nicht den Kopf, Franzi.“ Jan streicht mir sanft über die Haare und küsst mich zärtlich auf den Scheitel. „Morgen ist ein neuer Tag. Dann hat jeder Zeit gehabt, eine Nacht darüber zu schlafen. Alle Vermutungen bringen jetzt ohnehin nichts. Möchtest du sofort ins Bett, oder sollen wir uns einen Film anschauen?"

„Ich glaube, wir nehmen den Film. Aber ich bestelle uns noch eine Pizza. Der Alkohol braucht Gesellschaft. Mir ist etwas übel …", stöhne ich.

„Kein Wunder. Bei dem ganzen Alkohol ist es schon erstaunlich, dass du den Spaziergang überstanden hast. Beinahe hätte ich einen Suchtrupp losgeschickt, und die Polizei eingeschaltet! Ich hätte nie gedacht, dass Frauen überhaupt so viel vertragen …"

„Tue ich ja nicht. Siehst du doch. Ich fühle mich schrecklich", schnaufe ich.

Jan schmunzelt.

Um kurz nach einundzwanzig Uhr ist der Pflegedienst, der wegen eines Zwischenfalls viel zu spät kam, wieder weg. Jan ist fertig für die Nacht. Jetzt liegen wir gemeinsam in seinem Bett und schauen uns einen alten Liebesfilm an, ein riesiger Pizza-Karton auf den Beinen. Ich schmiege mich ganz nah an ihn heran, und das wundervolle Gefühl der Geborgenheit ist wieder da. Besänftigt und übermüdet schlafe ich wenig später sogar bei Jan im Bett ein. Als ich nachts aufwache, kann ich wieder lächeln. In der Dunkelheit betrachte ich Jan. Er atmet ruhig und gleichmäßig. Liebevoll streichle ich über seine Wange und hauche ihm einen Kuss auf die Lippen. Dann schleiche ich mich ins Schlafzimmer in mein eigenes Bett.

SONNTAG

Jan und ich frühstücken gemeinsam. Aber jeder Bissen liegt mir wie ein Klumpen Blei im Magen. Auch letzte Nacht hat die Pizza über Stunden mit mir gesprochen. Gleich wird Jans Papa auf der Matte stehen, und wenn ich Pech habe, sogar seine Mutter. Der Fototermin rückt immer näher.

„Ich habe so einen Bammel, deinem Papa gleich gegenüberzutreten", sage ich leise zu Jan.

„Das geht ihm bestimmt mindestens genauso. Aber er weiß noch nicht, dass du es jetzt weißt. Mal sehen, wie er darauf reagiert."

„Sollen wir es ihm vor dem Shooting sagen oder lieber danach?", frage ich zweifelnd.

„Mal sehen, wie er gleich so drauf ist, und wann er kommt. Entscheiden wir spontan, würde ich sagen."

„Hm", mache ich und nippe noch einmal an meinem Kaffee. „Und die Wohnung, die ich gewonnen habe? Ich könnte ja auch zurücktreten, von dem Preis …"

„Was?", stößt Jan entsetzt aus. „Auf gar keinen Fall trittst du zurück! Die Wohnung gehört dir! Basta! Keine Widerrede! Und das mit deinem Bein, das habe ich auch geklärt."

„Wie meinst du das?"

„Ich habe mich heute Morgen schlau gemacht, was so eine Prothese kostet, und wieviel davon die Krankenkasse übernimmt. Den Differenzbetrag habe ich meinem Papa sofort auf sein Konto überwiesen. Somit habe *ich* dir das Bein bezahlt!"

Mein Unterkiefer klappt herunter. Ich starre ihn ungläubig an und bin sprachlos.

„Mir war sofort klar, dass du keine Almosen willst. Auch wenn es in diesem Fall wahrlich keine sind, aber damit kannst du ruhigen Gewissens das Bein behalten. Und da du bald hier oben einziehst, kannst du deine alte Wohnung verkaufen. Wenn du dich damit besser fühlst, zahle deinen Eltern das Geld zurück. Sollen sie damit machen, was sie wollen."

„Aber dein Papa will doch nicht, dass ich die Wohnung hier …"

„Franzi! Hör auf damit! Darüber diskutiere ich nicht mehr mit dir! Die Penthouse-Wohnung hast du dir ehrlich verdient, ganz alleine! Wehe, du ziehst da nicht ein! Außerdem profitiere ich auch davon", schmunzelt er. „Die Aussicht von da oben ist viel besser als meine hier unten, und da du ja meine Freundin bist, komme ich ab und zu vielleicht auch in den Genuss."

Ich schüttle fassungslos den Kopf.

„Meinst du wirklich, ich soll den Preis annehmen? Ich fühle mich nicht wohl dabei …", nuschle ich schüchtern.

„Du musst ihn annehmen! Du hast ihn so was von ehrlich gewonnen. Daran lässt sich nicht rütteln. Außerdem war es doch dein Ziel!"

„Ja, schon … Aber ich habe mir das irgendwie anders vorgestellt. … Ich kann doch jetzt nicht einfach bei deinem Papa arbeiten!"

„Franzi! Dein Projekt hat gewonnen! Es muss mit deiner Hilfe und Unterstützung durchgezogen werden! Der ganze Plan ist bei dir im Kopf! Es zählen nicht nur die Unterlagen und dein Modell. Das ist nur ein winziger Teil! Nicht umsonst ging es gleichzeitig um eine Festanstellung. Natürlich bist du nicht gezwungen, sie anzunehmen, aber …"

„Und dein Papa?"

„Mein Papa, mein Papa … Mit dem wirst du kaum zusammenarbeiten. Der hält sich schon seit Jahren nur noch im Hintergrund auf. Eigentlich wollte er auf der Preisverleihung auch verkünden, dass ich die Firma übernehmen werde. Angesichts dieser blöden Misere mit meinem Unfall war ich aber nicht besonders erpicht darauf, damit in der Presse zu landen. Daher haben wir es verschoben. Du bist also in Zukunft *mir* unterstellt." Jan guckt mich frech an. „Es sei denn, du möchtest meine Nachwuchsagentur übernehmen, die ich gerade aufbaue."

„Das ist ja noch schlimmer!"

„Ja, schrecklich, oder? Was dein Chef alles mit dir anstellen könnte … Befehle vom Chef müssen schließlich immer befolgt werden", raunt mir Jan ins Ohr und drückt mich noch fester an sich.

„Du Flegel! Wo sind deine Manieren geblieben!", scherze ich.

„Die sind in deiner Gegenwart immer ganz weit weg …", flüstert er mit kehliger Stimme, die mir durch Mark und Bein fährt.

Sämtliche feinen Härchen an meinen Armen und Beinen richten sich auf und meine gesamte Haut prickelt als würde der gestrige Champagner nun oberflächlich von mir abperlen. Mit züchtigen, liebevollen Küssen und Streicheleinheiten vergehen weitere Minuten. Dann klingelt es an der Tür. Erschrocken fahre ich hoch.

„Dein Vater", sage ich panisch.

Jan schaut auf die Uhr.

„Ja, für die Presse ist es noch zu früh. Oder es ist der Pflegedienst", bemerkt er grollend. „Machst du auf?"

„Ja", erwidere ich und begebe mich zittrig in den Flur.

Vor der Tür steht Jans Papa. Er grummelt ein peinlich berührtes: „Guten Morgen", und schiebt sich an mir vorbei zu seinem Sohn.

Ich bleibe dezent im Hintergrund stehen.

„Guten Morgen", sagt er nun auch zu Jan.

„Morgen, Papa."

Funkstille.

Beide Männer schweigen betreten. Noch einmal schaut Jan auf seine Uhr.

„Wir haben gestern Abend mit Franzis Eltern telefoniert", beginnt Jan zaghaft das Gespräch.

Sein Papa versteift sich und dreht sich nicht zu mir herum.

Angespannt halte ich die Luft an.

„Und? Über was … habt ihr gesprochen?", fragt er und hüstelt unbeholfen.

„Wir wissen alles, Papa. Es war Rocky, der Franzi … verletzt hat."

Von hinten erkenne ich, dass die Beine seines Papas nachzugeben drohen. Ich reagiere blitzschnell und schiebe ihm einen Stuhl in die Kniekehle. Sein Gesicht sieht nicht gesund aus.

„Soll ich einen Arzt rufen?", frage ich besorgt.

„Nein … Nein!", beteuert Dieter Zeder heftig. Dann fängt er an zu weinen und vergräbt sein Gesicht in den Handflächen. „Ich wollte doch nie, dass das herauskommt. Ich habe den Zusammenhang erst auf der Bühne verstanden. Plötzlich war mir klar, wer du bist. Dass ich derjenige bin, der dir das angetan hat", schluchzt sein Papa haltlos.

„Herr Zeder, es war nicht Ihre Schuld. Es waren …", ich suche nach den richtigen Worten, „unglückliche Fügungen. Niemand trägt dafür die Schuld. Ich mache Ihnen keine Vorwürfe."

„Oh Gott, Kind. Ich habe es zu verantworten, dass dein ganzes Leben mit solchem Leid behaftet ist!", schluchzt er weiter und kann mir nicht in die Augen sehen.

„Nein, das haben Sie nicht. Für mein Leben bin ich selbst verantwortlich. Und gerade finde ich mein Leben eigentlich … prima." Ich strahle Jan an, der mich mit leuchtenden Augen dazu ermutigt, weiterzumachen.

„Herr Zeder, bitte …"

„Aber, wenn die Presse davon erfährt! Deine Eltern haben doch gesagt, dass Du behindert bist, und …"

„Ich habe die Presse gestern schon gebeten, dass nicht zu verwenden. Sie waren sehr verständnisvoll – überraschenderweise."

„Ich bin so ein schlechter Mensch …", schluchzt Jans Vater untröstlich.

„Papa, jetzt übertreib mal nicht! Merkst du nicht, dass alles okay ist? Außerdem kommen gleich die Fotografen. Du wirst neben Franzi schon Mühe genug haben aufzufallen. Mit einem verheulten

Gesicht machst du dann nicht gerade eine gute Figur."

Jans Papa lacht kurz auf, dann bricht er wieder in sich zusammen.

„Ich schäme mich so, Franzi. Es tut mir unendlich leid, was ich dir angetan habe! So leid! Ich würde es so gerne rückgängig machen, aber ich …"

„Papa! Mensch! Jetzt reiß dich zusammen!"

„Herr Zeder, das alles ist jetzt über zehn Jahre her. Es war nicht Ihre Schuld, und ich gebe Ihnen auch nicht die Schuld. Bitte, beruhigen Sie sich", sage ich mit sanfter Stimme und lege ihm zögerlich meine Hand auf die Schulter.

„Bitte entschuldige alles, was ich gestern gesagt habe, Franzi. Ich nehme alles zurück, alles! Ich könnte mir keine bessere Frau an Jans Seite vorstellen als dich. Ich hätte das nie sagen dürfen, nie von euch verlangen dürfen …"

„Ist schon gut, Herr Zeder. Aber - Ihre Frau …", erwidere ich.

„Die auch nicht. Sie hat dich vom ersten Moment an ins Herz geschlossen. Wir waren mit der Situation einfach überfordert. … Es tut mir leid, Franzi. Nimmst du meine Entschuldigung an?"

Lächelnd nicke ich. Herr Zeder steht weinend auf und schließt mich väterlich in die Arme.

„Ich habe mir überlegt, ob ich den Preis vielleicht besser nicht annehmen sollte …", beginne ich vorsichtig.

„Franzi! Das hatten wir doch mehr als ausführlich besprochen! Natürlich nimmst du den Preis an!", schimpft Jan aufgebracht und verärgert.

„Jan hat recht, Franzi. Wir haben den Wettbewerb durch einen Richter und ein Notariat begleiten lassen. Welch ein Glück. Du hast ehrlich gewonnen. Der Preis steht dir zu. Dein Konzept ist großartig. Es war viel besser und schlüssiger als die anderen. Ich wäre stolz, wenn du in unserem Büro anfingest."

Ich halte die Luft an.

„Franzi! Jetzt sag schon ja!", drängelt Jan, als ich nichts sage.

„Ja?", kommt es mehr wie eine schüchterne Frage als eine Antwort aus mir heraus.

„Also, sie macht das!", bestätigt Jan noch einmal und schnauft erleichtert durch. „Und jetzt geht ins Bad. Beide! Ihr seht grausam aus. So wollt ihr doch wohl nicht in die Zeitung."

„Charmant wie immer, Ihr Sohn", lache ich.

„Das hat er nicht von mir!", verteidigt sich sein Vater amüsiert.

WOCHEN SPÄTER

Die nächsten Wochen gehen schneller vorbei als erwartet. Ich arbeite noch einige Zeit bei Roman in der Eisdiele, um ihn dort zu unterstützen. Die restliche Zeit verbringe ich natürlich bei Jan, der langsam anfängt durchzudrehen.

Endlich ist aber der Tag gekommen, und er wird seine Beinschienen los. Damit kann auch das Ungetüm von Krankenhausbett aus seinem Wohnzimmer wieder verschwinden. Den Pflegedienst haben wir schon seit einiger Zeit nicht mehr gebraucht, weil er seine Arme und Beine immer mehr belasten durfte. Die Zeit, die er allerdings noch liegen musste, hat er dazu genutzt, per Telefon und Internet meinen Umzug zu organisieren. Inzwischen sind alle meine Sachen in der neuen Wohnung untergebracht. Ich habe keinen einzigen Karton selbst ein- oder ausgepackt! Es ist noch das totale Chaos. Ich finde kaum etwas wieder. Sogar neue Möbel sind hinzugekommen, allerdings nur mit meinem Einverständnis. So einfühlsam ist Jan dann doch gewesen, mich nicht mit irgendwelchen großen Veränderungen zu überrumpeln oder vor vollendete Tatsachen zu stellen. Jetzt ist aus meiner neuen Wohnung ein richtiges Prunkstück geworden. Ich bin mächtig stolz auf das, was ich erreicht habe.

Sogar unsere Eltern haben sich zwischenzeitlich mehrmals getroffen. Nach einigen Holprigkeiten verstehen sie sich erstaunlich gut. Jans Mutter ist ebenfalls eine Hobbyköchin, wodurch die beiden Frauen begeistert Rezepte austauschen. Inzwischen könnte man sagen, es hat sich ein locker freundschaftliches Verhältnis entwickelt.

Hansi hat sich derweil zu einer Art Ersatzenkelchen gemausert. Er genießt es in vollen Zügen, bei der kompletten Familie im Mittelpunkt zu stehen. Selbst meine Eltern waren schon in einer Zoohandlung und haben ihr Zuhause an einen Hund angepasst. Ich frage mich seit Wochen, wann sie sich einen eigenen zulegen. Auch bei Jans Eltern bin ich mir nicht sicher, ob sie den Schock nicht nun endlich überwunden haben, und es doch noch einmal wagen, sich einen Vierbeiner zuzulegen. Jan und ich müssen jedes Mal schmunzeln, wenn wir sehen, wie sehr unsere Eltern Hansi betüddeln. Der Hund hat sie voll im Griff - was aber keiner von ihnen zugeben möchte. Ganz geschickt hat Hansi die älteren Leute um den Finger gewickelt und versprüht seinen Charme, bis er bekommen hat, was er will. Meistens geht es dabei natürlich um Essen - Hansis große Leidenschaft, die ihm sichtbar auf die Hüften schlägt. Inzwischen hat meine Mama immer Wiener Würstchen vorrätig – selbstverständlich vom Metzger. Für Hansi nur das Beste!

Jetzt stehen eigentlich nur noch zwei wichtige Ereignisse an. Eines davon der Abiball, den ich nun wie versprochen doch besuchen werde. Da die Partner mitkommen dürfen und explizit mit eingeladen sind, löst es in mir auch keine sonderlich große Panik mehr aus. Ich bin zwar aufgeregt, sehr sogar, aber an Jans Seite fühle ich mich sicher. Ich bin unglaublich stolz, bald mit ihm dort hingehen zu können. In seinem Smoking sieht er garantiert umwerfend aus. Aber bis dahin haben wir noch ein paar Tage Zeit.

Das andere Ereignis jedoch entfacht in mir etwas mehr Unruhe. Ich kann nicht leugnen, dass ich weiterhin Hemmungen habe und unsicher bin. Bisher konnte ich mich damit herausreden, dass Jan ja noch nicht fit ist, - dass wir aufpassen müssen! Aber jetzt *ist* er wieder soweit fit. Früher oder später wird also der Tag kommen, an dem es passiert.

Ich glaube, Jan bemerkt seit Wochen meine Nervosität. Aber bisher hat er mich nie darauf angesprochen. Ganz gentlemanlike überspielt er es diskret. Und sofort stoppt er seine Annäherungsversuche, wenn meinerseits auch nur der winzigste Funken Abwehr zu spüren ist. Seine Hände sind augenblicklich jedes Mal weg. Sobald ich mich versteife, weiß er schon, dass ich noch nicht so weit bin. Jan reagiert überaus sensibel und einfühlsam. Er gibt mir ganz deutlich zu verstehen, dass er mich nicht bedrängt. In keinem Moment gibt er mir das Gefühl, dass ihm unsere eher oberflächlichen Zärtlichkeiten nicht ausreichen. Ich weiß aber, dass er sich nur mir zuliebe zusammenreißt. Ich spüre, dass er mehr will. Im Grunde geht es mir ja sogar ähnlich. Wenn wir inzwischen nebeneinander im Bett liegen, ist in mir der Teufel los vor Erregung. Und trotzdem schaffe ich es nicht, mich fallenzulassen. Das eine Mal, als ich meine Periode bekommen habe, war ich sogar froh darüber, geradezu erleichtert. Denn damit war die Sache für eine Woche erstmal vom Tisch. Trotzdem fühle ich mich ständig hin- und hergerissen. Ich möchte es so gerne. Und ich möchte, dass Jan es ist. Allerdings konnte ich mich bisher genauso noch nicht dazu durchringen, ihm meinen Stumpf zu zeigen. Nur in Nachtwäsche umher zu laufen, das stört mich inzwischen nicht mehr – jedoch auf zwei Beinen. Die Prothese ziehe ich immer erst aus, wenn Jan nicht hinsieht. Und dann krabble ich mit der langen Schlafanzughose ganz schnell unter die Decke. Er hat es noch nicht gewagt, mich dort anzufassen. Er ahnt, dass es mir nach wie vor unangenehm ist. Nichts anderes gebe ich ihm auch zu verstehen, wenn ich abends blitzartig unter das Daunenversteck husche.

Heute schlafen wir zum ersten Mal gemeinsam in *meiner* Wohnung. Ohne Jans Wissen, habe ich aber auch ein anderes ′erstes Mal′ für heute eingeplant.

Um kurz vor acht lassen wir Hansi noch einmal bei Jan in den Garten, bevor wir ihn mit hochnehmen. In seiner neuen Zweitbehausung kuschelt er sich natürlich nicht in sein neues Körbchen, sondern quetscht sich wie selbstverständlich zwischen Jan und mich auf das Sofa. Als ihn Jan demonstrativ auf der anderen

Seite neben sich parkt, brummt er beleidigt und dreht den Kopf weg. Wir schmunzeln.

Anschließend starten wir mit einem Liebesklassiker im Fernsehen und ich kuschle mich an Jan. Er weiß immer noch nicht, dass ich nachher mehr mit ihm vorhabe; dass heute dieser besondere Tag in meinem Leben sein soll.

Mit Kickis Hilfe habe ich mir ein tolles Negligé gekauft und mit hochrotem Kopf sogar in der Drogerie selber eine Packung Kondome an der Kasse bezahlt. Ich kann gar nicht sagen, wie schnell ich diese nach dem Scannen in meiner Einkaufstasche verschwinden lassen habe. Ich war hochgradig nervös, als hätte ich einen Ladendiebstahl begangen! Hinter mir standen auch noch zwei Jungen, vielleicht sechzehn. Ich habe genau gesehen, wie sie gegrinst haben – über mich! Jeder weiß doch, was man vorhat, wenn man solche Produkte kauft. Schließlich will man sie doch benutzen! Ich habe mich jedenfalls schrecklich geschämt, dass andere nun wissen, was ich bald tun werde. Und ich habe mich geärgert, weil Kickis gekaufter Vorrat nach dem Umzug immer noch unauffindbar ist. Wie vom Erdboden verschluckt! Als hätte jemand ganz bewusst diese Mutprobe für mich eingefädelt! Doch selbst wenn – diese Mutprobe wäre bestanden, wenngleich die nächste bereits kurz bevorsteht …

Tagsüber musste ich mich heute zigmal umziehen. Vor Nervosität und Aufregung habe ich so geschwitzt, dass es an ein Wunder grenzt, dass ich nicht dehydriert bin. Auch bei dem Film kann ich meine Nervosität nicht verbergen. Ich rutsche ruhelos permanent hin und her. Jan taxiert mich verunsichert von der Seite. Er hat keine Ahnung davon, was mir den ganzen Tag durch den Kopf schwirrt, und dass ich furchtbar aufgeregt bin. Dass ich gigantische Angst davor habe, mich total zu blamieren. Immerhin weiß nur Jan, wie es geht. Als Teenager sind meist beide unerfahren, aber ich bin immerhin fast dreißig! Das ist ein riesiger Unterschied!

„Du bist so aufgedreht, heute Abend … Ist etwas?“, fragt mich Jan, als ich wieder einmal fahrig und zappelnd das Gewicht verlagere.

Ich schüttle verschämt den Kopf, bemühe mich stillzuhalten und starre auf den Bildschirm. *Hoffentlich habe ich an alles gedacht ... Wenn es nun nicht klappt? ... Er doch Probleme damit hat, mich ohne die Prothese zu sehen ...*

„Du hast ja eiskalte Hände ... Irgendetwas ist doch ...“, bohrt Jan nun besorgt nach und umschließt meine Hände, um sie zu wärmen.

Voller Pein knabbere ich an meiner Unterlippe herum und versuche gedanklich den Grund meiner Nervosität in Worte zu fassen.

„Na ja ...“, beginne ich zögerlich. „Ich dachte mir, wir könnten es ja heute mal versuchen ...“

„Mal versuchen? Was?“, fragt Jan trocken nach und schiebt sich einen Kartoffelchip in den Mund.

„Na ja, *das* halt“, murmele ich verschämt und schaue schüchtern in meinen Schoß.

Jan stoppt seine Kaubewegung. Aus dem Augenwinkel sehe ich, dass er grinst. Mir steigt die Röte in die Wangen.

„Ach so, *das* meinst du ...“ Er hält einen Moment inne und taxiert mich.

Ich bringe es vor Scham aber nicht fertig, ihm in die Augen zu sehen.

„Franzi, schau mich mal an. Du musst das nicht, wenn du noch nicht soweit bist. Du weißt, dass ich warten werde und warten kann. Du musst es nicht überstürzen.“ Er nimmt meine Hände und führt sie an seine Lippen, um sie zu küssen.

Verstohlen schaue ich ihn an. Zum Glück ist das Licht gedimmt. Aber bestimmt sieht er trotzdem, wie rot mein Kopf ist.

„Ich möchte es hinter mich bringen“, flüstere ich und beiße mir wieder auf die Lippe.

„Hinter dich bringen?“, lacht Jan laut.

„Das ist gemein, wenn du lachst!“, sage ich verärgert.

„Ich lache dich nicht aus, Franzi. Ich lache nur über ... deinen Umgang mit diesem Thema. Sex bringt man nicht *hinter sich*. Es ist eine wunderschöne Sache zwischen zwei Menschen, die sich lieben. So etwas ist nicht wie den Kaffeetisch einzudecken. Du musst es fühlen, Franzi. Für jeden ist das erste Mal ein ganz besonderer Moment im Leben. Den solltest du nicht akribisch durchplanen wie deine Projekte. Vorbereitet sein ist natürlich gut, aber es passiert dann, wenn du es willst. Wenn du dich aus tiefstem Herzen dazu bereit fühlst." Jan küsst mich zärtlich und streicht sanft mit seinen Fingerkuppen über mein Gesicht und meinen Hals.

„So möchte ich es nicht, Franzi. Auch das hier ist wunderschön. Ich küsse dich gerne und berühre dich gerne." Wieder küsst er mich liebevoll sanft, so dass es in meinem gesamten Körper prickelt.

„Du hast aber bisher noch nicht gesehen, wo mein … wo mein Bein aufhört", stammle ich beklommen und ziehe mich von ihm zurück.

„Nein. So schnell, wie du immer unter der Decke verschwunden bist, war das kaum möglich. Du hast dich jedes Mal so beeilt, als würdest du sonst erschossen werden, wenn du dich nicht versteckst", lacht er, wird aber sofort wieder ernst. „Möchtest du es mir heute zeigen? Jetzt?"

Der Druck auf meiner Brust wächst, und meine Hände zittern. Ich atme tief ein.

„Ich habe einen Vorschlag. Wir machen jetzt den Fernseher aus und Musik an. Dann darf ich dir, wenn du es mir erlaubst, die Prothese ausziehen. Du zeigst mir, wie das geht. Danach trage ich dich ins Bett. Mal sehen, ob ich wieder stark genug bin. Wird auch Zeit, dass ich wieder mit dem Training anfange."

Mein Herz klopft. Ich überlege einen Moment - und noch einen Moment länger. Ich zögere lange, bevor ich mit rasendem Puls und staubtrockener Kehle zustimme. Mir stehen die Tränen in den Augen. Aber ich gebe mir große Mühe, mich zusammenzureißen. Vielleicht mag das mit dem *'hinter sich bringen`* beim Sex ja nicht zutreffen, aber bei meiner Prothese trifft es zu. Ich möchte ihm endlich mein Bein zeigen, das, was unterhalb meines Knies endet. Schließlich muss er es ja irgendwann einmal sehen.

Den Tränen nahe, ziehe ich traurig den Jeansrock etwas weiter hoch. Meine eisigen Hände greifen seine und führen sie an den Verschluss. Ich gebe ihnen sanft und ohne viel Druck die Richtung vor, lerne sie an, was sie tun müssen. Immer wieder schlucke ich die Pein hinunter, die mich mit gewaltiger Präsenz stoppen möchte. Jan aber ist so hochkonzentriert, dass er das gerade sicherlich nicht mitbekommt. Er kniet sich schließlich vor mich hin. Mit mir gemeinsam macht er einige letzte Handgriffe und zieht mir das wunderschöne, neue Bein aus. Meine Lippen beben. Die erste Träne rinnt über meine Wange, als mein Stumpf zum Vorschein kommt. Ich fühle mich entsetzlich und schäme mich, diesen Teil von mir zu zeigen. Daher schließe ich die Augen und wende den Kopf ab. Ich weiß nicht, ob ich den Anblick von Jans Gesicht gerade ertragen kann. Ich möchte nicht sehen, wie er sich vor mir ekelt, wie er sich dazu überwinden muss, diesen Teil überhaupt anzuschauen - geschweige denn anzufassen.

Plötzlich zucke ich zusammen. Mein ganzer Körper ist mit einem Mal wie elektrisiert. Es ist aber kein Schmerz, der ihn so überrollt. Als ich erschrocken meine Augen öffne, sehe ich, dass Jans Hände links und rechts an meinen linken Oberschenkel ruhen. Seine Lippen liebkosen mein Bein. Liebkosen es zärtlich und wie selbstverständlich dort, wo es aufhört. Mein Gefühl hat mich nicht getäuscht, aber ich kann es immer noch nicht wirklich glauben, was er da macht. Und er sieht gar nicht danach aus, als würde es ihn stören. Sein Gesicht ist vollkommen entspannt. Er wirkt keineswegs unsicher oder gehemmt. Vor Schreck halte ich die Luft an, bis die wundervollen Empfindungen langsam komplett bis zu mir durchdringen. Es fühlt sich normal an, sogar schön und wahnsinnig sinnlich. Jan küsst mich dort, als würde er irgendeinen anderen Teil von mir küssen - einen kompletten Teil. Er hat keinerlei Berührungsängste, das wird mit jedem einzelnen seiner zärtlichen Küsse deutlich. Dann streifen seine Hände weiter mein Bein nach oben und schieben ganz vorsichtig auch den Rock weiter hoch. Seine linke Hand ist nun ganz nah an meinem Schritt. Ich atme schwer und spüre, wie sehr mich die Bewegungen seiner Hände, und die

Stelle, an der sie sich befinden, erregt. Auch seine Lippen wandern nun weiter nach oben. Ich sauge scharf die Luft ein.

Mein ganzer Körper versteift sich angespannt, und meine Hände krallen sich in das Sitzpolster des Sofas. Ich presse meinen Rücken gegen die Lehne, starre aber trotzdem weiter auf Jans Haare. Sein Gesicht ruht auf meinem Oberschenkel und bedeckt ihn weiter mit Küssen. Ich beobachte ihn skeptisch dabei, genieße es einen Moment und spanne dann doch wieder alles an. Ein fast sekündlicher Wechsel der Emotionen. Dann steht Jan auf, schiebt eine Hand unter mein Gesäß und umfasst mit der anderen meinen Rücken. Mit einem kräftigen Ruck hebt er mich auf den Arm. Jetzt steht er aufrecht mit mir im Raum und strahlt mich an. Immer noch leicht verunsichert betrachte ich prüfend seine Mimik, ob er nicht vielleicht doch alles nur vorspielt. Aber in seinem Blick liegt so viel Liebe, Zärtlichkeit und Fürsorge, dass ich nicht mehr zweifle. Ganz behutsam trägt er mich ins Schlafzimmer und legt mich sanft auf der Matratze ab.

„Bleib so liegen und rühr dich nicht von der Stelle!“, haucht er mir herrlich streng ins Ohr.

Mir läuft ein Schauer den Rücken hinunter. Ein schrecklich schöner Nervenkitzel liegt in der Luft. Ich weiß, dass es gleich passieren wird.

„Puhhh“, mache ich leise. Meine Anspannung ist nicht zu überbieten. Ich bin aufgeregter und nervöser denn je.

Jan verlässt kurz das Zimmer. Mit einem Feuerzeug kommt er zurück. Er löscht das große Licht und zündet alle Kerzen an, die ich vorsorglich schon heute Nachmittag überall im Raum verteilt habe. Dann legt er sich wieder neben mich und beginnt, meine Bluse aufzuknöpfen.

„Halt!“, schreie ich plötzlich, denn mir fällt ein, dass ich ja noch das tolle Negligé anziehen muss. Ich muss mich doch für ihn schönmachen – attraktiv aussehen!

Abrupt hält Jan inne.

„Was ist?“, fragt er etwas erschrocken.

„Ich, … ich habe mir etwas gekauft. Ich muss mich umziehen“, wispere ich verschämt und versuche schon aus dem Bett zu krabbeln.

Jan hält mich mit leichtem Druck zurück.

„Nein, du musst dich nicht umziehen. Schließ die Augen und bleib einfach liegen. Heb es dir für ein anderes Mal auf", flüstert er und liebkost dabei mein Ohrläppchen.

Ich atme schwer und winde mich mit meinem Becken auf der Matratze. Wie selbstverständlich knöpft Jan nun weiter meine Bluse auf und schiebt den Stoff auf so anzügliche Weise zur Seite, dass mir fast die Luft wegbleibt vor Erregung. Ich blinzle, um zu sehen, was er macht. Als er das sieht, schmunzelt er verführerisch.

„Na gut, du hast es so gewollt", raunt er, beugt sich mit seinem kompletten Gewicht über mich und drückt mir einen wundervollen Kuss auf die Stirn.

Mit seiner anderen Hand greift er nach hinten in die Tasche seiner Jeans und zieht etwas Schwarzes hervor.

„Was ist das?", frage ich.

„Ich wusste zwar nicht, dass es heute zum Einsatz kommt, aber lass dich überraschen. Es ist meine Sicherheit", flüstert er vielversprechend.

„Sicherheit?" Ich starre ihn argwöhnisch an.

„Es ist meine Garantie, dass du dein visuelles Umfeld ausblendest. Ich möchte nicht, dass du es siehst. Ich möchte, dass du es fühlst, mit all deinen übrigen Sinnen."

Er hebt zärtlich meinen Kopf an und zieht mir eine blickdichte Schlafmaske über die Augen.

„Jetzt sehe ich aber nichts mehr", protestiere ich beunruhigt.

Jan lacht.

„Ja, so mein Plan. Kannst du dich darauf einlassen? Vertraust du mir?"

„Hm", mache ich nur zögerlich, doch als er wieder anfängt, mich zu küssen, lösen sich meine Hemmungen und störenden Gedankenketten in Luft auf. Ich spüre nur noch ihn, seine Lippen und seine Hände.

Er sagt kein einziges Wort mehr. Aber dafür ist die Sprache seiner

Lippen und die seiner Hände auch zu deutlich. Hingebungsvoll bearbeitet er meinen ganzen Körper und streift mir nun auch den Rock über die Hüfte. Seine Lippen wandern bis zu meinem rechten Fußrücken, um dann den Rückweg anzutreten. Seine Vorgehensweise ist so hocherotisch, dass ich inzwischen fast keuche. Dann wendet er sich meinem BH zu und streicht über die schwarze Spitze, die mir noch ein wenig Schutz bietet. Ich bäume mich leicht auf. Mein Kopf kippt in den Nacken. Seine Hände leisten ganze Arbeit, sind geradezu routiniert und geschickt. Und ich glaube, er genießt es, wie ich unter ihrer erfahrenen Folter zusehends den Verstand verliere. Dann fährt seine Zunge von außen über die schwarze Spitze des BHs. Ich spüre seinen Atem auf meiner Haut. Er ist warm, etwas feucht, wie ein winziger Nebelwindzug im Sommer. Mir wird inzwischen immer heißer, und auf meiner Haut bilden sich winzige Schweißperlen. Ich winde mich unter ihm hin und her. Er scheint aber keine Anstalten zu machen, mich bereits zu erlösen.

„Und? Gefällt es dir?", wispert er mir ins Ohr und zieht mit seinen Zähnen neckisch an meinem Ohrläppchen.

„Ja, ja …", hauche ich heiser. Und jetzt weiß ich, was er gemeint hat. Dass man gewisse Dinge nicht hinter sich bringen muss.

Es ist genau, wie er prophezeit hat. Dass man es fühlt. Und ja, ich fühle es. Ich werde ungeduldig, und ich will mehr davon - *viel* mehr. Ohne ihn zu sehen, suchen meine Hände blind nach seinem Körper. Ich will ihn anfassen, ihn spüren, ihn zu mir heranziehen. Ich erschrecke fast, als er unerwartet fest meine Handgelenke packt und sie mir über den Kopf nach hinten auf das Kissen drückt. Ein tiefer Atemzug füllt in Windeseile meine Lunge mit Sauerstoff. Sie bläht sich auf. Seine großen warmen Hände drücken mich beherrschend in das Kissen.

„Wenn du nicht stillhältst, dann fessle ich dich", droht er lüstern neben meinem Ohr.

Obwohl ich keinerlei Erfahrungen mitbringe, weiß ich in diesem Moment, dass es ein Spiel ist. Ein dominantes Spiel, das mir überraschenderweise sofort gefällt. Es erregt mich, wie seine tiefe

Stimme Forderungen stellt. Außerdem bin ich erleichtert, dass er die Initiative übernimmt. Ich darf mich fallen lassen – muss nur daliegen und genießen. Das ist mehr als einfach und wunderschön. Bereitwillig lasse ich mich auf dieses Spiel ein. Auch, weil ich mir sicher sein kann, dass er es sofort beendet, wenn ich stopp sage. Er würde augenblicklich aufhören. Das habe ich in den letzten Wochen bereits gelernt. Daher kostet es mich keinerlei Überwindung, zu gehorchen. Ganz im Gegenteil. Mein ganzer Körper signalisiert mir überdeutlich, dass ihm dieses kleine Machtspielchen gefällt. Es gefällt mir sogar so sehr, dass mein Verlangen nach mehr kaum noch zu überbieten ist. Ich bin kaum noch in der Lage, normal zu atmen und verliere total die Kontrolle über mich selbst. Ein regelrechter Sog der Erregung zieht mich in einen Strudel hemmungsloser Leidenschaft herab, in dem ich bereits wehrlos untergehe.

„Ich will dich, jetzt …“, japse ich entkräftet, weil alleine diese Worte zu formulieren unendlich viel Konzentration erfordert; Konzentration und klare Gedanken, die ich eigentlich schon gar nicht mehr habe.

„Was, jetzt schon …? Wie langweilig …“, säuselt er neckend, zieht mich aus heiterem Himmel in den Sitz und presst meinen Oberkörper an seinen.

Er ist inzwischen nackt und so warm, dass seine Wärme mich besitzergreifend umschlingt. Ich werde von ihr eingehüllt. Hinter meinem Rücken öffnet er spielerisch leicht die Häkchen meines BHs, um mich dann wieder vorsichtig nach hinten auf die Matratze und ins Kopfkissen sinken zu lassen. Erst dann zieht er mir die dünnen Träger des BHs über die Schultern. Sofort beugt er sich wieder über mich. Ich nehme die Bewegung wahr, noch bevor er ganz unten ist. Die Hitze, die von ihm ausgeht, ist allgegenwärtig. Mir ist so heiß wie nie zuvor. Eigentlich gehe ich davon aus, dass mein derzeitiger Zustand nicht mehr zu toppen ist. Als er jedoch damit beginnt, mit seiner Zunge an mir herumzuspielen, ist es um mich geschehen. Unnachgiebig scheint er daran Gefallen zu haben und foltert mich zärtlich damit eine gefühlte Ewigkeit. Ich bin kurz davor zu explodieren, ohne dass wir zum Eigentlichen gekommen sind.

Als sich gleichzeitig plötzlich seine Hand in meinen Slip schiebt, halte ich vor Erregung die Luft an. *Ich kann nicht mehr ... Ich kann nicht mehr ...*

Seine Finger wissen genau, was sie zu tun haben. Als würden sie mich bereits in und auswendig kennen. Sie sind so geschickt, dass ich es kaum noch länger ertragen kann. Allmählich ist es wirklich eine Folter. Ich möchte ihn nicht mehr nur, ich *muss* ihn jetzt haben! Ich winde mich immer mehr unter ihm, und ich weiß, dass nicht mehr viel fehlt. Mein persönliches Limit ist definitiv erreicht. Und ich stehe kurz vor einem Herzinfarkt, als er mir quälend langsam den Slip herunterstreift. Meine Hemmungen sind bereits einer lustvollen Ohnmacht erlegen. Ich schäme mich kein Stück oder mache mir Gedanken darüber, dass jetzt noch etwas schiefgehen könnte. Er ist wahnsinnig liebevoll und vorsichtig, extrem darauf bedacht, mir keine Schmerzen zuzufügen. Und obwohl ich nichts sehen kann, spüre ich seinen Blick auf meinem Gesicht ruhen, um sofort reagieren oder etwas verändern zu können. Doch ich habe keine Schmerzen. Zuerst ist es ein etwas komisches Gefühl, zugegeben. Doch das verschwindet derart schnell, dass es eigentlich nicht erwähnenswert ist. Danach ist es einfach nur schön. Ich fange unweigerlich an zu genießen, lasse mich von diesem unglaublichen Gefühl mitreißen und überwältigen. Ich zerfließe vor Glück und fahre mit jeder Faser meines Körpers zusammen – zum ersten Mal.

„Alles gut bei dir?", fragt er wenig später.

„Hmmm", stöhne ich erlöst. *Es war gigantisch. Überirdisch, bombastisch ...* „Kannst du gleich nochmal?", schnurre ich und drehe mich in seinem Arm zu ihm herum.

Jan drückt mir einen züchtigen Kuss auf die Stirn und grinst breit.

„Sag nur, ich habe das gefährliche und überall gefürchtet Sexmonster zum Leben erweckt." Ich zucke unschuldig mit den

Schultern.

„Und wenn es so wäre?", säusle ich.

„Dann muss ich es kitzeln, um es zu bezwingen!", erwidert Jan und dreht sich auf mich. Mit beiden Beinen sitzt er auf meiner Hüfte und beginnt damit, mich durchzukitzeln.

Ich quieke unter ihm und kann mich kaum beherrschen. Es gibt sicherlich nur wenige Menschen, die derart kitzelig und empfindlich sind wie ich.

„Nein! Hör auf!", lache ich heulend und fange an zu husten, weil Jan mich so heftig piesackt.

Als er damit aufhört, zieht er mich wieder hoch in den Sitz. Wir bleiben für Minuten eng umschlungen einfach nur im Bett sitzen.

„Ich liebe dich, Franzi", haucht er mir in die Haare und küsst mich auf den Scheitel, seine Arme beschützend um meinen Oberkörper geschlungen, um mich zu halten. Aber auch meine Hände vergraben sich in seinem Rücken. Ich atme bis in das letzte Lungenbläschen tief seinen Duft ein und schmiege mein Gesicht an seine heiße Brust.

DER ABIBALL

Mein Leben ist vollkommen - daher darf auch der Abiball kommen. Jan fährt Kicki und mich persönlich zu Ferdinand. Schmunzelnd genießt er es, uns beim Styling zu beobachten. Ferdinand aber genießt es eher, Jan anzuschmachten. Er lächelt und zwinkert Jan immer wieder verschwörerisch zu. Zweitweise habe ich sogar Angst, dass er sich gar nicht auf unsere Frisuren und unser Make-Up konzentrieren kann. Dafür ist er aber letztlich doch zu sehr Profi.

Mit gekonnten Handgriffen, und wohl wissend, was jedem von uns steht, sind wir nach zwei Stunden beide filmreif gestylt. Und natürlich hoffen wir, dass dieser Geheimtipp Ferdinand nicht jeder unserer alten Schulkameradinnen bekannt ist. Im Salon haben wir jedenfalls niemanden angetroffen, was uns sehr zufrieden stimmt. Es gibt doch nichts Schöneres, als etwas damit anzugeben, dass man sich gut gehalten hat - und, dass man es irgendwie auch zu etwas gebracht hat. Bei so einem Treffen gibt es einem durchaus ein besseres Gefühl.

Meine Freundin und ich bekommen jedenfalls das Grinsen nicht mehr aus dem Gesicht. Mit Hilfe von Kickis Personal-Trainer, konnte sie sogar einige überschüssige Schwangerschaftspfunde loswerden, weshalb Kicki nun in einem groß ausfallenden Kleid in Größe 38 steckt. Hochzufrieden drehen wir uns beide vor dem Spiegel. Und - ich trage Pumps! Tja, ein weiteres Highlight meiner neuen Prothese.

Und da ich so stolz darauf bin, und mich inzwischen richtig gut in meiner Haut fühle, habe ich ein ganz besonderes Kleid ausgesucht. Ein klitzekleines bisschen musste mich Jan dazu überreden, das gebe ich zu, aber nicht wirklich lange. Es ist hinten lang, aber vorne zeigt es kurz unter den Knien ordentlich Bein. – Und ich habe jetzt zwei tolle Beine, die sich beide durchaus sehen lassen können. Sogar meine Füße sind beneidenswert. Die silbernen Glitzer-Pumps bringen meinen pinken Nagellack besonders schön zur Geltung. Ich fühle mich einfach toll. Als Jan mich daheim vor dem Spiegel von hinten strahlend mit seinen Armen umschlingt, bin ich überglücklich und selig. Wie ein kitschiger Weihnachtsengel throne ich erhaben hoch oben auf Wolke sieben. Und Jan sieht natürlich wie vorhergesehen auch zum Anbeißen aus. Ich bin hin und weg. Die Gefühle für ihn, die mich durchströmen, sind immer noch unbeschreiblich, einfach nicht in Worte zu fassen. Jetzt hält er mir vornehm seinen Arm hin, und ich hake mich stolz unter.

Gemeinsam mit Kicki und ihrem Mann Thorsten fahren wir schließlich in einem luxuriösen Rolls Royce mit Chauffeur zur Party. Das war allerdings eine Überraschung von Thorsten, und die Überraschung ist ihm wahrlich gelungen. Kicki und ich gickeln wie Teenager. Wir genießen unseren Auftritt – nein, wir *zelebrieren* ihn! Und, wie wir erhofft haben, wir werden gesehen und wahrgenommen. Wir fühlen uns beide wie Weltstars auf einer Gala. Dass unsere alten Klassenkameraden, als sie mich erkennen, auf meine Beine stieren, stört mich sogar überraschenderweise überhaupt nicht. Inzwischen bin ich stolz auf meine Beine, auf jedes!

Und es amüsiert mich eher, denn so, wie sie mich anstarren, fragen sie sich bestimmt, ob nicht beide Beine sogar echt sind. Mir fällt zwar durchaus auf, dass ich etwas länger die Aufmerksamkeit und Neugierde auf mich ziehe, aber an diesem Abend ist mir das vollkommen egal. Das hier ist *mein* Abschlussball. Ein Abschluss von meinem alten Ich - und gleichzeitig die Feier meines neu gewonnenen Selbstbewusstseins, mit einem ganz unglaublichen Mann an meiner Seite – Jan.

Tja, *das* bin ich - und *das* ist mein Start in ein neues Leben:
'Auf sieben Beinen'

Und wer weiß, vielleicht kommen ja noch Beine dazu - zwei, oder vier, oder noch mehr … Wer weiß das heute Abend schon?

ENDE

DANKSAGUNG

An einem Buchprojekt sind immer sehr viele Menschen beteiligt. In meinem Fall wäre das Manuskript gar nicht erst zustande gekommen, hätte ich nicht so eine wundervolle Familie an meiner Seite. Mein Mann und meine Tochter geben mir durch ihre Liebe und ihr Verständnis die Zeit und den Raum, kreativ zu sein. Ich danke Euch beiden von ganzem Herzen, dass Ihr immer für mich da seid, und dass Ihr mich bei meinen Buchprojekten unterstützt und an mich glaubt. Ich liebe Euch von ganzem Herzen, meine zwei Schätze.

Zu unserer Familie gehören auch Carlos und Teddy, und auch unsere beiden Vierbeiner haben sehr viel zu diesem Buch beigetragen. Meine zwei Süßen, Ihr bringt so viel Freude in unser Leben, jeden Tag. Ihr schenkt uns bedingungslose Liebe und schafft es, uns immer wieder zum Lachen zu bringen. Selbst in der größten Hektik des Alltags bewahrt Ihr die Ruhe und verschafft mir mit einem gemeinsamen Spaziergang eine Auszeit. Schön, dass es Euch gibt, Ihr zwei Knuddelbärchen.

Ein ganz großes Dankeschön auch an meine Probeleser Katharina, Gunter, Kuni, Peter und Sabine. Eure unglaublich herzlichen Worte zu dem Manuskript haben mich sehr berührt und mich darin bestärkt, auch selbst an das Buch zu glauben. Vermutlich plagen jeden Schriftsteller immer wieder Zweifel an seinen Werken, und gäbe es Euch nicht, weiß ich nicht, ob ich erneut den Mut gehabt hätte, die Veröffentlichung in Angriff zu nehmen. Ein ganz liebes Dankeschön deshalb auch an Euch! Fühlt Euch gedrückt!

Was wäre ein Manuskript ohne Aufarbeitung? Irgendwann wird man selbst blind für seine Fehler – abgesehen davon, dass ich das Gegenteil von einem Grammatikgenie bin ;-). Da braucht es konstruktive Kritik und professionelle Überarbeitung. Liebe Frau Meyer, Sie und Ihr Team von A.M.TRANS haben genau das für mich getan. Sie haben das Manuskript mit viel Zeit und Arbeitsaufwand poliert und geschliffen und großartige Ratschläge mit eingebracht. Für Ihre tolle Überarbeitung möchte ich mich an dieser Stelle ganz, ganz herzlich bedanken, und ich freue mich schon auf weitere gemeinsame Projekte!

Und jetzt zu Ihnen. Ja, ganz genau – zu IHNEN! Denn was wären wir Schriftsteller ohne unsere Leser? Ohne all die Menschen, die sich für Geschichten und Bücher begeistern können? Ohne Sie gäbe es uns gar nicht, denn es sind doch letzten Endes auch die Leser, die uns dazu motivieren, solche Geschichten zu schreiben. Vielen Dank, dass Sie meinem Buch eine Chance gegeben haben. Ich hoffe, ich konnte Ihnen viele schöne Lesestunden bereiten und würde mich sehr freuen, wenn ich Sie hiermit auch auf Folgeprojekte neugierig gemacht habe. Schön, dass es Menschen wie Sie gibt, die es mir ermöglichen, meiner Leidenschaft des Schreibens nachzugehen. Ein herzliches Dankeschön!

Und wie konnte das Buch Sie erreichen? – Liebe Frau Rörsch, genau das ist das Thema, zu dem ich Ihnen und Ihrem Team an dieser Stelle schon jetzt danken möchte. Sie haben den Kontakt zu Catrin Sommer von Rauschgold hergestellt, die ein großartiges Cover entworfen und damit dem Buch Sichtbarkeit ermöglicht hat. Und ohne Ihre fachmännische Unterstützung bei der Vermarktung wüsste niemand, dass mein Buch überhaupt existiert! Jetzt, wo ich diese Zeilen schreibe, stehen wir erst am Anfang, aber ich kann schon jetzt sagen, dass ich Ihre Betreuung spitze finde. Sie sprühen nur so vor Ideen, sind über alle Maßen engagiert und immer ansprechbar. Danke, dass Sie und Ihr großartiges Team mir diese Chance geben, und dass Sie bei diesem Projekt an meiner Seite stehen. Ich hoffe, dass noch ganz viele Projekte folgen werden, und ich bin gespannt, was wir zusammen erreichen können. Ihnen und Ihrem Team schon jetzt ein riesengroßes Dankeschön!

1 3 18 30 31 41/3

0981242
827457